图书在版编目（CIP）数据

文艺之敌 / 骆冬青著. — 北京：商务印书馆，2017
ISBN 978-7-100-14672-2

Ⅰ. ①文… Ⅱ. ①骆… Ⅲ. ①文艺美学 Ⅳ. ①I01

中国版本图书馆CIP数据核字（2017）第152553号

文 艺 之 敌

骆冬青 著

商 务 印 书 馆 出 版
（北京王府井大街36号 邮政编码 100710）
商 务 印 书 馆 发 行
三河市尚艺印装有限公司印刷
ISBN 978-7-100-14672-2

2017年10月第1版　　开本 710×1000 1/16
2017年10月第1次印刷　　印张 22 1/2

定价：68.00元

自序

或曰：弱者不得好活，强者不得好死。于是，努力做庸者成为最高的生存智慧与学术智慧。其标志就是，在当今学术“江湖”吃得开的，不是盖世绝学、独门武功，或者“九阳真经”、“九阴真经”之类，更多的倒是在江湖恩怨与江湖话题中随波逐流的生存技巧。喊“狼来了”不要紧，谎言重复千遍可以成为真理；如果在别人（当然是站在“高山”的人）喊的时候不跟着呐喊助威，“狼”可能真的就会悄悄地、轻盈如梦幻般地向你走来。那时，你的意识将会如一缕微尘般随风飘逝，“救救……”的呼号声将凝结在声带上……也许在文艺学中，此种情形更为常见吧，每每令“组织部新来的年轻人”与旁观者感到郁闷与窒息。

从业者在五颜六色的理论体系和主张的肥皂泡中穿行，委实有梦幻之感：尽管倏起倏灭，可也倏灭倏起呀！何况，鼓足劲头、嘟起嘴巴的创造姿态和学术话语是那样的神秘莫测、高深莫测呢？这样“没话找话说”的“学术生产”，是要靠着更大动力与毅力才能够开展的，其目标大抵不是所谓的学术，而是当今学术活动所能够获得的报偿。否则，怎会有那么多对文学、艺术以及审美都毫无修养、毫无兴味的人，用几乎与文艺、审美毫无关系的话语，来搞什么文艺学？“白说也要说”，为的是“说了不白说”。明白这一点，我们才能晓得文艺学中那些用各种经费印刷出来的，用于报点、报项目、报职称的种种所谓的论文、著作，是怎样炮制出来的。其中的学术修辞学、学术社会学、学术地理学、学术经济学乃至填表学、公关学之类，倒是可以成为后人研究和把玩的“课题”。可笑复可怜的是，有的人竟然以此——尤其是印刷品的印制地点——为骄傲，恬然招摇过市。戳破肥皂泡的天真汉，倒往往会成为无材补天的弃余者，而哪年哪月才会有一僧一道那样的世外高人携你投胎到“花柳繁华地，温柔富贵乡”呢？

“寂寞新文苑，平安旧战场。”鲁迅式的“荷戟独彷徨”早成为浪漫与奢侈，喧嚣的文苑一片雍容中透出逼人的森严，水泼不进。偶尔，响起一片砍砍杀杀的声浪，那是“若要官，杀人放火受招安”的“一个字头的诞生”前的阵痛。果然，厮杀者昂首阔步，以或天真、或俊美的面孔进入了文学的殿堂，据说，还把文学史踩到了他的尊足之下。修成了正果后，自然就拥有了自己的话语霸权，有了足以傲视群雄或群氓的地位和领地。于是，文艺学的天地依然一派中庸平和、欣欣向荣的景象。有不甘心者的几声“呐喊”，几声凄厉，却消隐于“无物之阵”。无人喝彩且不说，压根儿是无人理睬。高贵而又无耻的沉默，逼着大伙儿加入那喧嚣着的大多数。

幸耶不幸，成为了文艺学的从业人员，每每感到莫名的荒谬与悲凉。“眼看他起朱楼，眼看他宴宾客，眼看他楼塌了！”——不再有这样的震惊，往往是“眼看他起朱楼”，就“先验”地知道他很快就会“楼塌了”。然而，“豆腐渣工程”甚至“王八蛋工程”，竟往往获得“权威”的认证与验收，而招摇过市。个中隐曲，有谁知晓？

余也不才不敏，唯盼做好一教书匠而已。所幸经眼学生作业，每有亮色，使得日渐昏坏的“心眼”为之“好”起来。回头再看那些精美的印刷品，油然而生鄙夷之心。可恨有了天才之后，往往在优汰劣胜的所谓学术机制中湮灭，仍然是平庸的智慧主宰着一切。所憾往日轻心，击节称赏之后，亦任其澌灭，仅在心中残留些许倩影耳。

走笔至此，我忽地萌生似乎大逆不道的想法。当年评《红楼梦》的两位“小人物”的奇遇，恐怕未必尽当否定。尽管由此而生的风波甚为险恶，非学术因素代替了学术，但是两位“小人物”的论文，又凭什么不能顺利地在“权威”媒体刊出呢？当时的文艺界，恐怕也有政治体制“长”入学术体制，导致学术权力异化的问题。试问，他们研究的曹雪芹是什么“大人物”么？有何学位、职称？是几级作家？是教授、博导、学科带头人？是“北大人”么？——不让“无地位”者发声的学术体制，岂不是连曹雪芹时代的文坛还不如么？

于是，有了撰集此书的冲动。

“反者道”中，主要探讨文艺学的一些问题，本无造反的意愿与冲动，也没有什么逆风而行的悲情，只是把文章收集起来一看，大都是对着流行的“话语”说一些不同意见的。初衷当然是“屈原”式的，可是结果虽然自己毫发无损，说的一些废话却石沉大海了。“反者道之动”，“道”动不动是不知道了，自己心动过了，不妨留下一点心迹，聊做尘世中的一点印记吧。

“美学课”乃慨乎言之。人生在世，无时无刻不在“与物相刃相靡”，感性的欲求，情感的纠缠，超脱的祈望，无不构成时时考问灵魂的“美学课”。谁都无法逃课；下课了，生命的火光将会黯然熄灭。作为生命之光，美学的作用，也就“如死一般强”了。在大学里上美学课，每每有虚无之感。那些当时燃烧着思想者心灵，甚至饱蘸着他们血泪的精神结晶，被学术八股成一个个所谓的命题与结论，供教师餔啜，供学生填鸭，而学术侏儒们则在爬梳与整合中生产着越来越丰富的成果。自己也想在已经成为史的美学中灌注生命的气息和精神的脉动，但是成效甚微。不过，要求学生把自己的生命体验、心灵感悟和性情气质融化到美学运思之中，却起到了一些作用。小叩往往引来大鸣，是大快也！

“信天游”中，是读文学的感悟。窃以为，对文学没有感悟、无能赏鉴、没有文学细胞者，就像钱锺书刻薄讽刺的文学太监，整天处身于美女之中，却绝无能力产生真正的关系。如果只是胡说一通也罢了，无非是制造出一些印刷垃圾，可是在某种冲动中硬是要维护他们心目中所谓文学或学术的纯洁性，那就容易找到非文学的武器，来对文学下手。此乃一种最坏的“文学之敌”。真正的美学、文艺学研究，则是“欢喜冤家”式的文艺之敌。相匹敌的两者间，有着真正的欣赏，神奇的神遇与意会。这种“敌”，正是文艺研究的起点、地基，也是其终点、目标；更是文艺研究以及美学研究的试金石。所以，把自己以前与最近所做的文学阅读功课拿出来，虽然近乎献丑，却也是一种诚实的表示；设身处地、将心比心的结果，当然“甘苦寸心知”，至于是否有“神遇”，得“通灵”，只能在虚空里暗中摸索了。不过，这样的摸索，或曰“灵魂在杰作中的历险”，却确实是灵魂出窍、感觉的难度与长度剧增、人生在别样的世界与境界中再活过或者再死上千万遍的复杂而痛快的体验与亲证。有了这样的经验，固然会遮蔽真实的生活，可是更多的是照亮黯淡无光的平庸琐屑而寂寞单调的生存。文艺或审美的意义岂非就在于此么？如此看来，写不写这样的文字，做不做这样的功课，也就毫不重要了。重要的是“金风玉露一相逢，便胜却人间无数”。在这些文字中所花的功夫，无非表现了尘心未尽的劣根性而已。可是既然如此，也就把自己在黑暗中“星星点灯”的萤火之光呈现出来，聊博一哂耳。只要不把萤火虫屁股上的小小绿光当作“我的太阳”来高歌，或邀请别人来颂扬，则在黑暗中也自有其存在的价值的。东方红、太阳升的时候，有谁看到过小小小小的、小到微不足道，亮到视觉无法察觉的萤火之光的呢？当然，其中确也有自信自负的篇什，不至于完全辱没读者的精神。

就这样，在东拉西扯的理由中把自己所写的杂七杂八的文字缀为一集，近乎强词夺理，心下颇为惶愧。但是在惶愧的整理与修润中，自己不觉已走了一圈“回头路”。“却顾所来径”，滋味如何呢？

正是：也无风雨也无晴。

也好。

骆冬青

2004 年 8 月 20 日于金陵益疑斋

目录

反者道

美学课

信天游

反 者 道

『反』者，道之动。

反抗的激情，

反思的玄想，

反击的智慧……

反其道而行之——

伤足于坦途，

孤寂于繁华。

『反者』道：道可道，非常道。

文艺之敌

文艺的敌人有很多：害怕文艺扰乱人心的专制君主、利用文艺作工具的政客、道貌岸然的神甫和理学家、无法想象“想象”与感受情趣的冬烘先生、钻到钱眼里的商人、包在套子里的庸人、穿着制服的正经人……，所有的敌人之中，集合了一切力量而能够直接对文学发言的，则是文艺批评家，以及“批评的批评”——为批评提供依据和准则的文艺理论家。理论是文艺之敌。

文艺理论与批评寄生于文艺创作，却从来是以高于创作的姿态出场。因此，许多作家都表现了对文艺理论与批评的反感。有的作家甚至以最恶毒的比喻来诅咒批评家。即使是捧场的批评，也往往不能切理餍心，令创作者满意；夸的不是地方，也许还不如入木三分的痛骂。

有人用“批评家之死”来发泄心头的愤怒，批评家宣布“作家死了”，自己来独霸阐释权的梦想，在这里得到了同样“如死一般强”的回击。理论批评论著中常常理想的自己与创作相亲相爱的情形，如果说不是难得一见的，那么往往是在“乡愿”的友好氛围中才能够实现。我们这里更重视的是相反的情形。

文艺理论以文艺作品为对象，两者天然有着对立、对峙、对抗等对手关系。理论审视、分析、理解、把握、阐释、评价文艺的时候，就把文艺放在对方的位置，成为一种需要从总体上征服的事物。需要克服困难，需要深入隐曲，需要抓住文艺的要害！而这样，在用理论的眼光看文艺的时候，难免存在着某种或强或弱的暴力倾向。海德格尔甚至把艺术进入了美学的视界，当作现代的一种根本现象，因为在美学之中，艺术成为可以体验的，从而成为可以被统治、被使用、被消耗、被处理的客体，美学与艺术世界处于对峙之中。即使是艺术与理论可以对视，那么，在对视之中，也存在着一种紧张的关系。正如萨特所说，他人是地狱。他人的眼光本来就带着探索、询问和侵犯，文艺理论作为文艺最深入的探索者和观照者，其眼光对于文艺而言，往往有着无法彻底避免的敌意。

理论毕竟与文艺说着不同的“话”。理论的最高形态是哲学，文艺理论说穿了不过是文艺哲学。在任何文艺理论的根底都有着某种哲学的支撑。因此，理论的语言需要哲学般的透明与清晰，内在的理路则需要逻辑推理骨架的坚硬与牢靠。一切文艺的最高形态则是诗，诗是文艺的内在风骨和精神境界的标志。诗的话语是感性、情性甚至灵性的，因而诗的意蕴总是说不尽而道不明的。“说似一物即不中”，诗总是“似是而非”的，空灵而飘忽，无法摁死在某个“点”上、某种意义上。理论的话语与文艺的话语格格不入，理论要以清晰的哲学语言来“说”本“不可说”的文艺，是在向“不可能”挑战，是理性对混乱的情性和感性的挑战。战争总是在“不同”、“差异”的双方展开，理性与情感的永恒差异与对立，是文艺理论与文艺对立的根本因由。

古希腊曾经有著名的“诗与哲学之争”，恐怕就是文艺与理论之间敌对与斗争的原型。在这场斗争中，开始是诗占据着人们精神与生活的统治地位，荷马史诗最初是古希腊人心目中的《圣经》；人们从荷马的歌吟中寻找生活的准则和精神的取向，在情性的熏陶中掌握诗性的智慧。诗性智慧，在维柯看来，可以解构人类生活的万象：诗性政治、诗性时历、诗性地理、诗性经济……，“诗”，是人类生活最早的建构者和立法者。西方文化从古至今对于诗的重视，都是因为诗性乃是原创性的根源与标志，诗性的智慧不仅可以创建人类生活的结构，而且还是人类理想的生活形态本身。哲学的理性虽然确立了明晰的规律与秩序，在“形而上”的层面上为“物理”、“事理”，为人类社会乃至人的精神世界，寻找出普遍而永恒的“道理”。但是，在理性坚硬的律条和整齐划一的规范的统治下，人类恰恰失去了最重要、最宝贵的自由！诗，正是在理性的铁律之外，开辟了一片自由的、虚灵的天空。因而，诗更注重的是即兴、灵感、偶然、冲动、想象、激情……

所以，对于文艺，人们追求的是原创性，是瞬间获得一去不回的微妙到神经层次的心灵震颤。是不可重复的一次性，是带着作者生命特征、个性特质的原作，是最能够表现“心迹”的“手迹”。人们对于绘画、书法、雕塑、音乐等艺术品要求欣赏原作，复制品无论如何都无法激起欣赏真迹时那种强烈的感觉。文学的情形要复杂一些。但是，至少，无论是怎样的阐释都只能破坏原作。苏珊·桑塔格的名文《反对阐释》，我们不妨在这个意义上来理解。哪怕最高明的欣赏文字，正如韦勒克所说，比起原著，也不过是蹩脚的复述。因此，正如一些种类的艺术品抵抗仿制与复制，文学最顽强地抵抗的则是理论批评的复述。所有的文艺作品，一旦被理论以某种方式说出了道理，则总是有许多东西在理论阐释的过程之中流失。理论用抽象思维编织的容器去打捞文艺的水月清风时，虽然有所收获，甚至能够说得比原作更清楚，但是在理论的阐释中，原作却不复存在。真正能够完全表达原作“是什么”的，只能是原作本身。据说，有人问托尔斯泰，他的《安娜·卡列尼娜》究竟写的是什么意思？托尔斯泰回答，如果我能用几句话就说清楚，为什么还要写这么厚的书呢？要说清楚它的意思，就必须把整个小说重写一遍。这无疑有力地表明了理论阐释的荒谬。在这个意义上，不妨说反对阐释其实是文艺本身的性质，即文艺本来就是与理论阐释相敌对的。艺术表达是克服困难，同时也是制造困难；对理论阐释而言，这种困难是不可能完全克服的。因此，文艺学必须自觉自己的限度。

然而，理论却总是试图界定文艺“是什么”或“应当是什么”。不过，这类努力的结果，或者种下的是龙种，收获的是跳蚤；或者收获的是文艺创作者的嘲弄与反叛。为未来的杰作开药方，未免狂妄可笑。真正的文艺总是超越这样那样的规定、限制，追求的是独创、创新，在尚无人迹的地方披荆斩棘，从荒野的榛莽中开辟自己的道路。一旦道路上走的人太多，对于文艺家来说，就成了穷途末路。理论的创新就与文艺的创新形成了尖锐的敌对关系。从已经被总结好的理论中找到创作的格套，那往往是才能平庸的标志。那么，创新的理论能否指导创作呢？在文学艺术史上有过许多运动，都是以某些理论先行宣言，形成创作的流派或团体的。这说明，一种新的理论发现是可以激发文艺创造的激情与灵感的。但是，此时，理论创造本身就可以说具有某种诗性的特征，或者是在原有的理性结构上撕开了豁口，或者在人类精神的探索中伸展到新的领地。但在很多情况下，理论宣言更多是某种思想乃至政治倾向的集合与宣泄，在相同旗帜下，真实的创作情况是各不相同的。当先行的理论成为创作的原则时，理论就开始限制与束缚文艺生命的生长与发展。理论的逻辑、理论的成长，对于文艺有着特别的破坏性，就是因为它不满足于旁观式的评论，而是企图生长到文艺的生命本身之中。但是，理论的规定与限制，总是希求扼杀文艺的变化，从而扼杀文学的生命本身，试图以“定性”、“定论”将活生生的“感性”、“情性”与“灵性”固定在某种框架之中，就像西方神话中美杜莎的眼光，是要把对象“石化”的。文艺的“通灵宝玉”在理论的拥抱与抚摸下固化为愚顽的“石头”。“都云作者痴”，岂不知研究“荒唐言”的学者往往能够把“沧海月明珠有泪”，变成贾宝玉所谓的失去了宝色的“死珠”、“鱼眼睛”，逆向完成“石头记”。

重审理论与文艺的关系，我们可以看到，在文艺发展史上，两者往往有着此消彼长的态势。例如，如今被奉为中国文论中成就最高的著作《文心雕龙》，对文学创作其实并没有多少实际的影响。美国学者宇文所安注意到：“……没有任何证据表明，《文心雕龙》在当时有特殊的影响力或广为传播。恰当评估《文心雕龙》对后世的影响则更为困难。我们知道该书的流传从未中断……从唐至明，著录或引述《文心雕龙》的资料始终没有中断，而且数量相当可观。可是，清以前的重要文学批评和理论著述很少把《文心雕龙》作为权威著作来引述，该书在清以前的地位与它在今天的地位简直不可同日而语。”[①]《文心雕龙》在近代以来所受到的“无与伦比的关注”，则是因为“西方传统对系统诗学评价甚高”[②]，在西方理论的强势刺激下，重新认识中国自己的理论遗产的结果。无论如何，《文心雕龙》理论上的“雕龙”，对于文艺创作来说，只能是“屠龙”之技，在“为文之用心”上，很难有实际的效果。这是文艺的幸运。在文学史上，唐诗繁盛时，并无多少“诗学”可言；而“诗学”繁荣的宋元明清，诗歌创作则处于衰落的状态。理论思维过于繁荣虽然不是必然造成创作衰败的原因，但是两者的“双赢”却很难。在笔者看来，理论与创作的“敌对”容易使双方繁荣；相反，两者如胶似漆的甜蜜关系则容易“两败俱伤”。迎合理论的创作，固然因为失去了创造精神和艺术家自己的眼光而自寻死路，吹捧式的批评与理论同样因为失去理论批评自由、独立的思考而难有创新。

“爱你爱的像个敌人。”“敌对”比“友好”在很多时候更能够促进双方的了解，甚至相互之间的情感。敌人更能够准确地抓住对方的优、劣点：“知己知彼”是敌对时的深刻的精神探索和对抗。“敌人”与“爱人”虽然看似迥然不同，却有着内在的深层次的相通。在某种意义上，能够成为敌人的人，才能成为真正的朋友和情人。“不是冤家不聚头”，情人也就是“冤家”。理论和文艺正是这样的“冤家”：彼此无法分离，但是彼此又是在相互的凝视与拥抱之中探究与对抗。双方的

① 〔美〕宇文所安著，王柏华、陶庆梅译：《中国文论：英译与评论》，上海社会科学院出版社 2003 年版，第 187 页。

② 〔美〕宇文所安著，王柏华、陶庆梅译：《中国文论：英译与评论》，上海社会科学院出版社 2003 年版，第 188 页。

分离、自治与自主倾向，表面上解决了问题，但是，不理睬理论的文艺创作往往陷入了最为平庸的理论，并且，不要任何理论本身就是一种简单而粗暴的理论；而与创作分道扬镳的理论，则因为失去了思考的对象成为最空洞的东西。或许，后者在当前的文艺界更触目惊心。玄虚而僵冷的所谓理论，往往是在用大概念、大体系或者新贩卖来的翻译名词说一些正确不正确的废话。学术成为运用术语的修辞。互不相关、互不关心、冷漠成为常态之后，首先是文艺学失去了源头活水，而文艺创作则因为失去了最重要的敌手和爱人进入了自恋与迷乱之中。

其实，任何思考、任何研究都是以不同的方式向着“不可能”挑战。不同的方式都在有所“见”、有所“解”的时候，而有所“蔽”、有所“惑”。文艺与文艺理论不妨看作两种不同的眼光，两种不同的思维方式。只不过，文艺理论天然地是“盯”着文艺来思考问题的。那么，理论如何感悟、理解文艺就成为最重要的问题：“判断力”批判应当是文艺理论的核心任务。在文艺的感性世界之中，理论说不清楚的感情、意象和境界，既是永恒的难题，也是永恒的动力。理论如何“通情达理”，即通过文艺的情感世界而达到理性的清明，就是文艺学与美学的内在悖论。但是，无论如何，感悟与体验，“通情”乃至“通灵”都是文艺学的入门功夫。当然，也是终极目标。因为，文艺学的根本所在，无非是通过理论的探索，让人们深入到文艺的世界之中。

喜欢用耸人听闻的方式说话的英国作家王尔德，认为“批评家也是艺术家”[①]。他是把批判作为创造精神的实质来说的。但是，王尔德毕竟是一位审美素养深湛的艺术家，他指出：“不喜爱艺术有两种方式：

---

① 汪培基等译：《英国作家论文学》，生活·读书·新知三联书店 1985 年版，第 232—307 页。

一是不喜欢它，一是纯理性地喜欢它。”在当前的文艺学中，我们过多看到的是“纯理性”地对文艺的“喜欢”。王尔德则认为“批评家必备的首要条件是气质，即高度的审美感和对美给予的各种印象的敏感”。不妨说，批评家的批判不是“纯理性”的批判，而是“判断力”的批判。这应当是文艺学的常识。不过，在满眼的“学术规范”和“理论原创”之中，却少有注意文艺学之“学”，是建立在审美判断力的基础上的。因此，不客气地说，本专业的从业者很多是不具备研究的“首要条件”的。人们常常引用鲁迅的话，说不必会烧菜才可以批评菜的好坏。可是，殊不知要养成品评菜肴的敏感，可能需要比烧菜的人具备更多更深的素养和条件；甚至是需要更多的——天才！王尔德所谓的“批评家也是艺术家”，就是指比起那些蹩脚、平庸的艺术家具有更高审美天分和才能的理论家。平庸的甚至是毫无审美能力的文艺学研究者可无法置身其间哟！理论批评的“知己知彼”，恐怕首先还是表现在“知彼”上。对于文艺的审美敏感和微妙而灵动的审美体验、高级的审美品位和鉴赏能力，才是批评家和理论家能够昂然站立在文艺家面前、对文艺发表自己的见解的首要条件。那些孜孜于所谓理论建构的理论家，那些不看作品就能够发表长篇大论的所谓批评家，那些看了作品却毫无审美感受，用借来、舶来的理论去“套”，而乐此不疲的研究者，那些泡沫术语的发明者……用钱锺书刻毒的比喻来说，“看文学书而不懂鉴赏，恰等于帝皇时代，看守后宫，成日价在女人堆里厮混的偏偏是个太监，虽有机会，却无能力！”[①]和文艺做不成“冤家”，却容易成为文艺真正的仇敌。在这样的“美盲”和

① 钱锺书：《写在人生边上》，中国社会科学出版社1990年版，第67页。

“文（艺）盲”肆无忌惮的践踏下，文艺的苦难未有尽头。文坛的荒芜曾经是现实的观念、伦理的力量所造成的，但是在今天，却往往是在学术与理论的华衮下，被铺天盖地的论文与专著的荒芜所掩埋。呜呼哀哉！

我们所说的“敌对”不是用理论对文学精神生命的屠戮，而是关于理论批评如何在对自身位置的真切体认中确立方向和目标的思考。“文艺之敌”的说法，当然也有警惕所谓文艺学伤害文艺生长发育的意旨，但是更主要的，还是试图对文艺学的学科定位有所探索。这对于文艺创作、欣赏、批评以及文学教育中理论的位置，尤其是学科发展的症结都不无意义。回到事情本身，要求文艺学反思，理论思考如何才能真正“切入”、“切中”对象。在我看来，无论是所谓“外部研究”，还是“内部研究”，均应从审美鉴赏的基础工程抓起。批评家就是艺术家，虽然有些夸张，但是批评家必须有着艺术细胞、艺术敏感，总应当是起码的要求。理论家则尤其如此。

如此，理论与批评本身就可以直接面对生活，对现实进行文艺批判、美学批判。这就是当前文艺理论界争议纷纭的“边界”问题。文艺学的边界表现在它是以自己独特的智慧去把握世界的。对象限定在文艺上，同样需要理论批评自身具有对生存世界的审美穿透力甚至洞察力；需要理论批评用自己的方式重新叙述、重新想象、重新体察。面对文艺作品中的世界，是一种第三度的创造；面对历史与现实世界，文艺学的感受方式、思考方式，也仍然是在文艺解读、美学解读的基础上进行理论的思考。所以，有向着理论靠拢的文艺，如伏尔泰、狄德罗、卢梭的小说，昆德拉的小说，美术界的观念艺术，等等；有向文艺靠拢的理论，如福柯、罗兰·巴特、德里达，等等。理论话语与文艺话语的藩篱在拆除之中，甚至有合一的趋势。理论与文艺的敌对关系能够变成相亲相爱的伙伴关系么？还是继续在相互的敌对之中，保持某种自治、自立、自洽，才能够更好地发展各自独特的智慧和力量？

理论和文艺相同的“根”、“源”，是两者合流的“根据”。它们的“根源”在于诗性的智慧、审美的穿透力。理论之所以能够直面生活，与文艺一样用不同的话语把握世界，就在于这样的感悟事情本身的能力。理论本身就可以成为创作，或者说理论的创造并不必然低于文艺的创造。所谓“原创性”，无非是直接回到事情本身，从“实事”中求“是”的能力。在别人的话语陷阱中打转转是不可能有什么创造的。那么，诗、史、思，文、史、哲的浑融形态就是真正的文艺、真正的理论的必然追求。但是，文艺理论由于是以文艺为对象，却形成了一种自相缠绕、与理论本身特性相悖反的现象。“文艺学”与文艺敌对的宿命能够在“婚姻”的形式中解决吗？

现代婚姻中，夫妻双方还是要保持各自独立的空间，有一间“自己的房间”。并立乃至对立也许应当是婚姻的应有之义。文艺学与文艺的关系亦然。令人深感忧虑的倒是，它们已经处于“无性婚姻”状态，却保持着不离不弃的劲头，成为正在上演的“中国式离婚”。

也许，挑明了本来具有的敌对，从冷漠之中培养敌对，倒可能重新产生真正的“爱情”。

观念的冒险

——关于中国文艺学发展困境的思考

蓦然回首，百年文论史，中国的建树实在少得可怜。

苍茫远眺，新世纪中我们能否自铸伟词，创立体大思精的文艺理论？

文艺理论界有理由感到焦灼、急迫与沉重。学术史的清理与反思，新的契机与方案的探寻，成为一个重要的话题。特别是由于文艺理论在整个文艺研究乃至文化研究中的重要地位，其发展的状况还影响到文学史、文艺批评的研究水平，以至哲学、文化与社会等广泛领域的学术探讨。所以，中国文艺学如何进行理论创新，更是诸多领域的学者共同关心的问题。在全球化的背景下，学术作为一国之灵魂，既面临着与国际学术界“接轨”的问题，又需对中华民族的理论思维与精神境界的提升作出自己的贡献，在国际学坛上发出自己的声音。凡斯种种，无不促使着中国的文艺理论研究必须走向一种创造的境界。

理论是一种创造，甚至是一种更其艰难的创造。一种新的文艺理论，作为批评的批评，关于文学的文学，对于思维的思维，所提供的新的思路和认识框架，往往能够使人们形成对世界事物的新的眼光和看法，激发人们的创造能力。一种新的理论的形成，却又必须是对人类思想成果具有深入广泛的掌握，并在与前人及今人的思想搏斗、心灵撞击中产生出来的；而文艺理论本身应有的科学性与人文性的矛盾，永恒性与创新性的张力，普适性与独特性的冲突，更使理论的创造带有更多的艰巨乃至悲壮的色彩。但也因此而使理论的创新具有更大的魅惑力。

正如歌德所说，凡是值得思考的事情，没有不是被人思考过的；我们必须做的只是重新加以思考而已。① 中国文艺理论的学术创新已经历了漫长的思考过程，当今我们必须重新思考其问题之症结所在。

一、“时差”的焦虑

当人们能够重新开展“形象思维”、“典型”、“创作方法”等问题的讨论，并将研究引向纵深时，忽然发现，这些问题要么已经变得不再那么重要，要么已被西方理论变换了角度与提法，得到一种新的解决。大家的眼光不可避免地为西方文论的发展所吸引。正如经济建设领域中的情形，国人发现，西方国家的发展在很大程度上走到了我们

① 程代熙等译：《歌德的格言和感想集》，中国社会科学出版社 1982 年版，第 3 页。

的前面，我们“落后”了，与他们之间有了一个令人焦虑的“时差”。这种“时差”，在科技、经济等领域甚至可以用多少年较为准确地量度出来。“山中方一日，世上已千年”，闭关锁国的代价终于以“时差”的方式强烈而残酷地呈现在了人们的眼前。

几乎与文学创作界用十余年的时间“走”完了西方文学几十年的花样翻新过程相同步，中国文论界也在十多年的时间里进行了对西方文论 20 世纪发展的追溯与跟踪。从精神分析、新批评、结构主义、神话一原型批评等等直到后现代主义、后殖民主义，都曾统领过一段风光，又不断因发现“过时”而遭捐弃。正是“林花谢了春红，太匆匆，无奈朝来寒雨晚来风”，欧风美雨就这样吹打着中国文论界，令从业者心潮思绪，倏起倏落，难以平静。其间，20 世纪 80 年代中期兴起的“方法热”，更将西方人文、社会科学与自然科学的诸多方法引入文艺理论之中，刺激着文艺理论思考一些新的领域、新的问题。而西方文论本身越来越强的跨学科性、交叉性与边缘性，也使中国文论界扩展了学术视野，增加了学术积累。尼采、海德格尔、福柯、马克斯·韦伯、波普尔……各种学术领域中的大家都在文论界投下了巨大的身影。无疑，文艺理论需要掌握的知识信息越来越多，也越来越漫无边际：哲学、政治、社会学、人类学、文化学……谁也不知道哪个领域内的某个专家会成为文论界的新偶像或新宠，谁也不知道究竟还有哪些学科会闯入文艺理论的疆域——文艺理论的发展更新越来越快，成为“知识膨胀”、“信息爆炸”的一个缩影。为了缩短与西方文论之间的“时差”，中国文论界付出了艰辛的努力，其成果业已凝结为一些专门著作和史著。这对于文艺理论研究中防止低层次的重复建设，及时汲取西方文论的精华，激活理论思维，使中国文论尽快完成从“照着讲”到“接着讲”的转折，具有极其重要的意义。

随着传播媒介的不断进步及国际交往的扩大，学术思想的交流越来越趋于及时、快捷，以至形成一种实时传播的“同时性”幻觉。但是，不同文化空间中历史时间的差异却无法敉平，相反，在某种意义上，“时差”却在一个平面上被突出和放大了。这样，一方面是学术传播的实时性，另一方面是学术心态上的“时差”的焦虑，造成对国外的“学术前沿”、理论动态的空前关注。于是，尽管在很短的时间内，将西方学术理论所经历的若干“转向”（turn）都演习了一遍，却仍然不知“文学理论的未来”将“风向哪边吹”，因此仍然需要亦步亦趋。这时，对西方文艺理论的介绍本身似乎就成为文艺学术的目标，许多学者甚至成为西方文艺理论流派在中国的传人和代言人；而这种传播介绍也不可避免地服从时效性原则，越是敏锐地介绍某种最新的动向，便越是占据着文艺理论学术的前沿阵地。因此，甚至有人为某种西方理论究竟是谁第一个介绍到中国来而惹起纷争。“时差”由此变为了学术发明、学术位置之“差”。所以，为了尽可能地缩短“时差”，造成“同时性”，一种最为便捷的与国际接轨的方式出现了，那就是直接“进口”一些正在引起讨论的问题。近年来一些学术研讨常常争议的正是一些在国外“现在进行时”的研讨课题。

“时差”造成的学术心态“落差”日益凸显，在许多研究者心目中，凡是值得思考的问题都早已由西方理论家思考过，要研究文艺理论便须不断地跟踪西方新的理论动态。这样，就将一种参照系当成了标准尺度，而产生了一种新的“时差”：我们永远跟踪着西方的新理论，将其当作“先进”，而自己就只能是随人脚跟，拾人牙慧，落在后面，“时差”被凝固了下来。一切都等待西方人的思考和结论，永远不敢独立、自由地思考，等于把思想的权力放弃，把自己放在了二传手、三传手的位置上，不敢越雷池一步。“时差”内化为心理的落差、思想的落差，这才是真正应当反思的“时差”焦虑。实际上，尽管这样的学术跟踪试图永远地抓住“现在”，求得“同时”，却把“未来”拱手交给了别人，使理论思维创造能力受到外在与内在的双重抑制。因此，如果说理论研究的“时差”以往确实客观存在的话，那么经过学术界的努力和学术传播的进步，现在已大为缩短。但是，正如国际往返需要调整生理“时差”一样，文艺理论学术研究中国际交往的心理“时差”也已到了应当调整的时候。否则，在“落后感”的卑怯中，总是“直把杭州作汴州”，不能直接面对文艺现象，“回到事情本身”，就只能成为西方理论的传声筒。因此，在学习、研究西方理论，关注其最新动态的同时，如何在“同情的了解”之后，还拥有“怀疑的分析”与“超越的重估”呢？又如何保持自己的主体地位，运用自己的脑筋进行思考，创造出自己的理论体系？这些，都是摆在文艺理论界面前的重要课题。

那么，如何既保持自己的主体地位，又能够消除与日新月异的西方理论生产之间的“时差”呢？有人把目光投向了自己的传统。所谓人穷则返本，退回到中国古代文论，用“国学”中寻找出来的“永恒”法宝来抗拒“时差”，便成为一种理论选择。有人提出，要从中国古代文论长期形成的一套独特的话语体系来建构文艺理论，就是这种想法的体现。甚至将这样的消除“时差”方法从“未来”的角度来考虑，那就是认为未来将是东方文化的时代，经过“三十年河东，三十年河西”的风水轮流转，“西方不亮，东方亮”，“未来”将以我们“过去”所固有的东西来主宰，因此，只要我们把传统文论的精华弘扬出来，“当前”的“时差”就必然被消除；而且不仅如此，我们还获得了一种超前的位置。这样，“时差”的焦虑又转换到了中西会通的问题上。

二、“会通”的困惑

“会通”即解释。时至今日，无论是“以西格中”，还是“以中格西”，都必须在中西文论的相互比较中进行相互阐释。也就是说，即便是运用中国传统文论的话语建构现代理论体系，也仍然需要在西方理论的参照、比较中进行。因为新的“语境”业已形成，在两种话语体系的相互翻译、相互移用中双方都已经过了“格义”过程，即运用对方的理论思维、文化构架进行了解释。所以，无论愿意与否，已经发生过的“会通”都已不可逆转。输入的各种新学语经过解释渐渐融入了理论话语之中，而中国固有的学术话语则在西方理论的阐释中获得了一些新的意义。

因此，比较文论的研究对于中国古代文论来说，是使原本缺乏规定、分析的术语，在各种新的理论的映照下，显示出其丰富、复杂的意蕴，同时获得了与西方理论沟通、对话的能力。不同文化之间的外在差异，在“东海西海，心理攸同”之间得到内在的沟通。如钱锺书在《管锥编》、《谈艺录》、《七缀集》等当中所做的工作，王元化在《〈文心雕龙〉创作论》中进行的阐释，都是“以西格中”的典范之作。而近年来一些人所提倡的“以中格西”，则与认为西方理论具有较强阐释能力的看法相反，在中国理论中发现了对西方理论的某种优势，究其实质，是认为西方纷纭变化的理论在中国学术思想传统中早就古已有之，如解构主义之于庄禅，就是一例。因此，中西会通中，两者的相互“翻译”、“格义”，绝不是简单地表现为何种话语更具阐释力的问题，更重要的，在于认为这些话语体系背后的思想理论何者更为高明。

所以，主张运用中国传统文论话语来构建文艺理论体系，一方面是将文艺理论的中国学派的“中国”，阐释为传统的思想方式与语言方式，即所谓中国特色、中国气派；另一方面是要将传统文论的某些重要精神与原则重新发扬出来，只不过还要以西方理论的组织方式加以体系化而已。问题是，在这样的会通中，西方理论话语就被化约到中国“古已有之”的话语之中，消解于无形，“新”的变成了“旧”的，建立起来的体系也就必然是表面上的“现代”而实质上的“传统”。无论阐发的传统是多么高明，却都只能属于过去，而并非是新的创造。用进一步“落后”的方式来克服“落后感”，也有某种悲壮的喜剧性。

进一步考察则可以发现，中、西互“格”，相互的比较与解释，只能不断地发现两种或多种理论的异中之同与同中之异。无论是在中国理论中发现早就存在着某些西方理论的某种端倪，还是在西方理论中发现中国理论的与之相类似的思路，或者是比较出两者的各自特点，都只是更为具体、更为准确、更为详尽地说出了本已存在的两种理论是“怎样”的及为什么会“这样”，虽然能够使人们更好地认识、理解这些理论，本身却仍然未能说出新的东西，提出新的理论。当然，在这样的研究中，人们可以在比较中发现出既往理论中的空白，理论思维的变革契机，以及诸多经验教训，但这些也仍然是属于“后验”的，还不能自动产生出新的理论。何况，这种会通大多注重“同”的发现，忽视不同文化之间的差异，所以，共通规律的寻找也只能是对已有理论的一种相互印证而已。

因此，在“会通”中进行理论“整合”就成为一个似乎不错的选择。在中国古代文论与西方文论之间找到某一共通点作为“合点”，将两者整合为一个新的体系，是许多学者所重视的工作。但是，这种整合同样存在着以哪种话语为主体的问题，要求确立一种基本的理论立场；同时，理论的整合还要求将悖立的、特别的思想内容安排到合适的位置，或者加以排除，或者以一个更大的框架加以融合，其结果都是取消了差异。因此，整合的结果往往是两种理论都丧失了部分内容，形成一种相互迁就的联姻。最佳的结果，也只能是两者的相加，难以产生出新的理论。这也就是许多整合出来的理论虽然丰富、扎实，却缺乏真正的新意的原因。

那么，中西会通作为一种值得追求的学术境界为什么还不能达到理想的目标呢？王国维在《论新学语之输入》一文中早已指出：“言语者，思想之代表也。故新思想之输入，即新言语输入之意味也。”[①]以什么样的话语来表述同一事物得到的结果并不相同，因为用以观察、思考此一事物的“思想”已不同。因此，尽管研究者以西方理论话语阐释中国古代文论似乎是在“重述”已有的东西，这种“重述”本身却具有重要的意义，因为已被另一种思想体系重新观察、思考过了，所以隐而不发的东西被澄明了，新的意义和阐释空间被开辟了出来。同理，以中国文论话语去阐释西方文论，也绝非同义的反复。那么，为什么这种中西会通的努力也还不能创造出新的理论呢？其主要原因还在于两种话语系统的沟通与整合中都未能产生出新的话语。

① 王国维：《静庵文集》，辽宁教育出版社 1997 年版，第 117 页。

如所周知，言语不仅为思想之代表，在理论体系中，还必须成为概念、范畴。每个概念背后都有复杂的理论体系作支持，所以说，概念或所谓话语，都归属于某种理论体系。只要对这些话语未作新的规定与引申，就只能在这样的一些理论体系中思考问题。中西会通固然在相互解释中扩张了一些话语的含义，但是这种扩张与引申却仍然是落在这两种话语的理论体系之内，而无法超出。因此，以某种话语为主，固然无法超出原有的理论体系，而两者以某种形式进行整合，也仍然要落在两种体系的理论范围之内。佛教禅宗将只在文字上做功夫而不能深求意蕴的做法叫作“死在句下”，若借来用作只能在中西话语的相互会通中求取理论创造的表现，则可引申为在两种话语所代表的理论体系中无法走出的困境。西方文论常常感叹“表述的危机”，觉得“名词”、“术语”不够用，正是因为他们能够不断地面对新的现象，提出新的问题，所以，“表述的危机”之后，往往带来理论的新生。而我们对于中西会通的执着，更多的是为了在已有的话语中讨生活，怎能不“死在句下”？因此，要创造新的理论，真正建立文艺理论的中国学派，而不是以过去的遗产来代替创造的话，就必须超出已有的话语体系，自铸伟词。这就要求能够发现“表述的危机”，提出新的问题。

三、“问题”的匮乏

在别人的理论中讨生活，丧失自己的思考能力，是文艺学的大敌，也是一切创造的大敌。纵横古今中外的理论话语之中，固然可以磨砺思维，然而也可能在别人的话语中陷入困境，掉在已有的话语陷阱中无法脱身。理论思维在理论本身绕圈圈的根本原因，是脱离了理论的对象，是无法从文艺现象之中发现真正的问题。问题的匮乏是理论贫困的原因。

每一种理论都拥有自己的独特话语。如巴赫金的“对话”、“杂语”、“狂欢化”，哈贝马斯的“公共空间”，德里达的“差延”等，都是自铸的新词。他们或将一些原本为日常用语或其他“非理论”的词汇冶炼熔铸为理论概念，或者赋予以往的一些概念以新的含义，通过新的话语与命题，建构起了新的体系。这也正如王国维所说，“夫普通之文字中，固无事于新奇之语也，至于讲一学、治一艺，则非增新语不可”[①]。理论研究正是在这里，显示出与文学创作相类似的地方。

纵观文艺理论界，并不缺少新术语。“后”字、“主义”、“新”字等漫天飞舞，翻译过来的在原文中本为平常的语词由于转译而变为新奇的各种概念，以及不同学科中各种新名词的引入，都使文艺理论文章变得佶屈聱牙，难以通读。有人贬斥为“名词轰炸”，有人以为增加了文艺理论的学术含量，但不管怎样，事实上是并未产生出一种自己创作出来的新话语，也缺少真正具有独创性的思想体系。而西方文论中，每种“主义”，都具有一系列新的术语，构成自洽的体系。所以，80 年代尽管有许多人试图建立新的理论，却最终缺少坚实的成果。

有人将其归过于“思而不学”，缺少学术的积累，因此 90 年代更重视重建学术规范与学术传承，在文艺理论研究中表现为对于学术史的重视。然而，理论研究更多地属于思的事业，“学而不思”或少思更

① 王国维：《静庵文集》，辽宁教育出版社 1997 年版，第 117 页。

难以建立起新的理论。因此，问题的关键是思考什么与如何思考。胡适的“多研究些问题，少谈些主义”又被重新提起，各种各样的“主义”——弗洛伊德主义、解构主义、后现代主义——都轮番上下场之后，人们试图认真研究一些问题，以加强研究的学术品性。但是，在诸多的研究中，我们还很少看到新理论出现的征兆；相反，这些研究本身虽然具有较强的学术性，却缺乏理论创新的欲望与动力。当然，这些努力毕竟为理论创新作出了必要的准备。正如人们常说的，发现问题比解决问题更重要。德国哲学家施太格缪勒曾指出，虽然哲学问题具有一致性，但是“在哲学的生命中，也像在专门科学的生命中一样，都发生过变化，而每一次变化都给今天的哲学打上了印记。这不仅因为譬如说所提出的见解是前所未见的、新颖的，并且部分地是彻底的；而且也因为问题的提法根本改变了。在这种过程中，那些‘永恒而古老的问题’常常完全消失了——一部分是当作多余的，一部分是当作错误的，一部分是当作完全没有意义的——另一部分虽然还存在，但它们现在可以说是只构成明确阐明与它们有本质不同的问题的看不见的背景”①。同样的道理，文艺学研究中如果不能自己发现问题，提出新的问题，或从新的角度与方法对问题重新提问，就无法推动学科的前进。有人说“没有真问题，就没有真学问”，可真问题是靠自己来发现的，否则，即便是“真问题”，由于别人业已作出了深入的研究，也很难在其基础上提出新的理论。因此，虽然“主义”可以多谈，却也应注意它所着力解决的问题；而建立自己的主义（理论），就需要提出自己的问题。

---

① 〔美〕施太格缪勒著，王炳文等译：《当代哲学主流》上卷，商务印书馆 1989 年版，第 16 页。

文艺理论的中西融通及多学科的综合，也必须在发现问题、解决问题的基础上进行。罗兰·巴特曾提出，现代人文科学所要求的那类交叉学科的工作，不是需要运用若干现已确立的学科去分析一个按传统方式定义的研究对象，而是要发明一个不属于任何现已确立的特定学科的新对象。[①] 这种新对象，正是一种新的问题。这样的问题的提出，就需在不同的学科之间寻找到共同面临的问题，也就是在一个更高的层面上，以一种新的方式提出问题。唯其如此，才能超越原来学科的限制，真正产生出某种新的学科、新的理论。对于中西会通，两种文论的“整合”亦应作如是观。只有发现共同面临的某种问题，是中西文论都未能很好地解决的，在此基础上调集双方的力量加以合力攻关，才可望形成新的理论。而对于这样的问题的发现，以及对于文艺研究中独特问题的发现，目前还处于一种匮乏的状况之中。也正因此，文艺理论中鲜有自创的新词、独到的话语和新的理论体系。

其实，文艺研究中对于问题的发现由于学科的交叉与中西的会通而变得相对容易。这是因为问题的领域更加扩大与种类更加增多。如巴赫金之“对话理论”、“狂欢理论”就与他广阔的文化视野密切相关。但是，我们的文艺理论界之所以缺少问题，并不是或主要不是因为学术积淀的薄弱，而是与在思维方式上的过于求取全面、“整合”等相关。理论问题的发现，只能从某一方面进行，有人关注“对话”，有人关注“陌生化”，但由此一端，都建立起影响深远的理论，其渗透力又可涉及其他的领域。所以，要想使理论思维向前推进，就必须寻找到一些人们容易忽视的问题作为突破口，使一些“非理论”的问

① 〔美〕拉尔夫·科恩主编，程锡麟等译：《文学理论的未来》，中国社会科学出版社 1993 年版，第 76 页。

题理论化，从而创造出新的理论话语和新的理论体系。这样，由问题出发，经过深入的研究与思考，就会对以往的各种“主义”作出新的论定，提出自己的“主义”。

四、“观念”的探险

理论不是跟屁虫，只在现象后面说三道四地做经验总结。那样“后验”的“事后诸葛亮”，不是文艺理论的光荣，而是它的耻辱。即使说实践是检验真理的唯一标准吧，那也得先有理论，才需要有检验。理论是“证实”与“证伪”尚不可知的“试错”。所以，理论的创新和一切创新一样，都需要某种冒险的精神、冒险的思考与行动。有时候，甚至是需要牺牲和殉道的。文艺学作为精神科学的重要部分，其魅力和精髓，都在于精神的自由本性。自由的探索，自由的创造，其实也就是必须自己承担后果的冒险。

文艺理论在学术形态上得到了长足的发展，其跨学科性和日益膨胀的融贯性既使人们增强了研究的兴趣，又令许多读者望而生畏。而它与作家、艺术家的关系也变得日益疏远。这一方面是文艺理论获得相对自足的学术空间的结果，另一方面，又是文艺理论越来越偏重于描述、分析，而追求阐释自身的独立意义所造成的。所以，尽管理论本身提出了许多新的问题，形成了一些新的“主义”，却使得人们越来越敬而远之，并影响到人们对于文学批评的态度。

我们认为，多研究些问题，并不必然地导致“少谈些主义”，相反，为了解决问题，往往需要提出“主义”。由于20世纪西方文论大多注重“批评的剖析”，使得理论也更重视描述与分析，而将号召性、指导性的理论更多地出让给文艺创作者来提出。这样，文艺理论对于创作者来说就减少了吸引力，对于普通读者，则由于理论关注文学本身减少而日益丧失阅读的兴趣。这种双重的丧失，使得文艺理论发展的内驱力逐渐衰退，在扩张地盘的同时却正在失去自己栖息的家园。文艺理论在西方甚至几乎要被“理论”所代替。这种情形，令人忧喜交集。当一切都被“边缘化”、“拼贴化”之后，文艺理论在与文化理论、社会理论等等的交叉融合中，怎样保持独立的特质？

这当然首先要求文艺理论从自己的角度渗入其他的领域。事实上，正是以“文本”、“叙事”、“对话”等问题的研讨起始，文艺理论进入了历史、社会以及哲学等领域，对分析和理解人类生存的诸多方面提供了独特的思路和理性框架。这就要求，文艺理论在解决自身的问题上具有强大的穿透力和自洽性，只有这样，才能获得某种普遍的阐释功能。其次，还要求文艺理论作为关于文学的文学提高自身的文学性。事实上，像罗兰·巴特这样的理论家，其著述本身就洋溢着灵感和激情，给人一种智慧的欢乐和知识的愉悦。关注文学实践和艺术阐释，则是达至这一途径的必由之路。正是在这一点上，中国古代文论提供了堪称辉煌的范例，在审美感悟与理性沉思之间找到了沟通的途径。

然而，对于一种理论来说，仅有阐释、分析、评价的功能还是不够的。西方文论中的诸多流派，虽然以描述性、分析性为标榜，最终仍不免变为某种“主义”，带有规范、导向的性质。中国当前的文论研究，由于倾向于学术性，过多地注重理论的阐释、描述功能。英国哲学家奥斯汀在20世纪50年代提出了著名的言语行为理论，认为语言的使用可分为记述式话语与完成行为式话语。前者即通常被称为陈述，其功用是对情况加以描述和报道，因而具有可判断其真假的性质。而后者则绝不是用来描述事态，而是用来完成某种行为，用来做某种事情，因而无所谓真假。奥斯汀后来发展出了“以言行事”的理论，并将“以言行事”分为以言表意、以言行事及以言取效三种语言行为。[①] 这里我们不作深究，但以此观察文艺理论话语的使用方式，也可以分为两种：一种是“陈述式”的，主要起描述、分析、阐释功能；一种是完成行为式或施行式的，具有活跃的创造、改变文艺世界的功能。后者所作出的祈求、召唤、指导、宣示等对于文学实践及整个文艺世界都产生出实际的效果，理论本身就成为一种行动与事件。虽然只是言语行为，却可以“做事”，指示、引导文艺创作与欣赏。这样的理论现在却日渐减少。这与以往政治对文艺的过多干预有关，使“主义”话语在文艺理论中不受欢迎。但是，文艺作为人类文化的一种形式，其创作过程却不能不受到某种理论的引导，无论这种理论是否以理论的形态出现或创作者是否自觉，都应当是存在的。而理论工作者若放弃这种“以言行事”的理论话语，无疑使理论失去了腾飞的一翼。

事实上，无论中国还是西方的文艺理论，都曾“以言行事”，为文学创作与欣赏做了许多指导、规范、劝说、批评等“事”。这里我们更关注的是理论的先导性，文艺理论为文艺创作与欣赏指示方向，揭示真理。中国古代的庄子思想对后世文艺家的影响，西方亚里士多德的《诗学》对西方文学发展的规范作用，以及西方现代主义文艺理论先行的种种思潮、运动，都表明了理论的指导作用。因而，文艺理论的建设，还必须从问题中向上提升，在自铸伟词时，既应有深刻、准确的分析、阐释话语，也应有超越、规范的指导、呼唤性话语。因

① 〔英〕奥斯汀著，朱锐译：《我们如何以言行事》，见《现代西方哲学论著选读》，北京大学出版社 1992 年版。

为文学本身就是一种行动，包含着价值的指向和明确的追求，而文艺理论不应甘于跟在文学实践的后面，进行后验的分析、阐释，同样应当擎起文艺价值的大旗，进行理论上的先行建构。也就是说，文艺理论不能总是跟在文艺创作的后头，而要冲到文艺创作的前头，以理想的、创新的理论导引文艺创作实践。

应当指出，在文艺理论、美学思想中，最为深刻、最具生命力的学说往往是哲学家提出来的，无论中西都是如此。而当今中国的文艺理论之所以缺乏创新，一个重要原因就是失去了从先验的角度进行理论建构的能力。正如美国学者诺索洛所云：西方之知识，“实有超乎直接经验之外者。换言之，西方知识，乃一种悬拟或假设，而非纯粹事实或事实之积聚，因此其知识必多于事实，必有为事实所不能完全证明之部分。唯其知识有不能纯由人生经验证实之部分，故西方人乃不敢视知识为永久不变，为永真无误。因此西方知识有其冒险性与可变性，或创新性”[①]。这样的先于事实、先于实践的理论，即称为“观念的探险”。这样的探险，往往是在逻辑上先行论证的。虽然无法用经验来证实或证伪，但首先在理论上是自洽的、能够成立的。西方的理论如此，其实中国的许多原创性的理论也无不如此。先验的理论之所以“先验”，就因为它在逻辑上已可以验证。文艺理论界有一种习见的看法，那就是认为理论是后于创作的。这就使理论的创造力被创作所压制。久而久之，就只能作阐释、分析，用别人的理论来分析现象，或研究西方及古代理论，而提不出自己的观念了。因此，要真正走向创造的境界，就必须有观念的探险，不惮于为创作与鉴赏提供新的思维、

① 钱穆：《中国文化史导论》，商务印书馆 1994 年版，第 231 页。

新的观念，以及新的理论。从偏重阐释、描述的理论走向范导性的“以言行事”的理论，即从“先验”的角度进行理论建构，让理论思维“走”到创作实践的“前”面，为文艺“立法”，用直面实事所提出的问题与思想刺激文艺家的创作，使理论具有激活感性的功能。这样的理论，庶几等于创作者在艺术实践中必然自发形成而难以自觉提炼，或虽经自觉，但未能充分理论化的创新冲动与激情。这是对既往文学经验的反动与反叛，是对新的文学形态的呼唤与接生。这样的理论创造，与文艺创作是难分彼此、血脉相连的。这是舶来的新论、传统的复活，或会通的杂糅都无法企及的，乃是真正指向未来，指向文艺实践的。正如马克思所说：“光是思想竭力体现为现实是不够的，现实本身应当力求趋向思想。”[①] 文艺学理论创新的意义，激动人心的魅力，正在于此。

---

① 《马克思恩格斯选集》第一卷，人民出版社 1972 年版，第 10 页。

『五四』的三重变奏

本文试图提出的是被启蒙与救亡所遮蔽、往往遭到忽视的“五四”的学术之维，它与启蒙、救亡一道构成了“五四”精神的整体。“道”、“政”、“学”，三者的升沉俯仰，在中国现代历史中的作用相当耐人寻味。

鲁迅“铁屋子”的比喻非常著名，在那里他将民众比作在绝无窗户而万难破毁的铁屋子中的人，先觉者的呐喊对他们是福是祸殊难预料。这一与《妙华莲华经》中火宅之喻相类似的比喻，无意中流露出一种“五四”先驱者共通的心态，那就是以先知先觉自任，着意唤醒民众，引领大家走向光明的地方。柏拉图的“洞穴之喻”也是如此，它对开启西方启蒙主义的思路有重要影响。而无论是铁屋子里的呐喊，还是盗火者的殉道，都表明了极为重要的前提，那就是以真理或光明的拥有者自命，而进行一种居高临下的宣传与教育。显然，这里有某种类似宗教的情绪。可是，当铁屋子被掀翻，由启蒙而激起救亡，从文化批判发展为政治斗争后，一种新的主流话语却恰恰颠倒了原来的启示者与蒙昧者、知识分子与民众的关系，需要进行思想改造的成了知识分子而不是贫民大众。堪称佛教中国化、民间化典型代表的禅宗六祖惠能响亮提出的“下下人有上上智，上上人有没意智”，最终被“转换性地创造”为“卑贱者最聪明，高贵者最愚蠢”。真是“前念迷即凡夫，后念悟即佛”，从政治斗争中觉醒的民众成了知识分子的教育者与引导者，甚至是灵魂的拯救者。先驱者曾发愿心要“疗救国民的灵魂”，殊不知民众觉醒后，最需疗救的却是知识分子自己的灵魂。

这就是霍克海默和阿多诺在《启蒙辩证法》中论述的启蒙精神走向了其反面的“中国版”。个中曲折，非此短文所能详论。只要看看“五四”时期的一些言论，即可推知一些大概。陈独秀在白话文运动中提出：“改良中国文学，当以白话为文学正宗之说，其是非甚明，必不容反对者有讨论之余地。”与胡适“不敢以吾辈所主张为必是”的态度相比，显得更为坚决、勇猛，也因此而迅速确立了白话文的地位。可是，他这种真理在握、不容反驳的态度，正显示了启蒙者所倡导的思想解放、文化批判的终极限度，那就是对他们所持的“真理”、“光明”本身不能质疑、讨论。鲁迅先生在《我之节烈观》一文中则将《新青年》中几篇驳论，比作“和别人辩地球方圆的文字”，对康有为及灵学派的主张表示了极大的蔑视。这种启蒙初期特有的激烈与急进，作为文化批判的手段，在“打倒孔家店”、“新文学运动”及对德、赛二先生的宣扬中，都有着重要的作用。但是，当它固定为一种思维模式后，以觉醒 / 蒙昧、先进 / 落后、正确 / 错误、我 / 敌……的二元对立模式来处理事务，就成为启蒙精神的重要原则。

康德在回答“什么是启蒙运动”时指出，“启蒙运动就是人类脱离自己加之于自己的不成熟状态”，而这“必须永远有公开运用自己理性的自由，并且唯有它才能带来人类的启蒙”。“五四”先驱们那种要将一切事物都放置在理性的天平上“重估一切价值”的气度正由此而来。然而，启蒙的目标是任何一个个人都具有在一切事情上公开运用自己理性的自由，可是启蒙的进程却又要求对反对者的自由加以限制，否则，启蒙的要求就会因为阻碍启蒙的力量过于强大、顽固而无法实现。在此，历史性就成为无法排除的因素，在相当大的程度上规定着启蒙的形态，造成其特定的局限。我们在此无意也无法责备贤者，但是，这种带着强烈功利目的的启蒙可以迅速地转变为一种政治意识形态，也是一种逻辑的必然。所谓“救亡压倒启蒙”，其实是启蒙起首就是为了救亡的结果。舍筏而登舟，在一种政治斗争的格局中，启蒙就成为更具纯度与强度的宣传。宣传的目的是让理论掌握群众，而一旦群众掌握了理论，哪怕是理论中最基本的道理，就成为一种强大的政治力量；合乎逻辑地，群众成为理论得以现实化的根本所在，以启蒙者自居的知识分子只有汇入政治斗争的洪流之中，才能实现自己的价值，因此导致了启蒙者必须接受再教育的历史命运。

“枪杆子里面出政权”，政治斗争有着自己固有的逻辑；“十月革命一声炮响，给中国送来了马克思列宁主义”，剧变的政治局势又往往以强力敲开启蒙的大门。启蒙与救亡的交互作用以及此消彼长表明，向西方寻求真理来对中国文化进行批判的启蒙思潮本身所具有的二元对立思维，使其与政治斗争之间缺少一种中间地带，因为政治斗争中无法容忍“第三条道路”，而在知识分子中也难以宽容“第三种人”、“第三种”思想或主义。这同样是启蒙运动的必然逻辑与必需策略，因为只有掌握真理与光明，才有资格去开启蒙昧。所以，在“五四”时期形形色色的思潮中，无论提出的主张是什么，凡是以启蒙的态度去弘扬宣传的，都或多或少地存在着共同的问题，那就是对所持守的主义本身缺少一种存疑的态度；尽管有的人在主义之间曾徘徊，甚至“觉今是而昨非”地变换主义，却都在认定某一主义后，便惊人相似地采取某种“不容反对者有讨论之余地”的态度。

在这样的背景下，观察“五四”以降一些知识分子的学术活动便有重要的意义。近年来，一些学者对于现代学术史研究的成果表明，在异常激烈的政治斗争和如火如荼的启蒙运动之外，尚有一些学者于“经世致用”之外做“凌空蹈虚”及“烦琐考证”之类的学问，他们的许多学术成果，有相当部分至今尚为无法超越的典范之作。这些学者或被置于“国学大师”之类的名下，其实他们倒是以“西学”开启了中国现代学术，终结了中国古代学术；而许多启蒙的先驱，如现代文学史上最著名的鲁迅、郭沫若，在学术上留下的丰厚成果与突出成就都有里程碑式的意义。因此，正是由于学术的支持与后援，“五四”启蒙运动才取得了辉煌的成就。但是，为了启蒙的需要，学术在意识形态面前往往丧失了地盘。在重审历史与传统时，王元化先生指出的一些现代学者以马克思、韦伯所说的“意图伦理”来治学，留下了特别的遗憾与教训。例如，胡适为了证明白话文是活的文学而文言文是死的文学所写的《白话文学史》，就将“白话”的概念加以扩大，扩大到能够把中国文学史上大多数杰作都容纳进来的地步，“还有不及格而被排斥的，那真是僵死的文学了”。由此证明白话文不仅是有史的，而且白话文学史就是中国文学史的中心部分。这就是以既定意图作取舍而产生的结果。当然，这里并不是说启蒙的文化批判所说的不是真理，只不过任何理论在学术的领域中，都应按照学术的原则与规范来分析与研究。所以，我们说一些学者有自由精神、独立意志，并非要考究其政治阵线、思想归宿，而是指他在从事学术研究时所应秉持的学术的规范。鲁迅、郭沫若的一些学术成果之所以能够垂之久远，同样在于秉持了这样的规范。相反，那些名噪一时的口号、标语式的思想成果与文化宣言，则只有某种历史的价值。

然而，正如启蒙的文化批判在急剧的政治斗争中容易被压倒，就其性质而言本来就处于“冷板凳”上的学术研究更会在救亡与启蒙的高亢音调中被淹没。对现代学术经典的重新发现与发掘，在近年来成为一项学术事业，这本身就很能说明问题。“大音希声”，政治风云的变幻、意识形态的转化，就像嘈嘈切切的音乐，或如“银瓶乍破水浆迸”，或如“铁骑突出刀枪鸣”，当这些声音暂歇之时，“唯见江心秋月白”的“此时无声胜有声”，静悄悄的学术事业才显示出自己持久的、韧性的力量。这在自然科学家或许易于理解，“五四”以来的诸多著名的科学家无论其政治立场、思想观念如何，都以学术上的建树为国家与人民作出了自己的贡献；而人文、社会科学的知识分子，其社会价值取向往往与学术活动直接相关，就容易走向政治的中心地带，与意识形态发生较为直接的关系。但是，对于真正的学者来说，这只是对其学术活动能否保持独立不倚的态度的考验，而绝不是曲学以阿世的理由。此外，也唯有以坚实的学术研究为依据，学者之参与政治、启蒙宣传才具有其不可替代的价值。

因此，“五四”启蒙、救亡与学术的三重变奏中，学术的声音日趋清明，正表明了“五四”传统的复杂构成中学术传统的重要性。对“五四”开启的学术传统的研究自应是“五四”研究的题中应有之义，而对其历史命运的反思尤其值得注意。不过，除此之外，我们还应重视，已被“五四”确立为不容置疑的一些启蒙思潮中出现的命题，也应作学术反思，从而在新的历史时期承续“五四”学术的优秀传统。限于篇幅，这里只是初步提出几个问题，作为进一步学术思考的端绪。

一是关于文言的历史地位与作用问题。文、白分合作为中国文化史上的重要现象，在中国古代人的思维方式、精神结构中的作用尚未得到充分的研究；特别是西方语言哲学的发展为研究这些问题提供了新的契机，也提出了新的挑战。“五四”以新文学运动为重要动力，白话文运动的成功使得文言文学的地位一落千丈；但是，中国古代文学史若真正只以白话文学史为中心则会丧失大部分杰作，因此对文言文学的研究仍然是古典文学研究中极为重要的部门；鲁迅对汉、魏、晋文学的深刻研究也说明了这一点。可是，值得注意的是，对文言文学的研究长期以来却缺乏语言之维，即从文言文学是文言所写成的这一基本事实出发来进行研究。对于古人，是不存在或很少意识到这个问题的，但在白话文已取代文言文的情况下，如果研究文言文学仍不重视文言这一维度，则很难说明文言文学的成就。“语言是存在的家园”，文言本身就是特殊的精神形态。例如，我们都有这样的经验，在某种情境下想起的古诗文，往往引发出无限的感受与深思，可是一旦试图重新以白话文来翻译或改写，就会失去其原来的意境与魅力；这就说明，文言文学具有其无可替代的价值，否则，我们就可以用“白话全译”来代替整个中国古代文学乃至文化典籍的宝藏了。由于白话文运动的强势影响，虽然对文言的语言学研究取得了丰硕的成果，从文言这一语言维度来研究古代文学乃至古代哲学、史学等方面的学术领域却长期未被打开。这是相当遗憾的。文言形态的智慧与心灵，需要重新发现。由此，对白话文与文言文的关系，就可以作深层次的学术思考。白话文学的成败利钝，也可在新的视野中观照。

二是关于“国民性”的研究。在“五四”先驱们的启蒙心态中，一个重要的因素便是西方对中国的看法。正因为从一个置身于外的角度来观察，所以能够发现中国人性格世界的诸多弱点。“国民性”的形象，以鲁迅笔下的阿Q最为著名也最为典型，直到现在阿Q精神也仍然是一个纯然的贬语。研究庄子的学者还有人为将庄子比作阿Q而辩白，以确立庄学的价值。我们不妨就分析一下阿Q精神。阿Q精神是一种处于困境之中的自我解脱的精神胜利法。在人的力量无法战胜的困境面前，有三种选择，一是拼个鱼死网破，以死亡与失败来抗争，这自有一种悲剧气概；二是屈服于困境，向黑暗低头，融入黑暗之中；而第三种则就是既在现实中向失败低头，又在精神上蔑视对象，并把希望寄托于幻想或未来。也就是说，在精神胜利法中有两个要素，一是对现实的蔑视，其中包含着某种积极的因素，在一定时机可能以“革命”之类的形式表现出来；二是对保存自己的重视，注意在无力改变现实的条件下委曲求全，以待时机。因此，阿Q精神至少是有可能引向一种正面的价值的。在“文化大革命”中一些从困厄中挺过来的劫后余生者身上，或多或少地都有某种阿Q精神在起作用，又如何能一概否定“阿Q精神”呢？而对于“国民性”的整体研究，虽然有人重视了问题的复杂性，注意到西方视角的文化偏见与“五四”时期启蒙批判的文化自虐，但是要作出令人信服的结论却仍然需诉诸学术的研究，如撰写“中国精神史”、“中国性格史”之类的著作，才能有效地回应“五四”提出的问题。

三是科学方法问题。胡适提出的“多研究些问题，少谈些主义”，近年来又被提起，这当与对“五四”时期启蒙与学术关系的重新认识有关。但是，“多研究些问题”却需要确立研究的方法与规范。胡适的另一著名口号“大胆的假设，小心的求证”，在现代学术上则作为一种科学方法在思想史和学术史上留下了深刻影响。其最为显著者，为史学上“疑古学派”的形成与发展，后来者已有“走出疑古时代”以回应。但是，如何从学术上对胡适的“科学方法”进行反思，以及如何确立学术研究中的科学方法，都还应当作进一步的深入研究。

总之，“五四”留下的丰厚遗产，学术之维与启蒙、救亡精神一样值得重视，特别是因为前者常被后者的光芒所掩，尤其应当加以发掘；对“五四”提出的一些思想命题进行学术反思，也是继承“五四”学术传统的题中应有之义。

文学本体的奇妙“兑现”

美国哲学家蒯因的一部论文集书名，得之于一个奇特的遇合。“在1952年之际我就预见到这将是一件旷日持久的工作，而我则急于要使我的某些哲学观点在那时就成为人们易于理解的东西。有一次亨利·艾肯（Henry Aiken）和我，以及我们的夫人去参加格林尼治村夜总会，我把这个计划告诉了他。当时哈里·贝拉方特刚唱完‘从逻辑的观点看’这支即兴小调。亨利指出，这是一个很好的论文集的标题，而它果然成了我这本书的书名。”[1] 这个“妙手偶得”的名字，滤去了背景，竟是那么学术、肃然、甚至有些冠冕堂皇。文艺在这儿与哲学猝

① 〔美〕W. V. O. 蒯因著，江天骥、宋文淦等译：《从逻辑的观点看》，上海译文出版社1987年版，第4页。

然相遇，确是深有趣味。这首歌唱的是什么呢？我猜想，定当是“从非逻辑的观点看”；大抵，“从逻辑的观点看”，一切事情往往乏味而呆板。恰是那一刹那的碰击，“非逻辑”的即兴小调，却助成了“逻辑”的“观点”。

可是，蒯因的这本书，却似乎还要和文艺有摆脱不了的关系。这本书的开头一篇，《论何物存在》，谈论的正是令人头痛的“本体论问题”。可是，此文开头一句话，即“A curious thing about the ontological problem is its simplicity”，却引起了文学理论家的特别兴趣，或者说，引起了一种奇妙的创造性误读——

> 在 W. V. O. 蒯因的哲学著作《从逻辑的观点看》中，开宗明义的第一句话就可能被想象成一首诗：
>
> 令人好奇的
>
> 关于本体论的问题正是它的
>
> 简单性。

这是卡勒在《文学理论入门》中写下的诗歌形式的哲语。在更早的《结构主义诗学》中，卡勒其实还有进一步的发挥，他将“这首诗”进一步重新排列，认为这样一种排版形式“会引起读者完全不同的注意”，形单影只排出的“thing”、“is”和“simplicity”等词，“将释放出它们潜在的一些语言力量”。[①]

卡勒这样分析自己的“想象”：“这句话就这样写在纸上，周围那

---

① 〔美〕乔纳森·卡勒著，盛宁译：《结构主义诗学》，中国社会科学出版社 1991 年版，第 242 页。

些静悄悄的空格让人感到不知所措。它能够引起那种可以被称为文学的关注：一种对文字的兴趣，对它们相互之间的关系和它们有什么含义的兴趣，尤其是对‘说什么’和‘如何说’之间的关系的兴趣。这就是说，这句话用这种格式写出来，似乎符合某种关于诗歌的现代观念，并且呼应了一种当今与文学有关的关注。假如有人对你说这句话，你一定会问：‘你的意思是什么？’但是如果你把这句话作为一首诗看待，问题就不完全一样了：不是说话人或者作者想说什么，而是诗本身要表达什么？语言在这里起了什么作用？这句话要说的是什么？”[①]

有意思的是，虽然卡勒关注到蒯因所提问题，乃至有基于语言分析的复杂性的敏感，但是，在将这种关注凝结到“与文学相关的那种解读行为”上后，却忘却了蒯因本人对本体论问题的解答。卡勒的这种探索，倒是颇有解构主义色彩，问题被贞定在一种“文学的关注”上：“一种对文字的兴趣，对它们相互之间的关系和它们有什么含义的兴趣，尤其是对‘说什么’和‘如何说’之间的关系的兴趣。”本体论问题或许并未被消解，却被语言所悬置。

卡勒不忘关注本体论问题：“‘某个事物是什么？’这正是本体论所研究的问题之一。本体论是关于存在的科学，或者叫对于存在事物的研究。但是这当中‘令人好奇的’并不是一个物质的对象，而是类似于某种关系或情况的东西。它的存在形式并不像一块石头，或者一幢房子的存在形式一样。这句话宣扬的是简洁。但它好像并没有实践自已所宣扬的观点，而是在含混的事物中展示了本体论令人生畏的复杂性。然而，也许正是这个诗句的简洁——它在‘简洁’之后戛然而

① 〔美〕乔纳森·卡勒著，李平译：《文学理论入门》，译林出版社 2013 年版，第 66—67 页。

止，好像不需要再说明什么了——使不合情理的、关于简洁的断言具有了可信度。不论怎样，孤立地看这一句话，的确能够引出与文学相关的那种解读行为——这也正是我在这里一直努力要做的事。”① 可是，在这里，卡勒分析了本体论问题在“这句话”或“这个诗句”中显示出来的复杂意蕴：“这句话宣扬的是简洁。但它好像并没有实践自己所宣扬的观点，而是在含混的事物中展示了本体论令人生畏的复杂性。”

那么，蒯因本人关于“本体论”的看法，在文学本体问题上是否重要呢？恰恰在这一点上，也在研究“文学是什么”这个攸关文学本体问题的卡勒，轻轻放过了蒯因。

蒯因在文艺的边缘若即若离地游走了一回，还是无缘地离开了。这是颇为可惜的。

在我看来，蒯因关于本体论的提法，似乎与文学本体有着某种天然的契合。他认为，任何科学家的理论学说，都具有承认或否认这样那样事物存在的某种本体论的前提。本体论问题，乃是关于“何物存在”的问题。但是，讨论本体论问题时，则需区分两种不同的问题：一个是何物实际存在的问题，另一个是，我们说何物存在的问题，前者关于“本体论的事实”，后者则是语言使用中的“本体论的许诺”问题。“本体论的许诺”，乃蒯因提出的著名方案。

这个提法已成历史，可是，我觉得，对探讨文学本体论问题，倒是颇有启发性、合宜性乃至适切性的。对照卡勒的论述，我们可以看到，语言问题，即“说什么”和“如何说”的“说”，尤其“如何说”，乃卡勒着重关切的问题；而这个问题，在“本体论的许诺”中，

① 〔美〕乔纳森·卡勒著，李平译：《文学理论入门》，译林出版社2013年版，第68—69页。

即我们"说""何物存在"中，成为关键。是否可以说，"本体论的许诺"，就是关于"本体"，我们以"语言"说了和"如何说"了什么。

或曰，文学乃语言的艺术；卡勒由此进一步说，文学乃语言的"突出"，文学乃语言的综合。这都没有问题。可是，它却难以从本体上，将文学与其他语言产品区分。那么，说文学乃虚构，乃审美对象，乃互文性或自反性的建构，也同样若即若离。[①] 是否可以用蒯因的方案，将文学本体论视作一种"许诺"呢？

不妨试试！

首先，文学是"人"的产物，更进一步，文学是人为的产物。她本身就是语言构造出来的。她以语言"许诺"什么，就还以语言"兑现"什么。文学本体，就可以在"许诺"与"兑现"中寻找。

文学理论，尤其如此。理论话语"说什么"，"许诺"着文学"是"什么，我们也就可以在文学中找到什么。只不过，总是像水中捞月，在水中的月色，转眼间变幻了模样。卡勒所举出的几张理论之"网"捞到的本体之"鱼"，在我们眼中，有的活蹦乱跳，有的却似乎失去了生命。

只是文学仍在不停地"说"。文学"理论"，按卡勒的想法，也可看作一种"文学"。我想，"法国理论"似更充斥着这种来自文学的激情。那么，"理论"所说的"本体论"，不妨看作"许诺"。而不停地"写"的"文学"，似乎不在乎什么"本体"，却以自己特有的方式，贡献着"本体论的许诺"。也就是说，我们可以从"说什么"、"如何说"中，反观其中包含的"许诺"。

---

① 〔美〕乔纳森·卡勒著，李平译：《文学理论入门》，译林出版社 2013 年版，第 77—90 页。

德里达以一种无限开放的文学观，似乎消解了文学“本体论”：“文学是一种允许人们以任何方式讲述任何事情的建制。文学的空间不仅是一种建制的虚构，而且也是一种虚构的建构，它原则上允许人们讲述一切。要讲述一切，无疑就要借助于说明把所有的人物相互聚集在一起、借助于形式化加以总结。然而要讲述一切同时也就是要逃脱禁令，在法能够制定法律的一切领域解脱自己。文学的法原则上倾向于无视法或取消法，因此它允许人们在‘讲述一切’的经验中去思考法的本质。文学是一种倾向于淹没建制的建制。”① 恰如科学、哲学中那个科学的无政府主义理论的口号“一切都行”一样，德里达更在文学中“反对方法”。不过，正如“一切都行”，必然悖谬地支持了反命题“一切都不行”一样，“讲述一切”作文学的建制，或者“允许人们以任何方式讲述任何事情”的建制，也造成了对“什么是文学”的反动。德里达倾向认为，没有任何文本可以“完全”是“文学”的：一切解释行为都依赖于哲学范畴和哲学的设想。我想，其实，这与蒯因的“本体论的许诺”隐秘地接通了：文学的书写，或显在或隐在地包含着哲学的“设想”；这种“设想”，作者未必有什么明显的意识，但是，却构成了一种许诺，构成了一种诱惑，构成了一种不绝的追寻……其中，自然包孕着关于文学本体的“许诺”。

“满纸荒唐言，一把辛酸泪。都云作者痴，谁解其中味？”文学的语言还是以“荒唐言”为核心，即使是“在法的门前”，法律语言所讲述的却是非法律可言的荒唐事。这种“荒唐言”，具有“任何方式”的形式，看起来“一切都行”，却指向着某种特殊方式的“许诺”：你

① 〔法〕雅克·德里达著，赵兴国译：《文学行动》，中国社会科学出版社1998年版，第3—4页。

只有如此“体认”、“理解”，它才是文学的。否则，你就不解“其中味”。在这里，“艺术就是克服困难”的名言，应当改为“艺术就是制造困难”——明明倾注了“作者痴”，可是，这团化解不了的“痴情痴意”，“不想”有人能解，因为作者分明设置了重重障碍：“谬悠之说，荒唐之言，无端崖之辞，时恣纵而不傥，不以觭见之也。”看似平淡最奇崛，看似荒唐呢？这种欲擒故纵，欲就还推，似乎乃文学语言的一种诡计；可是，也只是“一种”而已。因为文学本就不会屈服于“套路”，不追求简单的“写”与“读”。

那么，作者之“痴”（即无可“言喻”、无法“理解”之意）“是什么”，以什么形式“言”之，都成为不定的，运行、变化中的问题。似乎只能得出“文学是一种倾向于淹没建制的建制”的结论了？可是，寻求“文学本体”，岂非就是要在变动不居中寻求某种不变的东西的理性力量吗？

文学史已然给予了我们各种各样的文学，让我们目眩神移。西方文学从荷马、莎士比亚到卡夫卡，中国文学从《诗经》、楚辞到《红楼梦》到鲁迅，其间存在着多少变动，似乎难以一言蔽之；更不用说，尚有在“文学的边缘的文学”，已经或正在变为文学。那么，文学的“本体”，都有过怎样的“许诺”，又会有什么新的“许诺”呢？现在的文学“本体”“许诺”了什么？还是重复以往的“故事”？这都是探求文学本体论的应有之义。我们的理论思维似乎背负上沉重的历史和现实的包袱，或许更可怕的是，得出的结论，还会被未来的“文学”否决。

或许，这正展示了文学的魅力，就在于神奇的不确定和期待之中。从“本体”的角度看，则在于“许诺”的并非一定。例如，《离骚》似乎“许诺”了一种高尚的人格精神，却出之以奇幻的神话般的形式，两相契合，“兑现”为特殊的文学现象，令我们所抱有的期待，飞翔到无边烂漫的空际。那么，若观照神魔小说《西游记》，那个千古奇石“灵根”所孕育的石猴，走过的精神漫漫长征，却似是人类精神的天路历程。这个故事中包含的意蕴，还是要由语言呈现，要经过解读语言来领悟。先秦文学中包含的思想境界，自是与被佛教意识洗礼过的明代小说有了显著的差异。它们还属于一种东西么？如果是，那么文学确有“本体”在；如果否，那么文学的“本体”也就无从探求。而《西游记》的“石头”，到了《红楼梦》，成为《石头记》，又变换了意蕴，乃至“书写”的形式。“石头”的“变形记”，孙猴子与贾宝玉的精神历程，又有着怎样的关系呢？

我们都晓得，它们不同。可是，我们似乎都抓住了那块“石头”，那块“通灵”的“石头”。它不是“本体”，“本体”似在“灵”。“灵”可“通”，却难求。“本体”难成“实体”，“虚灵”的“魂”却无法捉摸，这就是“文学本体”难以探求的因由吧！

可是，我们分明可以感到那种虚灵的力量，借助语言似乎被“网”住。结构主义、解构主义从骨子里还是迷信语言，可是，却不甘放弃那个神奇的“光晕”、“韵味”。卡勒借助蒯因的一句话所演绎的“诗”，似是想说明语言的神秘力量，可是，形式的力量，却还是说不清语义的内在奥秘。“令人好奇的关于本体论的问题正是它的简单性。”即使不分行，卡勒所作分析“这句话宣扬的是简洁。但它好像并没有实践自己所宣扬的观点，而是在含混的事物中展示了本体论令人生畏的复杂性”。还是可以成立。也就是说，内在的那个虚灵的“小妖精”，还是在作怪，难以收服，或压制到一个方方正正的框架里。蒯因所谓“存在就是作为约束变项的值”，在“文学本体”中，我们可以借来表示，那是将“本体”归结到某种约束的网络。最终，“文学本体”还是一直模糊体认的对象。“约束变量”，难矣哉！

似乎没有作出“许诺”，却有丰富的“兑现”，或许，这就是文学。

不过，从“现象”反观、还望“本体”，从“文学”打中的移动“靶子”，寻求原先设定的“目标”，即并未明示的“许诺”，“本体”，或许即在其中矣！

何来『终结』，谁与『对话』

——两种文艺学流行话语批判

理论的焦虑来自现实的刺激。在一些所谓国际学术交流中，西方学者总是担当传道、授业、解惑的教师爷角色，而在国人面前本为“博导”、“名流”的教授，却立马扮演着小学生，提一些谦虚得幼稚的问题。当然，西方人的术语与论题就在名为“交流”实为“直流”中被不加犹疑地接受了下来，在学术界形成一波又一波的话语“转向”。中国文艺学界在外国人面前、西方理论面前丧失了思考的能力，似乎只有消化与排列组合的任务。我们失去了直面事实、独立思考的能力。因此，也就难以侈谈什么“对话”、“交流”。

这就促使我们对一些流行话语进行反思，尤其是对其“前提”进行批判。在中国的现实情境和理论本身的学理依据中，考察文艺学流行话语。这里仅就当今文艺学中常见的两种话语进行反思。

“理论死了”　西方理论家从自己的情境中提出“文学死了”、“文学理论死了”，以及诸多“终结”的命题。西方文学在大众媒介的挤压下转向边缘，姑且不论是否可以由此论定“文学死了”或趋向“终结”，起码应当注意西方文学的现实绝不能概括全球，在一些地区文学仍是主导的艺术形式，仍处于繁荣兴盛状态，西方文学的“今天”是否就是其他地区文学的“明天”或“后天”，亦殊难臆测。西方理论家一厢情愿地提出的诸多“死了”中，都体现出一种身处历史“前沿”、世界“中心”的傲慢与偏见。如此论题，我们难道可以不假思索地“拿来”么？

何况，在动辄想到“死”、“终结”的思维模式中，还存在着基督教“末世论”的影响。黑格尔的“艺术终结论”与其特殊的“精神现象学”有关，其隐在的思维结构就是基督教神学。因此，“终结论”、“死亡论”的深层，乃是西方思维的“死角”，或难以解决的“死结”。以如此思维“死角”、“死结”去探讨问题，在西方情境中或有“片面的深刻”之处，但移到中国或其他地区的现实中，则成为“假问题”。中国传统“生生”思维以及佛教“轮回”思维，更与西方基督教传统迥不相侔从一个旁观者的眼睛看来，西方理论的许多论争就像好莱坞大片，一方宣布某种事物“死定了”，一方来进行“拯救”，理论戏剧的底里是虚妄的思路、虚拟的情境。

对话　巴赫金的“对话理论”是从解读陀思妥耶夫斯基这位“残酷的天才”作品得出的。中国文艺学研究少有认真研读文艺作品的，许多所谓的理论家乃是吴冠中先生所谓的“美盲”，缺少基本的文学鉴赏能力。他们不了解文艺学乃是“雕龙”之学，是对“文心”

的“意会”与“神游”，是“通灵”的“共通感”，是“判断力”的“批判”……所以，总是西方的理论家细致精微、慧心独具地解读或重解伟大作品，从中提出问题，编织理论。而我们往往是接受别人嚼烂馒头后的理论渣滓。“对话”，在西方也早已脱离了巴赫金的语境而被用在了更多的范围。在中国文艺学中，则被用在了一种原则性的层面，其潜在的诉求，无非是要在西方话语霸权的势力下，争取发出自己的声音，力求突破西方话语“独白”的状况，而有所作为。

姑且不论“对话”理论应从其赖以产生的文学情境及相联系的哲学背景中来考察，特别重视其原创性的根由；即使仅以“对话”的本意来看，则“对话”不仅有交往、沟通的含蕴，更重要的是一种平等的精神。这是对话理论中人们反复强调的。其实，既然要平等，就需要有“对立”的抗争。在理论的“对话”乃至一切“对话”中，得到的结果除了双方的退让与妥协，或曰“整合”之外，总是有着对立的、冲突的、无法“统一”的两种观念的激烈交战。巴赫金从陀思妥耶夫斯基小说中发现的正是人物精神分裂或作者意识分裂时呈现的观念交战。每一方都想要“吃”掉另一方。每一方都为了保护自己而建立堡垒、装备武器，从而拥有理论“硬核”和“保护带”。如此，在敌对中才能“双赢”，才能维持“对话”。否则，就只能是某种理论的“权力意志”的无限张扬。

如此看来，我们文艺学界所说的“对话”，由于缺乏“对抗”的精神而显得只是一种诉求。因为要“对话”，首要条件是自己有“话”要说。自己的“话”必须说自己看到的“事”，说自己发现的问题。否则，说别人的“话”，则已加入了“合唱”，至多显示出一些“时差”，形成“重唱”，何谈“对话”？

所以，在想着“对话”之前，首先需要确立的是“独创”的精神，是“独持偏见，一意孤行”。“对话”与否并不那么重要。一旦你真正有了自己独特的“话”，别的“话”或许会主动来“对”你“交谈”。也就是说，“对话”是努力的“结果”，而不是理论创造的“原因”。即使在理论建构的“猜想与反驳”中，“对话”也是必须克服的情境。因为理论的原创最终是一种突破。

“对话”的“前提”恰恰是“独白”，是说自己的话。

脸对脸，还是背靠背？

——文艺学：本土经验与中国问题

只要不是自欺欺人，我们总是可以在一片繁华与喧嚣的理论图景中感受到触目惊心的贫乏与荒芜。文艺学似乎尤其如此。在西方理论强势的凌逼下，除了一阵阵的欢呼与合唱，勉强的所谓创新实在很少有站得住的建树。在这样的背景下，强调本土经验和中国问题，就有了一种“人穷则返本”的意味。

其实，人文学科的核心是精神，而精神的本质是自由。主动也罢，被动也罢，积极也罢，消极也罢，人必须自由，人文研究必须直面自由。文艺学作为一种特殊的精神现象学，无论是抽象的抒情，意志的超越，还是知、情、意相互冲突与融合的智慧，都应当植根于文艺的实事，投入研究者的生存感悟、体验与理解，成为诗性创造激情的理性结晶体。

因此，那种无关痛痒，无关乎研究者自己特定生存时空中的文艺问题、精神问题的研究，如果不是不诚实的，那么至少也是失魂落魄的。

本土经验与中国问题就应当在这个意义上被强调：人作为有限的自由，他所具有的“限”如果都模糊不清，又怎能从事于人文学科的研究呢？只有从文学实事与生存真相出发的研究，才能真正地触摸、把握到自由的种种限制与限度。否则，虽则呼吸、活动于其中，却麻木不仁，或假装“我没看见”，则从根本上堵塞了自己的心智，又何从产生真正的智慧，创造真正的理论！在这一方面，文艺学或广义的人文学科是与文学创作同质的。

但是，笔者要强调的倒是另一个方面，即文艺学研究虽则在国际学坛上近乎无“话”可“说”，也不能关起门来，以“中国问题”为借口，自说自话，或者把自己的某些私货贴上“中国”的标签，努力地向外国人“送出去”。在一些人看来，咱中国的事么，还是中国人最有发言权，甚至可以独霸发言权。殊不知，文学也好、艺术也罢，都是全人类共同的财富。文艺是可以世界化的，即便是它的难以“化”向世界的方面，也仍然只有在整个世界的背景下才凸显出来，而为任何人都可以加以研究的。古代文论也罢，现代理论也罢，西方人都可以钻研并加以“现代性转化”的。而对于中国文学的研究，外国人不是有着许多足以令我们专业人员赞叹甚至汗颜的成果么？

在文艺学中，本土经验已经成为世界经验，“中国问题”外人也有甚至更为深刻的考察。一句话，我们无法独占、独享这些经验和问题。其他领域似乎也往往如此。

笔者想说的是，“背对背”地把自己面朝黄土，努力种好自己的园地，这固然重要，但只有“脸对脸”地“面向大海”，才能“春暖花开”。在有些人看来，西方理论已“直流”而入的今天，所谓“脸对脸”也许不过是向其投诚的表情。但面对外国尤其是西方理论，我们放出眼光、开拓视野，正可以更为深入也更为高远地反思自己的问题。世界眼光甚至宇宙意识、天地境界是人文学术的精神向度的标志。有什么样的终极关切，就有什么样的智慧境界。文艺学中，王国维曾推崇的“释迦基督担荷人类罪恶之意”，不就具有一种当今文艺学难以企及的境界么？当我们把心灵的根须扎向人类精神的深度方面，“中国问题”才能真正呈现，本土“经验”才能在“先验”的哲学照察下，获得新的理解与剖析。西方中国学研究中的文艺学成果，之所以能取得诸多重要成就，其根由即在于此。

“背对背”的回避，也含有强调特殊性的意味。文艺由于感性的特质而更是精神的敏感器官，文艺传统相对于其他领域的差异更为具体而微妙。中国古代文论与西方文论的差异尤其而被刻意强调。姑且不说西方也有感悟式、格言警句式的文论著述，即便是古代文论与西方在隔绝的情况下有诸多不同，那么，在“中国”已经“走向世界”的今天，能够剥离出纯粹的“中国”文艺学吗？甚至，能够剥离出与世界无关的“中国问题”吗？在古代社会，或可只谈古、今之争，但在全球化的背景下，世界眼光已经使任何问题都难以孤立地考虑了。

因此，在很多时候，研究“世界问题”、“外国问题”，其实也就是研究“中国问题”；研究西方文艺，也就是研究中国文艺。西方理论的研究者功不可没处，正在于，当某种理论能够更透彻地为学界所理解、掌握时，也总有某些“中国问题”得到了更为透彻的解决。甚至是由此才真正浮现出了中国文艺和其他方面的问题。

那么，从中西哪个方面来提问、研究就并不重要了。古今中外，只要是人文学者关注的问题，只要与个体的精神选择深层相关，只要是采取追求真理的态度，则必然会与生于斯、长于斯的土地、祖国有着血肉联系。而唯其是出于个体的真精神，出自独立之意志，自由之思想，则可以毫无愧怍地抬起头来，与其他文化中的智慧“脸对脸”地“对话”与“交流”。

宋人陆九渊曰：“宇宙不曾限隔人，人自限隔宇宙。”唯有大胸襟、大气魄，方可产生大智慧。对于中国文艺学，最重要的是深入文学艺术以及一切审美现象的精神内核，自由探索，独立创造。最终，不必观看任何人的“脸”色，更不必逃避任何人的“背”影，在高远的视野中开辟新的学术境界，进行彻底的、根本的理论思考……

那才能真正解决实际问题。

美学与革命
——文艺学『革命』话语的政治美学探析

据考，“‘革命’作为一种话语形态，是在本世纪（按：20世纪）初的数年里才出现的”[①]；由于与“天演之公例”、“世界之公理”接轨，传统的“革命”被赋予了新的意义。但是，传统的“革命”话语中“天命”相替的内涵却并未改变，它是使“造反”升华为一种神圣的武装革命的根据。所以，毛泽东的定义：“革命是暴动，是一个阶级推翻一个阶级的暴烈的行动。”[②]这就成为一种将“阶级斗争”升华为历史必然规律和推动历史前进的政治美学的深层结构。因为它赋予了“一个阶级”——无产阶级——以历史的神圣的“天命”。

① 陈建华：《革命的现代性：中国革命话语考论》，上海古籍出版社2000年版，第2页。
② 《毛泽东选集》第一卷，人民出版社1969年版，第17页。

因此，“革命”在20世纪80年代前的中国文艺美学中就成了一个核心的话语。故事是这样的：在革命斗争中，一个阶级对一个阶级的敌我斗争，最终达到一个阶级“革”了一个阶级的“命”，从而实现了一种新的社会理想。当此理想实现时，正如诸多文艺作品所描写的，那就等于时间的重新开始，新生的中国建立了起来，此时的斗争变成了对敢于对抗新生政权的斗争。中国文艺美学中的“革命”话语就按照这样的逻辑或曰情节呈一种线性的发展。

20世纪20年代的“革命文学”论争，是“革命”的美学话语的重要奠基时期，“革命”完成了从政治话语向文艺话语的转化。郭沫若在《革命与文学》①中，从革命的固定形式——被压迫阶级对于压迫阶级的彻底反抗，把革命分为两个阶级的对立，并推导出文学的两个范畴：“一个是革命的文学，一个是反革命的文学。”革命形式总是相同，而“每个时代的革命各有每个时代的精神”，因此，革命文学又等于时代精神的函数：“革命文学=F（时代精神）”，“更简单地表示的时候，便是：文学=F（革命）”，由此，文学成了革命的函数。郭沫若用数学公式所作的解析，把文学纳入了革命之中，“革命是自变数，文学是被变数”，文学与革命不仅被看成是一体的，而且革命成了文学的内涵；只不过随着时代不同，“革命”的标准不同，而文学有所不同而已。那么，每一个时代的文学，其最高成就就应当是那一时代的最能代表革命精神的文学。

然而，文学毕竟不能直接等同于“革命”。因此，成仿吾又从“（真挚的人性）+（审美的形式）=（永远的文学）”得出这样的公

① 郭沫若：《革命与文学》，《创造月刊》1926年第3期。

式："（真挚的人性）+（审美的形式）+（热情）=（永远的革命文学）"[①]，把一般关于文学的美学特征都施之于革命文学。那么，革命文学与一般文学的区别就在于"一种特别有感动力的热情"，具体地说，这种热情就是人们后来常用的"革命热情"。这一公式与郭沫若的公式相比，对"革命"作为文学的根本性质，作为文学的"自变数"的重要作用有所消解。因为依成仿吾的公式，"革命文学"只是"永远的文学"的一处，而不是一切文学都具有的特征——当然郭沫若是将文学分为"革命"与"反革命"两种，但这并不影响其公式的正确性，因为"革命"前尚有"系数""F"。但是成仿吾却道出了革命文学所具有的特别的热情。虽然他论证未深，但已开启后来关于"革命"文艺的情感问题的讨论。至于成仿吾所说的"审美的形式"，则又开启了后来形象问题，尤其是新中国成立后"形象思维"问题的论争。其意义是相当突出的。

到了1928年，李初梨提出的公式又更为具体地推进了"革命"在文艺美学中的重要作用。李初梨对于文学的结论是，"文学是生活意志的表现"；"文学，有它的组织机能——一个阶级的背景"；"文学，有它的社会根据组织机能——阶级的武器"。引入了"阶级"的背景与作为"阶级的武器"的限定，较之郭沫若与成仿吾，无疑是更为成熟的理论思维——"革命"被分解为阶级斗争的双方，从而使情感、形象、审美形式等问题，具有了在更高层次上被讨论的可能。所以，李初梨对革命文学的思考，就更具力度。

如此我们的作家，是"为革命而文学"，不是"为文学而革命"，

① 成仿吾：《革命文学与他的永远性》，《创造月刊》1926年第4期。

我们的作品，是“由艺术的武器到武器的艺术”。“革命文学”的讨论重心就落在了“革命”上，而不是“文学”上：“斗争的过程，即革命文学发展的过程！”[①]“艺术”成为“武器”，乃是文艺“工具论”的更为激进的表达方式。较之文艺“宣传说”之类，更有激动人心的力量。所以，由以上的三篇文章，我们不仅可以大致梳理出“革命”的美学话语形成的过程，而且可以从开端寻找本质，对“革命”性的文艺美学的基本问题有较为准确的把握。

文学是情感的形式，这几乎是中外美学共同的看法。“革命”的美学话语从一开始就注重情感问题。尤其是“左联”成员多为浪漫主义的作家、理论家，更注重情感的主观抒发。这自然引发了情感的阶级属性问题，“阶级感情”成为“革命文学”理论中最为重要的凝结点。这不仅是后来诸如“倾向性”之类问题的讨论重点，更重要的，它在情感的群体性与个体性、主观性与客观性等问题中显露出来。直到新中国成立后的“现实主义与浪漫主义相结合”的另一种“革命文学”，也仍然是以情感问题为纽结的。其中，我们特别重视胡风所提出的“主观战斗精神”的理论。因为他不仅是从欲望这一情感的根柢出发，而且将情感问题推到一个突出的位置。胡风认为：“作家，文艺作品底创作者，是社会底一员，他对于生活有感情，有欲求，有理想。然而，作家底感情，欲求，理想，不是没有根据的天外飞来的东西，而是产自他所属的社会底层的生活。现实生活里的苦恼，黑暗，挣扎，纷扰，身受着这些的进步的社会群一定会产生对于人生的态度的热望的‘梦想’，不肯向眼前的生活屈服，而文艺作品就是从这出发，以这为地

① 李初梨：《怎样地建设革命文学》，《文化批判》1928 年第 2 号。

盘的。”[①] 由于强调的是情感的力量、感性冲动的力量，所以胡风认为“艺术所要求的就正是流贯在作品里面的作者底‘灵魂底真正秘密’”。胡风不断使用的“主观作用”、“主观要求”、“主观精神”、“主观战斗精神”等，归根结底是重视人的情感的作用，而他所谓“精神奴役的创伤”，则是将阶级斗争内化到情感世界的一种阐释。但是，这种主观精神的高扬，既是从“革命”的理论出发，那么在精神来源上，就必然是与理想、希望相连的情感：“有一点大概是可以确定的：希望未来比过去好，希望自己的生活总有变得幸福的一天。这也是卑微的感情，然而，尽管是卑微的感情罢，人类是靠它繁衍下来的，历史是靠它发展下来的，说得夸张一点，一切轰轰烈烈的社会改革的大斗争，也是靠它生发起来的。”[②] 在这里，胡风抵达了政治美学激情动员的根本原则，那就是希望原则，祈望幸福的图景，并为此图景而进行斗争。但是胡风又是从文艺美学的角度来论述的。“主观战斗精神”与“血肉的现实人生的搏斗”的感性冲动、精神搏斗相连接，因而更深入到作家灵魂的底层来观察作家的创造。其实，胡风这种对希望、理想的情感的强调，正深刻地切中革命文学的内在脉搏。那就是用希望激励人们奋斗，同时又用与现实的矛盾来神化牺牲，其最终的指向还是“从胜利走向胜利”的“革命的浪漫主义”。现实主义与浪漫主义的两相结合，在胡风的理论中已初具规模。

从另一个角度看，既然在“革命”的美学话语中，“革命”是“自变数”，是本质的东西，那么“为革命而文学”就必须要使“政治标准”上升到第一位。“二为”方针就是更为精辟的总结。但是，只要

① 胡风：《文学与生活》，见《胡风评论集》（上），人民文学出版社 1984 年版，第 301 页。
② 胡风：《冬夜短想》，见《胡风评论集》（下），人民文学出版社 1985 年版，第 179 页。

"艺术的武器"尚未被"武器的艺术"所取代，那么，这种武器本身仍应具有艺术的特征。在艺术的特征中，情感问题在一些理论家那里已经解决：那就是以群体情感来代替或作为个体情感，融入阶级斗争的大熔炉之中。那么，剩下的就是如何运用形象表达的问题了。所以，周扬认为："形象在艺术可说是最本质的东西。没有优秀的形象化，就不能有真正的艺术。所以对艺术作品的评价，就不但要取决于作者反映了怎样的现实，而且还取决于那现实的描写是否完全被表现在形象中，作品的形式是否和那思想融合。"[①] 在这里，形象只是艺术表达"思想"的一种手段，所以，即使到了所谓"形象思维"的讨论中，仍然未能脱离这一基本的规定性。周扬声称，形象的作用从来就是与艺术的情感论斗争的手段。胡风的"主观战斗精神"又恰恰是以情感论来反驳形象论的。

顺理成章地、形象地表达思想，就成为用形象来表达政治、表达革命。周扬从一开始就信奉文艺即宣传的主张，认为文艺本身就是政治的一种形式。因此，革命文学"作为理论斗争之一部分的文学斗争，就非从属于政治斗争的目的，服务于政治斗争的任务之解决不可。同时，要真实地反映客观的现实，即阶级斗争的客观的进行，也有彻底把握无产阶级的政治观点的必要"[②]。请注意，周扬是把"文学斗争"作为"理论斗争"的一部分的，是当作阶级斗争的武器的，因此文学中的形象就只能是一种手段。

而最为重要的形象是人的形象。这就引出文艺美学中讨论数十年的"典型论"。典型人物的理论，是明显的一种与意识形态的美学相

① 《周扬文集》，人民文学出版社 1984 年版，第 214 页。
② 《周扬文集》，人民文学出版社 1984 年版，第 67 页。

通的思维方式，即从感性的、个别的东西，上升为一种抽象的、一般的东西。在意识形态中，是将人民的热情与幻想从现实境遇的欲求中升华到一种普遍的、群体性的希望与斗争之中。典型人物则是以人物形象来具体而又完满地表达某种抽象的思想观念。因此，典型的概念最适合于意识形态的需要。从艺术中的典型直到在生活中树立典型、以点带面，都是要用形象来宣谕某种思想观念，直到政策、方针、路线，等等。胡风与周扬关于典型问题的论争，胡风主张群体的典型，周扬则主张共性与个性的统一，看起来是周扬的理论更具有辩证色彩，但是在理论的归宿上，两者则都是归之为"群体"，都是要将形象通向一种普遍的理念境界，其实质都是把人物形象当作某种理念的感性显现。当然，胡风后来更强调血肉、感性、感觉、生命、欲望等在艺术中的作用，但是这种深入感性现实中的精神搏斗，最终要达到的大目标是一致的，那就是将政治与文学结合起来。

情感、形象、人物，这些文艺中最为重要的元素就在"革命"话语的改造下取得了新的意义。在"革命"美学话语的建立过程中，本身就充满了斗争，诸如与"第三种人"，与自由主义，与古典主义，等等。在这样的斗争中，原来在文学理论、美学理论中占有统治地位的定义与阐述被"革"了"命"；而在"革命"文学内部产生的种种斗争，则从多种侧面凸显了这些理论的意识形态特征。其间，伴随着现实的政治斗争与当今所谓话语权的斗争，使"革命"的美学话语的此消彼长，充满着惊心动魄的紧张情调。这种斗争延续到革命胜利之后，诸多理论的矛盾又演化为更为强烈的政治运动。如"美学大讨论"，"形象思维讨论"，等等。这些本身就带有强烈的意识形态色彩的学术论争，在很多方面都扩展了"革命"的美学话语建立初期的矛盾。

正如黑格尔所说，“真理是全体。但全体只是通过自身发展而达于完满的那种本质”[①]。在黑格尔看来，事情只有发展至终点才能显示出其全部本质，而仅仅观察开端是远远不够的。当我们现在来重新观照“革命”在文艺美学中的建构过程，最为切近的观察点显然是“文化大革命”前后的文艺美学形态，而其代表性人物就是姚文元。

“两个小人物”李希凡与蓝翎用阶级分析的方法研究《红楼梦》所掀起的斗争风暴应当放置到相同的背景下来观察。当古典文学作品也成为阶级斗争、政治斗争的工具时，文艺美学中的“革命”就具有了非同寻常的性质。这种意识形态性的阐释一直延伸到中国文学史的全部领域。而姚文元在“美学大讨论”中的《照相馆里出美学》一文，则是用一种看似歌功颂德的赞歌式美学来达到斗争的目的。因为“革命”成功之后，“光明”代替了“黑暗”，生活本身就成了艺术品。“美在生活”在姚文元的运用中，其实变成了“天国”已在地上实现。因此，任何对现实的消极情绪、怀疑与批判精神，都成了“革命”的对立面。“革命”胜利了，但“革命”并未停止，而是进入了一个新的阶段。“无产阶级专政下的继续革命”理论又将“革命”推及到了新的领域。正如顾准所分析过的：“人民内部矛盾”的难以消除本身，就证明了“斗争”将永远存在。所以，在姚文元的理论话语中，“革命”又成了建立新的感性秩序的过程。当“样板戏”、“艳阳天”、“金光大道”成为八亿人民唯一的艺术时，“典型”论、“艺术是政治的一种形式”论等，就得到一种从理论到实践的全面而极端的发挥。今天看来，

---

① 〔德〕黑格尔著，贺麟等译：《精神现象学》上册，商务印书馆 1979 年版，第 12 页。

那些理论似乎太过简单、粗暴，贫乏而又充满官腔。但是，如果从“革命”的美学话语的完成的角度来看，则又是一种逻辑的必然，有内在的理路可寻。

因此，从学术上清理这笔令人思潮翻涌、滋味莫辨的遗产，就成了一项重要的工作。

文学研究还是要研究文学

文学研究的对象是什么？

不是政治、经济、文化……，而是文学。就是这样的不言自明的道理，也需要论证了，实在令人悲哀。现代学术用巨大的努力，为文学艺术争取一个独立的领域，却在种种势力的压迫下，常常悄然丧失。这本身就值得深思。但是，无论如何，文学之所以成为文学，总是有着自身的规定性。至于其他的一切，当其存在于文学之中时，就需要以文学的方式来思考。

那么，文学研究是如何丧失自己的领域的呢？

“屈平辞赋悬日月，楚王台榭空山丘。”屈原的诗歌“虽与日月争光可矣”，可在中国古代，还是只有成为“离骚经”，才能获得尊崇。诗、词、曲、文及小说等，是只能成为闲“话”、“评点”的对象，而从来没有多少资格登上学术的殿堂的；在庙堂，更是只会被俳优待之，被当作无伤大雅的点缀与装饰。李白的愤激之辞，说明了诗的生命的永恒，而一切政治、经济、社会之类煊赫一时的东西，却注定是短暂的。然而，终李白一生，“谪仙人”始终在经国济世与诗性生活之间挣扎。中国古代思想主流话语对文学的蔑视和扼杀对一切文人都有着不可磨灭的影响。经、史、子，其中少有文学，“集”部，文学占有几成？在中国古代，文学，研究其实是没有什么地位的。

只是晚清以降，在西方文化的影响下，文学才获得了独立的地位，文学研究才真正被当作学术，诗、文、词、曲乃至于以往被视作“小人之邪说”的小说才堂堂正正地进入了中国人精神生活的殿堂。而在古代，尽管中国士大夫普遍有着文人化的倾向以及将生活艺术化、审美化的情调，但是诗文之类仍然是一种余事，有如美国汉学家列文森所概括的，是“业余化”的精神消遣。所以，西方文学观念的冲击，值得我们在当今重新加以审视。那种把文学当作专门的、神圣的事业而贡献全部的生命激情的真正意义上的文人的出现，那种把文学本身当作一种至高价值的思想观念，才催生出了现代意义上的真正的文学创作和文学研究。所以，尽管中国文学已经有数千年的历史，可是号称历史大国和诗歌大国的中国，却只是到了20世纪的开端，才出现了相当稚拙的文学史。至于文学理论和文学批评，尽管我们可以向着古代的大量著作中去“追认”，可是只要认真考察其在古代思想学术以及其作者本人著作及心目中的地位，那么，我们不得不承认，在中国古代是少有真正意义上的文学学术的。顺便说一句，在这样的文化背景下，侈谈“古代文论的现代转换”，至少是悖于文艺学本身发展实际的。

在20世纪短短百年的文学研究中，无论是文学史、文学理论、文学批评，还是文学理论批评史本身的研究，都完成了学科奠基工作，在许多领域还出现了堪称杰出的大家。然而，在这个多灾多难的世纪中，中华民族历经“奇劫钜变”（陈寅恪语），文学事业几经曲折与磨难，在文学研究中留下了累累创痕。历史的教训告诉我们，凡是文学研究凋伤摧折之时，必是某种非文学的因素肆无忌惮地侵入文学领地之时。其因素无论为政治、经济、社会，还是其他，所造成的后果却都是相似的。

当今，中国文学研究正处于一个艰难转折的时期。泛政治的干预消释之后，文学研究的范围泛化成为一种突出的现象。解构主义大师德里达宣称：“文学是一种允许人们以任何方式讲述任何事情的建制。”西方的文学研究正成为一种“反对方法”的“怎么都行”的学术。文学与哲学、历史乃至社会“文本”、大众文化的界限被消除：哲学被当作文学隐喻和叙事，历史事实成为文学虚构，一切政治、经济、社会、法律的制度架构都被揭出其根底中的“诗性智慧”（在这点上倒是回到了维柯的“新科学”）……表面看来，是文学无限地扩张了自己的地盘，可是这种自由自在的“游牧式”思维，却恰恰丧失了自己的根基。当一切都成为对象时，文学研究失去了自己的对象。一切否定即限定，而限定就是肯定。文学表面上来看，确乎是“允许人们以任何方式讲述任何事情”，可是只要你承认它还是一种“建制”，具有自己的特质，或者按“反本质主义”的看法，只是一种“游戏”，那么也仍应有自己的“家族类似性”。总而言之，文学仍应区分于其他的东西。而当今文学研究之变为文化研究、思想史研究，以及古典文学研究中出现的重返经学、史学、文献学、学术史之类的倾向，都是因为丧失了文学研究的根本。

文学研究还是要研究文学，文学研究应回归文学本体。这只不过是基于常识的呼吁，但在当前的情况下有其特殊的意义。因为在一些学者眼中，文学学术就应当消灭属于文学本质特征的情感与想象，文学的“诗意的裁判”在他们的研究中被转变为冰冷的计算与考索，神思与灵感之类的问题被束之高阁。于是，文学研究在向着某些僵化的学术规范、学术教条靠拢的同时，其研究成果已不再为任何热爱与关心文学的人所注意。作家不屑一顾，文学爱好者敬而远之，只能成为一种体制性、机械性的“学术生产”。

因此，回到文学，文学研究才能回到自身，才能以自身的独特品格重新赢得自己的位置和读者。而诸凡哲学、历史、政治、文化等等角度与方法，在文学研究中最终都应当“落实”到文学上来，从“艺术掌握”和“诗意裁判”的特殊规律出发，探寻其独特表现。总之，最根本和最重要的还是应当回归文学的本体。

无边的文学批评

事情的发展就像通俗小说的情节，既出人意料，又在情理之中。曾几何时，文学批评还在贪婪地向其他的领域索取，无论是哲学、心理学、人类学、文化学，还是政治学、社会学等等，都被收罗囊括，并形成种种流派甚至声势浩大的思潮；可是，当文学理论“吃”得太多，胃口越来越大的时候，其本身的特点反倒模糊不清，以致只得用不能说明任何问题的“理论”来称谓了；搞文学批评也比以往任何时期都需要更多的知识占有与以对各种学科前沿的敏锐触觉；不知道什么时候，膨胀到了极点的肥皂泡终于“砰”地一声爆裂，尽管谁也没有听到这响声，但是从事文学批评的人却都从往日的迷梦中被惊醒，怀着难以言明的失落感重新审视着已变得尤为复杂的现实。

“昔人已乘黄鹤去，此地空余黄鹤楼。”尽管文学批评战场仍在，尚有“牧童收拾旧刀枪”，但是在交叉、融合、分解的错综复杂过程中被打破的界限却再也无法弥合。德里达称文学“是一种允许人们以任何方式讲述任何事情的建制。文学的空间不仅是一种建制的虚构，而且也是一种虚构的建制，它原则上允许人们讲述一切”。这与中国古代广义的文学概念，后来人们日常所云的“文史哲是一家”的想法颇为相通。章太炎所谓“文学者，以有文字箸于竹帛，故谓之文；论其法式，谓之文学”的看法，较之德里达，竟是更加出人意料的闳放、通达。而他们所要争取的，无非是让文学走出某种边界、封域，连接上广阔的天空。往昔炼五色石以补天的文学批评家们发现，解构的拆除非但没有使天塌下来，反倒使文学的天空更加寥远深邃。因此，在“上帝死了”、“人死了”、“文学死了”……，之后，历史并未终结，总是有某种东西活过来了，甚而产生新的生命。与其惊呼“文学死了”、“文学批评终结了”或“哲学终结了”之类，不如看看文学业已活在了更为广阔、“讲述一切”的空间之中的现实。话说回来，文学批评毕竟不是虚无缥缈的肥皂泡，即使爆裂之后，那也是特定的“文明的碎片”，往往具有惊人的再生能力，正与文学的情况相似。在后现代的语境中，有人甚至认为“只有接受了文学批评家的态度和习惯，生活和政治才可能变得更好”（理查德·罗蒂）。因此，文学批评在别的学科（如哲学）眼中，又成了新宠，这可以从解构哲学家德里达及其他的一些后现代哲学家的思想实践中明显看出来。在他们那里，文学的隐喻、虚构等特性，正可以用作拆解传统哲学的锐器。而文学批评边界的不断拆除，却也使它本身走向了新的、不确定的状态，思及的问题与领域日益广阔。旧的文学批评似乎确实是终结了。但是，从另一个角度来看，也不妨说文学批评变成无边的了。

后现代思想家反对“大写的”东西，像哲学、科学、文学等，这在相当大的程度上使“形而上学”变成了“形而放学”。他们的目标不是使“形而上”变成“形而下”，而是根本就要“放学”，恢复“小写的”东西的一切自由。如果说，“上学”意味着被划分为某体制、建制中的一部分，意味着必须倾听、接受某种处于“上”层地位的道理，并接受种种纪律、规范的管束的话，“放学”则将哲学、科学、文学之类从以往的体制中解放出来，逃离约束，自行其是。从“大写”变为“小写”，无拘无束，“反对方法”，“怎么都行”。各种学问由此而变为“形而放”学，“定体则无，大体则有”，来去自由，放浪形骸。对于文学批评来说，似乎是因“选修”的课程太多，最终逃离了自己的原来的课堂，自己给自己放了学，从以往的种种限制中挣脱，“解其桎梏”，游于无穷。曾经是文学批评中最为重要的一些问题，如“文学性”、“典型性”、“形象思维”之类，在经历了漫长而曲折的讨论后，突然之间变得无足轻重。针对文学这种“允许以任何方式讲述任何事情的建制”，文学批评也倾向于就此而以任何方式讲述任何事情了。它的目标可以是政治、道德、爱欲，也可以是社会、性别、经济、科技，如此等等。当然，合乎逻辑的结果，便是文学批评在就任何领域进行发言的同时，对文学本身却说得越来越少。

法国文学批评家罗杰·加洛蒂的“无边的现实主义”说曾引发激烈的论争。在加洛蒂看来，“一切真正的艺术品都表现人在世界上存在的一种形式”，因此，“没有非现实主义的，即不参照在它之外，并独立于它的现实的艺术；这种现实主义的定义不能不考虑作为它的起因的人在现实中心的存在，因而是极为复杂的”。由此他“开放和扩大现实主义的定义”，将卡夫卡、圣琼·佩斯、毕加索等现代艺术家都纳入了“现实主义”的范畴之中。这较之用“现实主义”框框来筛选艺术家的文学批评的做法可说是一种进步。但是，将框框开放到“无边”，实际上等于取消原来的概念，一切规定都是否定，为了肯定而取消原有的否定就消解了规定。加洛蒂也颇有“解构”的勇气，但他仍奉“现实主义”为至上，使这种消解本身既有悲剧性，又不免有些荒诞。这大概是法国思想家的某种共通性吧。在现在，人们很可能说，既然卡夫卡、圣琼·佩斯、毕加索创作出了伟大的作品，又何必一定要为他们加以“现实主义”的桂冠呢？对于文学批评的不断越界，走向“无边”，人们也不免要产生这样的疑问：只要言之有理，言之有文，又何必仍要称之为“文学批评”呢？既然跨越了边界，何不像现代艺术家卡夫卡、毕加索一样为自己的艺术重新命名呢？或者，干脆不要什么固定的名称呢？

在我看来，只要走出了原有的边界，就绝不会简单地原路返回——人不可两次踏入同一条河流；即使回到原处，也必然带来新的气息与远游的风尘，何况文学批评目前正处于一种往而不返、浮士德式的无限扩张的阶段，想用传统的学科规范来“界定”无边的文学批评乃是抽刀断水之举。但是，一任其如水泻地，东西南北四处流淌亦会使文学批评变成泛泛的“批评”，失去应有的规定性。名不正则言不顺，“科学只有通过概念自己的生命才可以成为有机的体系”（黑格尔），“命名”决非仅仅关涉到一种概括与描述，还与整个学科的理论的展开相关联。文学批评虽然失去了边界，在隐喻性上与哲学相通，在叙事性上与历史相通，在结构性上与社会相通，如此等等，但是它仍然拥有属于自己的某些特性，诸如文本的解读方法，研究的立足点之类，在越出边界时，仍然携带着这些基本的并经过改良的武器。所以，无论是分析社会文本、现代媒体、建筑叙事，还是研究科学技术、文化政治学、后殖民主义之类，只要根据地是文学批评，就不能不具有某种独特的着眼点与眼光。换句话说，文学批评现在虽然看起来“无边”，但原有的地盘并未全部放弃，相反，对于某些领域是更加执守与巩固了。所以，现在的关键是要寻找一种新的名称、新的学科建构方式，既容纳原有的文学批评中仍具有生命力的东西，更要涵茹开放与扩大了的丰富内容。

鉴于文学批评与诸种学科相交叉的复杂性，在目前尚未有更好的命名之前，不妨将无边的文学批评称为“文化批评”。这一方面因为文化概念的巨大的弹性与包容性，恰与文学的“允许讲述一切”的特性相匹配，另一方面文化虽然能涵盖任何特定的学科，却又不仅仅属于某一特定学科。而“批评”则仍保留文学批评的基本学科性质，指向的是其特具的功能。因此，无边的文学批评在文化的汪洋中寻找到了新的栖居之地——当然，是在尚未发展出新的形态之前。

文化批评的内在理路

文化批评是跨学科的产物。打破学术分工的界限，寻求“分久必合”的学科综合，是文化批评产生与发展的内在动力；而现实的文化生产与文化传播方式的变化，则为文化批评的兴盛提供了生存的土壤。一开始，是文学批评越过传统的边界，进入广义的文化产生领域之中；接着，文化概念的宽泛性与开放性使得历史、社会、政治、法律、经济等等与社会生活相关的诸领域都成为文化批评的“文本”，解读、研究这些“文本”的上手武器大多仍由文学批评所提供。但是，由于文学批评的理论武库中本来就拥有来路不同，用途、性能各异的种种武器，加之“文化”的疆域漫无边际，所以，无论在研究对象还是研究方法上，文化批评都“泛若不系之舟”，无拘无束，自由自在，可以驻足于任何领域，随意出入于各种学科，却很难在某一点上“歇脚”，缺乏稳定的立足点。

这种来自西方的新学科在中国的兴起，除了学术界对西方“学术前沿”的追随和当今中国文化生产本身的巨大变动外，一个重要的原因就是它延续了20世纪80年代开始的“文化热”发展的内在理路，那就是中国传统学术推崇通才、通识、“通儒”的“博大精深”式的学术追求和学术人格，导致学术工作求大求全。涉足“文化”，不仅契合中国学术文史哲不分家的传统，而且还打通了现代学术中人文学科和社会科学的界限，其意义显然非同一般。由于各门学科的分立和壁垒，同一事物在不同的学科中往往会遭受割裂和各取所需，难以达到整体的、综合的认识。文化批评则超越了学科界限，满足了一种“出乎其外”来求取“庐山真面目”的学术冲动。然而，正如“美学热”流行时，一切都可被贴上“美学”的标签一样，文化批评中的文化更像一个无所不包、笼罩万有的大筐，任何东西都可以装载进来，文化批评也就自然而然地被泛化，任何议论、见解都可以大模大样地假“文化批评”之名以行了。就学术本身的发展而言，文化批评也成为知识生产的一种新的“增长点”，要“预流”必须迅速进入情境之中，这也成为文化批评被普遍看好的重要缘由。

兴盛之中往往就孕育着危机。文化批评目前势头正劲，因此也就更容易泥沙俱下，若不加以必要的反思与批判，则很容易重演诸多学术领域中“劣币驱逐良币”的悲剧，让没有文化的文化批评“解构”这门学科。当前文化批评领域颇为普遍的一个现象就是浮光掠影，对于任何领域、任何现象都不惮发表意见，似乎文化批评倒是最不需要文化的一种学术活动。由此而来的是各种流行的理论话语漫天飞舞，原本具有深刻蕴含与高度学理意指的种种理论，在各种文化批评中被变成了一种不需思索、平常世俗的东西，交叉错杂地拼凑在一起，看起来似乎无比丰富，实质上用种种概念、术语、名词所组织起来的不过是最为庸常的意见而已。中国传统文化在貌似“苦旅”、实则“漫游”式的蜻蜓点水中，丧失了其内在的精神与高深的底蕴，用徒然炫人眼目、拆碎开来不成片段的“文明的碎片”代替了深层结构的探索。在散文式的文化说解中，华美的词句以诗意的外衣遮蔽了真正的历史与思想。对中国文化的“创造性转化”也就常常成为平庸化的改造，在大众心目中重构了一个浅薄而虚假的文化景观，中国文化的真精神却更远地消隐于历史的深处。对待西方文化又何尝不是如此！当一串串外国人名漂浮于文化批评的水面上，种种思想、种种背景、种种感悟都被抽空，只剩下各种学科的大师名家的市场大集会，各种名词、术语的大轰炸，其结果不仅是以艰深文浅陋，更是一种对于理论本身的消费性使用。于是，文化批评本身也就呈现出一种悖论性的现象：在以欲望与消费为中心的文化研究中，批评活动本身就按照它所批判的欲望结构与市场逻辑运行，在解构对象之时也被对象所解构，在否定对方的合法性时，自身也产生了合法性的危机。

这当然与文化批评者缺乏专业立足点相关。由于文化批评强调的是“横通”，往往造成一些人的错觉，那就是只要在每个学科中都学得一点皮毛，便可以拉开架势来作文化批评了。一些学有专长的学者就此离开了自己的专业领域，进入了“空游无所依”的治学境界，对各种问题和现象都进行表态，什么话题流行就“跟踪”什么，最终失去了文化建设的根基。问题在于，文化批评确实是需要超越学术分工，从更为宽广的视域来考察研究对象的；那么，如何立足于自己的专业，而又能进行一种“文化”批评呢？传统学术强调的“由博返约”、“触类旁通”之类固然仍不失其启发性，但是文化批评的对象却不再是某一特定的专门领域，而是指向了超诸专门学科之上的“文化”，这显然还要求着在各专业学科的“之上”、“之外”重新确立研究的立足点。

在关于文化的讨论中，常有一种“文化决定论”的倾向。看起来，这是将文化放置到了奠基性的地位上，但是，实质上却是目注于此，心注于彼，关心的是被文化所决定的东西。或曰“文化决定命运”，这里关心的就是“命运”而不是“文化”。从西方的亨廷顿的“文化冲突论”到中国学者关于当代文化的种种讨论，其中或显或隐地表露出来的，总是一种难分难解的政治情结。这就造成了当今文化批评中的一种“泛政治化”的倾向。有人把当今中国知识界的文化论争归纳为“自由主义”、“新左派”、“民族主义”、“保守派”、“激进派”等等之间的交锋，不难看出，就与政府官员“文化搭台，经济唱戏”一样，许多知识分子的文化批评乃是“文化搭台，政治唱戏”，难以用政治语言来表达的就以文化批评来曲为之说，有人喻之为在文化的脂肪上搔痒，是颇能一针见血的。在这样的文化批评中，文化与政治之间的区分就常常变得模糊，文化被简化为种种特定的意识形态，文化被政治化了。特别是由于中国传统文化中缺乏知性思维的磨砺，不重视分析对象，不重视概念、判断、命题的明确性与固定性，就容易产生一种“混沌”的思维方式，将本来应当属于不同范畴的东西混淆起来。如历史学家黄仁宇批评的中国封建社会“政治道德化”现象，即因混淆了两个不同领域的特定规律造成的。知性思维要求将活生生的东西加以割碎，把不间断的东西进行切分，这固然导致对事物的片面认识，但是如果不能有效地进行分析、解剖，也便无法认知事物。文化批评的超越性与整体性，正迎合了中国思维中因没有严格意义上的自然科学而导致的缺乏分析精神，倾向于模糊思维的传统，用“文化”将一切领域都沟通起来，却忽视了各个领域之间可“通”而不可“约”的关系。文化批评中的“泛政治化”便是如此，将一切文化的东西都化约为政治，固然与西方马克思主义理论家强调文化的意识形态性相关，但是，与中国仍有一些抱有极左观念的人的思维关系更大。那种浮光掠影式的文化批评，把能想到的东西都放到一起“一锅煮”的现象同样也可归因于此。常被中国学人称引的美国学者丹尼尔·贝尔的《资本主义文化矛盾》，在这方面就作出了突出的贡献，他提出的发达资本主义“经济、政治、文化三领域相互冲突”的理论，有力地证明了在同一种社会中，经济、政治与文化之间有着质的区别；尽管人们可以提出某种“统一”、“和谐”的设想，那也应当建立在三者之间存在着不可化约的差异的基础上。因此，将文化批评“泛政治化”，固然可以作为一种言说的策略，却从学理上损害了文化批评本身。人们常说，文化比政治更久远，虽然未必成立，但是却深中政治化的文化批评将文化变成一种指向政治的手段的通病。

当然，文化与政治、社会之类的混淆也与“文化”概念本身的错综复杂相关。“文化”定义繁多，众说纷纭，本来就是可以包括政治、社会等在内的。若把它与政治、社会等作为并列的概念，它们之间则是可“通”而不可“约”的；否则，若以“文化”来兼容并包，则任举一项，均可冠以“文化批评”之名。因此，对“文化批评”中的“文化”，就需要加以界定。

无疑，文化批评中的文化乃是就研究对象的共通点而言的，因此才有“政治文化”、“社会文化”、“法律文化”、“艺术文化”之类的名称。所以，在文化批评中，文化既是制度意义上的，是社会的整个生活方式本身，包括政治、社会、艺术、经济和意识形态等相互关联的所有成分；又是对所有这些成分所具有的共同属性的概括，经由文化将这些领域密切地联系起来。因此，文化既是一个超越的领域，又具体而细微地体现在社会生活的各部分和全过程之中。换句话说，我们仍然应当将文化从政治、社会、经济诸领域中剥离出来，并从文化的角度来分析和研究社会的诸多领域。也就是说，文化批评的立足点必须是文化。

文化批评的立足点是文化，看起来像十足的废话，可是，当我们看多了立足于政治、经济等的“文化批评”时，就会醒悟到只有立足于文化，才能够使文化批评复归其本位。那么，什么是文化批评意义上的文化呢？我们取文化的广义的定义：文化即人化。而人就是精神，精神是人区别于非人的根本特征。因此，文化批评乃是对人类精神现象的观照与阐释。例如，所谓物质文化，其实是经过人类精神创造的物质产品，从物质上所体现出来的人类精神，才是“文化”。同样，无论是政治、经济、法律，还是社会、历史，也都是“客观化”了的人类精神，是人类创造出来的生活经济的总体，同时又制约着也刺激着人类精神的发展。政治学家将人说成是“政治的动物”，经济学家假定人是“经济的动物”，语言学家则认为人是“语言的动物”……在各个特定专业的设定中，人确实被分解为具有某种单一欲望的“动物”了，而人作为人的整体的精神世界却受到忽视。这正是局限于专业眼光和学科规则所导致的必然结果。文化批评立足于文化，所以即使是从特定的专业领域出发，仍能“上通”到一种更为宽广高远的境界。相反，如果仅仅在不同的学科边缘自由飘荡，则仍有可能抓不住文化批评的对象。而从不同的领域出发来开展文化批评，需要发明一个不属于任何现已确立的特定学科的新对象。这个新对象，就是既存在于已有的学科当中，同时又超越于任何学科的“文化”。

将文化批评的立足点定位于“文化”，则文化批评的主要任务就在于研究各种文化事象中所包含的人的精神结构与精神祈向。尽管在不同领域中人的精神侧重不同，但是如何保持整体精神结构的平衡与和谐，却是共同需要关注的问题。更为重要的是，文化批评所涉及的各种领域都需要建立一种超越之维，即精神上的终极关切。宗教哲学家保罗·蒂里希提出的这一概念表示的是无条件关切的状态和对象，指向人的全部文化和精神生活的深度方面，是维系人的存在并赋予人生以意义的东西。这与海德格尔曾称引的基督教定义——人是某种超出他自身的东西，具有同样的“超越”的意义。人类精神的根本特点恐怕正是这种超越性。在文化批评中，终极关切是极为重要的维度。因为人的精神生活之最根本、最终极处，乃是由文化的理想所构成的。如果无限而终极地执着于某些仅仅值得有限地和初级地投身其中的东西，即崇拜有限而短暂的东西，就会导致某种偶像崇拜，引起灾难性的后果。文化批评中确立了终极关切的维度，才不至于将现实政治或经济发展之类视为文化批评的立足点，这样就会将文化降为政治或经济的奴仆。港台“新儒家”欲以“老内圣”开出“新外王”的努力不无悲壮之感，却因不合时宜而遭到嘲讽。其实，“内圣”与“外王”各自有其规定性，两者的转换具有多种中间环节，“内圣”与“外王”难以简单地相通约或相等同。“内圣”的价值理想自有其不可抹杀的意义，但是，“外王”却可以用“内圣”来进行批判，精神的终极关切不可以用现实原则、“实用理性”及市场的“交换原则”来衡量，更不可以用后者代替前者。文化批评的“泛政治化”，恰恰是用现实政治的权利关系来代替对于完美精神结构的追求和终极关切的眷注。而文化批评对文化的经济方面进行的分析，则往往以利益的计算遮蔽了文化的真正使命。因此，确立文化批评的立足点，就是要以人类精神的终极关切来标示一种超越之维，把各种文化生产和传播过程，把社会生活的诸种领域，都提升到“文化”的层面上来加以审视。

值得注意的是，在当今的文化批评中，一种极为流行的姿态便是以一种严峻乃至严酷的批判来否定与解构对象。这种批评的锋刃专门寻找对象的破绽与弱点下手，以无厚入有间，游刃有余地展开理论言说。然而，虽然这种进攻总是有效，在批判的态势后面所隐含的前提，或曰批判者自身的信念却总是缺席。原因盖在于批判者“能持剑向人”，进攻成为他最好的防守。然而，也正因此，批评者常常是“无立场”的，他所运用的理论大多是展开批判的一种策略，招招都欲击中别人的要害，自己却从无正面的主张。这种学术姿态表面看来与西方的解构主义相同，但是，解构主义却是有其深厚的哲学背景的，那就是对西方传统哲学“在场”形而上学的批判。而当今文化批评中的“无立场”，其实是立场的经常转变，根据种种需要采取不同的现成理论。如此，只有否定而乏创造，破中无立，批判者自身也陷入于一种悖论之中。这可说是没有特定的学术立足点造成的，而更重要的却是由于丧失了文化上的终极关切，所以能服人之口而不能服人之心，在意义与价值方面陷入了一种虚无状态。

因此，确立文化批评的立足点就不仅仅是文化批评学科的逻辑起点的勘定与体系建构的要求，更为重要的是应当为文化批评确立一种高远的目标。

中国文化的边缘与异端

近年来的“新国学”，从很多方面来看，其实都是“老国学”的借尸还魂。凡是传统所尊崇的学问，如经学、史学以及考证之学等，借着或西方或本土的新思维，不断得到“创造性的转化”。其中，一个突出的现象是“回归正统”，即将传统的思想与学术正统重新奉为学术研究的核心。犹如“把颠倒了的历史颠倒过来”，一些以往被“批判”、鄙弃的“正统”的思想家如孔孟、程朱，被抨击的文化现象如礼、乐、纲、常等等，又重新回到了文化与学术的祭坛。而且，研究对象的升沉俯仰也悄悄地决定着研究者的文化品位和学术地位。“正统”的复位造成了学术的倾斜。所谓“先立乎其大者”、“入门须正，立志须高”，在学术上重又成为抉择“正统”的重要原因。与此同时，以往的学者、

“大师”也被重新定位，到孔庙中吃冷猪肉又成为一些学者的或明或暗的期冀。不仅海外的“新儒家”为然，国内的一些研究者在“转识成智”、“明心见性”之余，也隐然以儒宗自命，在“内圣”与“外王”之间顾盼生姿，以岸然的道貌在学坛上统领着无限风光。

这些本无足怪。作为对以往意识形态的逆反，特别是严肃的学术研究的内在要求，都需要重新评价在“五四”以来被“批判”、打倒的思想传统，为中国文化的重建提供精神资源。历史虚无主义和激进主义的教训是惨痛而深刻的。但是，反意识形态的东西本身也往往会成为新的意识形态，价值的颠覆则常常成为颠覆的价值——翻来覆去的结果是捡起了一些被抛弃的，同时又抛弃了以往所尊崇的。当然，其理由则都是相同的，那就是都以自己找到的传统为中国文化的核心，或是最有价值的东西。在当前，则主要是以中国文化的“正统”为学术研究的主流。所谓“存亡断绝”，也是为了接上“正统”的“道统”或“学统”。问题是，中国文化的传统并非单一的、一以贯之的“儒教”或“儒道互补”之类系统所能概括的。在学者们所体认的“正统”之外，尚有边缘的和异端的思想存在。这是当今的中西文化特质比较以及“一般的思想史”之类所有意无意地忽视和忽略的，在堪称丰富和复杂的中国文化传统中选择什么，蔑弃什么，不仅仅是历史的眼光所造成的，其中也有着现实的价值取向和功利目标在起作用。

以学术界近年来推崇的王国维、陈寅恪为例，论者中很多都将他们作为“中国文化”在近、现代的代表性人物来表彰。尤其是他们的“国学”功夫更是成为学术史研究及与之紧密联系的学术规范重建讨论的热点。王国维之死与陈寅恪的最后二十年，更是由叙事阐释变为人格探索，成为一种精神风范的标志；特别是有意无意地把他们与传统社会的“正统”思想、文化相联系，作为思想、学术“回归正统”的依据。可是，很少人注意到，在王、陈身上，恰恰有着某种边缘的甚至是异端的东西。正是这些东西才是中国现代学术建立的基础。所谓边缘，乃是与“中心”相对而言的。这种“中心”，正是当时社会思想文化的“正统”。从“中心”向“边缘”滑落，虽说尚未成为“异端”，但总是表现了对“中心”的逃离。王国维学术自文学起步，从西洋哲学入手，一开始注目所在便是中国文学中受鄙视的小说、戏曲之作，《红楼梦评论》、《宋元戏曲考》、《唐宋大典考》等为其建立学术声誉之作，被陈寅恪评为“足以转移一时之风气，而示来者以轨则”，实际上乃是从“边缘”得到创造的激情的。这些作品对中国传统思想文化的看法往往有惊世骇俗之处，若从传统观念看，其实已属异端了。后期王国维的古史考证，陈寅恪所总结的“取地下之实物与纸上之遗文互相释证”，以及“取异族之故书与吾国之旧籍互相补证”，从方法上实已对既往的历史研究与历史写作构成了反拨。何况，王国维的学术转向乃是因“可爱”与“可信”的矛盾冲突而激成的；事实与价值、理智与情感的两歧，虽有其个人生命体验、性情气质及人生经历上的原因，但思想文化上的“边缘”与“异端”的影响与冲击，尤其是西方康德、叔本华等哲学家的思想的渗透性作用无论如何也不应当小觑。所以，无论其自沉的原因究竟如何，评价王国维的学术都应当从陈寅恪先生所标举的“独立之精神，自由之思想”着眼来进行。至于陈寅恪的最后二十年，“著书唯剩颂红妆”，从陈端生、柳如是等“为当时迂腐者所深诋，后世轻薄者所厚诬”的奇女子身上，表彰“我民族独立之精神，自由之思想”，亦绝非一般所谓“文化遗民”所愿为，所能为，所可为。要之，陈寅恪乃是以王国维早期之治小说、戏曲之心态，来挖掘中国文化中被推向边缘与异端的思想，甚至，连《柳如是别传》都自称为“效《再生缘》之例”，乃是为中国文化写“小说”，而非阐“大道”。所谓“平生所学惟余骨”，铮铮铁骨，正在“不夷不惠”，“不古不今”的“不”字上显示，殊非那些将陈寅恪之思想纳入某种“正统”者所可企及。甚至，为柳如是这样一位妓女立传，在当今的一些思想“正统”的“新理学”家眼里，即使不是大逆不道，也是不可思议的。因此，从王国维到陈寅恪，从鲁迅到顾准，值得推崇的都是那种“一肚皮不合时宜”的“边缘”与“异端”精神。这正是近年来思想文化界“回归正统”的人们所抛弃和避讳的精神。今天，我们不会再从一个极端走向另一个极端，重蹈“评法批儒”之类的覆辙，但更应注意那些在历史上从一塌糊涂的泥潭中放出光芒的边缘与异端的思想。它们不应被遗忘，不该被抹杀，更不能被谋杀。

美学课

美学乃心学、天学，通灵之学。
美学乃情学、人学，世俗之学。
从呱呱坠地『天哭』的悲情，
从眺望星空『天问』的惊疑，
生存便植根于美学。
一场欢喜忽悲辛，
一场游戏一场梦，
一场生旦净末丑……
谁能『逃学』美学课？

论悖谬美学

美学，源自悖谬。

悖谬是两个相反的“正确”同时存在的“矛盾”现象，是事实真理与逻辑真理间的抗争，是人类精神内部不同力量的对立与决斗。相反的“正确”，有一个“看”上去就不正确，即凭着感性事实判断即可否定的，如“飞矢不动”：而理性的推理却可成立，这就构成了悖论，体现了荒谬。

美学研究的是感性，对应着变动不安的事实世界，微妙、混沌，恍兮惚兮，是古希腊阿那克西曼德所说的“不定体”（infinite being），“无定”乃至“无”是其特征。美学面对的“是”总是“不是”，所以，我曾说过，与西方哲学对确定性终极追求的“是学”或曰“本体论”、“形而上学”不同，美学乃“不是学”，研究的非“是之所以为是”，而是“‘不’是之所以为‘是’”。简单地说，美学的悖谬是以理性的方式探讨感性所必然构成的悖谬，是对感性生存的本体论探索所形成的悖谬。美学源于悖谬，又无所逃于悖谬。

鲍姆加登对美学的定义本身就显示出这种悖谬：“美学（自由的艺术的理论，低级知识的逻辑，用美的方式去思维的艺术和类比推理的艺术）是研究感性知识的科学。”[①] 由此，他触及了“感性经验、想像以及虚构，一切情感和激情的纷乱”与哲学理性的矛盾、“混乱”的感性状态与清晰认识的矛盾、艺术与科学的矛盾等难以回避的问题。

真正在学科意义上奠定美学的康德，清醒地意识到美学的地位。美学是康德精神探索深层危机的产物，正产生于康德哲学思维的鸿沟，康德哲学体系的裂缝乃至深渊。所以，康德美学产生于作为“感官之物”的“自然”概念领地到作为“超感官之物”的“自由”概念领地之间无法过渡的“补天”之举中。表面看起来井然有序“知、情、意”三分结构中，“情”乃“分久必合，合久必分”的纽结点和“不定体”，“自然”与“自由”、“感性”与“超感性”的纠结，才是现代美学真正的核心问题。

因此，美学面对的一切问题都难免有悖谬的性质。也因此，美学是哲学中最为艰深、最为尖端的部门，美学是哲学的最高形态。

---

① 〔德〕鲍姆加登：《美学》，见刘小枫主编：《人类困境中的审美精神》，知识出版社 1994 年版，第 1 页。

一

中国美学的根源，也需要到“群经之首”的《周易》之中探寻。《易纬·乾凿度》云：“易一名而含三义，所谓易也，变易也，不易也。”郑玄依此义作《易赞》及《易论》云：“易一名而含三义：易简一也，变易二也，不易三也。”“易”的三名，毋宁是《老子》“道可道，非常道；名可名，非常名”思想的一种例证。在“变易”的感性领域求“不易”的某种“道”，在复杂微妙、“极深研几”的感性世界中，归纳某种“易简”的“名”，正深合于美学的旨趣。老子所谓“同出异名”，“正言若反”，在“易”的三名中，虽是“一名”而“异义”，“一言”而三“反”义，但其中的悖谬思想却是相同的。尤其是“变易”与“不易”的悖反，正是感性的精神与理性的原则在共同事物上的交集与碰撞，是原初的哲学意识和美学精神觉醒的标志。这样的悖谬情境和悖谬思维，正是中国古代美学思想的核心。以往，或以“辩证法”释之，殊不知，在“辩证法”的“前提”处，有着更深刻的哲学背景和更为复杂的哲学问题。悖谬，则能够更深刻地切入这个背景和问题。

《老子》中所谓“惚恍”，乃“无状之状，无物之象”，与“易”之义相似，都是在感性与超感性的凝结点上形成的悖反的心头体悟，是一种反思性的“判断力”所把握到的先验境界。因此，《老子》一书充满了悖谬的论断：“正”、“反”之间微妙而复杂的控制与转变，“有”、“无”之间灵动而充实的转化，都与美学的“判断力”相关，是“自然”与“自由”之间存在的巨大鸿沟的惊悸性思索，因此言论往往耸人听闻而又益人神智。悖论式的思维与表述方式，正所谓“反者道之动”，把相反的两种运动情态合而为一，实质上是精神的不同力量在面对“易”的世界时审美意识觉醒的标志。这里所说的审美意识，是康德意义上的，即心灵力量产生感性与超感性的分裂之后，悖反的精神凸显出来，对世界与生存的惊异与永久性怀疑。

《老子》的论断均是“一段论”式的，这也是中国诸多子书的言述方式，即省略推论、直达结论。看起来直截了当，确定无疑，但是，从反面立论的方式，却融正、反结论于一体，形成悖论的效果。“天下皆知美之为美，斯恶已”，但没有论证过程，留下了更有激发性的思考资源，可以由“利根人”自悟，但很难向“钝根人”说清楚。这当然并不因为其关涉到“美”，而是因为其关涉到“美学”，但“美之为美”正是柏拉图以降西方“美学”思考的核心，其重要意义自不待言。《老子》云“天下皆知”，何其容易？我们只好从语辞上审察，“知美”，乃人“心”活动。“美之为美”，从西方哲学的角度来看，“美”是“难的”，“不可说”的。对此“不可说”的事物有了“心”，有了“知”，有了“名”，这就是一种“（丑）恶”了。《老子》于此揣测到了“美学”源始发生之处的悖谬。“美”是“人心”的价值判断，是“自由”的，是“自由感”，但若“天下皆知”，对本为“自然”、“自在”的对象进行“判断”，就必然产生如此悖谬——“情感”的愉快与不快（“恶”）并生而出个体的“情性”判断与群体“共感”同时成立。由此，“审美”发生之时，丑恶“同出异名”地相伴而行。这就是从“易”到老、庄的“玄”之所在。这里有一个永恒的黑暗，有一种生动的混沌，有一种终极的旋转……黑暗中放出光明，混沌中呈现生机，旋转的眩晕与烦恼中显露智慧。在鲍姆加登的感性“混乱”中，老子发现了哲学与美学的原点。

《庄子》对《老子》的悖谬思想有着天才的生存论发挥。“逍遥”、“齐物”，实质即“自由”、“自在”。在“自由”与“自在”的“吊诡”之中“游”于世，并不等于“以出世的精神做入世的事业”，但其中所包含着的精神分裂则是相同的。《庄子》“三言”即寓言、重言和卮言，内在精神均在于“支离其言”；所谓“谬悠之说，荒唐之言，无端崖之辞”，彼此皆“一是非”，正是悖谬的表达方式。“两行”的实质，在于“无为”与“齐物”的深刻矛盾。禅宗与庄子亲缘甚深，禅宗的悖谬精神表现得更为突出，甚至会以“行为艺术”的方式作出生存论的呈现，血腥暴戾的极端行为更令人瞠目结舌。西方哲学以理性与非理性来界定禅宗思想与西方哲学之不同，由日本的铃木大拙、阿部正雄等人的阐扬而愈加为人所接受。其实，从根本上来说，禅宗思想中的悖谬，仍是“自由”（“空”）与“自然”间精神鸿沟的产物。所谓“青青翠竹，尽是法身；郁郁黄花，无非般若”，不过是把“心”与“物”扭结到一体的精神意向的反映。“出世的精神”在“逃向世界”的“入世的事业”中，只得以扭曲的甚至是荒谬的形式突出地体现。西方基督教哲学的发展中，同样也少不了这样的精神形式，克尔凯郭尔的悖谬，即如此。

从“易”、“老”、“庄”到“禅”，向来被认为是中国美学精神的一个核心，突出的悖谬精神向来很少人探索，却正是这一精神脉络的特质。那么，作为中国文化另一至关重要的哲学传统，儒家思想是否与悖谬无缘呢？

在儒家典籍中，与老子相似的“而不”句式在在多有，形成一种“中庸”的精神。《老子》及《庄子》的“而不”，多从反面强调，如“虚而不屈”，“生而不有”之类；儒家的“而不”，则每多折中，如

"直而温，宽而栗，刚而无虐，简而无傲"（《尚书》），"乐而不淫，哀而不伤"等。表面上看来，是在意识到精神力量向着一极发展时必然出现的"过度"，因此要加以控制，使之保持在一种"恰好"的范围内，是谓"中"道。"允执厥中"，是要在两个极端之间求取一个平衡点，或"黄金分割点"。但是，当一种事态或精神发生发展时，就惊觉到另外一种可能，对相反两极同并生并存产生出审慎的犹疑与暗含的焦虑，本身就是一种悖谬意识的流露。这与"知美斯恶"式的内在忧惧是相同的。表面的平衡下掩藏着两种精神力量的激烈冲突和努力控制的意志。由此，"知其不可为而为之"，"狂狷"，"有"、"无"之间的精神取向，就突出地表现了儒家对现实情境与精神意志之间存在的巨大差别的清醒认识与复杂情感。两种不同的"正确"与"错误"同时存在，"人心惟危，道心惟微"，在危殆的心灵努力与微妙的"道心"体悟中，毋宁说，儒家感受到的悖谬有着更为深刻的内涵。尤其是因为入世的政治意识过于强盛，对人心人性之"恶"的戒慎恐惧，超过了道家，而以"仁义"心性论进行改造的艰难，激起的悖谬精神在美学上有着突出表现。像"乐而不淫，哀而不伤"，对感性的易于失控和滑入极端倾向的注意，就是突出的例证。后儒所谓"温柔敦厚"之旨，文艺中的"大团圆"，均是化解悖谬的"中庸之道"的表现。

然而，正因为如此，儒家美学的悖谬意识反而愈加凸显。

要之，中国美学的悖谬意识因着观点的差异和方法的差异而呈现出不同的形态，更因为终极精神取向的不同而具有内在的区别，但是，在不同的思想体系中，悖谬精神始终都是中国美学发生发展的根本缘由和动力。

二

西方美学的源头自然也要追溯到欧洲人的精神故园古希腊。

古希腊哲学的灵魂人物苏格拉底，是在与智者学派的尖锐对立中发展自己的思想和学术方法的，智者学派的“诡辩”到了苏格拉底变成了“辩证法”，其中蕴含的悖谬意识却愈益鲜明。苏格拉底以“自知无知”的悖谬说法作为自己展开思考的“前提”，虽然，为避免悖论，他加上了限定：自己除了知道自己无知外，一无所知。也就是说，他只知道自己无知。那么，仔细思索，何以“知”自己“无知”呢？这唯一的“知”，“知无知”的“知”，是何种性质呢？换言之，似乎有两个苏格拉底，一个是“无知”的，一个是“知”这个“无知”的。这就体现出了一种“反思”，即“认识你自己”的另一个自己，“自我认识”的“自己”，以“自己”为对象而思之，总是有一个超越性的“自我”，这个“自我”与“无知”的自我如何保持“同一性”？此乃苏格拉底的悖谬精神。西方哲学的根底亦即在此。“自反”的缠绕揭示了精神内在的分裂和挣扎。

苏格拉底式的反讽及其著名的思想接生术都是悖谬精神的表达形式。前者，是在于他承认别人直接接受并提出来回答他的话，好像真是如此似的，然后让它的内部解体自行发展——简直可以说是西方最古老的“解构主义”。后者，是以一种“自知无知”的方式出现，“懂装不懂”，以装傻充愣的方式，帮助别人得出自己想要的结论，好像这种思想本已包藏于每一个人的意识之中，自己不过是他人思想的“接生婆”。在这种“接生术”中，往往是从普遍认定的常识中揭发其中所包含的对立物，得到与被问者出发点相反的东西。苏格拉底式的

"对话"，并非像人们所极力褒扬的那样，是平等精神的碰撞，而是一种导演的戏剧，苏格拉底既是演员，又是导演，而对话的另一方或多方，则不过是被精神控制的演员。于是，西方哲学就在这样的精神戏剧中拉开大幕，悖谬是剧情的核心，也是表演的形式。

柏拉图的"洞穴寓言"和"知识即回忆"说，作为其理念论的主要表达形式，与苏格拉底的悖谬思考有着直接的关系。这不仅在于柏拉图的主要著作本身就是苏格拉底对话，其中重要思想或直接来源于苏格拉底，而且，更在于这些想法均可从苏格拉底的学说中推导出来。知识即回忆，乃苏格拉底"接生法"的"前提"，那就是每个人"本来"就拥有"知识"，"接生法"要旨在于帮助他激发记忆，把心中以前就有的东西"回忆"起来。如此，"反者道之动"，永恒的回归，才能接近真理。这等于说，一切向着真理的前进，都是向着"本原"的倒退；越退（返回）越进。这也是老庄哲学及诸多哲学的悖谬思想的核心所在。一切求"本心"、"本性"的哲学，亦皆如此。

西方美学的"理念论"，直到黑格尔的"美是理念的感性显现"，都是苏格拉底"自知无知"的悖谬精神的发展形式。柏拉图的"洞穴寓言"关于幻象与真理（理念）关系的阐述，则是戏剧化地体现了西方美学的根本关切"身"（"洞穴"）与"心"（"理念"）的"同一"与"差异"，精神、理式与感觉、现实的等级关系，都以极其悖谬的方式表现了出来。亚里士多德的"诗比历史更真实"，同样是以哲理性即超感性的领域去判定感性领域，从而以悖谬形式统领着西方美学的主流。

与古希腊哲学精神同样重要的是希伯来的宗教精神，成为西方美学的灵魂。基督教哲学中，最值得深思的，无疑是"原罪说"和"道成肉身”的隐喻，而两者均蕴有深刻的悖谬精神。

“天下皆知善之为善，斯不善已”，《老子》中的话似乎为“原罪说”发端的伊甸园故事的注脚。亚当、夏娃一旦吃了智慧树上的果实，“如神能知道善恶”时，便成为了“人”，降入了尘世。“本是尘土，仍要归于尘土”的“人”，是按照“神”的形象“造”成的，获得了“如神”的智慧，为何便有了“原罪”呢？从《旧约》来看，人类始祖获得了智慧后，便有了羞耻意识，从而也由羞耻感而产生了美感。赤身裸体面向上帝的日子一去不复返，人才具有了成为人的自我意识，才具有了审美精神。审美精神产生于最初的知善恶的智慧，但正是拥有了神的智慧而为神所鄙弃、惩罚，从而成为“人”，“神”与“人”之间的“合一”，恰恰导致了超历史的神、人“告别”与“分离”，这便是希伯来宗教内在的悖谬精神。后世经院哲学中出现的诸多悖论，如“上帝能否创造一块他自己也举不起的石头”之类，都是以荒谬的形式对神圣的智慧提出的怀疑，从而提示了超感性领域与感性领域之间的永恒差别。“道成了肉身，住在我们中间”，“神之子”成为“人之子”，“三位一体”的精神秩序以感性具体的方式“在人间”显现出来，无疑更将“神”、“人”的关系以最集中最强烈的方式突出，西方美学内在的激烈冲突正是这种宗教精神的体现。作为精神现象学的美学，“精神”所“现”之“象”，最终需要追溯“精神”本身的根源，“十字架上的真理”，正以肉身与精神的恐怖比照而展示了现象下面的“本质”。美学既是“现象”学，又不得不是“本质”学，“神学”与“世俗学”在美学中的悖反，正是西方美学悖谬精神的重要方面。

“上帝面前人人平等。”基督教的超越精神和超验本质，演化为西方文化的主流价值观。平等、自由、爱，与真、善、美，是西方文化的“大观念”。这些观念，均与“上帝”观相关。“上帝面前人人平等”，与“人生而自由”相互内在连通。因而，在作为“精神现象学”的美学中，正义、自由、爱、真、善等都是不可或缺的核心，美学的“自治”只是相对的，无法脱离这些观念而单独存在。

在“上帝面前人人平等”的观念中，本身就包含着悖谬。首先，“上帝”面前人人平等，确认了在“人间”人人不平等的“现实”。也就是说，平等只是在一个超越层面的“精神”审视下的“观念”，而这个观念是“上帝”才有权拥有的。那么，“人人平等”只不过是“人人不平等”的另一种表达方式。其次，“上帝面前人人平等”，宣示了“上帝”与“人人”之间的永恒“不平等”。“人人平等”，是因为“人人”与“上帝”不平等，在这个根本的不平等下，“实际”上的“不平等”，在“虚际”即宗教精神领域中“平等”了。从而，这种“平等”在一定程度上“虚”化乃至“无”化，成为一种精神。当然，这种精神自有其“神圣”的意义，乃至有“神道设教”、落实为现实制度设计的重要作用，但其内在的悖谬，必然演化为自由、平等与爱，真、善与美，不同价值观念和精神诉求之间难以分解的冲突。

从美学层面来看，“人生而自由，但无往而不在枷锁中”，作为“上帝面前人人平等”的另一种表达方式，正是“美是自由的象征”所包含的内在悖谬的呈现。

两希文明构成了西方美学的两大支柱，其内在的悖谬精神在西方美学的发展中既有着明晰的线索，也时常有光怪陆离的表现，但只要把握住诸多思想理论的根源，就有可能作出更为清楚的认识。

三

“这一刻真美呀！请停留一下吧！”这是歌德《浮士德》中浮士德博士与魔鬼打赌时所立的赌约，赌注则是浮士德的灵魂。作为西方文化的重要支柱，“浮士德精神”竟是建立在一个美学的基底上，瞬间的美感若能让精神停留，灵魂则被收归于魔鬼，那么，永无止境的追求岂不是设定着永恒的美感不能存在，一切都只是“无常”的偶在“不定体”么？

美学研究的悖谬正在于，美感是一种快感，但并非“快”感，即时间上的瞬时“经过”，而是要“瞬间永恒”的无限“停留”。只有渴望“真美”的“这一刻”停留，于刹那的感觉中领悟到“永恒”，努力把“这一刻”活生生的感觉“挽留”住，才是审美与审美创造。“有限无限”的合一，“他由”与“自由”的合一，等等，都是美学研究的首要问题。这一问题，体现在《浮士德》中，是以“把灵魂抵押给魔鬼”的方式，在“否定的精神”中取得肯定性的生存目标，最终升入上帝的神圣领域，从而表现出精神的悖谬。

所以，悖谬美学的提出，首先在于，美学的基本思路和基本问题是悖谬的。这种悖谬，在现代哲学中以更为明确的方式体现出来。存在主义哲学中的荒谬意识，“此在”与“存在”之间的悖谬关系，在很大程度上仍是康德早已发现的“二律悖反”的人类精神困境的表现。当代美学发展中的各种流派和形态，也无不与面对美学根本问题中的悖谬所采取的价值观念和具体方法不同相关。

因为感性的幻象与精神的虚灵之间，有着复杂的关系，审美幻象的探索乃美学研究的又一重要问题。涉及幻象与现实、幻象与真理、幻象与媒介，乃至当今的“虚拟现实”与生存世界的关系等，都存在着悖谬的问题。

古希腊的智者学派曾这样思考戏剧与观众的关系：戏剧当然都是以虚拟的事情来欺骗观众的，但是，在这种“欺骗”中，骗人者比不骗人者更诚实，受骗者比不受骗者更聪明。戏剧当然不是现实的“骗局”，它是一种明明白白的“真实的谎言”，但宣告戏剧为“假”远远不够，问题在于，戏剧的“欺骗”是以感性的形态表现出来，理性的精神应当“不被骗”，所以，观赏戏剧就需要别一种“理性”。在这里，智者学派就把人类精神在审美中的复杂微妙，尤其是内在的悖谬充分地揭示出来。“被骗”者的“聪明”，正是面对审美幻象而能够进入审美状态的审美能力，其中包含着的并非仅仅是感性能力，更重要的是精神要素的加入。虚幻的感性体验与投入而又能够静观的精神构成的悖谬心灵，才是审美的关键所在。智者学派以悖谬命题刻画的现象，在中国俗语“演戏的是疯子，看戏的是傻子”中，也有别一种叙述；而“傻子”与“聪明人”的颠倒，具有其更深刻的智慧在。这正是美学智慧的体现。

审美创造的“演戏的是疯子”，表明了对于艺术家和创作者的共通看法。天才的“神圣疯狂”是中外美学探讨的核心课题，其焦点大都凝结在灵感上。稍加分析便可看出，灵感本身就是一种悖谬的说法。灵感的意思乃“通灵之感”，是与神秘的实体“灵”相通的感觉，是谓若有神助，有灵感者乃是天才。艺术天才是灵感的承载者，但是标示了一种形而上的存在，是属神的，非人间、非感觉、超越超验，因而超感觉、不可感觉。感则是肉身的、生存的，属人的。灵感正是神、人相通的神秘体验，是感觉“超感觉”。所以，“灵感”一词是自相矛盾的悖谬说法。古希腊的柏拉图因此以“迷狂”来贬低“灵感”，认为灵感状态中的艺术创作者，只不过是神灵的无形而奇妙力量的传递者，本身则处于一种蒙昧而疯狂的状态。换句话来说，在灵感状态中，审美创造者恰是最愚蠢、最疯狂，因而是该受鄙视的。因为处于一种不自觉不清醒不自主的状态，所以，创作的成果同样会引导接受者丧失心智，使不受控制的感性堕入危险的境地。这就是“理想国”中必须驱逐诗人的哲学依据。

然而，灵感状态中的愚蠢（“迷”）和疯狂（“狂”）却正成就了最智慧、最清醒的创造，一切最艰难、最复杂的事情突然轻而易举完成。更重要的是智慧的飞跃和升华，新的精神形态的生成，都是以不可思议的方式瞬间来临。美学在根本意义上不过是“灵感”学，即如何在感性中领受到超感性的学问。康德所谓的“判断力”，正是一种特殊的情感能力，在艺术创造之中只有“天才”才具有的能力，这就是“灵感”能力。

因此，审美创造的灵感作为一种悖谬的精神形态，又与艺术作品的形态紧密相关。“天才”的作品与“上帝”的作品“自然”一样，具有“天成”的特征，艺术家创造的是“第二自然”，这是中西美学中一个共通的理念。“文章本天成，妙手偶得之”，灵感中天成的作品，应当具有“自然”的形态。“人”创造的却要和“神”创造的同样“自然”，是艺术作品的悖谬所在。中国美学于此着意阐述，形成了精深博大的体系。

西方美学在艺术品的“自然”上亦有自己的思路。仅举一例，亚里士多德在论述叙事作品的逻辑时指出，虚拟的叙事作品之所以形成逼真的幻觉，是因为采取了一种逻辑推理上的错觉：虚拟的前提下，情节的推进却合乎逻辑形式；人们由于后面推理的正确而反过来承认了前提。逻辑上的错误却是艺术上"正确"的奥秘。应用逻辑的方法分析叙事艺术的形态，更能显示出艺术品存在形态中的悖谬。

以回归文本为诉求的英美新批评派，对文学文本的分析亦可推及美学的领域中。新批评派善于发现文学文本的"张力"，即在同一首诗中，总是存在着相悖反的两种意思，共同作用于我们的精神，从而构成了"张力"。新批评学派的布鲁克斯写过《悖论语言》，讨论了诗歌中的艺术表达往往是以悖论的语言呈现复杂的情感思绪。中国诗歌亦可以此分析，例如李白的《静夜思》，若以新批评派的理论来看，则"疑是地上霜"的"明月"光，与"举头望明月，低头思故乡"的"明月"，表示着两种不同的情感和意义倾向；前者凄凉、冷漠、肃杀、荒芜……，而后者则提示着温情的生活，两者的交织，才构成了这首至为天真简洁的小诗的诗意。如此，我们可以看出，新批评的"张力"理论实质上是艺术分析的悖谬理论。由新批评的"张力"论可以逻辑地推进到解构理论。在审美创造的一切作品中，是否都存在着这样的"张力"即悖谬呢？

篇幅所限，我们只能匆匆扫描悖谬美学必然触及的方面，从美学根本问题始，到审美与审美创造、艺术品及其接受中的悖谬现象，试图构成悖谬美学的研究框架。

美学的抗争

即使是在所谓的“美学热”当中，也就有人指出，美学在西方学术中只是处于边缘的地位；无论在哲学系还是文学系，美学都是极为尴尬的角色。果然，在中国学术中，美学也渐渐地沦落了。这其中肯定有着某种宿命，也许只是其原因并不神秘罢了。于是，我们看到了以往“搞”美学的有的“走向”了文化批评，有的“走向”了据说在西方学术中地位极高的“神学”，乃至在中国学术中从来就是神圣的“经学”，或许也可称之为“圣学”……总之，“神圣”的东西对感性的学问的又一轮扼杀开始了。美学在一些学者当中成为一种受到轻视乃至鄙薄的学问。而更可怕的，也许还在于美学在一些人的手里虽然被高高地奉上了学术的祭坛，却失去了鲜活的灵魂。因此，在一些成为主流的美学那里，收获了学术庙堂祭酒位置的同时，也收获了“美学冷”。原本是研究感性的学问恰恰失去了任何感性魅力和亲和力，受到公众的冷漠、蔑视乃是正常的现象。所以，我们追寻美学真正的、不灭的灵魂。

其实，美学在学术中本来就是带着强烈的异端色彩，是对一种无法言说的对象的言说，对“镜花水月”般虚幻的东西的追寻，也是对人类生存可能方式的求索。所以，美学史乃是美学在学术中的抗争史。中西美学史在很大程度上是“追认”出来的，在美学的发生与发展的道路上充满了抗争的激情乃至血迹和泪痕。在现在，若是想将美学的道路真正走下去，也仍然需要抗争的精神，从制度化和凝固化的学术体制中挣扎出来，呼吸“美”的生命气息。

一、以理杀美

清人戴震针对宋儒“存天理，灭人欲”的理论所造成的后果，痛切地提出了“以理杀人”的命题。在“存天理，灭人欲”的软刀子的切割下，确实有着对人的肉体生命的扼杀，但是，更重要的则是对人的精神生命的摧残。要灭掉人欲，就是从根本上消除人的一切感性需求。所以，理学家与西方的中世纪基督教会一样，是敌视美的。以“理”灭“欲”，其实就是以“理”杀“美”。但是，人们从理学中也发现了美学，正如从基督教哲学或神学中也发现了美学，不能不说，对美的扼杀是以对美的扭曲与改造来进行的。美学理论之“理”在扼杀“美”时，其力量要比单纯地反对一切美更强劲。因此，也就更应当予以重视。

佛经云："一切有为法，如梦幻泡影，如露亦如电，应作如是观。"它是说一切处于生灭变化中的依种种条件积集而成的东西，都是如梦幻泡影一样虚幻不实的，是假构出来的。事物之所以呈现出种种情状，无非因为它们是诉诸人们的感觉与欲望的。因此，在佛教看来，唯有寂灭欲望、消除感觉，达到清净涅槃的境界，才能把握住世界永恒不变的真理。美学作为感性之学，也就难免要面对着种种虚幻诞妄的现象，冒着被感觉、梦想欺骗的危险。

感觉的虚幻性与不确定性是美学成为可疑与异端的根本原因。美学学科的命名者鲍姆加登在提出这一"研究感性知识的科学"时，就预料到哲学家们必然会提出反驳，因为"感性经验、想象以及虚构（fabricate），一切情感和激情的纷乱，在哲学家的眼里看来，都是与哲学家的身份不相称的"[①]。所以，正如佛教要寻求以涅槃来掌握世界永恒不变的某种终极实体一样，中外哲学家都是从寻求"现象"——人类感性所接触到的万花筒般变幻莫测的世界事物的样态——背后的某种"本质"、"本体"、"真理"、"规律"……，开始自己的哲学生涯的。因此，感觉毋宁是许多哲学思想要加以驱逐和摆脱的东西。鲍姆加登为美学提出的一些辩护在传统哲学的压力下也就显得畏畏缩缩而苍白无力。因为把美学定义为研究"感性认识"的学科，本身就处于一种尴尬的境地。在传统哲学的框架内，感性恰恰是认识过程中必须排除的对象。所以，柏拉图《斐德诺》篇所显示的思想中，就用"神性"来与"人的肉体冲动的有限存在"相对立，认为要观照"真实的永恒性和存在的固有构造"，必须去除灵魂中欲念的屏翳才能使人的眼睛

---

① 〔德〕鲍姆加登：《美学》，见刘小枫主编：《人类困境中的审美精神》，知识出版社 1994 年版，第 2 页。

明亮起来，“看见真真实实的世界”。而这里所谓的“神性”，在宗教哲学中就形成消灭欲望的宗教伦理，在西方以古希腊哲学为开端的存在论与认识论哲学中，就成为与感性相对的理性。康德在其哲学体系中划分出的三个人类精神的领域，也正精辟地概括、总结和涵盖了西方哲学中的认识、伦理和审美研究的成果。

在宗教神学的传统中，人的感性欲求被当作邪恶的诱惑，是从“世俗之城”升入“上帝之城”的最大负担。基督教《圣经·旧约》中，人类的始祖夏娃受了蛇的诱惑才注意到伊甸园中的善恶树的果子，“好作食物，也悦人的眼目，且是可喜爱的，能使人有智慧”，于是不仅自己食用了善恶树上的果实，而且还让亚当也吃了，结果“他们二人的眼睛就明亮了，才知道自己是赤身露体，便拿无花果树的叶子，为自己编作裙子”。从美学的角度来解读这个故事，我们可以看到，人的“眼睛”的“明亮”，是从“最艺术的官能”的觉醒，喻示着人作为感性存在的觉醒。混沌已凿，七窍已开，人的全部感觉在魔鬼的引诱下成活了，随之而来的就是人最为重要的欲望——性欲的觉醒。意识到人是有性别的存在，就在产生情欲的同时发明了遮蔽文明。在西方绘画中恒常出现的一片树叶原本来自“无花果”，人的情欲与自然性欲即只为生殖而产生的欲求就区分了开来。羞耻感的产生与美感的产生几乎是同步的。因此，耻感成为美感，是一个相当复杂的美学课题。人恢复为“赤身露体”的肉体的存在，来自尘土的“仍要归于尘土”，沉重的肉身凡胎，使天国成了可望而不可即的目标。因此，在中世纪，基督教精神中的“神性”思想，使得宗教伦理走上了禁欲主义与苦行主义的道路，要求拒斥一切感官快乐和物质享用的诱惑，以此求得升入光明天国的门票。此点论者颇多。我们只强调一点，那就是基督教的伦理观念，特别是对终极道德律的论证，后来仍然以变化了的方式，存在于康德的“绝对命令”以及其他哲学家的理论中。所以，当我们谈论基督教美学或其突出代表中世纪美学时，我们认为只用“神性”的美或“上帝”的美即可概括，其实质是用对神圣事物的情感、对天国的情感来消灭人间的、世俗的情感，用消灭欲望和感性的方式来诱导“无感情的感情”。

在理性主义哲学传统中，西方思想更强调“我思故我在”而不是“我感故我在”。只有思想能够为人类赢得至高无上的尊严。帕斯卡把人比作芦苇，蕴含着蔑视人的感性存在的意味。因此，人的感性经验作为一种虚妄不确定的存在，就需要在理性的条条框框整理和“透视”下才可获得一定的价值。康德哲学虽然在《纯粹理性批判》的开端就讨论感性论，但却是在先验论的框架下探求的，重视的是感性经验得以产生的验前心灵形式。所以，虽然是作为感性的形式，但其实质毋宁是理性的。因而，康德在“先验感性论”研究的一个脚注中对鲍姆加登的“美学”（感性学）进行了批评，认为鲍氏“所说的规则与标准，以其主要的来源而论，都是单纯经验性的，结果就永远不能用作我们的审美判断所必须借以得到指导的有确定性的验前规律。反之，我们的判断乃是这些规则的正确性的正当标准。为此缘故，最适当的就是，或者把作为审美批判用的这个名称放弃，而保留它作为真正科学的感性学说的名称——这样就接近古人把知识划分为‘所感的’和‘所思的’这种人所周知的分类——不然的话，就和思辨哲学共用这个名称，部分在先验的意义上使用它，而部分在心理学的意义上使用它”①。

---

① 〔德〕康德著，韦卓民译：《纯粹理性批判》，华中师范大学出版社2000年版，第63—64页。

康德在“所感的”和“所思的”，或感性与理性之间的关系上，仍然是强调“有确定性的验前规律”，用理性来规范、引导感性。他的名言“思想而无内容，是空洞的，直观而无概念，是盲目的”，则更是要求把感性的直观用概念来赋予“眼睛”，使思维的概念成为感性直观的向导。所以，在康德的知识论中，感性是在理性的框架中被思考的。由于它消除了感性直观的“盲目”性，也就在很大程度上扼杀了感性直观所具有的无限的可能性。

作为西方美学的代表，康德的《判断力批判》在直面感性的复杂性，直面人的情感领域时，却把感性的最深刻的内在根源——欲望——划到了“实践理性”的领域，从而使感性的分析首先是在阉割掉人的利害观念的基础上进行，这样，就使审美成为一种纯粹形式的观照。作为自然与自由、现象和本体、知识和道德之间的中介，康德思想中的审美感性最终是为了达到超感性领域的桥梁，从而成为“道德的象征”。所以，感性不过是通向道德天国的一个中转站，需要被摆脱和克服。所以，康德的基本思路仍然与基督教神学有一脉相承之处。沿袭了柏拉图理念论的理性主义思路，黑格尔提出了著名命题：“美是理念的感性显现”。与康德将感性归宿为“德性”不同，这是把感性归结到理性的发展上。尽管黑格尔看到了审美具有令人解放的性质，但是他所理解的解放是指人在理性上的成熟。因而，随着哲学的发达，人类理性思维达到了绝对理念的境界，艺术也就应当终结，而美学也就被他的“逻辑学”所完全吞噬与消化。应当注意的是，黑格尔美学思想的渊源，可追溯到古希腊的亚里士多德。亚氏所谓诗比历史更富于哲学意味、更高，是因为诗描述普遍性的事，而历史则叙述个别的事。他强调了艺术的感性形式中所包藏的理性实质。因此，黑格尔美学中强调的是美之中的“理念”，而不是美作为感性现象本身的价值。黑格尔的美学之所以是艺术哲学，其原因盖在于此，即艺术所具有的哲学意味才是他的理论着眼点。

因此，在西方古典美学中，感性虽然获得了独立存在的领域，却在理性和德性的双重势力的压迫下生存，或被“德性”、“神性”所“招安”，或被理性所归化，最终都必须变成超感性或非感性，方能证明自身存在的价值。

中国古代美学也存在类似的两大传统。儒家美学倡导一种“仁”的情性，在与万事万物的生命感通中体验一种伦理性的感性愉悦。孔子所谓“尽善尽美”，尽管把善与美区别了开来，但是在其思想体系中，却是要使两者统一起来，并归结为“善”。人们通常所论说的“兴、观、群、怨”说，“乐而不淫，哀而不伤”说等，都是要以克制情感、克制感官欲求的方式，达到一种伦理的、道德的愉悦。孔子所谓“与点之境”，也不过是在一种宗教仪式的余绪中，与自然谐和、与人群谐和，并以“咏而归”的艺术表达，宣畅难以言明的大乐。所以，儒家美学是康德命题“美是道德的象征”的异代异地的同路人。儒学发展到“新儒学”——宋明理学，这种仁者之乐、与点之境仍为理学家、心学家所艳称。但是，与康德美学相似的是，理学家在将“头顶的星空”与“心中的道德律”对接为“天理”时，却用更为锋利的伦理之剑斩去了人的感性存在的根柢——欲望。“存天理，灭人欲”，“天理”与“人欲”的对立，使新儒学的美学成为类似于神学美学的东西，一切刺激人的感性欲求、摇荡人的情思的东西，都被视作洪水猛兽，要在心中彻底铲除。在这种“天理”与“人欲”的“交战”中，最终获得的是灵魂的“净化”。

道家、释家及墨家的美学，虽然立足点不同，但在“存天理，灭人欲”这一点上却都有着相似之处。只不过，在道家，其“天理”为“道”；在释家，其“天理”为“佛性”，为“涅槃”；在墨家，其“天理”为“民以食为天”而已。道家之“道”较之儒学之“道”带有某种理性色彩，强调“无情”、强调“心斋”，都是为了在天地大化自然变化中掌握到某种规律，从无情的必然律中观照到无言的“大美”。佛教禅宗作为中国化的宗教，其情况颇为复杂。但在我看来，最重要的发现还是找到了蕴藏于每个人心中的智慧，所谓“前念迷即凡夫，后念悟即佛”，“何不从自心中，顿见真如本性”，等等，都是说明了只要消除人心中的欲望，就能使“自心中”的智慧朗现出来。因此，禅宗美学是一种聪明机智的美学，在瞬间的直觉顿悟中从感性直接通达到理性。至于墨辩的逻辑性质，更为人所共知。因此，我们不妨把上述一些学派的美学思想归结为理性主义。虽然其中情况与西方美学有极大差异，但作为一种概括，可以确定其基本倾向。

在我看来，要确立美学作为感性学的地位，必须把欲望从被放逐、扼杀的境地中解救出来。因为一旦失去了欲望，人的感性就成为无源之水，丧失了内在的真正动力。叔本华在其哲学中引入了欲望与意志，但其美学却仍是静观的看客的美学，佛学的影响使他更倾向于寂灭欲望而不是正视欲望。尼采的“醉”与“梦”对生命的动力作出了天才的澄明，在强调感性、强调欲望的同时，对传统的真理观、伦理学进行了价值重估，其美学成就是革命性的。但是他只醉心于“强力意志”，而对于人的其他的或许是更为根本的欲望如性欲所持的蔑视态度，又给他的美学留下了深深的缺憾。弗洛伊德对尼采的“醉”与“梦”的思想从精神分析的角度作出了出人意料的发挥。他观察到了人的欲望在精神世界中的作用，但是却用“升华”的观念，重新蹈入亚里士多德“净化”说的辙迹——最终仍然是“天理”战胜了“人欲”。其实，弗洛伊德的“升华”不过是“净化”的别名。“净化”从消极的意义上来说，犹如太监的“净身”，是在内心中阉割掉自己的生命根底。

现代西方哲学从重视人的感性生存出发，认为人的情绪是生存此在的源始存在方式，强调“情意我”而非“认知我”才是源始意义的心之本体，是人最切近的存在方式，因而情感体验更深地揭示了人的存在结构。海德格尔以“烦”、“畏”等情感来勾勒人的生存，萨特则从对“恶心”的体验中开始自己的思考，都将被传统哲学放到美学领域中的感性存在引入了哲学思考。但是，只是到了后现代哲学家，如福柯、德勒兹、利奥塔等人，才将欲望作为感性生存的最为根本的动力来加以思考，于是，诸如病、疯狂、性、刑等现象就进入了他们的视野，并且作出深入的研究，揭示了诸多令人惊骇的真相。

所以，传统美学的大厦日益分崩离析，必须以人的感性生存为基础重新建立起来。我们认同存在主义哲学的基本观点：各种文化形式都是对存在的领悟，都是人生此在的存在方式。人的生存首先是一种具有欲望的感性生存。如果没有欲望，人也就不会从事任何活动，包括传统哲学认为必须涤除欲望和感觉的认识活动，同样需要欲望作内在的推动力。人的欲望越强，则其认识活动越深入。一个“冷淡”到失去任何欲望、任何兴趣的人，恐惧“美”与“多”的人，则不会有任何积极的认识活动和探索精神。因此，人的知、情、意是不可分割的整体，西方哲学那种外科手术式的解剖固然能够说明很多问题，但把本来就浑融一体的各个部分强分为具有梯次结构的功能实体，则造成对人的精神整体的破坏。“以理杀人”是从“以理杀美”开始的。只有恢复审美的权力，人才有可能成为真正的人。这是中外古今许多美学家都曾着重论述过的，我们在此只不过是从一个角度特加强调而已。

二、美学治疗

既然美关乎人的生存，美学就必然会被用于政治的领域。美学即治疗，审美是精神疾患的灵丹妙药，是许多美学家的共通思路。柏拉图把诗人驱逐出他的“理想国”，但是他并未轻视美学的作用。恰恰相反，对美的恶魔般的魅力的认识，恰恰表明他对美学的政治作用有了戒慎恐惧的警觉，那就是：美是政治秩序的可怕敌人。柏拉图因此而对美的境界作出了自己的规定，要求人们追求一种永恒的“大美”，超脱低级的感性欲求。卢梭也继承了柏拉图的思想，在企求回归自然的、道德的世界时，对于戏剧等艺术扰乱人心的美学效果（柏拉图有“剧场政体”之说），更是给予了痛心疾首的抨击。中国古代所谓“轴心期”的思想家们，注意力大都集中在如何创造出一个合理的秩序，思考问题的基点都落在政治哲学上。这使他们非常注意美的扰乱人心的作用。“不见可欲，使心不乱”，对声、色从迷乱人的感官到迷乱人的心灵，道家有着深刻的体悟。所以，他们要用“道”的“大美”来代替日常的欲望所希望、追求的美。知美斯“恶”，最好是根本就不要有“美”的观念。在这样的基础上，才能实现“返朴归真”的政治理想。但是，道家自己提出的理想的“小国寡民”、“鸡犬之声相闻，老死不相往来”的政治图景，却同样是诉诸美学的方法；只不过，由此而发展出来的是一种更为玄妙的、超越了一般的感性愉悦的“体道”的美学。儒家的“思无邪”原则和“中和”适度的审美理想，集中体现在“礼乐”文明中。这种政治美学，既赋予权力以魅力（“礼别异”），又在所有人之间寻找到一种情感沟通的基础（“乐合同”）。无疑，这就把美学纳入了政治的桎梏之中。所以，儒家美学对于“邪思”和“过分的美”，始终抱着深恶痛绝的情感。“礼乐”文明的贡献，从根本上来说，就在于赋予政治权力本身以深入人心的魅力，或者说，是使政治情感化和感性化，把政治变成了美学。因此“政者，正也。”通过以感性的形式来“正人心”，把权力秩序投射到人的心灵结构之中。所以，儒家所谓“正人心，移风俗”，其实就是要用美学的方法治疗人心、人性，并且诊治政治的病症。在宋明理学中，更强调的是禁欲主义和心性修养，但是，《大学》、《中庸》中的“三纲”、“八目”，即从“格物致知”到“正心诚意”是为了“修身”、“齐家”、“治国”、“平天下”，被宋儒大肆张扬，正表明了他们的终极目标所在。所以，“与点之境”也好，“感物道情”、“与物同体”也好，无非是他们在理想政治的感性秩序中“带着镣铐跳舞”的美学治疗，旨在防止心性的过于枯槁而导致内心的失衡。有人将其与席勒的美学相比拟，其实，席勒强调的恰恰是政治秩序要按照美的秩序来建立，用审美的自由来冲击现实政治的僵硬的统治结构。两者的指向迥然不同。

席勒的美学挑明了审美在政治治疗与人性治疗之中的作用，对西方美学的发展具有重要意义。从黑格尔到马克思，再到现代西方马克思主义美学，有一条清晰的线索，那就是重视美学的感性冲击作用，重视美学的解放性和革命性，因此，美学作为精神启蒙和思想革命的先导，成为西方思想的重要部分。在现代中国，除了人们熟知的蔡元培的“以美育代宗教”，用美学手段来改造国民精神，从而改革政治的思路，其他思想家也有类似的想法与说法、做法。王国维在 1906 年发表的《去毒篇》中，对“鸦片烟根本治疗法及将来教育上之注意”提出了宗教与文学两种疗救方法。其中，以宗教来慰藉“下流社会”，恰合马克思“宗教是人民的鸦片”之说，而以文学作为“上流社会”之慰藉，则是王国维更为倾心的“疗法”。与王国维考虑的问题相同，鲁迅以医生的眼光发现了国民精神上存在的病患，他从幻灯片上看到的神情麻木的被砍头与看砍同胞头的中国人身上，发现的不仅是不良嗜好的问题，而是“国民性”的根本缺陷。他的弃医从文，无疑是要用美学的方法来治疗国民的精神疾患。鲁迅未曾考虑宗教的方案，他更神往于摩罗即魔鬼的反抗精神。在鲁迅看来，美学不是对欲望与嗜好的慰藉，而是唤醒因沉湎于欲望与嗜好而被关闭于黑暗铁屋子中的民众的绝望呐喊。所以鲁迅的“弃医从文”，其实是发现了更为危险的疾患而选择了另外的一种治疗手段，即美学的治疗。其目标仍然是从“正心”而到“治国”、“平天下”。中国古人“不为良相，即为良医”，从“医国手”到“医人手”的自由转换的内在逻辑依据，在现代乃至当代思想者的心灵中仍然占据重要的地位。有人把它叫作从思想文化的进路来解决政治问题，其实，在许多思想家那里，毋宁是用美学的进路来解决人性疾患和政治问题。总之，美学成为“医国”和“人性治疗”的工具。

笔者曾提出“政治美学”的概念，认为政治作为人的一种生存维度，本身就是审美的一种表现。人作为政治的动物，同时也是情感的动物，在政治活动中就不能没有情感的投入和感性的激发；因此，权力总是要成为魅力，权力结构总是要进入感性结构，权力的等级结构深刻地体现为审美的价值结构，政治的暴力符号总是要通过符号的暴力或曰“动情力”来维持和运行。最终，把政治统治深入到人的情感层面，乃至于无意识层面。所以，历史上的统治者和政治家，以及政治哲学家，都十分重视政治中的美学之维。而将美学作为政治治疗的手段就不仅是美学家的一厢情愿，而且是政治家们或隐或显的共识。这样，美学与政治的关系就显得相当复杂。一方面，政治以美学为工具，一方面，美学以政治为诉求，在表面的相互投合之下，往往有着紧张的矛盾斗争。现实政治的美学运作，要求的是一种审美意识形态和渗入到审美过程的政治意识，而美学的政治诉求则期盼用某种审美理想来改造现实政治，达到政治治疗的目标。如此，就形成服务于现实政治的主流美学和远离现实政治的非主流美学，以及反抗现实政治的异端美学。但是，只要有着美学治疗的情怀，那么，美学就不能不变成一种政治的工具。只不过其所悬的目标不同而已。

政治是利益的集中体现，政治美学也集中体现了人类生活活动中美学维度的主要特征。在经济领域中的广告乃至所谓的文化产业，在社会领域中节庆、集会等，如在学术界被热炒的“狂欢节”美学，其实都是在将美学变成工具，美学分别成了经济、社会以及其他某种目标的工具，其实质则是相似的。

三、美是目的

美是工具，如前所论，是由对感性本身地位的认识所决定的。所以，美学注定是一种中介之学，工具之学。甚至是工具的工具，中介的中介。其突出表现，就在于将美学作为通向“理念”的工具，通向“道德”的工具。所谓“以美启真”、“以美启善”，就是最为明快的表达。

“形而上者谓之道”，在我们生存的有形世界之上，尚存在着一个“道”的世界，这是中国与西方哲学所共同的认识。对“道”的探求而形成的“道学”，就是“形而上学”。所以，“形而上学”的对象，是“天理”、“逻各斯”、“神性”、“上帝”、“佛性”等等，感官无法企及，只能通过人的感悟、思维和意志、信仰、智慧等精神“升华”活动去接近与把握。在西方哲学中，“形而上学”是指探寻世界之规律的“元物理学”（meta-physics）。笔者认为，在中国话语“形而上”之意义中，还应当包含伦理学与美学，甚至是神学。因为它们都认为在我们生存的有形世界之上，存在着一个更为根本的超感觉世界，它是一切有形世界生成和存在的原因。所以，美学中的“升华”观念，就是“形而上学”的一个变种。即最终是“形而上学”的东西统治、决定着人对有形世界的感觉。这就是前面我们讨论的“存天理，灭人欲”的美学。在这种美学中，审美不过是通往“道”、“理”的工具，最终是要“舍筏登舟”、“过河拆桥”，走向纯粹的理性的领域。所以，黑格尔提出的艺术消亡说（其实也就是美学消亡说）就是这一种逻辑的结果。因为达到了理念，或者说理念完全显现出来，感性的体验就到了消失之时。在黑格尔的美学中，就包含了“以美启真”说的萌芽。

但是，“以美启真”说还有一个现代的含义，那就是指在科学研究中由美感而引发的探索活动，通过美感所点燃的热情，最终达到对科学真理的认识。《易传》中在“形而上者谓之道”之后，紧接着又提出了“形而下者谓之器”。也就是说，除了“形而上学”或“道学”外，还有“形而下学”或曰“器学”。有形之世界，也就是我们栖息、生存的大千世界，何来“形而下”呢？这就需要有一种把一切事物都当作“器”来对待的眼光。“器”也就是工具，是人可以支配的，按照人的需要随意来对待的“物”。所以，“器学”也就是西方的物理学或技术学，包括自然科学和技术科学。西方科学中，无论其研究的对象是什么，都是把对象当作“物”、“器”来看待，分析其各种性质和规律。例如物理学中把各种事物都抽象为物体，化学中抽象为元素，西方医学则把人的身体看成各种器官，都是把有形世界的丰富复杂性变作了物理世界冷冰冰的“物性”。由此，一切都成为征服利用的“器”。太阳的光芒不再是生命的象征，而成为一种可资使用的能源，月亮则显露出丑陋而荒凉的“真实”面目。于是，人本身也变成了工具、机器，变成了被“物化”、“异化”的“器”。法国人梅特里的“人是机器”说，毋宁预言了现代西方人在用“工具理性”对待世界的同时，自身也成为现代工业庞大机器上的一个零部件，成了“形而下者”。政治学、经济学、生物学乃至语言学等社会科学，则把人分解为“政治的动物”、“经济的动物”、“语言的动物”，以至于可以分解、分析的物质存在。“走向科学的美学”把人的各种感官、人的心理世界都当作了科学实验的对象。生理学美学、心理学美学乃至系统论、信息论、控制论美学应运而生，美学被“形而下”的“器学”所控制。但是，正如“知性不能把握美”（黑格尔语），无论是把物当作“器”还是把人当作“器”，都破坏了世界的感性的整体性、浑全性，破坏了人的感性存在和精神世界的整体性、浑全性，从而愈力愈勤愈不至，离审美世界更加遥远。不过，在“器学”中，美学并没有什么地位。“走向科学的美学”毋宁是消解了美学。“以美启真”，不是说美学本身就可以达到真理，或者美学本身就是真理的一种形式，而是说用美来开启不同于美学的另外的领域的真理。美仍然是一种手段，而且是最初的手段。因为真正的科学活动中所遵循的是另外的一种规则。在这样的“科学美学”中，美再次成为求“真”的工具，只不过在科学主义如日中天的时候，在科学中谈美学，或者在美学中谈科学，都是为了抬高美学的地位而已。

然而，正如彭加勒所说：“科学家之所以研究自然，不是因为这样做很有用。他们研究自然是因为他们从中得到了乐趣，而他们得到乐趣是因为它美。如果自然不美，它就不值得去探求，生命也不值得存在……我指的是本质上的美，它根源于自然各部分和谐的秩序，并且纯理智能够理解它。”换句话说，美是科学追求的目标而不是或不仅仅是手段。同样，当我们用理性或理念作为美学的最终目标时，也是把美贬低为工具，从而把感性的人或人的感性活动贬低为工具。“以理杀美”，则是这种工具论的必然结果。而即使是在纯粹的理性领域，正如费希特所说“任何可理解的东西都以一个更高的领域为前提，它在这个领域中被理解。所以，正因为它可以理解，它才不是最高的”。费希特强调想象力的作用，和后来胡塞尔强调直观，都说明了在一般所认为的哲学的“真”之上，还有着一个更高的领域，而且正是这个领域引领着哲学探求。所以，追索那个更高的、不可理解的领域，是“真”的探求的目标。正因为这个目标无法到达，所以我们认为，应当把美当作目的本身。即使是说美就是真，真就是美，也往往还是用真来抬高美的一种传统的看法在起作用。而只有把“美是目的”写入人类探求的天际，才能真正确立美学的地位。

“以理杀美”的另一种形式是“以德杀美”。在宋儒那里，“天理”就是康德的绝对命令，是最高的道德。所以，与康德的“美是道德的象征”的命题相似，宋儒也是把审美当作通向道德的中介。其归宿自然也是用道德来扼杀了美。“以美启善”的结果往往是在到达“善”的过程中就悄悄地窒息了美的生命。而现实政治之“道”即意识形态在利用美之后，也必然于美学治疗之后抛弃真正的美，扼杀人们对于美的追求。这在中外政治史上均非罕见，也是把美当作工具的必然结果。

总之，用“真”或“善”来吞灭美，无论在学理上还是在实践上都存在着很大的问题。从哲学本身的发展来看，美学正因为指向人的精神世界中最为微妙、灵动、复杂的部分，所以既是所有的哲学体系不得不面对、不得不处理的方面，又是一切企图最终解决根本问题的哲学的归宿。谢林哲学以美学作为归结点，提示了德国古典哲学的一种逻辑线索。在我看来，美学也是一切哲学的真正归宿。西方哲学的当代发展证明了这一点。以后当再作论述。在此要强调的是，确立“美是目的”的命题，才能够真正确立美学的“合法性”。只有以美为目的，美学才寻找到存在的依据。而这是需要美学的继续抗争才可能实现的。

否定的精灵

——从鲁迅到顾准

鲁迅与顾准的美学可称为“摩罗美学”。它们都是一种异端的美学。其要义在于对作为“虚假的意识”的意识形态的批判与反抗，在于对作为美学理想的神圣“天国”与“好地狱”的怀疑与戳穿，也在于对个性的张扬与对情感、感性力量的重视。鲁迅美学拆除传统美学以抽象理念和道德命令所构建的“共通感”。认为个体感性的激发本身就是人的生成过程。力图在“反抗绝望”中“于无所希望中得救”。顾准对“性善论”的批判和神学意识形态的分析，也是从人的生存的政治向度着眼的。他对鲁迅提出的“娜拉走后怎样”这个20世纪的“天问”作出了自己的回答。一脉相承的思考中体现出相同的风骨和气质，有着深层相通的美学精神。

鲁迅发表于1908年的《文化偏至论》与《摩罗诗力说》久为研究者所重视。我以为，对鲁迅的摩罗精神尤其应当重新观照：“撒但为状，复至狞厉……然使震旦人士异其信仰者观之，则亚当之居伊甸，盖不殊于笼禽，不识不知，惟帝是悦，使无天魔之诱，人类将无由生。故世间人，当蔑弗秉有魔血，惠之及人世者，撒但其首也。”[①] 鲁迅是从人的被奴役、被囚禁、被蒙蔽的状态来高扬摩罗精神的。因此，其文艺美学的起点就是由歌德所谓“否定的精灵”魔鬼作灵魂，“魔血”所激荡的情志为动力的。所以，他对柏拉图的“理想国”驱逐诗人，中国文化中追求稳态的统治术与精神麻醉，作出了强烈的反应。在鲁迅眼中，诗人就应当是搅乱人心，诱人反抗的恶魔；是精神界之战士；是以感性的力量向民众揭穿“黑暗的铁屋子”真相的异端分子。所以，鲁迅的《摩罗诗力说》，是其文艺美学思想的发源地，他以后的思想发展中，始终有着那些恶魔的身影在飘荡、魔血在沸腾。近来，有人把鲁迅视为恶魔式的文化斗士，就更加贴近了鲁迅思想的本质。

摩罗是“上帝”与“天堂”的敌人。鲁迅文艺美学思想的根本宗旨就是对于任何“上帝”与“天堂”的怀疑与解构——“从来就没有什么救世主，也不靠神仙皇帝”，鲁迅对形形色色的意识形态的“大王旗”都保持足够的警惕与审视的精神。“……于浩歌狂热之际中寒；于天上看见深渊。于一切眼中看见无所有；于无所希望中得救……”《野草·墓碣文》中这段著名的话，不仅表达了鲁迅精神的深层蕴含，而且也表达了其文艺美学的基本旨趣。“于浩歌狂热之际中寒”，是对形形色色的意识形态动员，以及用文艺的手段来使民众热血沸腾的理

---

① 《鲁迅全集》，人民文学出版社1989年版，第73页。

念，表现出一种冷澈骨髓的清醒。鲁迅对秋瑾事件以及种种学生运动都有其独特的看法，尤其是对用文艺的“鼓掌”来激励人们抛头颅、洒热血的政治美学深谙其内在奥秘。所以，每当青年的热血被当时一些政客所利诱，被一些鼓荡激情的“浩歌”激发起“狂热”的行动之时，鲁迅就感到一种深深的悲凉与绝望。这位以医治“国民性”为文艺事业职志的伟大作家，几乎是慎重、自责到谨小慎微的地步来反思自己的文章对别人灵魂的影响。而他自己所采取的“韧性的战斗”，正是对于“浩歌狂热”的种种美学手段的刻意抗拒。这又是由于他具有了“于天上看见深渊”的敏锐眼光。政治美学与文艺美学都有着“净化”与“升华”的技巧，即将一种感性的经验“升华”到一种崇高的灵境，用普遍性、纯粹性的幻象来营造出“天上”的景象：理想社会或理想王国的乌托邦。然而，正是这些“天”，就像鲁迅在《摩罗诗力说》中所发现的伊甸园一样，不过是奴役与主宰人们的另一种形式，因此他就“于天上看见深渊”，在一切“天堂”中都发现其作为“地狱”的一面。这种“反乌托邦”的思想，在20世纪有多种发展形式，并且有了一些著名的文艺作品。但是，鲁迅的思想深刻性就在于用一种理性的直觉对“天上”的景象作出了反面的观察。所以，其思想往往超前一步，对“娜拉出走之后”的情况提出了追问——虽然“娜拉”尚未出走或尚未全部出走。所以在《摩罗诗力说》中他对“柏拉图建神思之邦，谓诗人乱治，当放域外”与“中国之治，理想在不撄”的比较，都发现其“意在安生，宁蜷伏堕落而恶进取”的实质。文艺作为一种感性的、欲望的动力，在鲁迅看来，必然是要像撒旦诱惑人类初祖一样，引诱人们打破“安生”状态，反抗“天上”的秩序，而“进取”到更新的世界之中的。他在《厦门通信》中，更以一种幽默的文字、美学的趣味来申说“于天上看见深渊”的思想:“我本来不大喜欢下地狱，因为不但是满眼只有刀山剑树，看得太单调，苦痛怕也很难当。现在可又有些怕上天堂了。四时皆春，一年到头请你看桃花，你想够多么乏味？即使那桃花有车轮般大，也只能在初看上去的时候，暂时吃惊，决不会每天做一首‘桃之夭夭’的。”这就是“于天上看见深渊”的另一种思考方式，美学的方式。乏味与单调乃审美之大敌，一切“天国”的理想状况都无法满足感性日新月异的需求，从美学上就是一种可怕的境界，是“美学的深渊”。

至于“于一切眼中看见无所有”，我是把它读作“于一切‘眼’中看见无所有”的，即在一切眼睛之中看见的“无所有”。否则，与全部四句语意不合。那么，为什么从一切“眼”中看见“无所有”呢？这是鲁迅思想中最为深邃之处。他所说的“无物之阵”中，有武器、旗帜、“点头”、“心窝”，等等，代表了“文明”的一切伦理道德、意识形态及政治、军事装备，唯独没有“眼睛”，他在“黑暗中彷徨于无地”也正是因为没有遇上任何目光的对接与碰撞。“目为心之苗”，是人的感性生存与精神世界最为宽畅的通道。鲁迅“于一切眼中看见无所有”，正是对人们在感性表象中所显示出来的精神世界的空虚的反思。在鲁迅的小说中，不乏“示众”者，但鲁迅更关注的是“看客”。而正是这些“看客”的“看”，这些看客的“一切眼中”，表现出了一种“无所有”的灵魂的苍白。因此，鲁迅文艺美学从摩罗诗人入手，正是要用感性的激发，去触动人们的灵魂。而人们的灵魂是否可以救赎呢？在《失掉的好地狱》中，鲁迅对人类完全“掌握了主宰地狱的大威权”之后，“无论谁胜，地狱至今也还是照样的地狱”(《集外集·杂语》)的历史轮回进行了反思，省悟到“神”、“魔”之战，“并非争夺天国，而在要得地狱的统治权”，所以，鲁迅对“希望”本身的“虚妄”是有极其清醒的认识的。但正因如此，才“反抗绝望”，认为“于无所希望中得救”的可能是存在的。“无所希望”，正是对一切乌托邦式的理想的解构。

因此，对于自晚清以来的“革命”话语与“革命”实践，鲁迅就有着深刻的见解：

> 革命，反革命，不革命。
>
> 革命的被杀于反革命的。反革命的被杀于革命的。不革命的或当作革命的而被杀于反革命的，或被当作反革命的而被杀于革命的，或并不当作什么而被杀于革命的或反革命的。
>
> 革命，革革命，革革革命，革革……

在近乎绕口令式的文字中，有一股逼人的寒气飒飒入骨。斗争哲学简单的划分敌我，在这里被一种冷峻的思想所洞穿。从中我们可以感悟到鲁迅的理性精神，即对一切意识形态的美学怀疑；但是更重要的却是其中深藏着的大悲悯。在超乎革命与反革命之上的对人的“命”的关怀。这与雨果在《九三年》中表达的在“绝对正确的革命”之上，还有一个“绝对正确的人道主义”的思想是有相通之处的。但是对于鲁迅而言，有“绝对正确的革命”吗？或者说，在“革命，革革命，革革革命，革革……”的历史循环与轮回中，一切“绝对”都被质疑，“继续革命”的历史车轮，使得“绝对正确”本身就被瓦解，因此，“于天上看见深渊”，就成为鲁迅文艺美学的一个核心思想。

这种思想在《阿Q正传》中有着更为深切的表现。阿Q精神的特征，就在于心中存有的不切实际的幻想与感觉，与现实的生存境况之间有着极大的距离。概括来说，其实也就是在观念与实在、理想与现实之间存在着差距。阿Q精神因而是一种知识分子的精神，是企图把希望与理想引入现实，并落实到自己的感性结构之中的尝试。鲁迅对阿Q精神的批判，其实也就是针对观念世界、希望原则的批判。在鲁迅的文艺美学思想中，“直面惨淡的人生，正视淋漓的鲜血”是第一要义，也就是说，首先要拥有对于现实境状的真切感觉，才能真正进入到精神的反抗之中。否则，那就是文艺美学的“瞒”和“骗”的传统功能。这当然容易造成对于一切希望、理想的虚无主义的看法，但在有着“中间物意识”的鲁迅，在“反抗绝望”的鲁迅，却正是要“于无所希望中得救”。因此，鲁迅的摩罗美学作为“否定的精神”，又表现出了一种浓郁的悲剧意识。是一种“死火”式的用冰冷来激发热情的美学精神。“有我所不乐意的在天堂里，我不愿去；有我所不乐意的在地狱里，我不愿去；有我所不乐意的在你们将来的黄金世界里，我不愿去”，“你”本身就是“我”所不乐意的，鲁迅不愿“跟随”“你”，而始终保持着自己——“不如彷徨于无地”。

鲁迅因而是孤独的、寂寞的、彷徨的。因为鲁迅虽然以文艺的“呐喊”来唤醒民族之魂，却发现人与人的灵魂之间的不能相通。这与陈寅恪看似悲观，但却乐观的“了解之同情”思想不同，不要说异代异域的人无法“神理相通”，就是同时同地的人，相互之间的差别在鲁迅看来也往往比人与猿之间的差别大。在鲁迅的文章中，对人和人的灵魂的不相通，有着反复的感悟、体验与思索：“当我写出上面这些无聊的文字的时候，正是许多青年受弹饮刃的时候。呜呼，人和人的魂灵，是不相通的”[1]；“人们的苦痛是不容易相通的。因为不易相通，杀人者便以杀人为唯一要道，甚至于还当作快乐。然而也因为不容易相通，所以杀人者所显示的‘死之恐怖’，仍然不能够儆戒后来，使人民变作牛马”[2]；“楼下一个男人病得要死，那间壁的一家唱着留声机；对面是弄孩子。楼上有两人狂笑；还有打牌声。河中的船上有女人哭着她死去的母亲。人类的悲欢并不相通，我只觉得他们吵闹”[3]。……角度不同，事情不同，但鲁迅把自己也摆了进来，证明人类的苦痛、悲欢最终是灵魂的不相通，这无疑从根本上切断了传统美学中将一己之感性经验“升华”为普遍的灵魂相通的通道。与康德美学将美感经验的私利性排除，而求取美感的普遍性的思想相悖反，鲁迅更强调每一个体的心灵结构的不同而造成的悲欢情感的不能相通。这无疑是一种现代性的经验，是一种个体意识的高度觉醒之后的产物。但在笔者看来，鲁迅文艺美学这方面的思想之重要性，更在于他对于“相通”本身的怀疑。“相通”最终通向什么呢？康德美学及传统美学中的最终归宿都是某种道德的理想国或理性的理想国。所谓“美是道德的象征”、“尽善尽美”、“美是理念的感性显现”，都悬拟了感性经验最终的归宿。而鲁迅却是不能接受“理念”与“善”的单调乏味与牢笼众生的。在鲁迅看来，对个体感性的激发本身就是人的生成过程。所以，魔鬼比起上帝更是人的创造者。鲁迅的摩罗美学就始终在对“天国”的怀疑中建立起自己的思路。自然，鲁迅的思考就不会停留在“娜拉出走”，而是要追问：“娜拉走后怎样？”

---

① 《华盖集续编·无花的蔷薇之二》，见《鲁迅全集》，人民文学出版社 1989 年版，第 262 页。
② 《华盖集续编·死地》，见《鲁迅全集》，人民文学出版社 1989 年版，第 266 页。
③ 《而已集·小杂感》，见《鲁迅全集》，人民文学出版社 1989 年版，第 531 页。

“娜拉走后怎样”终于在中国革命成功后成为一个现实的问题。但很少人有勇气思考这一问题。在这个意义上，顾准是鲁迅的真正的传人。他痛苦地“唤醒”了这个可怕的问题，或者说现实在他的思想中可怕地激起了这个问题。总之，他是明确自己探讨的就是这个“天问”的孤独的思想者，是真正的对“天国”的永久的疑问。在血与火的“文化大革命”留下的遗产中，人们直到20世纪90年代才发现了在极其艰难、危险的情境中所进行着的危险的思想。从鲁迅到顾准，是20世纪中国思想史上极其重要的一条带着血痕和创痛的崎岖小径，后来者无法绕行，却又难以攀缘。历史在极端的荒凉粗糙、单调贫乏中仍然顽强而坚韧地延续着精神自由不屈的一道血脉。从王国维到陈寅恪则可看作与之相通而分流的另一脉。当虚幻诞妄的激情与想象被历史无情地冷嘲，人们终于发现充溢着欢呼与怒吼的万众一声的天地原来仍是“无声的中国”，那被压抑到几乎无声的思想大音终于发出静默的轰鸣。与“怒向刀丛觅小诗”的鲁迅不同的是，顾准更多的是从哲学上对20世纪中国革命的历史进行剖析的，因此与历史的足迹也就具有了惊人的相契相合。许多研究者都曾指出顾准思想的孤明先发，在缺少思想资源的情况下孤独而艰难探索所得出的一些结论竟与西方现代思想大家灵犀相通、心心相印。在我看来，其最重要的思想当在于对“形而上学”的大智大勇的拆解，直指他所生活着的“文化大革命”极左政治的支柱。

顾准是从狄慈根《辩证法的逻辑》中的一段话展开自己的思想羽翼的。由于其特殊的重要性，不妨全引如下，以便阅读：

除万有（all）之外没有什么东西是真正的神，是真理和

> 生命。
>
> 那么，这究竟是逻辑还是神学呢？
>
> 是逻辑，也是神学……所有的大逻辑家，都很注意神和神德，而所有忠实的神学家，都试图把他们的主张安放在某种逻辑程序上。逻辑按照它的整个的性质，是形而上的……
>
> ……企图否认神的领域（celestial region）与理性的领域（rational region）之间不可避免的关系……（那些人）都是所谓形式逻辑的信徒……
>
> 形而上的逻辑（按，狄慈根此语，系指辨证逻辑或辩证法而言。所谓形而上，是指超乎仅仅物理的东西以上[metaphysics]，非黑格尔用来指形式逻辑的 A=A 那种呆板特点的——作者）的目的是要把它的领域扩大到永生之界，连天上的逻辑程序都要寻求，连一切知识的最后的问题它都谋求解决……
>
> ……你应该注意，真理的学说的显著的无产阶级性质。它使人民有逻辑上的依据，好去否认一切教士主义（clericalism）和神秘主义（mysticism），并在这神圣的真理所居住的那个世界中，谋求他们的解放。[①]

顾准从中发现了黑格尔哲学对“神性寓于人性”加以哲学化的新教精神：“人是世界的主体，神性寓人性之中，这个世界是一元地被决定的，真理是不可分的，这对于革命的理想主义确实都是不可少的。”[②]

---

① 《顾准文集》，贵州人民出版社 1994 年版，第 408 页。

② 《顾准文集》，贵州人民出版社 1994 年版，第 376 页。

要把“天上人间”变作“人间天上”的激情和“在地上实现天国”的理想毫无二致。而其背后的哲学支撑，正是“形而上的逻辑”企图“把它的领域扩大到永生之界，连天上的逻辑程序都要寻求，连一切知识的最后的问题”“都谋求解决”的“逻辑泛神论”。这样，神化革命领袖与革命理想的“神格”就被顾准寻找到了，其根柢乃是与“上帝”、“道”、“逻各斯”等“形而上”的“天国”相同的东西。由此，顾准从理想主义走向了经验主义。充满着阳光与绿树，鲜花与微笑的理想主义的“神圣的真理所居住的那个世界”轰然倒塌，呈现在人们眼前的是可怕的废墟与累累的伤痕。

顾准没有多少专门的文艺论述。但是由于他精读了中外思想的诸多经典著作，尤其是马克思主义的经典著作，使他对文艺每有见解就具有特别的穿透力。顾准注重一切思想学说中寄寓的感情。在评论其弟陈敏之的《老子笔记》时以艺术分析的语言来“鉴赏”，“你甚至写得有节奏，前四节像笛声悠扬开场，第五节之后逐渐繁弦促管，‘结语’是真正的高潮”，这表明了顾准的文艺素养。但更重要的是他对感情本身的重视：“凡是涉及感情的，我看就无所谓新意旧意。感情是生命的表现，有感情的东西，怎么样也不是干瘪的。而一切奉命文学，则不论其中有无惊人之语，有无独创的新意，它总是干瘪的”。“凡不是奉命文学，而是带感情的，我看它必定带有新意……何况，感情这个东西是万古常青，所以是万古常新的。”[①] 这样的“情感本体论”，不正是文艺美学的见解吗？

当然，顾准最为重要、深刻的思想还是表现在文艺美学的基本问

① 《顾准文集》，贵州人民出版社 1994 年版，第 376 页。

题上。顾准独具慧心地发现了马克思的“一种不灭的和残酷的斗争精神”，其根柢在于对普罗米修斯的誓言“简直说罢，我仇恨一切的神祇”的精神的哲学继承。顾准也不信神，并憎恨所有的神，这是他与鲁迅的摩罗精神根本相通之处。因此，他与鲁迅一样，对一切地上的天国都抱有强烈的怀疑。但作为一个革命家，共产党的高级干部，顾准的精神探索对于现实政治来说具有更为强烈的异端色彩。这位精神界的战士，是真正的摩罗。从文艺美学的角度来看，顾准对马克思主义思想中神学成分的发现与分析，是从对于人的感性欲求本身的分析着眼的。顾准对马克思在《德意志意识形态》中提出的“个人的全面发展，只有到了外部世界对个人才能的实际发展所起的推动作用为个人本身所驾驭的时候，才不再是理想、职责等，而这正是共产主义所向往的”，作出了经验性的质疑：“一百多年来的实际经验是，物质生活的改善，却同时造成了青少年犯罪的日益增加——从这里，可以发现，绝大多数的人，当生活的顾虑减轻以后，不是走向个人的全面发展，而是走向纵欲。而纵欲这种‘自我实现’的方式，显然不是马克思所要求的‘自我实现’的方式。”为什么理论、理想与现实之间会产生如此的差距？顾准认为“马克思是一个性善论者。马克思设想，一旦人类脱离了异化的困境，每个人都会像他那样地力求‘自我实现’。经验证明，这是不可能的”[①]。对于马克思关于人的全面发展与自我实现的学说，就从人的感性欲求本身发展的多元性与多向性，在这里尤其是恶性膨胀的经验事实，作出了美学上的批评。这与顾准从“理想主义”走向“经验主义”的大思路是一致的。与鲁迅直面现实的文艺美

① 《顾准笔记》，中国青年出版社 2002 年版，第 469—470 页。

学思想若合符节。

在对感性发展的"天国"中发现"深渊"后，顾准还分析了马克思关于"异化劳动"的思想。这种来自《1844年经济学—哲学手稿》，到《德意志意识形态》、《共产党宣言》等著作中得到充分发展的思想，在顾准看来："马克思不是要颂扬劳动，而是要消灭劳动。"[①] 马克思从傅立叶关于消灭劳动分工及哥达的劳动成为人的乐生的第一需要的思想中，最终推导出的"消灭劳动"的思想，顾准叹为"陈义极高"，但是却从这种"消灭劳动"的思想中发现了马克思思想中的某种内在矛盾，以及一种理想化的乌托邦的痕迹。因为傅立叶等正是所谓"空想社会主义者"。对"革命的理想主义"的思考，使顾准洞察到了"马克思的哲学是培根和黑格尔的神妙的结合"[②]，这一结合的后果，"从政治上来说，它赋予了社会主义共产主义的革命以神圣性"，因为马克思所说的"人应该在实践中证明自己思维的真理性，即自己思维的现实性和力量，亦即自己思维的此岸性"（关于费尔巴哈的《提纲》第2条），"要其意味着异化的消灭而言，翻译成'在地上实现天国'，应该确未歪曲马克思的本意"。而"建立真善一致的人类世界"的理想，在社会主义实践中使顾准看到了更多的惨痛的现实。因此，顾准对于马克思"异化劳动"思想的反思，就具有了更为深刻的力量。而"异化劳动"与"全面发展"思想，正是马克思主义美学中最为核心的思想。这种思想又是将感性的人发展成为道德的人——共产主义道德——为最终目标的，这与古典美学将道德作为人的最终生存目标的思想是一致的。顾准从恩格斯论述的共产主义的道德是"数百年来

① 《顾准笔记》，中国青年出版社2002年版，第484页。
② 《顾准文集》，贵州人民出版社1994年版，第410页。

人们就知道的、数千年来在一切处世格言上反复谈到的、起码的公共生活规则”中，提出了自己的质疑：“这就是共产主义道德吗？如果是，这是返璞归真论，是回到伊甸园去，是真正的异化的复归”，“可是有人要创造共产主义的奇迹。”[①] 这就与鲁迅在《摩罗诗力说》中对伊甸园的痛恨如出一辙。顾准也是一个撒旦式的思想者。

“娜拉走后怎样”也是顾准文艺美学思考的基点。在对“贾宝玉不做禄蠹，只好出家”的思考中，顾准又一次提出了这个问题：“我又要问，‘娜拉走后怎样’——出家以后怎么样？如果活下去，而且还要维持一种清高的生活，怎么办？”顾准的回答是，要有一种合适的社会条件，“不同于古希腊的现代条件是，尊重每个人的事业，每个人的创造性活动。居里夫人的科学业绩，一个诗人的好诗，都受人尊重，政治家的地位不比科学家高”[②]。这种“精神贵族”的语言，是颇有尼采美学的情调的，顾准认为应当以精神创造来决定人的价值。因此，其美学思想中，诗人的创造恰恰是一种精神高度张扬的标志。强调政治家的地位问题，其实正构成了他对“奉命文学”无新意之论的补充。臣服于政治的文艺注定是没有创造力的。“学问不是‘货予帝王家’换口饭吃的玩意，而是一种个人的创造活动，这才能够产生或者放眼宇宙，或者注视自己内心世界的思想家。”[③] 文艺当然更不例外。

所以，顾准重视中国思想史、文学史上个人主义的特征：“佛教与老庄合流，到宋以后更加凝同成为士大夫的这样一种传统——不为甄宝玉，就做贾宝玉。不是禄蠹，就去出家。甄士隐去，无非悟透‘好

① 《顾准笔记》，中国青年出版社 2002 年版，第 632 页。
② 《顾准文集》，贵州人民出版社 1994 年版，第 396 页。
③ 《顾准文集》，贵州人民出版社 1994 年版，第 396 页。

了’；愤世嫉俗，只好自称老衲（李卓吾）。这当然是个人主义。”[1] 然而，顾准更倾心于那样一种在中国很少见的个人主义：“像布鲁诺那样宁肯烧死在火刑柱上不愿放弃太阳中心说；像宗教战争或异教迫害中的殉道；像生命可以不必要，航海却不可不去的冒险精神；像近代资本主义先锋的清教徒那样，把赚钱、节约、积累看作在行上帝的道；最后，像马克思认为是共产主义的基本标帜 —— 每个人都能够‘自我实现’（原话是‘每个人的自由发展是一切人的自由发展的条件’）的那种个人主义。”[2] 顾准强调的是“殉道精神与自我实现”的个人主义，这就更接近于一种新的美学境界，一种注重个体性的美学境界。顾准的心与鲁迅毕竟是相通的。

总之，鲁迅与顾准的文艺美学可称为“摩罗美学”，在于他们对于一切神祇的憎恨与反抗，对“天堂”与“好地狱”的怀疑与戳穿，也在于他们对个性的张扬与对情感、感性的力量的重视。他们的美学，与王国维、陈寅恪的美学有着某种相通，但王国维、陈寅恪一系的文艺美学自觉不自觉地处于政治的边缘，而鲁迅、顾准一系则是一种异端的美学。顾准在20世纪90年代的被“发现”，更标志着时代政治的艰难转型与美学精神的嬗变。

---

① 《顾准文集》，贵州人民出版社1994年版，第396页。

② 《顾准文集》，贵州人民出版社1994年版，第396页。

有学问的文艺学

——从王国维到陈寅恪

美学作为一门理论学科，当然需要纯粹的理论思辨，上升到哲学的高度。但是，美学又必须对各种审美现象、文艺史及审美文化史、美学理论史，以及诸凡与审美相关的一切文化领域进行研究。学有根基，理论思维才能获得坚实的基础。“思而不学”或“学而不思”都是无法进行理论探索和创造的。时光如水，大浪淘沙，20世纪留下的遗产中，人们征引最多、产生影响深远的还是那些具有深厚学术根基的“有学问的文艺学”成果。其中，从王国维到陈寅恪这一脉具有相通精神的文艺学，随着时间的推移而历久弥新，更值得我们认真研究。

王国维、陈寅恪以“国学大师”的身份，从哲学、史学、文化学等学科进入美学、文艺学的研究，坚守学术本位，保持边缘姿态，形成了独特的美学、文艺学流派。王国维后期的学术转向，使其文艺美学思想进入了更为深广的学术天地。陈寅恪的文艺美学思想贯穿了自由独立的思想与中国文化本位的精神，并以创造性的美学阐释学和对于中国古代边缘文艺现象的研究，提高了文艺学研究的学术层次和水平。他们代表的“有学问的文艺学”无论在思想上、方法上都应当珍视。

任何一部20世纪文艺美学的学术史都无法绕过王国维。他从西方哲学入手进行美学、文艺学的思考，入门之正，取径之高，加以对中国古典文艺的浸淫、感悟之深刻与创造天才之卓越，使得他的成果几乎具备了难以超越的价值。王国维终结了文艺学的古典时代，使中国文艺学进入了现代境域。凡此，都使他成为文艺美学研究的一个核心。但是，令人困惑的是，这样一位天才的文学家、美学家，却在自己的壮年先是毅然告别了哲学，接着又与文学分手，而走入了史学的领域。在他四十岁以后的著述中，我们也再难以读到那种精粹而优美的文艺美学新论了。这种斩钉截铁的转向，其中隐含着的精神分裂与心灵挣扎，是每一个人文学者都可以设身处地体会出来的。那等于是让自己精神生命中最为绚烂夺目的部分化为灰烬，亲手扼杀自己心灵的产儿，从寒灰中重新点燃生命之光。这种脱胎换骨的痛苦，绝非转换学术领域的各种现象的解释所能触及的。在我看来，罗振玉的引导，只不过是王国维学术转向的一个契机，真正的原因，应当从王国维内心深处去寻找。

“人生过处唯存悔，知识增时只益疑。”长期在“可信”与“可爱”之间的挣扎与交战，应当是王国维从美学向史学[①]转向的关键。这一问

---

① 按：此处之美学与史学，均从广义言之，即将王氏诸凡有关文艺、哲学（偏于精神哲学）及美学著述均包括在“美学”中，而将王氏诸凡经学、小学、考证、考古之类归为“史学”。

题我们也不拟深究，大概说来，历史作为“可信”的事实性学问，正需要“价值中立”的态度，可以斩去爱、恨情感的纠葛。值得重视的倒是前后两个王国维之间的关系——换言之，后期王国维是否还有文艺美学方面的思想？前后两个王国维的“同一性”应当如何考察？这是研究者往往着力甚少而恰恰关系重大的。

王国维成为一位“国学大师”，这绝非外缘所可解释，而应从他本身的精神特征来研究。唯有大诗人才能成为大史家。因为对历史无动于衷的人注定是无法逼近历史的内核的。看似遥相阻隔的两极，往往有一道极深极细的血脉隐隐相通，生机互注。鲁迅说《史记》乃“史家之绝唱，无韵之《离骚》”，其实，凡“史家之绝唱”，必为“无韵之《离骚》”。只有倾注诗人的激情，才能从看似坚硬、冰冷的历史下面，触摸到仍在汩汩流淌的精神河流，从历史的化石上复原出一个活生生的逝去了的世界。所以，人到中年爱读史，决非情感的枯涸冰冷，而是用一颗充满人生经验的心灵所冶炼的更为浓烈深沉的情感，去打开沉睡了的世界，获得久远的生命记忆，从而加大自己生存感受的长度、强度与难度。“史”变成了另一种“诗”。诗人的多情与敏感在历史研究中不仅能成为历史感的重要资源，把历史中那些最能激荡情怀的内容发掘出来，而且还能够切入历史最为敏感的神经与血脉，刺中历史的命穴。所以，王国维作为“新史学的开山”，本身就是其诗人素质与美学情怀的另一种表现。而郭沫若、陈梦家均以新诗人而入于古史领域，陈寅恪、梁启超等则学通诗、史，均取得了极大成绩。在考察王国维的学术转向中，就必须重视其精神上的这种延续性。

陈寅恪在总结王国维的学术成就时，所说的“取地下之实物与纸上之遗文互相释证”、“取异族之故书与吾国之旧籍相互补证”为前两条，均是史学上的成就；而“取外来之观念，与固有之材料互相参证”则是“凡属于文艺批评小说戏曲之作”的文艺美学方法。陈寅恪曰：“此三类之著作，其学术性质固有异同，所用方法亦不尽符合，要皆足以转移一时之风气，而示来者以轨则。”① 其实已看到了三类著作间隐在的矛盾。陈寅恪未提及王国维的哲学研究，而恰恰是哲学上“外来观念”对王国维文艺美学研究影响极大，是他一切研究的基础。这从王国维在《奏定经学科大学文学科大学章程书后》中，对当时经学科、文学科大学的“根本之误”“在缺哲学一科”的看法，以及为“经学科”、“理学科”、“史学科”、“中国文学科”、“外国文学科”亲自制订的“科目”中对哲学的重视中可以看出。而陈寅恪在王国维的学术总结中却略去了他的哲学研究，不能不令人惊诧与深思。因为略去了哲学，王国维的整个学术就失去了灵魂。不妨套用陈寅恪的话，在王国维的学术研究中，“盖别有超越时间地域之理性存焉”②，此非哲学而何？

当然，王国维确实有“告别”哲学的转向；但是这是否意味着哲学在他的史学研究中消失了呢？他 1907 年 6 月发表《三十自序二》，言其由哲学转向文学，但在嗣后的《人间词话》中，最为精彩的思想几乎都是从以前的哲学研究中而来的。在又一次学术转向中，王国维于 1911 年发表的《国学丛刊序》对“学无新旧、无中西”的论述，仍可见出哲学素养的发挥。但是，王国维的治学宗旨确实改变了，他所指的“学术”主要是指“中学”与“旧学”，此文无异于他的专攻经

① 陈寅恪：《王静安先生遗书序》，见《金明馆丛稿二编》，生活·读书·新知三联书店 2001 年版，第 247—248 页。

② 陈寅恪：《王静安先生遗书序》，见《金明馆丛稿二编》，生活·读书·新知三联书店 2001 年版，第 248 页。按：陈寅恪这里说的是王国维之死因。

史小学的宣言。所以，“无新旧、无中西”之说实际上是为传统学术争夺权力。表面上看十分弘通，内含却是“向后转”的精神取向。他不仅将哲学作为辩护的工具，而且还将学术置于文艺之上：“然自他面言之，则一切艺术悉由一切学问出，古人所谓不学无术，非虚语也。”通过把“术”解为艺术，得出无学问则无艺术的见解，把“不学无术”作了艺术哲学的推演。对于深谙艺术奥秘，反对“隔”，提倡艺术中的赤子之心及“主观之诗人”的王国维来说，这实在是可骇可怪之论。他著名的治大学问“三境界”说也是将“衣带渐宽终不悔”的情感作为学问之最根本动力与终极的目标的。但对于哲学素养深厚的静安先生，换一个角度论证，并非难事：“虽一物之解释，一事之决断，非深知宇宙、人生之真相者不能为也。而欲知宇宙、人生者，虽宇宙中之一现象，历史上一事实，亦未始无贡献。故深湛幽渺之思，学者有所不避焉。迂远繁琐之讥，学者有所不辞焉。”[①] 在此，深湛幽渺之思的哲学与迂远烦琐的史学考证被赋予了同样的价值。而这些在艺术中当然都有其重要性，就此角度而言，王国维对“不学无术”的思考，实已将哲学与史学都作为艺术的重要资源，不可或缺的内容，传统的经史之学成为他思考文艺美学问题的重要背景。

因此，王国维后期的治学，仍然于“迂远烦琐”的考索中透出某种文艺美学的思想。他在甲骨文字的考释中成就极大，自然与他诗人的感性冲动与想象能力分不开，郭沫若也在此领域取得极大成绩蕴含相同的道理；但更值得重视的是他对古文字及古代器物的考释中，对其中包藏着的远古的生存世界的重视。“地下实物”的发掘毋宁是把

---

① 王国维：《观堂别集》，见《观堂集林（外二种）》（下），河北教育出版社 2001 年版，第 877 页。

历史感性地呈现了出来，王国维对此倾注的热情隐含着更为深沉的美学情怀。至于对文字的考释，正如陈梦家在《殷墟卜辞综述》中所云，王氏“很少为诠释文字而诠释”，真正释字仅十余个，其贡献在于“继以考史”，则当得起陈寅恪所云之“凡解释一字即作一部文化史”[①]，在一个字中往往解开一段文化史、精神史与情感史。此时，在王国维的学术中，每个字都是一首诗、一个故事、一段历史，乃至一种哲学。在看似枯燥的考索中，隐藏着更为深挚的情志与慧心。更值得重视的是，在历史的研究中，王国维还往往以哲学、美学的视角来击中历史发展的关键环节，从历史的“情节”中寻找中国文化的“情结”与“情根”。其名著《殷周制度论》，诚如罗振玉所言：“论据精深，方法缜密，极考证家之能事，而于周代立制之源及成王周公所以治天下之意，言之尤为真切。”[②]但在笔者看来，王国维最主要的是找到“成王周公所以治天下之意”中的情感依据，在“可信”中找出“可爱”。所以他从周人制度的“立子立嫡之制”、“庙数之制”、“周姓不婚之制”中，发现了一种道德的精神，并将嫡庶之制上升到“定之以天，争乃不生”[③]的高度来认识。其中，基于血缘的情感而产生的亲亲、尊尊、贤贤与男女有别的观念，在王国维看来，显然“不止局于一时间一地域而已”，“盖别有超越时间地域之理性存焉”（陈寅恪语），这无疑是一种对于政治的美学思考，即从情性的角度来找出政治制度建立的根基。此种政治“情根”论，正是王国维前期美学思想的一种发展。

---

① 陈寅恪：《致沈兼士书》，见《书信集》，生活·读书·新知三联书店2001年版，第172页。
② 罗振玉：《观堂集林序》，见《观堂集林》（上），河北教育出版社2001年版，第3页。
③ 罗振玉：《观堂集林序》，见《观堂集林》（上），河北教育出版社2001年版，第3页。

但是，王国维前期的文艺美学思想无疑是一种反对政治压制的超越的美学。正如诸多研究者所重视的，王国维早期思想中十分强调文艺的独立价值。例如，1904 年，在《论近年之学术界》中，王国维对康有为、谭嗣同以学术“为政治上之手段”加以批评，并及于文艺，“又观近数年之文学，亦不重文学自己之价值，而唯视为政治教育之手段，与哲学无异。如此者，其亵渎哲学与文学之神圣之罪固不可逭，欲求其学说之有价值，安可得也？故欲学术之发达，必视学术为目的，而不视为手段，而后可……然则彼等言政治则言政治已耳，而必欲渎哲学、文学之神圣，此则大不可解者也”[①]。1907 年，又于《文学小言》开宗明义：“昔司马迁推本汉武时学‘术之盛’以为利禄之途使然。余谓一切学问皆能以利禄劝，独哲学与文学不然。何则？科学之事业皆直接间接以厚生利用为旨，故未有与政治及社会上之兴味相刺谬者也。至一新世界观与新人生观出，则往往与政治及社会上之兴味不能相容……文学亦然，餔餟的文学决非真正之文学也。”[②] 同样的思想，在《论哲学家及美术家之天职》中，表述得更为清楚：“夫哲学与美术之所志者，真理也；真理者，天下万世之真理，而非一时之真理也。其有明此真理（哲学家），或以记号表之（美术）者，天下万世之功绩，而非一时之功绩也。唯其为天下万世之真理，故不能尽与一时一国之利益合，且有时不能相容，此即其神圣之所存也。”[③] 并对中国历史上“美术之无独立之价值”，哲学家、诗人都“无不欲兼为政治家者”而造成“我国哲学、美术不发达”的现象进行了反思。

---

① 王国维：《静安文集》，辽宁教育出版社 1997 年版，第 114 页。
② 王国维：《静安文集》，辽宁教育出版社 1997 年版，第 166—167 页。
③ 王国维：《静安文集》，辽宁教育出版社 1997 年版，第 166—167 页。

正是这样的观念支配下，王国维对“以侏儒、倡优自处，世亦以侏儒、倡优蓄之”的小说、戏曲、图画、音乐诸家给予了特殊的重视。在晚清“诗界革命”、“小说界革命”的浪潮中，小说戏曲等文体之所以受到重视，无非是因为政治斗争中“一时一国之利益”需要，所以梁启超尽管把小说抬到“为文学之最上乘”的位置上，甚至视小说为国民之灵魂，但以文学为政治之手段的想法，使他对中国古代小说中的“佳人才子思想”、“江湖盗贼之思想”、“妖巫狐鬼之思想”造成的毒害痛心疾首，作出了全盘否定的价值判断。而即使是从古典小说中发掘出“民主思想”、“自由恋爱观念”等西方思想者，也还是从政治的角度入手的。王国维之论《红楼梦》、作《宋元戏曲考》，则真正是把这些传统上处于边缘的文体作为“神圣”的“美术”与哲学来研究的。质言之，是以学术本身为目的，而不是当作政治宣传的手段。所以，他所发掘出来的，是具有普遍性的意蕴。而他在《人间词话》中提出的“境界”说，在我看来，其精髓不妨以昆德拉一小说之名名之：“生活在别处”，即于世俗的生活之外、之上，别辟一生存世界；“有我之境”也罢，“无我之境”也罢，都是远离政治乃至远离世俗世界的一种诗境与意境。在这个意义上，陈寅恪所说的“脱心志于俗谛之桎梏”[①]，确实指出了前期王国维文艺美学中那种独立、自由的追求。在当时的政治风云变幻中，王国维的这些文艺美学论述，又不啻于现实政治纷争外，为人们开启了“生活在别处”的境界。

但是，正如王国维所云：“至我国哲学家及诗人，所以多政治上之抱负者，抑又有说。夫势力之欲，人之所生而即具者，圣贤豪杰之所不

① 陈寅恪：《清华大学王观堂先生纪念碑铭》，见《金明馆丛稿二编》，生活·读书·新知三联书店 2001 年版，第 246 页。

能免也；而知力愈优者，其势力之欲亦愈盛……今纯粹之哲学与纯粹之美术，既不能得势力于我国之思想界，则彼等势力之欲，不于政治，将于何求其满足之地乎？且政治上之势力，有形的也，及身的也；而哲学、美术上之势力，无形的也，身后的也。故非旷世之豪杰，鲜有不为一时之势力所诱惑者矣。”[①] 所以，在王国维看来，哲学、美术之创造，也是一种“势力之欲”、权力意志的表现，而他所指出的哲学、美术之乐“决非南面王之所能易者也”，也还是曲折地当作一种“势力之欲”的满足。政治的幽灵，政治的感性冲动与魅力，在早期王国维的思想中也绝非毫无地位的。但是，一种边缘的生存态势与精神态势，使他超越了一时一事之政治纷争，而对文艺美学作出了巨大的贡献。

不过，这种对于“势力之欲”的重视，无异于把人当成是政治的动物的西方思想，即使在看似超脱政治的文艺美学论述中也显露端倪。王斑曾分析王国维“壮美”说的“政治无意识”[②]，认为王国维的美学思考始于对社会政治问题的关注，他与蔡元培一样有以美育代宗教的看法，试图以美育来救助“国民之精神上的疾病”——几乎与鲁迅的看法相通。这也是海德格尔所说的现代现象之一。这种将文学、美术与政治合一的看法，或者说用对“国民性”的疗救来解决政治问题的思路，显然是政治美学的另一种表现。但是，应当注意，王国维在此毕竟还是一种“政治无意识”——各种美学理论都有着意识形态的暗中作用，但是各种意识形态的“俗谛”却是王氏在早期所排斥的，王国维在前期思想中是自觉地固守着学术的本位的。不过，揭示出他文艺

① 王国维：《论哲学家与美术家之天职》，见《静安文集》，辽宁教育出版社 1997 年版，第 121 页。

② 王斑：《王国维“壮美”说的政治无意识》，见《学人》第六辑，江苏文艺出版社 1994 年版，第 551—571 页。

美学中存在的这一脉络，却使我们对前后两期的“两个王国维”思想中的“脐带”有了深刻的认识。

尽管20年代王国维投身于逊清小朝廷，人们对他的死亡作出种种政治的评价，但在笔者看来，对这样一位学术大师，我们也应当超越一时一事的政治观念，从更高的角度上来观察。当王国维进入南书房时，其实他已经成了一个“不识时务”的遗老。正如他年轻时选择那些边缘的文体一样。现在他选择了一个边缘的政体。人们往往从政治角度加以恶评，甚至施以诟骂，但是，处于边缘的位置，客观上有助于进行纯学术的深湛之思。因此，这种选择从精神上来考察，不妨认为确实是表现了“独立之精神，自由之思想”，诚如陈寅恪所云：“非所论于一人之恩怨，一姓之兴亡”，他的自沉也就获得了美学的意义。因为王国维所依附的政治实体已没有什么“有形的”、“及身的”价值，而只有“无形的”、“身后的”的文化精神的凝聚，所以投身于“国学”、专心于史学的王国维，从情感与整个心灵上都融入这样的一种理想，就不足为奇了。

深切地体认到这一点的陈寅恪，以史学大师名世，但在精神血脉上与王国维息息相通。由于他学兼文、史，思接古今中外，其文艺美学思想尤应引起重视。陈寅恪的政治家姿态更为特立独行。他的“寅恪平生为不古不今之学，思想囿于咸丰同治之世，议论近乎湘乡南皮之间”[①]的表白，固然表现了与王国维相似的某种“不合时宜”的思想，而“吾徒今日处身于不夷不惠之间”的“不”的风骨，更是一种边缘性的生存境界的表现。“复古”或“遗民”式的精神取向，更多的是一种价值

---

① 陈寅恪：《冯友兰中国哲学史下册审查报告》，见《金明馆丛稿二编》，生活·读书·新知三联书店2001年版，第285页。

的情怀，即以“古”、“今”的对照来哀婉某种精神的沦丧。这是无论孔孟、老庄，还是西方的卢梭、海德格尔等诗人哲学家所共有的精神方式。王、陈精神亦应作如是观。陈寅恪在精神上对王国维的更深认同，并不在于具体的政治信仰，而在于“脱心志于俗谛之桎梏”的学术本位思想。陈寅恪的文艺学思想也是在此层面上与王国维息息相通。

陈寅恪是诗人，因此能够以诗心解读历史；陈寅恪又是史家，因此又能由诗中读出历史。而诗人兼学人的身份，又使陈寅恪对文艺具有了非同寻常的看法，把陈寅恪摒之于文艺学术史之外是不公正的。因为他不仅写出了诸多文学研究专论，而且于精深的学术研究中体现了卓越的文艺美学思想。

首先，陈寅恪所毕生遵奉的“独立之精神，自由之思想”，在他的文艺思想中占有重要地位。所谓“思想而不自由，毋宁死耳”，“自由思想”乃陈寅恪对文艺家进行品评之根本标准。因此，在论陶渊明时，揭示其自然说与名教说之不同，以及与当时政治现实之关系，特别是对旧自然说的改造与超越，“推其造诣所极，殆与千年后之道教采取禅宗学说以改进其教义者，颇有近似之处。然则就其理义革新，‘孤明先发’而论，实为吾国中古时代之大思想家，岂仅文学品节居古今之第一流，为世所共知者而已哉！”[①]《论再生缘》也首列“思想”，次及“结构”与“文词”，以为“端生此等自由及自尊即独立之思想，在当日及其后百余年间，俱足惊世骇俗，自为一般人所非议”[②]。这种把自由思想置于文艺首位的观念，实与西方美学及中国20世纪80年代后美学界标举的“美是自由的象征”（高尔泰）说相通，从精神哲学上

---

① 陈寅恪：《陶渊明之思想与清谈之关系》，见《金明馆丛稿初编》，生活·读书·新知三联书店2001年版，第229页。

② 陈寅恪：《论再生缘》，见《寒柳堂集》，生活·读书·新知三联书店2001年版，第7、66页。

来观照文艺创造，就取得了一种超越的看法。尤应注意者，是陈寅恪于“自由”外，对“独立”的强调，由自由推出自尊、推出独立，虽独立为自由应有之义，但陈寅恪的强调，自与现实政治相关，是自外于现实政治之“俗谛”桎梏的“边缘”姿态之表现。而陈寅恪之重视“自由思想”，又将其推到文艺美学本体的高度上来认识：“故无自由之思想，则无优美之文学”[①]；“但此种理想能具体实行者，端系乎其人之思想灵活”[②]。陈端生的《再生缘》“所以独胜者，实由于端生之自由活泼思想，有运用其对偶韵律之词语，有以致之也”[③]。思想之自由、灵活、活泼，最终引发了语言的解放，使“在镣铐中跳舞”的对偶韵律之文能达到“融化贯通无所阻滞者”，其实是自由思想所导致的人感性的解放，将语言的感性特征完全解放出来。“灵活”、“活泼”作为“自由”之引申，其中心在“活”，是活生生的生命体，活生生的精神，才能最大限度地表达人的自由，才能表现出文艺之自由。陈寅恪之文艺美学思想正由于切中美学中人的生存关键问题而显得超凡脱俗，具有卓越的见解。

重视“自由思想”的观念，也使陈寅恪对文艺发展从此角度加以论述：“六朝及天水一代思想最为自由，故文章亦臻上乘，其骈俪之文遂亦无敌于数千年之间矣。”[④]与人们通常看法不同，陈氏一贯认为中华文化“造极赵宋”，他认为宋代“思想最为自由”；直到晚年的1964年，他仍坚持：“天水一朝之文化，竟为我民族遗留之瑰宝。孰谓空

① 陈寅恪：《论再生缘》，见《寒柳堂集》，生活·读书·新知三联书店2001年版，第73页。
② 陈寅恪：《论再生缘》，见《寒柳堂集》，生活·读书·新知三联书店2001年版，第72页。
③ 陈寅恪：《论再生缘》，见《寒柳堂集》，生活·读书·新知三联书店2001年版，第73页。
④ 陈寅恪：《论再生缘》，见《寒柳堂集》，生活·读书·新知三联书店2001年版，第72页。

文于治道学术无裨益耶？”[①]所谓“空文”，乃出自孔子曰“我欲载之空言，不如见之于行事之深切著明也”[②]。注[③]曰：“空言，谓褒贬是非也。空立此文，而乱臣贼子惧也。”此注不确，但表明“空言”于此即指“空文”。在孔子与陈氏之用法中，“空文”其实均是指抽象的哲学思考。宋代“新儒学”的发达，正是哲学思考的发达，是“思想最为自由”的一种表现。当然，此种“自由思想”本身其实是压抑人的自由的思想。但是，陈寅恪重视哲学思维的自由灵活与文艺发展的关系，却于此进一步表现了出来。

陈寅恪在文艺美学上的另一个贡献是基于其中国文化本位论而对中国文学自身特征的高度自觉与深入考察。在20世纪初，“国人内感民族文化之衰颓，外受世界思潮之激荡”[④]，以至于对中国语言文字都产生了怀疑，兴起了变革之大潮。而陈寅恪在《与刘叔雅论国文试题书》中，虽然是谈以对对子测试国文水平的合理性，却对汉语的特殊性作了深刻的阐发，思锋所至，涉及中外文学之比较，以及“创造一真正中国文法”的期盼。由于陈氏精通多种语言，所论自具通识通解。这种对中国语言特性的重视，使他对汉语文学的理解与分析具有独特的见地，而不同于那些妄肆比较的做法。如在晚年《论再生缘》中对中国弹词体与外国史诗的比较，就落实到“文词”的层面上进行。他特别提出：“中国之文学与其他世界诸国之文学，不同之处甚多，其最特

---

① 陈寅恪：《赠蒋秉南序》，见《寒柳堂集》，生活·读书·新知三联书店2001年版，第182页。

② 《史记·太史公自序》。

③ 唐司马贞索隐按语。

④ 陈寅恪：《陈垣元西域人华化考序》，见《金明馆丛稿二编》，生活·读书·新知三联书店2001年版，第270页。

异之点，则为骈词俪语音韵平仄之配合。”并对对偶之文“往往隔为两截，中间思想脉络不能贯通”的缺点进行了分析，甚具深心。这种从文化的最为基本的层面来分析文学的做法，实已与现代西方哲人所谓“语言乃存在之家园”的看法相通。而其中蕴含着的以民族文化本身特性为基础吸取外来文化而进行新创造的观念，则尤其是文艺美学所当注意发掘与吸收的。

陈寅恪在文艺美学上的又一重要贡献是形成了颇为独特的美学阐释学理论。在他的《冯友兰中国哲学史上册审查报告》中，有一段著名的话：“凡著中国古代哲学史者，其对于古人之学说，应具了解之同情，方可下笔。盖古人著书立说，皆有所为而发。故其所处之环境，所受之背景，非完全明了，则其学说不易评论，而古代哲学家去今数千年，其时代之真相，极难推知。吾人今日可依据之材料，仅为当时所遗存最小之一部，欲借此残余断片，以窥测其全部结构，必须具备艺术家欣赏古代绘画雕刻之眼光及精神，然后古人立说之用意与对象，始可以真了解。所谓真了解者，必神游冥想，与立说之古人，处于同一境界，而对于其持论所以不得不如是之苦心孤诣，表一种了解之同情，始有批评其学说之是非得失，而无隔阂肤廓之论。”[①] 值得重视的是，陈寅恪强调的是文艺美学的“欣赏”眼光与精神，是以感性的投入“设身处地”、“将心比心”地“神游冥想”而达到的“神遇”与“意会”。这与王国维“境界”说有着深刻的联系，都是让心灵进入超出语言文字之外的世界。“以神遇而不以目视”，超出感性的媒介而达到心灵的沟通。柏拉图论灵感有神灵附体的“迷狂”说，亦与庄

① 陈寅恪：《冯友兰中国哲学史上册审查报告》，见《金明馆丛稿二编》，生活·读书·新知三联书店2001年版，第279页。

子之说同意，都是企图经由感性投入而直接与神灵相通，“通灵”而入于“太虚幻境”，才真正进入了“境界”。在论王国维时也说：“神州之外，更有九州。今世之后，更有来世。其间傥亦有能读先生之书者乎？如果有之，则其人于先生之书，钻味既深，神理相接，不但能想见先生之人，想见先生之世，或者更能心喻先生之奇哀遗恨于一时一地、彼此是非之表欤？”[①]这里所说的“神理相接”，即越过语言媒介而直接与作者的灵魂相遇。但于此又进一步强调了“心喻”，强调在知人论世之后，与作者的“奇哀遗恨”相感通。由“神理”而至“心喻”，显然是将阐释的“了解之同情”扩充到整个精神世界，以情感的沟通为最深挚的沟通。这正是美学的阐释学——它不是止于对思想的理解，而是要用整个心灵的智慧与意志去拥抱产生思想的“人”，用情感作最终的体察与验证。

陈寅恪在诗史互证中就以自己的实践示范了这种美学的阐释。作为一名造诣精深的诗人，陈氏不仅深通中国诗学，而且曾“居柏林时，从德名家受读，颇喜妇人入道之诗，哀而不怨，深契诗经之旨”，于中外诗歌之比较深具心得。所以在阐释诗歌时，释庾信而以杜解庾，以诗解诗而得特解；诠释钱柳姻缘诗而自一粒红豆对自己的感兴所缩系的因果出发，窥其“孤怀遗恨”，著成长篇大著。在具体分析时，更时见其“神遇”、“心喻”之处。《柳如是别传》以烦琐周密之考证，而写成类似于长篇小说的巨著，所谓“斯亦效再生缘之例，非仿花月痕之体也”，已明言是以文学创作式的知人论世、阐发心曲为目标，而所著也确实达到了目标，既可以当作小说来读，更可当作诗来欣赏。

---

① 陈寅恪：《王静安先生遗书序》，见《金明馆丛稿二编》，生活·读书·新知三联书店2001年版，第248页。

与王国维由“诗”而入“史”不同者，陈寅恪在晚年乃由“史”入“诗”。此固有其生存及治学条件之原因，但更重要的是，晚年陈寅恪凝神于文化的美学之维的精神取向。所以，与王国维早期重视小说戏曲等边缘文体相映成趣的是，陈寅恪晚年对弹词戏曲小说等边缘文体、柳如是这样的边缘人物大感兴味，倾注了浓重的激情。“平生所学惟余骨”的诗人，“稍以小说词曲遣日”，寄予的是一种生存于政治边缘的情怀。所以，他从“婉娈倚门之少女，绸缪鼓瑟之小妇”身上，“表彰我民族独立之精神，自由之思想”，就是一种深思熟虑的文化选择。这些“为当时迂腐者所深诋，后世轻薄者所厚诬之人”，自然与“天水一朝”的伦理道德观念有很大距离，但陈氏恰恰从陈端生、柳如是“惊世骇俗”的自由思想、独立精神中找到了“心喻”的对象。由此，从王国维到陈寅恪，又是从陈寅恪到王国维的复归。这样的精神历程，构成了20世纪中国文艺美学上的一个奇观。

而他们所开辟的这种“脱心志于俗谛之桎梏”的“有学问的文艺学”，是最能经得起时间考验而难以具有即时性的轰动效应的，以学术方式来研究文艺美学往往是学术发展的中坚，最能进入人们的观念深层，却也最易被文艺学学术史所忽视。在笔者读到的诸种20世纪美学、文艺学理论批评史中，都缺少这一类人的位置。最令人不解的不是陈寅恪，而是钱锺书这样的学者都被忽略。其原因当然是边缘的身份使他们难以进入主流。这位把自己的学术文章“写在人生边上”的学者，显然缺乏王、陈的傲岸风骨。他似乎太聪明、太具有生存智慧而难以彰显“自由之思想，独立之精神”。但他的边缘生存却使他的学术成果成为文艺美学的重要思想资源。钱锺书与王、陈一样注重中国语言及文化的特征，如在《谈艺录》、《管锥编》中以文言、札记体写作，《管锥编》起首便论“易之三名”，以中国文字特质反驳黑格尔学说。并且也是“以中国戏文词曲与小说打通”，而且还以戏文词曲小说与经、史、子、集相打通，都表现了与王、陈相通甚至相同的学术旨趣。他们兼通古今中外的学术追求，最终都落实在一种文艺美学的视野中，这与他们在政治上与一时一地之意识形态形成的“俗谛”之桎梏、之“围城”相疏离、相反抗，或至少是逃避，岂不是有极大的关系吗？其中蕴含着的诸多思想资源，是需要我们反复追索探寻的，而其对于美学、文艺学研究的启示，则尤其值得珍视。

中西文化『情根』论

郭店楚简《性自命出》曰："道始于情。"把人类文化的根本起源归结为"情"，这在中国文化中是毫不奇怪的。因为中国文化向来被认为是伦理文化或审美文化，两者都是以情感为中心的。但是，在说到西方文化时，人们就更重视其理性的、科学的特征，而将西方文化的许多方面归结为理性的安排。确实，人类文化的起源与发展有着非常复杂的机制，难以"一言以蔽之"；但是，由于"人文化成"首先与人作为"类"的存在有关，所以，在探求文化的根源时，就必须探求人之为人的根本所在。康德曾指出人类的"非社会的社会性"，也就是指人类进入社会的倾向和要求单独化的倾向同时存在，前者，使人具有合群性，而后者则使人类能够从动物式的群体中解脱出来。正是两者之间的张力，创造出入类的辉煌的文化。[①] 而合群与不合群，都直接牵涉到人的情感。因为情感乃是在人与人之间的关系中产生出来的，人与世界的一切其他关系则都是由此派生。

这就在文化观念上把理性、意志都归根于情感了。姑且不论把人的精神世界机械地划分为几个部分是否合适，我们从一个特殊的角度上来看，意志实际上是一种强烈而持久、坚定而方向明确的情感，而理性乃至逻辑思维未尝不可以视为一种冷却的情感，排除情感的“以物观物”的“客观”思维或“无我之境”其实乃是一种抽象，排除情感本身就需要情感的投入。因此，在比较中西文化时，就应当而且可以从中西文化中人与人之间的情感发生、情感构成、情感方式，尤其是情感关系的建立入手，来分析中西文化中政治、经济、社会的差异，审视中西文化在“情根”上是如何和怎样结出不同的花果的。

人与人之间最基本的关系是男女关系。这在世界各个民族的创世神话中都有反映，世界的创生总是被隐喻或比附为人类自身的生殖过程。所以，男女关系又被投射到自然界的运动、发展过程之中，成为解释世界事物的一种重要依据。中国文化用阴阳范畴来解释一切自然和社会现象，男女关系既是阴阳关系的最重要、最特别的体现，又是解释其他阴阳变化的根据。“阴阳不测之谓神”，正如男女交合生成人类的过程神秘而不可测一样，阴阳变化运行的过程也是奥妙无穷、深不可测的，在西方文化中，男女关系同样是构成社会的最根本的基石，而在对自然现象的分析与解剖中也仍然有着重要的作用，例如自然科学中正负电子以及各种化合、化分的现象，乃至逻辑中的正反、肯定

---

① 〔德〕康德：《历史理性批判文集》，商务印书馆 1990 年版，第 6—7 页。

与否定等关系，无不有男女关系的隐喻的痕迹。西方现代哲学发现了貌似抽象的概念或理性思维实际上是隐喻思维的变体，只不过在思维的运动和时间的流逝中文学的色泽逐渐被消磨、抹去而已。而这里面最根本的隐喻仍然是男女关系的隐喻。

《易传·系辞上》云：“一阴一阳之谓道。”这个“道”既是宇宙万物生生变易之道，又是指人类社会运行的秩序和伦理之道。《易经》用一阴一阳两个“角色”叙述了宇宙自然和人类社会变化的“故事”，其主要的情节还是集中在男女关系的建立与发展上。“乾道成男，坤道成女；乾知大始，坤作成物。”（《易传·系辞上》）“天地絪缊，万物化醇；男女媾精，万物化生。”（《易传·系辞下》）男女关系是宇宙万物生成和发展的关键。而“有天地然后有万物，有万物然后有男女，有男女然后有夫妇，有夫妇然后有父子，有父子然后有君臣，有君臣然后有上下，有上下然后有礼义有所错”（《易传·序卦》）这一段纲领性的论述，乃是中国古代政治、经济、社会以及文化体制建立的依据和规范。其中，最重要的是以爱有差等的原则建立起亲疏有别的“人—人”关系的秩序。这也是人们常说的所谓以血缘关系为基础的秩序。

王国维在其名著《殷周制度论》中指出：“中国政治与文化变革，莫剧于殷周之际。”为在政治制度上，周建立了不同于商的制度，表现为三个方面：“一曰立子立嫡之制。由是而生宗法及丧服之制，并由是而有封建子弟之制、君天子臣诸侯之制。二曰庙数之制。三曰同姓不同婚之制。”这三种制度，都和从男女关系而来的血缘关系有关。立嫡制度衍生出宗法与服术制度，在家族，自然地形成了祖先崇拜和家长制，在国家则君王成为所有人的大家长。丧服制度则将对祖先的情感用服饰符号来作象征性的表达，由于不同的人只能表达不同的情感，所以在丧服上体现出情感距离。王国维总结丧服的原则为四个大纲：“曰亲亲，曰尊尊，曰长长，曰男女有别。”悲哀的情感表达在这里被划分成等级，其原则正是从血缘的接近程度上来决定情感的亲近程度。当然，问题不是这么简单。情感的秩序化和确定化“其旨则在纳上下于道德，而合天子、诸侯、卿、大夫、士、庶民以成一道德之团体”。并且将政治制度上可能出现的漏洞堵起来。因为，用血缘关系来确定政治上的统治机制就能够“定之以天，争乃不生”，“天”生的嫡亲继承制度可以防止家族内的争权夺利，防止伤害家族成员的亲情。需要说明的是，虽然如王国维所分析的，这种设计非常精密，把各种可能的情况都考虑到了，但是后世仍然不乏兄弟相煎相残的悲剧，情感毕竟不敌权力的力量。男女之别则既把不同的种姓区分开来，同姓不婚，异姓则可以通婚的形式结为一家，又使天下的不同“国”之间可以结为亲属。后世和亲政治，即渊源于此。

于是，在政治上，尊卑地位就是血缘关系的放大：在经济地位上，贵贱身份的确立也是依照其天定的出身，在“分家”时，嫡、长的位置是获得财产的保证；而在文化上，礼乐制度的建立又使几乎一切文化产品都带有伦理情感的印记。“礼”是为了“别异”的，把各种人按血缘关系的远近、按政治或社会地位的尊卑划分开来，把各种人对不同对象应当表达的情感用规定的动作叙事性地演示出来。虽然这种演示逐渐变成了徒具形式的表演，但是即使如此，其中要表达的内容却是固定的。而“乐”是为了“和同”，让一切人都在情感的旋律中得到沟通和共鸣。儒家的政治、经济以及文化秩序和制度的建立，就落实在亲疏有别的情感关系上并且成为中国文化的核心观念。

其实，不仅仅是中国文化如此，无论哪一个民族都有一个从氏族、胞族或部落社会向其他社会形态过渡的过程。但是，中国文化中氏族政治确实比西方社会中持续的时间更长久，而且在文化中留下的印记也更深刻、更广泛。正如许多学者早已指出的，这与中国传统社会以农业为主的生产方式和生活方式有关。由于靠耕种土地来获取财富，所以就像植物一样扎根于某一片土地上，世世代代相传。家乡是中国人心目中最为重要、倾注情感最多的地方，而背井离乡则是一种伤心的甚至是令人恐惧的事情。在无法移动的土地上劳作，家族成员之间的组织就只能依靠血缘关系的纽带，这也造成了对祖先的崇拜和对于亲属关系的重视。而其他的人际关系也都要“换算”成血缘关系，血亲之间的情感就成为中国文化的重要基点。尤其应当注意的是中国传统社会不是通常所说的农业社会，而是一种男耕女织的社会。在农业文化之外还存在着蚕桑文明，以及其他的文明形态。男女之间的情感也与生产方式、生活方式有密切的关系。所以，在中国文化中，男女之间的关系又具有复杂的种种形态。

西方文化发源于古希腊。由于希腊大陆是多山地区，而且大部分荒瘠不毛，所以不适宜耕种。但是希腊却有许多肥沃的山谷，且通海便利，所以希腊人以商业和海盗掠夺为主。希腊文化乃海洋文化，这就造成希腊文化中人与人之间的关系的不同特点。因为经常性的漂洋过海，所以就拥有更为广泛的人际交往，利益的分配不是仅仅在家庭成员中进行，而是与更为庞大的集团有关。荷马史诗中，《伊利亚特》歌颂“阿基里斯的愤怒”，在战争中的不公平的分配导致了内部的争斗。对于美女、金钱和财富的追求，使得军事集团中的将领把个人的利益放置到了集体的利益之上。尽管史诗中英雄所处的时代仍然属于氏族贵族政治时代，但是，与中国文化不同的是，“公”的“大家庭”已经无法由某个家长来予取予夺了。这正与航海文明、商业文明中个人的力量与智慧能够为自己创造财富有关。而农业文明却必须以家族为组织形式，固守于土地之上。

因此，尽管仍然要以血缘关系为基础，希腊文明却在人与人的情感关系上有不同的立场。首先，希腊文化强调分配的正义，把利益作为人与人之间关系的出发点。这也是商业文明的共同特征。这样，人与人之间的关系就是个体与个体的关系，而不是以血缘网络来确立的。家中长者的权利与地位并不一定高于其他家庭成员，“家长”制度被瓦解，政治制度也就不是家长制度的扩展。其次，希腊文化强调建立在理性基础上的秩序，不仅与商业文明需要用“数目字管理”的方式有关，而且与航海文化相关。“仁者乐山，智者乐水”。山是静止的，仁者从山的形象上可以感受到一种凝聚的、固定的，随时间变化而愈益深厚的伦理精神；而水是流动的，随着时间而变化，所以“人不可两次踏入同一条河流”，在变化中寻找到不变的东西，正是智慧的源泉。希腊人的海洋文化，造就了他们对于绝对的、永恒的理念世界不懈的追求。

那么，希腊文化中人与人的关系是建立在什么样的情感基础上的呢？尤其是，希腊文化中男女关系与其他社会关系的建立之间有什么关系呢？柏拉图的哲学做出了灵魂与肉体二分的推论，人的肉体属于感性世界，而灵魂属于理念世界。灵魂又分为理性、激情和欲望三个部分，柏拉图强调的是理性在灵魂中的支配作用以及情感与欲望在肉体中的支配作用。显然，男女关系中的身体性被视为低下的东西。柏拉图式的恋爱乃是精神恋爱的代名。正如西梅尔所总结的：“对柏拉图而言，爱不是灵魂的任意行为，爱肯定不是由外部的东西唤起的，而从最为内在的状态和力量中意外地、自发地涌生的；凝视纯粹的美就加强了一种逻辑的必然性，在这种时刻，灵魂先前的存在就再次出现于对尘世现象的领悟之中，也就是说，尘世的现象中已寄寓有绝对的美的一部分，或曰绝对美的反映。因此，总是这样，只有对美的感知才产生爱。”[①] 正因为从理念的世界出发来寻求爱，所以，在柏拉图的观念中，男女之间肉体的结合就是低劣的，精神的爱才是真正的爱的结合。也正因此，或曰柏拉图所说的爱的对象竟然是男性同性。这虽然与古希腊的风气有关，但是更与男性在精神教养上的优越地位有重要的关系。因此，男女之间即使有爱情，那么，其中身体的结合也只是次要的因素。

在精神上的结合与对永恒的理念世界的回忆与爱慕是一回事，根据这样的理论，人与人之间最亲密的关系都是建立在理念的基础上，那么，其他的一切社会关系也都应当以理性的秩序来建立了。古希腊的城邦民主制度把人从血缘关系中解放出来，使个人成为“公民”，对城邦有平等发表意见的权利，形成了与中国文化截然不同的政治、经济以及社会制度。西方文化的诸多方面的发展，都可从古希腊找到根源。

二

在中国文化关于各种制度的建立的情感论证中，从天地的阴阳二

① 〔德〕西美尔：《柏拉图式的爱欲与现代人的爱欲》，见刘小枫主编：《人类困境中的审美精神——哲人、诗人论美文选》，知识出版社 1994 年版，第 263 页。

气，到男女的阴阳媾和，再从夫妻到父子，到君臣，乃至长幼、朋友等“五伦”的人伦秩序的建立，顺乎自然地推及其他的政治、经济以及社会秩序之中，似乎是“天经地义”、自然而然的，因此也是不可置疑的。一直到现在，还有人为中国文化中的爱有等差的原则辩护，其根据也在于这种论证的表面上的严密性。

其实，如果说父子情感根于血缘，有其天然的规定性，那么比父子关系更重要的就是夫妻一伦。因为父子乃是由此派生而来。但是，恰恰是在这一根本性的环节上，存在着一个重大问题。因为儒家对夫妇一伦虽然非常重视，却忽视了从男女到夫妻的过程中双方的情感关系的建立。“天地氤氲，万物化醇；男女媾精，万物化生。”把男女的结合比作动物的交合，用原始欲望来解释男女的相合，虽然找到了自然的生理原因，但是人本身的再生产却恰恰缺少了情感之准。所以，夫妻关系首先是在男女结合之后才确立的。虽然双方建立婚姻关系之后未必就会情投意合，但是，由于已经成为夫妇，所以从伦理上就规定了双方的情感。当然，这种情感也就更多地成为义务。不排除“先结婚后恋爱”的情况，在中国文化中不乏像陆游与唐婉那样的爱情，但这毕竟是偶然的，是在身体结合之后的情感结合。所以，在中国文化中虽然有很多情诗，但是大多数都是以身体的吸引为主题的。古代小说多淫秽之作，固然与此传统相关；即使是那些才子佳人小说，“一见钟情”的原因仍然是身体上的吸引，并且缺少情感上的发展，而以床笫之欢为唯一目的。

这样，儒家所谓情感本体的文化秩序的建立就留下了一个关键的大漏洞。道家的学说对儒家的伦理观念有着深刻的批判，所谓“大道废，有仁义；智慧出，有大伪；六亲不和，有孝慈；国家昏乱，有忠臣”；“失道而后德，失德而后仁，失仁而后义，失义而后礼”。这对于儒家以伦理关系来规定情感所造成的情感的异化和人的异化做了深刻的揭露。但是，道家的复归自然，乃是要回到原始状态中人与人的关系，既不存在任何秩序，当然也就不需要任何情感乃至美感做基础了，所以庄子提倡一种“无情”的哲学，“与其相濡以沫，不如相忘于江湖”，在相互切断情感联系后，人会活得更好。或者说，人与人的情感联系，乃是因为生存出了问题才产生的。因此，儒道的互补就是康德所说的合群与不合群的两种倾向的互补。墨家提倡“兼爱”，反对爱有差等，然而，它的推己及人，仍然包含了对血缘关系的重视；并且，墨家的兼相爱是与交相利相互为用的，爱就不免带上了功利色彩。至于法家，是不相信人与人之间有什么爱的，他们更重视的毋宁是恨，因此要用“法”、“术”、“势”的权力与阴谋的结合来建立政治体制和统治机制。而佛教虽然有慈悲的胸怀，但是却缺乏人与人之间的情感，更不用说什么情爱了——佛教本来就要求排除情感，尤其是男女之间的爱情。这当然就影响到人的再生产的考虑，以及由此而来的各种秩序的建立问题。可是作为宗教，其情感的起点就是对人间的诸多情感的厌弃。

所以，中国文化中的“情根”就存在着根本性的缺陷。《红楼梦》第一回写“女娲氏炼石补天之时，于大荒山无稽崖炼成……顽石三万六千五百零一块……只单单剩了一块未用，便弃在此山青埂峰下”。所谓“青埂”，即“情根”也。曹雪芹于此发现了中国文化看似圆满无缺的天上，从开始就缺情爱的根基。所以他高吟“开辟鸿蒙，谁为情种？”要为中国文化“补天”。《红楼梦》把宝玉和黛玉的爱情放置到一种形而上的境界上，成为先验的情感，从而使尘世的爱情变成了对前世的上天中的原始爱情的回忆，使爱变成了“天理”。这是对明清之际重情思想的进一步发展，在中国文化中实有“石破天惊”的意义。

柏拉图的思想与曹雪芹在最为重要的方面就有了相通之处。柏拉图把爱归结到形而上的天国的境界，它与希伯来精神的结合，成为基督教关于爱的思想中的重要根基。基督教思想重视“爱的秩序”，用“爱的秩序”来规定其他的一切秩序，这与中国文化的基本精神是相通的。耶稣在回答关于诫命的提问时说：“你要尽心、尽性、尽意，爱主你的神。这是诫命中的第一，且是最大的。其次也相仿，就是要爱人如己。”（《新约·马太福音》第22章37—40节）对神圣对象的爱，与柏拉图的爱有相通之处，而且对“邻居”的爱，或“爱人如己”则是对神的爱的一种表现。由于把爱建立在超越的层面上，所以就打破了性别、种族、宗教、国家的界限，并且特别重视对血缘关系的冲击：“……我来，是叫人与父亲生疏，女儿与母亲生疏，媳妇与婆婆生疏。人的仇敌，就是自己家里的人。”（《新约·马太福音》，第10章35—36节）比较中国文化中的血亲之爱，以及在此基础上建立起来的“爱的秩序”，基督教的爱更重视建立在神圣的精神价值与世俗价值对立的基础上，要求人们放弃现世生活的外在价值，而追求对“神的天国”的永恒的爱。这样，“该撒的物当归给该撒，神的物当归给神”。现世的政治秩序与宗教秩序就分离开来。一方面是对人的爱，平等、博爱和自由的精神渗透到政治、经济以及社会秩序的安排中；另一方面则是神圣的爱，正是这种爱规定了世俗之爱的形态和价值。耶稣基督的“无性生殖”则从根源上消除了爱的自然情欲的成分。这与儒家关于爱的关系的建立的论证又是恰好相反的。

古希腊的哲学精神、希伯来的宗教精神与罗马的法律精神是构成西方文化的三根支柱。而这三根支柱下面，则有着共同的“情根”。

三

可以说，西方文化的发展中出现的许多问题都能够从其“情根”中找到原因。灵肉二分的情爱观念既使西方文化能够清晰地划分各种领域之间的关系，又造成西方文化中人性的分裂和制度的冲突。

首先，理念的爱或者对于神圣事物的爱造成了西方文化中人的灵魂与肉体的冲突，使人的情感从根基上就出现了巨大的分裂。把爱归结到精神领域固然使爱与人性中最为高尚、最为形而上的部分相统一，但是却也会导致对人的肉体欲望的轻视乃至蔑弃，实际上把爱放置到一种“天理”的领域。无论是柏拉图式的精神之爱，还是希伯来宗教传统中的神圣之爱，都是如此。这就使西方文化把人的精神世界划分为神性的与兽性的两个部分，认为人的肉体欲望属于兽性的部分。这样就把爱的原始欲望的部分“净化”或“升华”了。在西方的哲学、文学、艺术中，这种冲突成为一个重要的主题。一直到弗洛伊德学说中的意识层次的划分与性欲升华学说的提出，都与西方文化的这种情爱观念有关。特别是西方中世纪的禁欲主义传统，更是与此密切相关。因为把爱归属到天国世界，反而使爱在人间沦落。直到文艺复兴时期对人的欲望的重视，才使西方文化对人性中本来就应当具有的正常欲望给予了正当地位。但是，由于把爱归属于精神，把欲望归属于肉体，在现代西方的性解放运动中，又出现了一种新的灵肉分离的现象，即把肉体的欲望与精神上的爱恋分开之后，放纵肉体的欲望，而把精神上的爱归之于虚无。可见，灵肉分离的情爱观念对西方文化中的人的灵魂归宿产生了重要影响。

在制度的设计上，除了古代的神权与王权之间的冲突，西方文化中把爱与现世生活中的其他的价值分离，造成了平等、正义与博爱之间的矛盾冲突。因为在西方文化中，爱虽然是一种最高的价值，最根本的伦理原则，或者说是一种终极关怀，但是，由于把爱归属于精神上的形而上的、神圣的追求，所以在人间事物中更注重利益分配的公平以及作为个人的一切权利维护。因此，在制度设计的起点上，不是用爱来作基本的人际关系连接的纽带，而是更多地以人与之人之间的冲突作为制度设计的基点。这就形成了将各种权力进行分离、分立的种种制度。爱的秩序扩展为其他的人类秩序在西方文化中一直是一个不断探索的课题。正如德国哲学家舍勒所指出的，资本主义精神的实质是："怨恨"，"宗教—形而上学的绝望以及对世界和文化的日益强烈的憎恨和人对人的根本不信任（请见韦伯的例证）具有强大的心理力量……人对人的根本不信任以纯然孤寂的灵魂与上帝的关系为口实，摧毁了一切团契共同体，最终把人类引向外在的法律契约和利益结合"[①]。在资本主义，是恨的秩序代替了爱的秩序。其中当然有其历史的原因和合理性，但是，无论如何，它都是与西方文化的"情根"相关的。

中国文化中的爱的秩序的建立，扩展到了制度的设计和人与人之间的一切关系中，既对文化的传承与发展有重要的作用，由于其内在缺陷，也使人性遭到了扭曲，并且形成了制度上的问题。

---

① 〔德〕马克斯·舍勒著，罗梯伦等译：《资本主义的未来》，生活·读书·新知 三联书店 1997 年版，第 61 页。

首先，夫妇一伦情感关系建立上爱的缺席，造成了“家”的结构上的重大问题，同时，在人的精神结构上也产生了重要的影响，因为中国古代社会的一切结构都是以“家”的结构为基础建立起来的，所以，其合法性的基础也是“家”中人与人之间不容置疑的血缘情感。但是，应当注意的是，所有血缘关系又都是建立在夫妻双方原来的非血缘关系的基础上的。所以，血缘关系看来似乎是天经地义的，可是却无法自然而然地建立起来，这就必须回答夫妻关系建立的合法性问题。正是在这一关键的环节上，中国文化用非情感的人的原欲来代替了本来应当属人的情感——爱。这样，“家”的结构中，其“情根”本身就是有问题的，在此基础上生成的树干和枝叶也就无法避免问题。例如，父母与子女之间的血缘情感往往就因为婚姻上的问题而产生情感冲突，从而使“家”的整体的爱的秩序受到破坏。扩大到政治和经济上，“家”中的情感关系所带来的问题，如家中人员地位的排序，经济分配的方式，等等，又成为传统的政治和社会关系中的症结性问题。不仅如此，中国社会中诸如“人情大如天”、“情大于法”等问题，都可以从这里找到症结所在。

在人的精神领域，则与西方文化有相似的“天理”与“人欲”相对立的问题，造成了中国文化中人性的分裂。中国文化中的“天”是人格化、道德化的，所谓“天理”，乃是把人间的道德律令归属于天，使其具有神圣的性质。中国历史上有三次重要的思想解放运动，都对人的情感根基问题作出了深入的思考。在春秋战国时代的百家争鸣中，各“家”关注的主要是人的群体秩序应当如何建立的问题，中国文化的“情根”可以说就是在此阶段“栽种”坚牢的。孔孟发展了自远古就有的“天道”观念，特别是孟子的心性学说深入阐发了天与道德的关系，对宋明理学产生了巨大的影响，而道家、墨家、法家等，都是从群体的秩序出发来思考人性问题，尤其是人的情感根基问题的。第二次思想解放运动发生在魏晋时期，集中从人与自然的关系思考情感问题，所谓“情之所钟，正在我辈”，乃是把人的情感自然化、玄妙化，对情之所“根”，尤其是男女关系中的情，作了审美化的处理，最终也把情感归属为理性、“天理”，从而消解了问题的症结。明清之际的思想解放运动，应属第三次针对“存天理，灭人欲”的理学思想，提出重情的思想。特别是注重男女的情爱对名教的破坏作用。但是，其情爱观念往往停留在男女的欲望上，则有皮肤淫滥与人欲横流的危险。所以，对情感根基的探索是人性探索最为重要部分。中国文化对上升为“天理”的爱情的缺失，就是中国文化人格诸多缺陷的重要原因。

中国文化和西方文化都是在对其“情根”进行反思的基础上发展的，并不是一成不变。正如人的情感是最为丰富复杂的一样，人对“情根”的选择与栽培方式也是自由而丰富多彩的。比较中西文化的“情根”，并不是为了把它们实体化，而是为了更好地透视中西文化之根基。

梦想的目光

——关于摄影的遐想

……坐小船经过山阴道，两岸边的乌桕，新禾，野花，鸡，狗，丛树和枯树，茅屋，塔，伽蓝，农夫和村妇，村女，晒着的衣裳，和尚，蓑笠，天，云，竹……都倒影在澄碧的小河中，随着每一打桨，各各夹带了闪烁的目光，并水里的萍藻游鱼，一同荡漾。诸影诸物，无不解散，而且摇动，扩大，互相融和；刚一融和，却又退缩，复近于原形。边缘都参差如夏云头，镶着日光，发出水银色焰……

美丽，幽雅，光影交错，色泽迷离，似乎是某个唯美诗人笔下的情境，谁能想到，这是“怒向刀丛觅小诗”的文化战士鲁迅先生在

“昏沉的夜”所“看见”的一个“好的故事”的断片？这位“敢于直面惨淡的人生，敢于正视淋漓的鲜血”的“真的猛士”，竟有如许绚丽静穆的梦想！

梦想的目光所见到的美丽景象，植根于人们心灵深层的祈愿和欲望。人们往往由于现实的缠绕而汲汲于形形色色的事物中，用琐碎繁杂的日常目标来闭锁壅塞对终极目标和意义的关切和探寻，用世俗的成功来替代本真的愿欲。而梦，不期而至，倏忽而来的梦当人们精神上的外衣也香囊暗解、罗带轻分之际翩然来访，以一种打破逻辑、毁灭秩序的方式解构着现实，重组重建着世界，与人的精神进行着最为隐秘、最为亲密的恋爱与交合。正是在梦中，人才能够成为本真的自己。因此，不妨套用某种现成的思路，定义人为会做梦的动物。（当然，这也和同类定义一样残缺不全。）只有与梦同行，人生的旅途才能够走得下去。坚忍勇毅如鲁迅，在翻看满纸“吃人”的历史与现实的书页的同时，也不忘在“朝花夕拾”和“野草”中寻觅着“好的故事”，何况在现实的羁縻中挣扎着的芸芸众生呢？

鲁迅先生曾断言，人生最大的痛苦是梦醒了无路可走。可是，人生更大也更普遍的悲哀却是梦醒了就迅速地忘掉梦。“这不过是一个梦”，有谁愿意而且能够将它做下去呢？“庄生晓梦迷蝴蝶”，这是梦与真融熔无间的最好时刻，所以成为诗的境界，哲学的境界。而所有的艺术，也都必然具有“诗”性和“思”性，才能够神完气足，意味无穷。所以，艺术是人生的一种梦魂飞越的象征，是世界在梦想中的创生纪。

摄影艺术当然也不例外。我们盼望有人能够用相机摄下鲁迅的《好的故事》中那种神奇而又平凡、朦胧而又斑斓瑰丽的景象；可是，我们知道，每一个摄影家都有着自己的梦想，每个摄影家都以自己的梦想的目光观照过许许多多的灵魂的生活，看见过如同万花筒般奇幻多变的景象。因而，更重要的是如何保卫好每个人的梦想的眼睛不被他人的和自己的世俗的眼睛所遮蔽掩埋，在摄影中被消灭。

英国传记作家加德纳说："我们所有的人都是通过自己的特殊的锁孔观察人世。"因而，"我们只看见我们所能看见的东西"。"自己的特殊锁孔"当然是由每个人特殊的人生经历、生命体验和性情气质所构成的，但先于这一切、深于这一切的却仍然是每个人的心灵梦想。所以，也可以说每个人只能看见他所梦想看到的东西。大漠荒烟、绝域高原，是曾经梦见雪峰上孤豹的摄影家的梦想的目光所极力穷及的对象；杏花春雨、小桥流水，则往往是"绿窗残梦迷"的摄影家梦萦魂牵的境界。每个人梦想的世界都创生着他的艺术的世界，每个人梦想的目光都创生着他的审美的目光。摄影家面对着现实的世界，物质的景物，却要用光与影创造出理想的图像，艺术的意境，就不能不执着于梦想的目光，运用着梦想的力量。不必说那些经典的摄影艺术作品，在众多精美制作的广告摄影艺术中，我们也不难发现梦想的痕迹，梦想的魅艳。只不过，其中许多是为了迎合大众低位层次的梦想而做出来的罢了，但谁能否认其蕴蓄的梦想的目光呢？

真正的艺术家必然忠于自己的梦想。在摄影界，从来就不乏为了拍摄到梦想的景物而漫漫求索、千辛万苦、百折不回地追寻与等待的拼命三郎。相比于绘画与诗，由于摄影是直面现实的艺术，要获得与梦想相合或相似相近的景象，要付出更多的艰辛和劳作。所以在某种意义上，摄影是一种更为困难的艺术形式。当某种景象扑入了取景框，世界在一刹那凝缩为一个画面，梦想变成为冷静的狂喜，对于摄影家，那才是一种无法替代的高峰体验。犹如贾宝玉与林黛玉的初次见面，双方都诧异似曾相识，是真正的与自己的梦想猝然相遇，是心醉神迷的访问梦境与梦境访问。为了能有这样的时刻，真正的摄影艺术家愿意付出自己的一生。

梦想不是理想。古人的理想是立德、立功、立言，李太白却梦想着“一夜飞渡镜湖月”，过着“且放白鹿青崖间，须行即骑访名山”的生活。理性的设计、安排无论如何周密和圆满，都难以穷尽梦想的范围，无法剪去梦想的羽翼。摄影艺术的瞬间性和偶然性，可遇而不可求的时机等，都与梦想的特征相契合。可是，偏偏有人用人为的安排和设计来创造某种摄影的理想境界，在艺术上只能落入于按照模式和典范来制作的“第二义”；有人只习惯于按照某些审美理想来运用自己的目光，也只能看到一些虚假的景象和事物，而与艺术的本性正相背离。而只有那些耐心地养育培植自己的梦想，不为外在的功利所动，不为世俗之见所移的摄影家，才能够看见独特的景象和真实的事物。这是因为，理性的冷静思虑与深沉考索固然有助于把握世界、整理世界，却常常阻碍人们直觉世界、感受世界。当世界变成为理性分析的框框条条时，无数的变化和可能性却被毁于一旦。而梦想，作为人性深处的一种本质的力量，却是以一种浑沦而盲目的冲动来撞击世界。对心灵世界，梦想是无法无天的天马行空般飞翔驰骤的“可能性”，跨越一切理性的重门深锁。而对于外在世界，梦想则是与混沌未分的一切整全地相遇；世界以感性的诗意的光辉向着梦想的目光微笑。“天地有大美而不言。”摄影家也不应言说。言说则容易陷于理性的牢笼。重要的是“看”，用梦想的目光直观事物本身。可惜的是，这个道理往往被摄影家们忘记，他们每每喜欢用相机来“说”些什么，或为大道理或为小道理，或是有趣的或是一本正经的，令人们的“看”变成了“听”，感受蜕化为理解。梦想消逝，“理想”出场，摄影更多地成为技术而不再是艺术……

“大梦谁先觉？”当人们忙于“清醒”、急于“实际”之时，沉湎于艺术梦想之中本身即为不识时务之举。然而，正如人的生存不能失去梦想一样，人类生活也不能没有艺术。英国作家王尔德曾意味深长地将“艺术模仿生活”颠倒为“生活模仿艺术”，那么艺术模仿什么呢？我想，艺术就产生于人的永生难觉的梦想，表现着人的千万种不相重复的梦想。因此，尽管艺术并不直接模仿梦想，梦想却始终是艺术的最深层的起源和秘密。摄影家们不应从艺术的“大梦”中觉醒，但当追求艺术时，更不应从自己心灵深处的梦想中觉醒。因为那里贮存着摄影艺术也是一切艺术最为珍贵的源泉，只要你还能够做梦，你的艺术也就必然是无穷无尽的。

一、亲身体验

——当代审美中的身体化现象

庄子曾神往一种“形如槁木”、“心如死灰”的状态，在这样的状态中，人才可望聆听到神秘的“天籁”——在中国传统中，庄子标举的“天籁”几乎成为美学最高境界的代称。这种使肉体丧失感觉、心灵寂灭欲念的审美，恰恰是在与感性活动相对抗的情况下获得高峰体验、精神愉悦的，所谓“无听之以耳而听之以心，无听之以心而听之以气”，所谓“以神遇而不以目视”，等等，都是要在“吾丧我”式地汇入宇宙大化之中去寻求“天地大美”、体悟自然大道的。如此，人就可克服生存此在的渺小、偶然与荒谬，而进入于超越、无限的境界之中。所以，道家美学的奥秘乃在“用志不分，乃凝于神”，用心灵的提撕克服肉体的感性形态，在对肉体的否定中使肉体本身变成精神，“官知止而神欲行”，感官的负担卸却后反倒更好地达到了一种超感性的感性，纯任神行而毫无窒碍，进入“逍遥游”。而完全精神化的“肉体”则不妨称为“身体”，因为它的每一细微的震颤、每一琐小的感觉都直接对应着，不，直接就呈现着精神的某种形态。这时，人就是身体而身体便是精神。其最高形态则是但见精神，不见肉体，目击而道存；庄子书中《德充符》中那些以精神破肉体的“畸人”，《应帝王》中的“壶子四示”以精神的活动而改变身体的形貌情态，皆表明了这种境界。而道教的“尸解”、“飞升”则以宗教的想象揭示了其必然归宿，那就是弃掷此岸的属于感性的有限的肉体，而奔向彼岸世界的永恒极乐的精神王国。

正如马克思所说：“五官感觉的形成是全部世界史的产物。”人的身体的形成就更是如此。道家与道教对中国审美文化中身体的塑造在后世“放浪形骸”的艺术家身上体现得颇为特出，而儒、释及墨、法诸家也都在中国文化对身体的设计与改造中各有侧重的方面。儒家之“修身”一方面与身体的社会化相关，在“礼法风俗”中规定身体；另一方面又与“心性”养育相连，在“吾日三省吾身”中以一种内在超越的方式来改造身体。至于佛家“赤条条来去无牵挂”的无常无我的身体“空观”，墨家“摩顶放踵”的刻苦乃至自虐，都隐含着对待身体的相同思路，即以精神宰制肉体，使肉体的一切感觉、表情、行为都服从、服务于精神。所以，在中国文化中尽管有着关于“身”的丰富创造，如汉字“近取诸身”，以身体各部分作为偏旁来造字；古语以“身”、“躬”等来自称称人；甚至有“宇宙大人身”、“人身小宇宙”式的“天人合一”，但是身体“本身”却并未受到重视，正如“身正不怕影子歪”、“以身作则”、“言传身教”之类的话语所隐含着的身体祈向所显示的，身体在中国文化中始终是一种中介性的存在，这一“载体”上所负荷着的是复杂的精神内容。

因此，对历史上那些大开眼“戒”的淫词艳语、仕女春宫之类的文化产品，就不能不给予充分的重视。限于题旨，本文不拟讨论具体作品及古代文化中诸如缠足之类的畸形改造身体的审美现象，只是要指出，这种对身体特别是对肉体的禁锢，始终有着一种对抗性的力量，既存在于庙堂之中的合法化的身体享乐特权中，也存在于市井细民勾栏行院与村夫农妇桑间濮上的纵情欢娱里、文人学士的猎艳冶游中。悬为经典的文本在现实中常常被变成一种文化的遮盖布，并且文本本身也会遭到解构式的阅读，反而助长着肉体的欲求。如道学家将夫妻生活说成是“敦伦”，道教修炼所谓“房中术”，佛教开辟“欢喜佛”之类肉体享乐的方便法门，都说明人走出自己的肉体之艰难。

在这样的历史文化背景下，考察当代审美中“身体”的处境，便容易产生会心之处。“文化大革命”中对身体的蔑视与隐匿、避讳，在新时期自装束打扮及艺术领域开始突破，如“喇叭裤”、“叔叔阿姨头”、“蛤蟆镜”掀起的普遍骚动与人体模特、人体美术作品的讨论，都唤醒了人们对于自己身体的重新认识。这时，身体不再只是“革命的本钱”，只能在“革命”的名义下加以养护了；身体成了个体存在的一种本体性的依据。惠特曼在《我歌唱带电的肉体》中所提出的问题隐隐在人们的心灵中回荡：“肉体所做的事不是和灵魂所做的完全一样多么？”“假使肉体不是灵魂，那么灵魂是什么呢？”尽管有《灵与肉》、《绿化树》作为一种貌似庄严的开幕式，可是真正占领舞台的却是《男人的一半是女人》。从文学领域到艺术领域，从生活形态到观念形态，人们都由内而外地挣脱强加在身体上的种种束缚，日益公开地要求和追求身体的一切需要，而这种需要本身也在不断地增长、发展，花样翻新而又层出不穷。当然，正如丹尼尔·贝尔所说，这已从“需要”变成了“欲求”，超出生理本能，进入心理层次，因而成为一种无限的要求（《资本主义文化矛盾》）。

由此情况发生了逆转：“彼岸世界的真理消逝以后，历史的任务就是确立此岸世界的真理。”（马克思《〈黑格尔法哲学批判〉导言》）从以往的食难果腹到今日的减肥热潮，从信奉“腹有诗书气自华”的内心修养到追求名牌时装的外在包装，从禁欲苦行到寄意“伟哥”，短短的二十余年的时间，历史迅速在此岸世界确立着身体的重要地位。老子曰：“不见可欲，使心不乱。”随着对身体的发现，对欲望的发现，特别是弗洛伊德学说及西方文化关于人欲的界说在中国的流传，激发出无穷无尽的、混乱纷纭的种种欲求。人心“乱”了，欲望之流由狭变宽，逐渐汹涌泛滥，膨胀成难以遏制的激流。市场经济体制的建立，更使得人们的消费欲求成为必须“拉动”的对象，否则经济的运行就会失去内在的驱动力而陷于停滞。因此，“顾客就是上帝”，在“上帝死了”的时代里，人人都成了潜在的上帝，只不过一切都依时间与地点的变化而决定罢了。商业的逻辑悄悄地变成了文化的逻辑、审美的逻辑——“将欲取之，必先予之”，真正的上帝实质上乃是“金钱”，是“金钱”把人变成“顾客”，又把“顾客”奉作“上帝”，它以“看不见的手”调动着、摆布着、改变着、创造着一切。对于“上帝”位格的终极关切转变成对于人的身体的细心呵护、百般保养，而身体也正在变成一切渴望成功的人士——从考试的学生到商战的英雄，从生龙活虎的男性到千娇百媚的女性——的“本钱”，只有拥有了雄厚的身体资本，才能在激烈的竞争中立于不败之地。也正如马克思所说，此情此景，“人的自我异化的神圣形象被揭穿以后，揭露非神圣形象中的自我异化，就成了为历史服务的哲学的迫切任务”。于是，对人的欲望的反思与批判，对肉体压倒精神的否定，以及对消费文化产生的人的自我异化的揭露，就成为当代文化批评的一项重要使命。

然而，在文化批评中却也呈现出某种理论的异化、批评的异化。这不仅表现在批判者往往是在享受着、应用着批判对象所带来的一切，而且还表现为这些理论、批判本身也需要按照它所对抗的市场逻辑与文化逻辑实施，在解构对象之同时也被对象所解构，在否定对方的合法性时自身也产生了合法性的危机。它通常以两种形态出现：一是以一种怀旧的心态来哀悼韵味的消失和“畸趣”的诞生，最终必然陷于一种保守与激进并存而相悖的精神矛盾之中，丹尼尔·贝尔的《资本主义文化矛盾》所提出的发达资本主义“经济、政治、文化三领域相互冲突的矛盾理论”即可以看作文化批评的某种精神困境的反映，西方马克思主义与保守主义者在此的合流更突出表现了这种精神困境；二是文化批评以一种批判的姿态来对待当代生活中的审美现象，在否定与解构中只要寻找到对象的破绽与弱点即可游刃有余地展开理论言说，然而，这种进攻的态势后面所隐含的前提，或曰批评者自身的信念却总是缺席，成为一种只“破”不“立”的战术。原因盖在于文化批评自身的立场往往只是用以展开批评的一种权宜之计，批评者自己也并不是真的持守，如此，就只有否定而无创造，批判者自身也陷入一种悖论之中。

具体到当代审美中的身体化现象中来看，文化批评的悖论表现得就更为突出。作为一种精神活动、理论实践，文化批评往往做出精神与肉体二分甚至二元对立的思索，从而在精神大于肉体的价值推断中展开批判。这与中国传统思想的主流话语是一致的，事实上无论是道家、儒家、释家的思想，还是墨家的“非乐”理论，都是这类文化批评或显或隐的思想背景。此外，西方哲学自柏拉图始、在经院哲学中达至极端的肉体、灵魂二重性的区分及对纯洁、神性的灵魂的向往，也以一种新的形态复活。但是，这种对于人的身体性存在的蔑视与贬斥，早经历史证明了其反人性的一面。无论中国明清时代的异端思想，还是西方的启蒙主义，都首先确立了人的感觉、欲望及一切属于身体性的生命形态的中心地位。而现代西方哲学对人的欲望的分析，以及对身体与整个人的关系的论断，都将现代性与身体性紧密地联系了起来，特别是审美的现代性，更与身体性密不可分。在这里，一种强劲的声音莫过于反复声明“肉体是最大的理性”（尼采），“我自己就是我的身体”（梅洛一庞蒂），“肉体是精神的存在形式”（朋谔斐尔），如此等等。精神与肉体的虚假的二分法被各种哲学方法解构之后，身体化的现象从现代艺术之中逐渐渗入当代生活，就不仅有其现实的依据，而且有着哲学观念的依据。正是由于对其哲学前提的审视的乏力，导致了当代文化批评中将身体化现象作为一种负面对象来作评价的取向。特别是身体化现象与转型期社会所特有的各种腐败现象、经济理性以及文化上的某种堕落相结合时，传统的“非乐”式的道德与政治批判就将目光由政治与道德下移，或将经济及文化上的一些复杂现象追根溯源归结到人的身体化的感性欲求与生命冲动之上。如此，文化批评就难免隔靴搔痒，陷入于某种悖论而不自知。

其实，回到事情本身，将一切外在因素悬搁之后，可以看出，身体化在当代审美中成为一种现象，倒是昭示着一些新的生存向度与审美创造的可能。一是使生存与审美的关系更加紧密。与以往艺术模仿生活或生活模仿艺术的模仿方式不同，当代文化中生活就是艺术或艺术就是生活的观念在身体化现象中表现得十分充分。例如时装作为人的第二皮肤，越来越倾向于更充分地展示身体本身的美，特别是“内衣外穿”现象的出现，人体不再是传统意义上的肉体，而是人的自我展示的一种最为本真的手段；纹身等亚文化现象更将人体本身服装化，人体作为“身体”的功用更加突出。音乐中的“摇滚”则以一种对精神状态的直接宣泄使身体的整体都化为音乐的有机组成部分，所谓“丝不如竹，竹不如肉”，在当代音乐中有着更其极端的阐释，这时人本身就是音乐，而音乐就是身体的表现。传统美学中关于情感的控制、表现以及审美距离等，在摇滚乐及最为现代的音乐中统统成为突破的对象，他们要克服的倒是传统对艺术表达技巧的重视而导致的情感的弱化与身体和情感之间的距离，而更向往一种“体现”——最大可能地用身体来显现的方式。或许这也类似于原始艺术中巫术似的神灵附体的乐舞，但在此表达的却完完全全是人的生命精神与生命活力：“这时我的手在颤抖，这时我的泪在流。”追求瞬间的宣泄导致的并不必然是“过把瘾就死”，相反，在身体的极致状态中得到的往往是一种永恒的飞翔——庄子笔下的庖丁大师“奏刀騞然，莫不中音，合于桑林之舞，乃中经首之会”，艺术创作的过程就是艺术，身体的一切动作本身就成为艺术，这岂不是一种更高形态的“行为艺术”吗？因此，二是身体化又是指向一种终极境界的方式，在当代文化批评中，人们最爱用巴赫金所拈出的“狂欢”一词。其实，狂欢乃是身体化的一种突出表现，无论是拉伯雷笔下“为肉体恢复名誉”的民间狂欢节，还是当代中国各种喧嚣的广场活动、电视综艺节目，“迪厅”、夜总会的群聚狂欢，都以肉体的最大程度的参与和宣泄为目标。但是，正如巴赫金所指出的，狂欢中所表现出来的某种节庆性，还“应该从人类存在的最高目的方面，亦即从理想方面获得认可”。由于当代审美生活中的狂欢，往往脱离了传统节日的特定语境，其身体化的表现既体现了个体的自由意志，又在群体之中建立了一种平等的幻象，当然由此而来的还有一种“人人都献出一点爱”的一体同仁的博爱精神。这就使身体化的狂欢带上了某种超越俗世的终极的价值关切的性质，创造出一种理想的境界，而这正与艺术创造的最高目的有着深刻的沟通。三是当代审美中的身体化还指向着人的全面发展的目标。人是人的最高目的，但人首先是一种身体性的存在，逃避身体就是逃避做人，而蔑视或摧残身体也就是蔑视与摧残人。当代人对身体的重视日益成为一种共识，没有身体也就失去了一切。所以，在各种针对人的身体的广告中，都设计出某种“大叙事”，将身体的每一部分，如头发、皮肤、乳房，等等，都纳入一个与整个“人”、整个生存世界相联系的框架中来强调，表明人的每一部分都应当是美的，都应当协调发展，构建起一种完美的人生。其中，潜藏着的是对人的每一种欲望的充分重视，正如劳伦斯歌唱性欲作为激情之火其光芒即美感那样，当代人将人的一切欲望都作为一种美的能量的燃烧而加以欣赏、发展。“带电的肉体”成为美的最根本的光源。传统美学谐调感性与理性的理想在此被突破，感性的光辉穿透了一切理性的禁锢。因此，“亲身”的“体验”——亲近身体，用身体来感受、验证——对于当代文化来说，就是一种生机勃勃的、健康的力量。当然，由于商业化的浪潮，身体化现象中也出现了身体的物化（如将身体变成肉体的各种器官）、欲望的原始化以至兽性化、感性的表面化等现象，应当引起高度的警惕，但是，绝不能因为身体化现象的某种片面发展而对其进行片面的否定。

二、占有与生存

——20 世纪 90 年代趣味扫描

从 20 世纪 80 年代进入 90 年代，因有标志性的历史事件作为入口，既便于解构一种情节分明的历史叙事，又在个体的“小叙事”或“私人叙事”上留下了精神的秘史。因此，在描述 90 年代时，我常常想起狄更斯《双城记》开头的“矛盾修辞法”：

> 那是最好的年月，那是最坏的年月，那是智慧的时代，那是愚蠢的时代，那是信仰的新纪元，那是怀疑的新纪元，那是光明的季节，那是黑暗的季节，那是希望的春天，那是绝望的冬天，我们将拥有一切，我们将一无所有，我们直接上天堂，我们直接下地狱……

南京的一家晚报在 1993 年命名其副刊为《九三年》，也在雨果同名小说的映射中，有意无意地强调了历史的某种相似性。

形势比人强。90 年代的国际国内变动在人们精神上造成的震撼、迁移、变化比人们愿意承认和想象的更加深刻。一波又一波的“怀旧”指向不同的历史时期，实际上并非仅仅是在“向后看”，倒是反映出人们内心深处对于剧变的一种恐惧、失落之感。所谓的“人文精神失落”，也正是痛感精神之流无可阻遏地冲向新的区域之后而发出的悲鸣。总而言之，时代变了，人们的精神取向、精神活动、精神慰藉的方式与内容都无可逆转地发生着改变。以往有“时代精神”之说，在当今之世似乎已被新的学术话语消解，但是一个时代的精神却不能不通过某种形式表现出来。在此，我们选择了用“趣味”来描述 90 年代的精神状况。

所谓“趣味”，在中国文化的语境中具有颇为复杂的内涵。“趣”者，有指向、趋向之意，更常被用于表达志趣、意志等精神取向，但更重要的却在于精神感发的兴趣、意味，是一种精神愉悦的标志，所以具有深刻的美学意义。而“味”除了自滋味所生发出来的意义与旨趣等含义外，作为精神活动的范畴，则是指全身心投入、沉浸其中的某种境界。因此，趣味常被作为精神境界的标志，如毛泽东所云“脱离了低级趣味”即如此。

那么，90 年代的趣味究竟如何？我们试图把握的是某种根本性的精神指向，而在这种指向的驱使下精神活动的愉悦及安慰才代表着主要的趣味。90 年代最为根本的变动乃是一种经济基础的变动，经济理性在很大程度上取代了 80 年代的政治激情与文化启蒙思潮，成为人们生活世界的主宰，由此形成了纷繁复杂、波澜迭起的文化现象。而市场取向的经济改革，“内化”为“经济人”的人格特征，那就是一种以“占有”为取向的精神旨趣。

90 年代的政治、经济、文化等方面，都出现了某些类似的现象，将时代的矛盾表现得淋漓尽致。大略可分为三：一是断断续续。“断”者，“断裂”也。文学界的一些青年人搞出的这种“行为艺术”虽遭围追堵截，却在总体上与“告别”、“终结”之类的话语正相合流。政治上的激进思潮仍或露头，在文化上则更表现为以“新”代“旧”的、以时间来取胜的、以“新”字乃至“新新”打头的“品牌”产品。此外，政治上保守主义抬头，“民族一国家”成了一些学者的新宠，学术上向学术史转型，存亡继绝的意向成为学术评价体系中的价值规范，陈寅恪、王国维及更多、更广的“国学大师”成为文化英雄，乃至学术中出现“汉学”复兴，等等；而文艺创作更由以往的“寻根”变成了一路高歌的“文化苦旅”的黄金时代，从小说中的文化热到影视中的复古潮，大都如此。二是虚虚实实。市场经济的交换原则本身就带来了交换符号的虚拟性，以往的货币且不论，在股票、期货等操作中，人们持有的符号的价值在很大程度上都是虚拟的，时时涨涨落落，手中的股票虽依然如故，价值却时时变化。这也是社会交往虚拟性的反映。而市场经济造成的世界范围内的人、财、物流通，更将世界以图像化的方式虚拟地展现于人们之前。海德格尔将这种人与物相对立，主、客分离而造成的表象化、视觉化时代称作“世界图像的时代”，再好不过地表达了90年代中国所具有的幻象化生存的实质。特别是90年代后期电脑互联网络的逐步普及，更加深了这种趋势。而与此相对应的，却是实利的占有欲，人们的世俗欲望不加掩饰地暴露出来，从衣食住行到以往羞于启齿的男女之事，都变成了光天化日之下讨论的对象、追逐的目标。政治上“不管白猫黑猫，逮住老鼠就是好猫”的务实，“不争论”的智慧，经济上种种措施服从“发展才是硬道理”的原则，直到文化上的“文化搭台，经济唱戏”的技巧，都将现实的功利放在了首要的位置。学术上出现的人文学术向社会科学的转向亦有类似旨趣。三是分分合合。随着经济体制的改变，曾经是大多数人难以摆脱的生活环境已不再具有强制性的约束力。一些“单位”

解体，一些人从原有的“单位”走了出来，或“下海”或寻找到某种“自由职业”，出现了“自由撰稿人”、“独立制片人”等文化人；农民走出了世世代代赖以生存的土地，成为一种两栖身份的“农民工”……原有的社会结构出现了分化，人们获得了某种选择的机会。这种生存状态的改变，无疑造成了人们精神取向的巨大变化。此外，人们的社会交往由于“解缚”却变得更为广泛，种种新的社会群体开始形成。在国外盛行的社群主义、公共文化等观念，不仅在被讨论研究，而且迅速转向实践层面。从根本上看，这不能不说是市场的逻辑所造成的社会结构及运行机制的必然变化。“分久必合，合久必分”之中掩藏着的是利益关系的重新排列组合。

与以上现象紧密联系着的，是娱乐文化的兴起，也有人称之为大众文化或审美文化，分别对应着勃起的文化工业与审美的世俗化。但是若考虑到从影视到各种消闲、休闲活动的全方位“服务”，那么，毋宁称作“娱乐文化”更为恰切，因为人们日常生活的一切方面都纳入了一种可以在娱乐过程中进行的框架之中。这就是一些报刊宣扬的所谓“新生活”。在娱乐文化的潮流中，昔日的先锋文学近乎消失，即使是仍保持着某种状态的“今日先锋”，所利用的也常常是业已形成名声的标牌，以往的文艺创作中“先锋”的感觉方式不知不觉中变成了修辞方式，虽然还留有旧时踪影，却已似是而非。电影不仅被电视所挤压，而且还要受到VCD碟片的取代，居室中的观赏使得各种艺术影片也脱离了审美的特定情境，复制的便利把艺术欣赏的永恒性体验轻而易举地转变成一次性的、随时随地可以消受的娱乐，只求曾经拥有，而不再在乎什么天长地久。技术的不断发展为时尚的流行提供了动力之源，更新换代的迫切性造成了人们生活趣味的当下性。一次性用品不断增加品种，造成的却是世界事物无穷无尽的幻觉，在及时行乐的一次性享受中，人们最容易忘记的却是自己生存的偶在性与一次性。因此，恰恰是在似乎最重视科技的幻象中，错将技术当作科学，把对自然与人类永恒奥秘的索解搁置，却将每一种新的科学发现以惊人的速度付诸技术，从而使科学被异化为技术的工具。在文艺作品中，尽管不乏对于技术发展不加控制必将威胁人类的警世之作，文化学术界亦曾讨论“克隆”技术、“基因工程”等直接与生命相关的问题，但是，正如《侏罗纪公园》之类的影片本身就是以高技术而制造出逼真的图像，技术的无处不在、无所不能使得一切文化产品都无法逃出它的天罗地网。有人惊呼，我们终将被互联网一网打尽；其实，在生活中我们早已沉沦在技术世界之中而无力超拔了。

而这一切的因由都只能从人身上来寻找。市场经济的交换原则，形成了弗洛姆所称之为市场取向的人格，即将自己也当作一种商品，并把个人的价值当作交换价值，从而占有、获取最大化的利益。这种占有的欲望，正是支配 90 年代人们心灵世界的主要趣味的根源。正如马克思所说，“一切固定的古老的关系以及与之相适应的素被尊崇的观念和见解都被消除了，一切新形成的关系等不到固定下来就陈旧了。一切固定的东西都烟消云散了，一切神圣的东西都被亵渎了。人们终于不得不用冷静的眼光来看他们的生活地位、他们的相互关系”（《共产党宣言》），而对于一切关系的重新审视与观念、见解的改变，都或隐或显地受着占有取向的精神趣味的影响。

所以，在文化学术上出现的对学术传统、学术规范的强烈追求，以及人文学科向社会科学的靠拢，都体现出一种可操作、可计量、可比较的要求，实质上是技术理性在起着重要作用，即以方式方法和技术过程的完善来衡量文化学术，使之成为一种“知识生产”。于是，一切都被标准化与量化的指标来确定，如发表期刊的级别（是否“核心期刊”）、篇数、字数、引用率，等等。表明“水平”的也由创造的标准转向了对知识的占有上，如精通外语的门数、占有资料的多寡，等等。所以，陈寅恪乃至乾嘉学派的大师成为文化界的新偶像。其中当然尚有其他缘由，但对知识占有量的崇尚却是一个重要的因素。在创作界，也有人以“写文化”、“写积累”为高境界，用“文明的碎片”拼凑起“千年一叹”的七宝楼台。当然，更多地是以“码字”的数目来计量“成果”的作家。与此相类似的，是文化生活中形形色色的“排行榜”、“支持率”、“收视率”等，就连形容女性的美丽，也大多用“回头率”来估量了。正是在量化的标准中，人们的趣味也就容易被平均化、客观化，每个人都以某种形式的占有来享受某种精神愉悦。所谓“追星”之类，正是在量化的指标中激起的量化的反映——追者被追者同样沉迷的某种群体幻象。

也正如“向后看”的占有是要以对文化记忆的重新发掘与回味来获得一种“充实”的愉悦一样，“断裂”者反对“追回失去的时间”，要抓住的是当前及未来的世界。因此，宣判一切均已“过时”，乃是为了占领未来的领地。然而，要抢先占有未来必须把握住现在，所以，推开一切妨碍前进的“石头”就成为必须。文坛上的诸多争执，常常在最终显示出实为“话语权”及其他彼此心照不宣的权利之争，无非是为了占有更广的利益空间。特别是文化学术的发展，使得每个人努力获得的功名都难以高扬而久远，“大师”时代在市场时代业已远逝，现在似乎更是一种“微利”时代。所以，众人兴趣所向，多是如何获取“市场”。

当然，并非每个人都要获取利益的最大值，20世纪90年代倒是出现了由80年代的主体性向个体性的转型。主体的征服、占有取向更为明显，但在80年代尚仅限于理论上的探讨，而90年代后现代理论及后现代生活方式的进入中国，却使一部分人实实在在地体验到了个体的觉醒及幻象。在个体化的生存中，人们喜欢脱离以往的生活圈子，切断那些“古老的关系”，撕扯下家庭生活及血缘关系、社会关系上笼罩着的温情脉脉的面纱，以一种“私人体验”为生存享受的“糖”，在身体性的经验与独自上路的孤独中，追寻自由的“致命的飞翔”。这当然是市场社会为他们开辟出来的空间。但正如互联网中的虚拟社区，这种个体性的幻觉仍是要靠实在的“服务器”来支持的。所以，个体化的生存中虽然形式不同，但是却同样是以某种形式的占有为价值取向的。例如“新新人类”的所谓“自由职业”，不过是为了能够轻松自如地占有生活资料。当然，他们更重视的是感官欲望及情感的占有。莫名其妙的对昔日繁华、前尘梦影的所谓“怀旧”，对西方事物、西方生活的向往乃至对于西方人身体的歆羡，都展现了骨子里真实的势利。与人的个体化相应的，则是各种领域的专门化。在强调分工的现代社会中，人的精神领域也被划分为一片片狭小的天地。表现在学术文化领域，那就是对专家的崇尚，如古典文学研究中朴学的复兴，古典思潮与市场取向的微巧契合。然而，正如许多思想家早已论述过的，这只能使人的精神走上单维化。所以，表面看起来是个体性的发展，实质上个体的分立与自限，却恰恰造成对人的个体的摧残。至于以个体性自诩，却汲汲于形成某种群体势力者，则趣尚所在更昭然若揭。

在体制与市场之间，还存在着较大的张力，这也是构成与制约20

世纪90年代趣味的一个重要因素。所谓虚虚实实、分分合合，亦不妨看作特定历史条件下在市场逻辑与体制规范之中形成的特殊现象。一方面，政治体制的原因，使旧有权力体系仍然保持着强大的力量，使得市场的运作仍受到种种制约，这从“两个文明”的口号中曲折地表现出来；另一方面，体制中存在着的一些问题又使市场的利益关系被权力所利用，这就产生了政治生活中的腐败现象、社会生活中的浮躁现象及文化生活中的多元分流现象，即以“主旋律”为代表的主流意识形态作品与各种类型的文化产品并行不悖。但是，在各类文化生产中，都不同程度地表现出了功利主义的市场取向。

占有还是生存？弗洛姆曾以两种不同的取向标示人性发展的可能。生存取向的人格更注重创造性的生活。然而，市场虽然扼杀着人性中的一些美好的东西，却也激发出人的本质力量，其中也包含着人的创造性生活的能力。在90年代的趣味中，我们从中国人生存状况、生存目标、生存价值等各个方面都可以看出，努力去争取、占有，既解放了人们心灵中的许多观念，重铸了人生的趣味，又提出了一些严峻的问题，使人们滋味莫辨，意兴阑珊。

三、空间意识形态

——全球化视野中的民族艺术

西方的《奥德赛》、《神曲》、《天路历程》，中国的《离骚》、《西游记》等杰作，都是以漫漫修远、上下升沉的空间求索，来叙述人类精神的历险的。而诺瓦利斯的名言——“哲学就是怀着乡愁的冲动去寻找家园”，则指出了人类精神所共同具有的空间向度。康德的《纯粹理性批判》考察了人类在先验的感性形式中所具有的空间观念，他把自己的哲学从传统的本体论向认识论的转折自豪地称为“哥白尼式的革命”，本身就具有强烈的空间意识，因此，他将空间观念与人类意识的更广领域结合起来。康德把“头上的灿烂星空”与“心中的道德律”并举，则显示了空间所具有的意识形态性质。

其实，意识形态概念与空间隐喻自始就有不解之缘。从柏拉图的“洞穴比喻”到培根的“四假象说”，都旨在揭示人的“立场”、“地位”、“处境”对“看法”、“观念”所产生的决定性影响；“假象”、“偏见”正由此产生。西方哲学史上此起彼伏的转向都乐于以“哥白尼式的革命”命名，借重的也正是哥白尼的发现颠覆人在宇宙中的地位而产生的“石破天惊”的效果。“人类中心论”的迷梦惊醒了，相继而来的理性、主体性、总体性，等等迷梦也都相继被摧毁。在“路的尽头”，人们忽然发现，丧失了确定的空间感和时间感，进入了一个需要重新进行“认知测绘”（弗雷德里克·詹姆逊语）的时代。卫星上天，光缆入地，在电子媒介的笼罩下，视觉图像主宰着文化，“实时”传播则将空间变为博尔赫斯笔下的“交叉小径中的花园”，鼠标的点击使人们瞬息可以穿越“远在天边”的空间，无论是有形的还是无形的，真实的还是虚幻的，统统都转化成了“近在眼前”的世界图像。无论是哲学还是文学上的“还乡”都容易“回乡迷了路”。即使是生活领域，加速到来的变化不断产生的“未来的震撼”，也使传统的空间观念面临着严峻的挑战。

然而，意识形态作为“意底牢结”（港台音义两译名），却仍然主宰着人们的空间观念。梁启超曾将中国历史分为三个阶段，即：从黄帝到秦统一，为上世史，称作“中国之中国”；秦统一至乾隆末年，为中世史，称作“亚洲之中国”；乾隆末年至晚清，为近世史，称作“世界之中国”。从空间形态来划分历史形态，展示了“中国”作为一个空间实体所显现的意识形态变迁的历程。正如《周礼》所云：“惟王建国，辨方正位，体国经野，设官分职，以为民极。”“建国”必须从“辨方正位”起，“体国经野”，然后再确立人群的“地位”，显示了空间的政治学意义，从而也使空间带上了意识形态色彩。而“黄帝四面”、“禹别九州”之类的神话，乃是典型的以空间叙事而建立的意识形态。至于君王“南面”，敌方“败北”之类，也是在空间的切割中制定了思想意识的秩序。但是，对于中国人来说，最为重要也最为持久的空间意识形态乃是“中国”的观念。虽然有道家庄子的“秋水”之思（方东美称道家为“空间人”）对空间在宏观与微观两方面的无限所作的玄妙论述，佛家的“三千大千世界”森罗万象、无量无边的构思，但在梁启超所说的三个历史阶段，“中国”作为“中”国，即世界中心的意识形态却始终没有打破，空间视野的扩展只不过在以往的“华夷之辨”观念中增添了新的内容而已。晚清时西方列强用坚船利炮强行“打”开中国人的眼界，但空间意识形态却并未随即改变。如所谓“师夷长技以制夷”、“中体西用”之类的口号，便仍然建立在以往的空间意识形态上。

“梦里不知身是客”，“山中方一日，世上已千年”，在几千年的“没有人能够告诉我山那面有没有住着神仙”的童年梦幻终于完结，自己已经变成了别人欲加征服的“客体”后，“外婆的澎湖湾”仍然固留于心底。正如马克思在谈到涵茹了各种情感和观念的意识形态时所说的：“通过传统和教育承受了这些情感和观点的个人，会认为这些情感和观点就是他的行为的真实出发点。”[①]“中国”作为“中”国的情感和观点在不同的历史时期仍然是支配诸多国人行为的“真实动机和出发点”。从《山海经》的空间想象到汉赋的“包括宇宙”的空间叙事，中国的文学艺术以美学的意识形态不断地强化了空间意识形态，使之进入了人们的“集体无意识”。即使到了电子空间，这种意识形态非但不会自动消失，反而会以某种形式被强化。例如某年春节联欢晚会的一个小品，称大洋彼岸的人是“头朝下”过日子，而中国人才是“头朝上”，作家王蒙对此曾加分析，认为是一种狭隘的民族主义。[②]其实，这正是传统的空间意识形态的顽强表露。如果说空间意识形态最初的形式是神话，那么，在人类日益“艺术化生存”的今天，对艺术中的空间意识形态进行反思，就是尤其重要的工作。

20世纪90年代以来，以张艺谋为靶心，中国文化艺术界不厌其烦地讨论民族艺术如何走向世界的问题。往日的“越是民族的，就越是世界的”公式虽然从讨论中隐匿，但是却以其反面在起作用。因为，按照某些批评，张艺谋正是根据这个公式来创作的，他的电影中那些最为“民族”的东西，最能赢得西方从而也就是“世界”的喝彩。不过，恰恰是这些“民族”的东西最伤害一些人的民族感情，所以，从中，人们倒是看到了西方的“偏见”，即“西方中心”的意识形态。进一步的所谓学理化的研究就是至今未衰的“后殖民主义”批评，以“文化身份”、“地方性知识”等“差异的意识形态”（爱德华·萨义德语）来保卫各个民族的文化独特性。在此背景下，张艺谋等赢得世界性声誉的艺术家又受到了更有“深度”、更有条理的批判。然而，既

① 《马克思恩格斯选集》第一卷，人民出版社1974年版，第629页。
② 《读书》1994年第5期。

然“后殖民主义”论者以空间独特性所发展出来的文化独特性立论，又如何说明哪些是不能让西方“看”的东西，哪些是应当推向世界、为中华民族争得光荣的东西？而同样是属于文化独特性，同样是由特定空间中发展出来的，辫子、小脚之类就不能“大红灯笼高高挂”，国粹、国学、新儒学……倒是穿越国界，一度被哀叹为“花果飘零”的中华传统文化一时似乎成了文化艺术采撷不尽的“长生果”。此外，西方的文化艺术大规模地涌入，做学问必须追踪西方的学术前沿，“国学”往往以西方的“汉学”为导向，甚至为价值尺度。两种悖谬的现象却反映着相同的心态，潜在支配着这些行动的还是难以消除的空间意识形态。只不过“立足点”不同而已。

因此，全球化时代空间意识形态的冲突在某些方面更加剧烈。“三个世界”的划分影响了世界格局，“地球村”中人们仍然生活在不同的空间框架里。全球化作为一种经济模式凸显了世界各地的“时间差”，进步的历史观使得空间意识形态以时间意识形态表现出来。在“落后”的焦虑中，曾有过地理决定论的文化研究，随着经济的发展，“三十年河东，三十年河西”，文化本位主义傲然昂首。但“河东”、“河西”的表述，不是仍然对“沟通”甚至填平沟壑不抱希望吗？“不是东风压倒西风，就是西风压倒东风”，乃是空间意识形态的潜台词。所以，全球化还只是一种幻象，“地球村”的居民虽然是“鸡犬之声相闻”，却“人人头顶一方天”，仍有“老死不相往来”的种种有形、无形的阻隔。在空间的阻隔已被打破后。人心的阻隔更加令人瞩目。文化冲突的现实和预测都引起了普遍的关注。这种对于不同地域环境中由于历史的原因而产生的不同文化之间不可通约、无法相互理解的看法，表面上看是维护了文化的多样性。但是，却正如以“血缘”来确定人的身份、命运是不可接受的一样，以“地缘”来确定人的所谓“文化身份”、“文化命运”同样是荒谬的。因为如此，地域就会成为一些人无法挣脱的“地狱”。在国内，地域歧视不是同样存在吗？北京人、上海人、广东人对“外地人”、“乡下人”的歧视，与不同国度的人们之间存在的歧视现象难道有什么本质的差别吗？所以，“隔花人荫远天涯近”，地域的空间差别其实是与政治、经济、文化等方面的差别相联系的。“海内存知己，天涯若比邻”这一“国际主义”的外交术语在说明地缘不能决定人心的相通上仍然有令人警醒的价值。何况，在全球化的普遍交往日益加强的今天，通过互联网，一个人可以随意与各个地域的人进行交流，传统的身份、地位等都在虚拟空间中失效，人在很大程度上从传统的空间限制中挣脱了出来。因此，从政治、经济及文化实体的观念来定义空间实体，虽然在一定的历史条件下有其合理性，但却应当在全球化的背景下予以反思。

艺术的最为重要的特点就是在虚拟空间中实现人与人的沟通和共鸣。“都云作者痴，谁解其中味？”这个“谁”是“谁”也不知道的时空领域中的某个人，作者的“召唤”无法落实为特定的读者。作品写出，“作者死了”，文本任人解读。歌德和马克思都曾呼唤“世界文学”，就是基于人类交往的不断扩大而作出的前瞻性论述。其实，世界上许多伟大作家的作品早已成为人类的共同财富。一个人可以热爱自己民族的艺术，但却不能够将异民族的艺术拒之门外；即使是倾心于、迷恋于某些外国艺术家的作品也是极其平常的事情。空间的限制，已不可能决定人们的精神抉择。因此，也不可能决定人们的精神创造。作为一名全球化时代的艺术家，世界眼光已成为先定的“视界”。但是，能否和如何超越传统的空间意识形态仍然是一个时代的课题。这里，我们应当注意传统的历史思维所带来的民族独特性的观念，它正是空间意识形态的顽强表现。倒是应当用先验分析的方法来对人类历史的普遍真理进行探索。正如康德所指出的，人类历史应当是具有合目的性与合规律性的，应当建立一种“普遍历史”的观念。康德和歌德都曾以“世界公民”自期，即对人作为类的存在的高度自觉和一种超越狭隘的地域观念的愿望的表现。空间意识形态当前的两种形态是西方中心主义与民族主义的并存。西方中心主义以经济、军事上的强势推行其价值观念，使得“落后”民族失去对其进行理性审视的能力；而随着一些地区经济的迅速腾飞，本土文化中心论又强烈反弹。但他们根据的逻辑却是相同的，都是以时间意识形态来导出、规定空间意识形态。“赶”、“超”时间的成功最终是为了保卫空间的独特性。不同文化的差异被进一步强调。在文学艺术领域，由于独创性、独特性向来被视为艺术品成功的一项重要标志，所以用异国风情、民族特色来冲向“世界”，就成了许多艺术家的选择。

立足于脚下坚实的大地，才能够深入到人类生活的根本。这是本土化的文学艺术的必然道路。但是，正因为人类的心灵是相通的，人性是相通的，才使立足于特定地域的艺术超越空间。地球作为“大地母亲”，哺育着整个人类。如果一名艺术家没有一种人类整体意识，没有对于人类在根本人性上相通的意识，而只是致力于撰写“地方志”、“民族志”，那么只能是一种搜奇猎异的东西。西方的一些所谓人类学，所做的实际上是为了将人分为不同的种类，而不是探究人类共通的东西。全球化时代的民族艺术，就应当防止为了吸引异文化的注意力而展示差异。王国维所谓“有释迦基督担荷人类痛苦之意”，正应当是艺术的追求。所以，艺术能够超越空间意识形态，首先在于艺术可以从人类精神的地层深处的相通着眼，刻画人类的众生相。人类只有一个地球，人类拥有共同的天空。“外国的月亮”固然不比中国的圆，中国的月亮也不必“月是故乡明”。仰望头顶的灿烂星空，人类都会产生相类似的崇高之感。整个人类的终极价值取向也应当是相同的。所以，无论是从人性的根底，还是从人类的最高追求，艺术都应当超越空间意识形态的桎梏，追求普遍性的境界。而艺术的永恒性，正是时间意识形态的大敌。无论历史的发展状况如何，艺术杰作总是有超越时代的价值。这种对时间的超越，正是人性的证明，人类终极价值相通的证明。所以，尽管各个民族的艺术文化存在着巨大的差异，但是在每种文化的复杂体系中又都有共通的东西。这种共通的东西正是空间意识形态的消解性因素。阿尔图塞将意识形态定义为“个人同他的存在的现实环境的想象性关系的表现”，解除这种想象性关系，需要对形成这种意识形态的理论作逻辑的分析，更需要进行艺术的解构。然而，难道把个人与全球化的环境作联系就不是一种新的意识形态吗？西方现代思想已指出，试图从不同的具体的个体之中抽象出共同的“本质”本身就是一种意识形态的神话。所以，在全球化的背景下，试图以个体的艺术创造超越空间意识形态不免陷入鲁迅先生所说的“拔着自己的头发想离开地球”的困境。也就是说，空间意识形态尚有其不可超越性。

这是因为，人类的共同本性永远是艺术探寻的对象，人类的终极价值也永远难以有终极的答案。各个民族、各个地域、各种文化之中的艺术家无论是立足于何处，都是从不同的方向上、不同的方法上、不同的意义上来进行心灵的远游的。他们会相遇于共同的精神地层，相会于同样的精神高度，但是他们各自发出自己的声音，相互之间虽然讲着不同的语言，因此也拥有不同的空间意识形态，然而，无可否认的是，伟大的艺术总是能够自由地对话，并由对话而相互沟通。人类也借由这些艺术而相互理解，在不同的空间中生存却超越了特定的空间意识形态。所以，也许人类永远也无法完全摆脱空间意识形态的束缚，但是艺术却永远追求着对空间及与之紧密相连的空间意识形态的超越。

永远有多“远”？是全球的艺术家要用“脚”对空间的挣脱来回答的问题。

四、文化记忆与存在感受

普鲁斯特凭着某种滋味、气息脆弱而虚幻的力量，恍兮惚兮地打开了通向神秘记忆世界的大门，从忽然重现的时光中感受自身存在的永恒性与绝对性。无独有偶，鲁迅的《朝花夕拾》，也是被儿时所食故乡蔬果的鲜美口味蛊惑而引发的。不同的是，普鲁斯特创作上“逆向的哥白尼式革命”以征服遗忘、复活过去而沉浸于独特的精神世界中，鲁迅却在保留的美好记忆“在心里出土”之后，偏要于现实中重新品尝那些蔬果，重会儿时的朋友，将现实的“滋味”与过去作清醒的对照，得到“也不过如此”的结果，产生深深的幻灭，和一种蒙受记忆欺骗的痛楚。于是，在《朝花夕拾》的“后记”中，鲁迅从个体的“文学记忆”转换到了文化记忆上，对儿时所接受的文化濡染进行了大写意式的清理，在对《二十四孝图》、“无常”的钩稽考索中，以惯常的嬉笑怒骂指陈文化传统的荒谬与罪恶，从而将目光转入现实存在。由感受情意始，以理性思虑终。从个体到群体，从“儿时”到历史，从记忆的“朝花”转向“夕拾”的萧索，鲁迅于不经意间自然而然地显示了文学感受与文化记忆的血缘关系。

其实，早在《狂人日记》中，鲁迅就曾痛切地发现“有了四千年吃人履历的我，当初虽然不知道，现在明白，难见真的人！”曾“把古久先生的陈年流水簿子”“踹了一脚”的“狂人”，在发现“没有年代”的历史上满本都写着“吃人”两字之后，把这一沉重的历史痛苦地担当了起来。“生年不满百，常怀千岁忧”，个体总要把此在生存与群体的历史联系起来，才能在时间的洪流中体验到作为类的存在和感悟到存在本身。这就意味着要把生存此在出生之前的“开端”与死后的“终端”联系起来，文化记忆则是对于历史的承受与领悟的必然部分。当然，与历史的接续同时，也就必须承担历史所赋予的一切，无论愿意与否，都已被先行决定。而从历史中获得的记忆，对于个体的文化认同、文化身份、现实筹划，都有重要的影响。正如一个失忆者无法确认自己的身份和外部世界的实在性一样，没有文化记忆就难以寻找自身的文化归属和共体存在，从而也无法真切感受现实和应对世界。鲁迅经常感慨历史轮回的把戏，清醒于自己历史“中间物”的位置，正是浑厚的历史感和深刻而丰富的文化记忆激活了他对现实存在的复杂感受所致。中国古典诗文的用典曾在“五四”白话文运动中被指为一大罪状，可是“典故”所包含的文化信息却好像普鲁斯特的马德莱娜甜饼一样，当前的一种感受与一项记忆之间的耦合，既有可能把感觉拉回记忆，“眼前有景道不得”，存在感受在文化记忆的阻碍下被敉平，造成王国维所说的“隔”；也有可能使感受增加了深度和强度，在“一触即发”之中展开更多的可能性。鲁迅对自己“四千年吃人履历”的体认，在他的杂文中更多的是以种种“典故”的“故事新编”表达出来，文化记忆使鲁迅更迅速也更深切地感受到现实存在的种种黑暗，因此他奋力地要肩起文化记忆的黑暗闸门，把“孩子”救出到光明的地方去。

基于此，鲁迅建议下一代人少读或不读中国书，就是希望永久性地删除那些黑暗、颓唐的文化记忆。可是，正如美国哲学家桑塔亚那所云：“凡不研究过去者注定要重复过去。”没有文化记忆，对于现实与历史的连续性，“过去”在“现在”的存活就难以深入地感受和思量，从而对于“将来”也就无法作出确切的展望与规划。鲁迅以《狂人日记》开始的文学生涯中，深厚博大的文化记忆一直是他存在感受的根源性与创造性的因素。但也正因如此，他才从“死人拖住活人”的梦魇中发出了这种激烈乃至激进的言辞。这与鲁迅推崇过的尼采所说的“忘掉大师”有着某种灵犀相通之处。尼采对历史的滥用深恶痛疾，“忘”却历史，乃至庄子式的“坐忘”，或许可以打开对待历史的另一种思路。弗洛伊德曾以为童年的记忆对了解一个人精神的发展正如人类早期的生活经历对了解人类精神的发展有着同样的意义。可是弗洛伊德的精神分析学却有着某种童年决定论的倾向，将一个人的整个精神发展、人生历程都归结为童年中所储存的精神压抑与精神创伤的作用。准此，则人类的历史发展也与人类早期历史相关，此即人类学、考古学、历史学等学科价值所在，也是人类早期文学永恒魅力之所在；但也正因如此，就有了反传统者的“重估一切价值的尝试”，从此在生存的现实情境出发来对待文化记忆。萨特曾对弗洛伊德的潜意识决定论进行过批驳，他认为人作为“自为的存在”不像“自在的存在”那样是一种“是其所是”的存在，而是总显示为“不是其所是和是其所不是”的存在，过去的“所是”即使对于个体的经历来说也只能代表“过去”，“过去”了就不再有决定性的作用。而对于文化记忆来说，尼采、鲁迅的主张，正是强烈要求“不是其所是”和“是其所不是”的文化创造要求的体现。尼采对基督教文明的批判，鲁迅对中国传统文化的否弃，都是他们主张的具体实行。那种将往日的文化视为决定性因素，因此而要求强化文化记忆的保守主义者，显然昧于文化发展的创造性和更新性的要求。长久地停留在往时的前尘旧梦、“是其所是”当中，不仅个体会丧失活力，成为“过时”、“过世”者，而且对于一种文化所化的群体更是一种可怕的惯性与惰性。因此，文化记忆固然有助于认清过去的“是其所是”，但是更需要从现在和将来进行清理、反思和重新阐释。正如个体的记忆时时随生存情境的变化而予以新的色泽与理解一样，文化记忆也是在对将来的展望中赋予新的内容与意义的。“国学热”中对中国古代正统文化的热衷，对“道统”与“学统”的存亡继绝，与一度兴起的对异端精神的推崇，恰成鲜明的对比，在文化记忆中孰取孰舍之间不就有着某种深刻的现实存在的力量在起作用吗？

“屈平辞赋悬日月，楚王台榭空山丘。”文化记忆自有战胜政治历史的力量。历史只有诉诸文化的符号才有可能进入人类的记忆，而文学艺术的永恒性乃是文化记忆中最为重要的部分，因为它直接相关于感性，所以在文艺的亲吻下，历史的睡美人才会悄然苏醒。而文人要进入历史、谋求“不朽”，也往往将“立言”作为短暂人生的永恒梦幻。“此在”叩问“存在”时，文化记忆就成了一种不可或缺的精神结构。

现代现象学提出的“回到事情本身”却要求悬置已往的文化记忆，直接面对事物。这在相当大的程度上解放了人们精神的负担和思维惯性，用“减法”清除了文化记忆中的诸多东西。确实，一个什么都要记住的人只能是什么都记不住。但是，即使是做这种彻底的“减法”，“损之又损”，可是人的精神结构本身、人的“意向性”却是由文化铸造出来的。靠“坐忘”、“不读中国书”等等都解决不了问题，因为社会这本大书乃是文化所写成的，我们可能丧失了文化记忆却正活在“记忆”世界之中，人不“读”书而书在“读”人。一句话，没有文化记忆就无法回到事情本身，获得确切的存在感受。这也就是“新新人类”、“断裂”者之流以紧紧抓住“现在”来克服文化记忆的困扰，希求以随波逐流式的欲望征逐来奔向未来的错觉难以成功的原因。鲁迅所云之想拔着自己的头发离开地球罕譬而喻地勾画出了他们的困境。此外，一些作品又是以“还原”的方法把现实存在归结为过去的“是其所是”，例如《白鹿原》、《废都》等都将不同历史情境下的现实“寻根”至久远的文化传统之中，这又近乎文化记忆过于强烈而产生的幻觉。这种幻觉，显然伤害了作家的存在感受，在将“现在”化约为“过去”时，留下的文化记忆却不再是真实的了。而影视中盛行的“无厘头”文化，则对文化记忆进行肆意的删改、嫁接与拼合，古今中外“一锅烩”，表面看来是对传统文化的规则、信条的调侃与嘲弄，却总是不由自主地又强化了文化传统中的诸多东西，原因即在于时间的错乱虽然搅浑了文化记忆的一池春水，可是文化记忆的要素却没有变化，从混沌到有序之后，留存在人们心灵的仍然是那些传统文化的“盗版”与“新版”。而那些所谓的“新历史主义小说”，以对历史文化的无知为基础，用臆想代替应当储备的文化记忆，那些“老”字当头的“怀旧”，则用虚幻的文化记忆来抚慰在现实存在之中受伤的心灵。问题在于，任何“戏说”、“反说”、“重解”中都有一些文化的史料或实物作为构件，“历史”小姑娘无论被怎样涂脂抹粉都无法抗议。要让文化记忆的失落与错乱、幻觉得到治疗，使文学真正能够“回到事情本身”，胡塞尔在后期著作中提出的方法颇具参考价值。他认识到“人的此在是在无数传统中运动的”，“因此，我们处于历史的视界中”，现在，“真正的问题是通过回溯到作为一切可设想的理解问题的普遍源泉的历史先在性（historische Apriori）达到理解”①。所谓历史先在性，即一切历史事实必然有的内在意义结构。对于文化记忆的整理，也需要对积淀在文化中的历史先在性进行探索，在历史视界中进入对存在的领悟与感受，庶几可以让文化记忆接近历史真相，存在感受回到事情本身。

在各个民族均已进入世界历史的时代，文化记忆往往被当作“民族一国家”精神同一性和集体认同的重要标志。“文化中国”口号的提出即建基于这样的认同，不仅可以在意识层面而且可以深入到潜意识、集体无意识的层面上，从而产生出强大的向心力和凝聚力。文学的民族性诉求因此要求着对文化记忆的强化。然而，我们时至今日并非只有对中国文化的记忆，世界上一切文化产品都已经进入了我们的历史视界。因此，对于历史先在性的认识也就有了更为深广的视域。正是在世界文化的整体结构中，对于民族文化的记忆才有可能得到反思性的整理。一个明显的例子是对于灾难记忆的态度。所谓的“乐感文化”往往倾向于从记忆中清除那些惨痛的事实，如抗日战争的文学作品，几乎很少是以民族的灾难为主题的，更不用说对汉奸现象的抵近审视，相反倒是替汉奸曲为辩解的东西悄然出笼，多的是那种看似浪漫、壮烈的英雄颂歌，在日寇统治下平民百姓的真实生存状况和那

① 张汝伦：《现象学方法的多重含义》，见倪梁康主编：《中国现象学与哲学评论》第二辑，上海译文出版社 1998 年版，第 50—51 页。

些凶残的屠戮常常只是被当作虚幻的背景。而西方文学中关于纳粹德国的暴行的揭露，则占据着重要的分量。尽管也有许多轻松、轻薄的战地浪漫曲，但是对于奥斯维辛之后能否写诗的“天问”，却让苦难记忆永远撞击着现实存在的躯体，在恐惧与战栗中抗拒可怕复可耻的遗忘。在“忘记过去意味着背叛”、“让历史告诉未来”之类的口号声中，我们的文化记忆却一次次清空那些浩劫碧血的仇恨与痛苦。而进入世界文化的长河中，我们的文化记忆才具有了更为丰厚的内涵，在浩渺的天地中获得更为辽远的存在感受。

梅特林克曰：死者若不返归我们，我们就会返归死者。

政治美学与文艺美学

与政治的关系，是文艺学一个永远都无法绕过的话题。两者在历史上恩怨纠葛所留下的欢愉与伤痛，已经成为一种深入到无意识层面的情感记忆。在文艺理论中，有人强调文艺的超越性，企求一种高高地悬浮于现实政治之上的辽远广阔的天空；有人强调文艺的现实性，认为文艺只能也必须为政治服务，只不过所服务的政治方向不同而已。但是，这样的分歧本身往往最终还取决于现实的政治为文艺所留下的空间。所以，无论如何，我们都必须直面政治与文艺的关系。

政治对文艺的影响，最直接也最明显的层面是政治的路线、方针、政策对文艺创作与文艺理论、批评的直接指导与干预。把文艺当作政治的一个组成部分，作为政治的工具，甚至认为文艺本身就是另一种形式的政治。此即“工具论”。而更为宽泛的看法是，从政治文化的角度来观察政治对文艺的作用。政治作为一种由信念、表意符号和价值观念组成的体系，弥漫于社会生活的各个方面和领域之中，对文艺起着明显的或隐含的支配作用。但是，这样的看法，只能对文艺与政治的关系作一种外部的研究，至于政治文化是如何“化”到文艺之中的，就难以作出深入的说明。因为，在政治与文艺两个领域之间，肯定存在着一种内在的、深层的联系和沟通。所以政治的激情与想象才能化为文艺的审美创造，或者一部文艺书籍才能激发出巨大的政治激情。一部小说塑造和改变一个世界的情况虽然往往是一种艺术的夸张，但是，我们同样无法否认文艺的政治作用。在特定的历史时期尤其如此。

所以，笔者提出了“政治美学”的概念。认为，政治作为人的一种生存向度，也是情感的、感性的人的活动，在其中投入了人的诸多感性力量，包含着人的激情、想象、生命意志乃至性情气质；人作为政治的动物，同时也是情感的动物，在政治活动中就不能没有情感的投入和感性的激发；在政治的诸多领域中，都体现出审美的精神，甚至在政治统治中也有许多方面和层面是以美学的方式进行的。可以说，政治本身就是审美的一种特殊表现，政治意识形态、政治制度、权力运作、政治家的风格，在在表现出美学的精神。权力总是要成为魅力。权力结构总是要进入情感结构。政治的等级结构深刻地表现为审美的一种价值结构。政治的暴力符号总是要通过符号的“暴力”或曰“动情力”来维持和运行。最终，把政治统治深入到人的情感层面，乃至无意识层面。所以，对政治本身就应当进行美学的观照。不把政治本身的美学奥秘解开，对政治与文艺关系的研究就无法从根本上解决，而只能满足于从现象上进行。而政治的秘密、权力的秘密，也是文艺美学的秘密的一个重要部分。因为，正是在美学层面上，政治与文艺之间最为微妙、灵动、深刻的关系才真正体现出来。政治的美学奥秘是解开文艺的美学奥秘的一把钥匙。

政治与文艺的共同的源头是宗教，共同的领域是生存。在宗教中，神灵世界的秩序，是人们在大自然的神秘力量，以及人类生活本身所观照到一切力量的威权在心灵世界的投射。但是，从“天”到“天子”，或者是从上帝到上帝之子，人间的统治者与政治结构，又总是以“天”与“神”的名义以及形式进行的。因此，原本是“媚神”与“敬天”的仪式、艺术，等等，就“积淀”到人间的政治运作之中。尽管在后来变成了“祭如在，祭神如神在”的“虚事求是”的表演与叙事，但是其中的美学创造和美学统治却更为突出和自觉。中国文化从“巫史”到“礼乐”的演变，就鲜明地体现了这一点。而政治和文艺从宗教中的独立与自觉，虽然渐渐地脱离了“母体”，但是它们仍然带着自“母体”获得的“基因”以及“性格”。而它们相同的“母体”则赋予了它们共同的、内在的精神。其中，美学的精神是我们所必须关注的。此外，政治作为人类无法逃避的生存形式，与艺术一样，都来源于人类的精神创造；既然是来自相同的本体，虽然功能与作用不同，两者仍然可以在相互映照中相互观察。

其实，在中西方思想中，凡是研究政治者都离不开关于文艺的思考，如人们熟知的柏拉图的《理想国》，要将诗人及艺术家逐出理想国，就基于对文艺的看法。而霍布斯在其名著《利维坦》的开端即指出，号称“国民的整体”或“国家”的庞然大物“利维坦”是用“艺术”的方式创造出来的。所以，霍布斯的政治学是从对人类的感觉与想象等美学问题的探究开始的。因为他认为这样才能探询政治的根本。中西美学中也不乏对于政治的思考。如中国儒家、道家乃至其他诸子在思考美学问题时，总是紧密地联系政治问题。西方美学也同样如此，尤其是席勒的美学，更是把美学作为解决政治问题的最终目标，在马克思主义关于“人的全面发展”以及“人的美学生成”的思想中得到了进一步的发展。西方马克思主义关于美学与革命、美学与政治意识等问题的研究，则是这一问题的新的发展。

在现代中国，除了人们熟知的蔡元培的“以美育代宗教”，用美学手段来改造国民精神，从而改革政治的思路，其他思想家也有类似的想法与说法、做法。王国维在1906年发表的《去毒篇》中，对“鸦片烟根本治疗法及将来教育上之注意”提出了宗教与文学两种疗救方法。其中，以宗教来慰藉“下流社会”，恰合马克思“宗教是人民的鸦片”之说，而以文学作为“上流社会”之慰藉，则是王国维更为倾心的“疗法”。与王国维考虑的问题相同，鲁迅以医生的眼光发现了国民精神上存在的病患，他从幻灯片上看到的神情麻木的被砍头与看砍同胞头的中国人身上，发现的不仅是嗜好的问题，而且是“国民性”的根本缺陷。他的弃医从文，无疑是要用美学的方法来治疗国民的精神疾患；他与王国维一样倾心于美学的精神疗救方案，不过鲁迅未曾考虑宗教的方案，他更神往于摩罗即魔鬼的反抗精神。在鲁迅看来，美学不是对欲望与嗜好的慰藉，而是唤醒沉湎于欲望与嗜好而被关闭于黑暗铁屋子中的民众的绝望呐喊。所以鲁迅的“弃医从文”，其实是发现了更为危险的疾患而选择了另外的一种治疗手段，即美学的治疗。其目标仍然是从“正心”而到“治国”、“平天下”。中国古人“不为良相，即为良医”，从“医国”之手到“医人”之手的自由转换的内在逻辑依据，在现代乃至当代思想者的心灵中仍然占据重要的地位。有人把它叫作从思想文化的进路来解决社会政治问题，其实，在许多思想家那里，毋宁是用美学的进路来解决人性疾患和政治问题。总之，美学成为“医国”和“人性治疗”的工具，则文艺当然是必然的选择。放眼 20 世纪，这一中国历史上天崩地裂、奇劫巨变的时期，无论是在政治、经济、文化，还是其他方面，都产生了革命性的改变。其中，最为重要的还是政治的变化，它牵动着其他的一切变化。所以，在讨论文艺美学的时候，无论从什么角度切入，都无法避免政治这一至关重要的维度。所以，从政治的角度来研究中国的文艺美学在 20 世纪的发展，不仅更能够抓住问题的关键，而且为许多重要问题的讨论提供了基础。

这就需要对政治的美学方面进行深入的分析。子曰：“郁郁乎文哉！吾从周。”用“文”来描摹心目中的理想政治标本，孔子推崇的不就是政治的美学境界么？中国古人以“天下文明”为政治的目标，形成了政治美学的传统。《易传》曰：“物相杂，故曰文。”“文”代表着物性变成了感性，是感性的秩序，是感性的充实与和谐；又曰：“悬象著明莫在乎日月。”“日月相推而明生焉。”“明”是天地之光华。所以，文明之“明”乃是感性获得的光辉，或者用时下人们常说的，是感性的“澄明”。“充实之谓美，充实而有光辉之谓大”，文明就是政治的美学境界。文艺美学追求的不也是感性的充实、和谐与澄明么？政治的目标与文艺的目标不也是应当一致的么？即使是对于特定历史时期的政治现实完全绝望者，即使是要让自己的文艺作品远离政治，为艺术而艺术者，不也是要求一种完全的艺术的、美学的生存方式么？而只要人类生存着，政治就不可能终结。所以，在反省政治的美学手段被邪恶力量所利用和滥用的同时，在强调文艺的美学超越的同时，如果能够对政治美学与文艺美学的深层联系与沟通作学术性的思考，甚至在文艺创作中体悟与反思这一问题，当是不无意义的。

可是，文艺的发展要求着单向突进式的“自治”，“风能进，雨能进，国王不能进”，文艺要求政治上的豁免权。艺术的美与科学的真理一样，是一切政治所不能渗透和伤害的。席勒曾经激情宣告：“政治立法者可以封闭科学与艺术的领域，但不能在其中实行统治。他可以放逐爱好真理的人，但真理仍然存在；他可以凌辱艺术家，但是不能伪造艺术……哲学家与艺术家在世间消亡，但真与美却以自己的不可摧毁的生命力在斗争中胜利地向上发展。”可是，从另外的角度来看，不正是为真理、为美和善，才是政治的真正动力吗？政治之中的激情、想象和波澜，则成为文学艺术永恒的灵感源泉和内在动力。在这样的意义上，研究政治与文艺深层次的统一，不仅可以揭开政治的美学奥秘，也可以揭开美学的政治奥秘。文艺的“自治”理论，也就可以在新的层面上进行思考。

『活的形象』与席勒的政治美学

康德的原则是席勒美学的出发点。在康德哲学中，“休谟问题”是重要的思想契机：事实与价值的分裂，在康德哲学中，以“自然”与“自由”，或曰“是”与“应当”的分裂而出现。“判断力批判”则是康德弥合分裂的桥梁。美学问题之中隐含着深刻的哲学问题。对于席勒，康德的“休谟问题”已经成为思想的背景，而康德本身也成为问题，这就是席勒的“康德危机”[①]。更重要的是，席勒焦虑的问题是现实政治的危机，一方面是法国大革命粗野暴戾的自然暴力，另一方面是上层统治阶级腐朽专横的道德法律，一个是“野”，另一个是“蛮”，

---

① 〔德〕费格尔著，吴晓樵等译：《道德的判断力与审美的自律》，见《中国学术》第四辑，商务印书馆 2000 年版，第 101 页。

自然的法则与道德的法则所构建的政治秩序，在席勒看来，都是对人性的戕贼。西方政治哲学中两个主要的传统观念在席勒这里都遭到了质疑。以自然状态的预设而生长出来的政治秩序，其基础为人性之恶，而以人性之善为出发点的政治哲学，其结果则是以“天理”毁灭“人欲”，以哲学的名义镇压自由，与教会专权无异。康德的“绝对命令”中，就有可能发展为“可怕的正确”的东西。曾经在军营中切身体验到“命令”的专制与蛮横的席勒，对后者有着足够的警惕与怀疑。正是在这样的“康德危机”中，席勒明确了要为政治补上情感之维、审美之维的理路。

席勒的美学“补天”切中了西方政治哲学的症结，那就是政治之中的人性问题必须在美学的层面上加以解决。所以，席勒认为，应当让“美”先行于自由，假道美学问题，以解决经验之中的政治问题，在政治自由中恢复人的完整的天性。如此，政治自由在美学的层面上得到了新的阐明，而美学所承诺的自由则需要在现实政治的舞台上得到实现。由此，席勒把美学问题与最为重要的生存境域结合了起来，从而获得了与康德美学不同的意蕴。休谟在其政治哲学中已经充分注意政治制度和规则的情感基础①，但是，他把政治中的情感归结为道德情感，其实是以“情操”抹杀了情感的丰富性和复杂性。因此，他的政治哲学还是以“无赖假设”而著名。这里，体现了“道德情操论”的内在矛盾和问题。所谓“斯密问题”亦复如此。在“自然”的人与“道德”的人之间的摇摆，其实反映了“形而上”的“道”与“形而下”的“器”、“兽”之间的分裂。“道”或“理性”的政治，席勒按

① 高全喜：《休谟的政治哲学》，北京大学出版社2004年版，第57—65页。

照康德的哲学观念，把它叫作“伦理国家”，后来，又把它叫作“法则的神圣王国”。而按照自然法则所建立的国家，则是“自然国家”，或曰“力的可怕王国”。对于自然国家，席勒用与卢梭相似的语调说：“人从感官的轻睡中苏醒过来，认识到自己是人，环顾四周，发现自己已在国家之中。在他还未能自由选择这个地位之前，强制力就按纯自然法则来安排他。”[①] 人生而在政治之中，无所逃于天地之间，而最切近的就是自然法则：人的物质需求把人与人之间的关系，还原成了人对人是“狼”的关系，从而导致了一切人反对一切人的战争。这就是“力的可怕王国”。自然人其实与野兽无异，一切柔弱的生命都失去了存在的权利。而人性的觉醒却是以人间的情感为核心的。席勒所谓的感性，就是指物质的人。与我们通常在美学意义上所说的感性是有所区别的，其中最重要的区别，就是在席勒所说的感性中不包括情性。因而，席勒所说的“感性冲动”，也就是人的物质冲动，包括物质的需求和欲求。由于人是自然的产物，所以，“兽性是人性的条件”[②]。西方政治哲学往往由此而发展出政治制度和行为规则的理论。但是，在物质的强制下，在力的粗暴战争中，人性却成为了牺牲品。于是而有了“形式冲动”，理性用一体性的观念，使国家代表了纯粹的、理想的、客观的人，用抽象的整体或整体的抽象，建立起统一的标准的政治形式。人是自由的，康德的理性正是指人的自由本性；但是，由自由出发，寻找到的却是同一、划一的道德律令。以此为基础，建立的国家就以“同一性”毁灭了“差异性”。席勒用政治学的语言说：“理性要求一体性，而自然要求多样性。这两个‘立法机构’人都得应

① 〔德〕席勒著，冯至、范大灿译：《审美教育书简》，上海人民出版社 2003 年版，第 24—25 页。
② 〔德〕席勒著，冯至、范大灿译：《审美教育书简》，上海人民出版社 2003 年版，第 27 页。

付……国家在扩大目不能见的伦理王国的同时，不应使现象王国变得荒无人迹。”[①] 这里，席勒要从伦理王国拯救现象王国，所使用的正是康德哲学的语言，而其中包含着的对康德伦理学的怀疑和忧虑昭然若揭。与康德把审美作为从自然到自由、从“是”到“应当”的环节，从而最终把美作为道德的象征不同，席勒在这里分明是要从伦理道德的世界中争夺感性本身的权利。所以，他既是在两个方面作战，又是在两个方面捍卫感性与理性的权利。统摄这两个方面的审美却由此而成为政治的真正根基。因为在席勒看来，美的纯粹理性概念“必须从感性和理性兼而有之的可能性中推论出来，一言以蔽之，美必须表现出它是人的一个必要的条件”[②]。人的必要条件，也正是政治的必要条件。美学就可说是政治的基础。

感性的多样性、偶然性、多变性乃是审美的重要特征；拯救多样性，其实是对广义的生命的尊重。席勒定义感性冲动的对象，就是最广义的生命，“这个概念指一切物质存在以及一切直接呈现于感官的东西”[③]。虽然在感性冲动中还缺少真正的人性内容，但是，“感性冲动发生作用比理性冲动早，因为感觉先于意识。感性冲动先行这一特点，是我们了解人的自由的全部历史的钥匙”[④]。感性冲动向形式冲动的进展，使得理性成为支配力量，人在摆脱了物质的必然之后，又受制于逻辑的或道德的必然。从“形式”的强制之中，审美的要务首先是争夺回感性的权利。在这里，席勒美学正视了人的感性欲求，反对理性

① 〔德〕席勒著，冯至、范大灿译：《审美教育书简》，上海人民出版社 2003 年版，第 33—34 页。
② 〔德〕席勒著，冯至、范大灿译：《审美教育书简》，上海人民出版社 2003 年版，第 84 页。
③ 〔德〕席勒著，冯至、范大灿译：《审美教育书简》，上海人民出版社 2003 年版，第 118 页。
④ 〔德〕席勒著，冯至、范大灿译：《审美教育书简》，上海人民出版社 2003 年版，第 160 页。

化的政治设计和政治制度用崇高的以至神性的道德准则和基于理性的科学的设计而形成的政治规则，对于人性中的哪怕是可以被称为兽性的基本欲求的戕害。我们应当注意，席勒所说的感性，其实乃是情性的根本。感情感情，无“感”何来“情”？感情的丰富复杂，是感性冲动多样性的表现。席勒对于感性冲动与自由关系的分析，正表现了他的政治美学的基础是建立在对于现实政治关于利益的思考的基础上的。尽管席勒并未就政治运作中的利益关系和分配作具体的分析，但是，我们如果作合理的引申，可以对政治之中的感性要求、物质存在进行美学的沉思。而解放多样性、差异性、偶然性、变化性，其实就是美学的使命。

失去制约的感性冲动是野蛮的，而道德的强制对于人的奴役同样是野蛮的。尽管席勒用不同的词语来描述，但是对声称文明者的软刀子杀人的野蛮，或者说“以理杀人”的野蛮，席勒给予了更严重的关注。形式冲动来自人的绝对存在或人的理性天性，把人当作类属，超越一切感性世界的限制而达到人格的自由，在认识中要求真理，在行为中要求合理。这样以“无限”的、不在时间之中的观点，来观照有限的、在时间之中流变的现实世界的事物，固然可以提升人的精神而成为人格，但是人毕竟是有限的，是存在哲学所说的“此在”，是在不断变化的情境之中感受着喜怒哀乐的有情存在，以无限侵入有限的领域，就毁灭了人的感性的权利。席勒像康德一样，有着严格的划界意识：“监视这两种冲动，确定它们各自的界限，这是文明的任务。”[①]其中，形式冲动来源于一种神性的精神，在形式冲动或曰理性冲动的

---

① 〔德〕席勒著，冯至、范大灿译：《审美教育书简》，上海人民出版社 2003 年版，第 103—104 页。

法则下，要求绝对的形式性，“人必须把他身内凡是世界的东西消除掉，把一致带入他的一切变化之中；换句话说，他必须把一切内在的东西外化，给一切外在的东西加上形式”[①]。把凡是“世界的”东西消除掉，既是自然科学的方法，也是道德哲学的原则，“美在形式”，就具有了“形而上”的意义。从柏拉图的“理式”到康德的纯粹美，都是用神性的东西对感性的东西实施了统治。而席勒认为“只要人仅仅是形式，他就没有形式，因而人格也随着状态一起被扬弃。一言以蔽之，只有当人是独立的时候，实在才在他之外，他才感受；只有当人在感受，实在才在他之内，他才是一种思维的力”[②]。失去了“世界”的形式，只是抽象的存在；但是在政治生活中，却并非如此，那往往是用抽象的形式统治世界，消灭世界的多姿多彩的存在，消灭人的独立性和真切的感受。这就是席勒所指出的，理性在观念中所设想的国家不可能创立更好的人性，它本身就必须首先建立在更好的人性基础上。席勒美学关于政治中理性、形式的思考，与20世纪诸多思想家、艺术家例如卡夫卡、福柯等对于政治体制与规训的体验与考察，是不乏相通之处的。而从政治哲学的角度来观察，这样的美学思考，则具有更为严峻的意义。

席勒美学强调的是放松，在严密的自然规则和道德规则所构成的政治秩序之中寻求一种审美的游戏。一方面，席勒发现了审美与艺术的特权，那就是在政治秩序中，审美和艺术“享有绝对的豁免权，不受人的专断”。席勒对于艺术自治的看法是就艺术的理想而言，也可以说是就理想的艺术而言：“政治立法者可以封闭科学与艺术的领域，

① 〔德〕席勒著，冯至、范大灿译：《审美教育书简》，上海人民出版社2003年版，第93页。
② 〔德〕席勒著，冯至、范大灿译：《审美教育书简》，上海人民出版社2003年版，第108页。

但不能在其中实行统治。他可以放逐爱好真理的人，但真理仍然存在；他可以凌辱艺术家，但不能伪造艺术。”[①] 美与真一样，具有政治所无能为力的生命力和灵性因此对于现实政治起到的映照和批判作用是无与伦比的。由于政治对于艺术与美无法专断，美也在政治的网罗上撕开了一道缺口，让人们由此仰望另一个美的王国。由此推论，不妨说审美本身就对现实政治具有反叛性。这也就是尼采所说的，“没有一个艺术家能够容忍现实”。艺术对于政治秩序的挣脱，既是对自然王国秩序的反抗，也是对伦理王国的抗争，有效地松懈了物质欲望与道德法则的约束力，进入一种从心所欲不逾矩的自由状态。所以，席勒又把美作为人的一个必要条件，认为，“谁若不敢超越现实，谁就永远得不到真理”，美，引导着自由前进。在这里，席勒美学一方面囿于康德哲学的理路，把“审美的人”作为从自然的“感性的人”过渡到伦理的“理性的人”的环节、中介，所以审美王国还是处在自然暴力的王国与道德法律的王国之间，作为前者过渡到后者必经的桥梁，但是另一方面，审美王国中，“审美的创造冲动给人卸去了一切关系的枷锁，使人摆脱了一切称为强制的东西，不论这强制是物质的，还是道德的”。[②]“通过自由给予自由是这个国家的基本法则。”[③] 如此，审美又成为一种更高的生存境界和政治境界。这样的境界，其实是人性的解放。而审美王国假如作为一种政治设计来看的话，则是人的现实的解放。感性、情性的秩序成为政治的秩序，情感的家园、心灵的家园就在此岸世界建立了起来。

---

① 〔德〕席勒著，冯至、范大灿译：《审美教育书简》，上海人民出版社 2003 年版，第 69 页。
② 〔德〕席勒著，冯至、范大灿译：《审美教育书简》，上海人民出版社 2003 年版，第 235 页。
③ 〔德〕席勒著，冯至、范大灿译：《审美教育书简》，上海人民出版社 2003 年版，第 236 页。

假道美学解决经验之中的政治问题，最终使得政治通向了美学。席勒最重要的贡献就是明确地在政治之中引进了美学的维度，用美学的方法审理、思考政治问题。在他的思考中，有许多方面都在后来的思想家那里得到了回应与发展，例如关于人的全面发展的思想，与马克思思想的关系，就得到了学术界的重视。我们认为，席勒的“活的形象”美学和游戏的思想，在现代、后现代思想家关于政治的论述中仍然有着深远影响，应当予以特别的关注。在席勒看来，美就是“活的形象”，一个人尽管有生命和形象，却不因此就是“活的形象”。要成为“活的形象”，那就需要他的形象就是生命而他的生命也就是形象。“活的形象”是生命与形式的合一。这样，在审美王国中，人们以审美的天性相交往，通过个体的天性来实现整体的意志。社会整体的构成是在美的意象的沟通中达成的。那么，政治能够成为审美的游戏吗？在现代思想中，“游戏的人”具有很重的分量。

从叔本华哲学、尼采哲学到维特根斯坦的“语言游戏”，在在表现了西方思想对于世界的审美主义的审视。而后现代思想对于政治以及人类生存的叙事性、表演性等方面的研究，其根底也无非是游戏性的。利奥塔的“公正游戏”论，对政治中的游戏进行了探索。而利科在研究法律的叙事性时，把西方法庭上的原、被告、律师与法官、陪审团之间的博弈过程，也作为一种语言的复杂游戏来看待，认为在其中把推理手段的辩论与作为创造性想象的解释活动结合起来。这不妨说是席勒所谓的人与人作为活的形象彼此相见，在其中包含着审美创造诸多原则和方法，而最重要的是，即使在法律的领域，也确实需要以情感的力量来制服陪审团和法官。道是无情却有情，在政治的各种领域都免不了有这样的以“活的形象”为对象的游戏冲动。席勒美学在政治哲学中就应当占据应有的位置。

政治美学应当研究的其实是“情感人”在政治中的位置和作用，是共同体中如何安顿、沟通个体与群体的情感，建立与情感秩序相适应的政治秩序的问题。席勒的政治美学启发性甚强，更留下诸多值得深思的问题：政治之中美的灾难；在“有情之天下”，爱的秩序、正义秩序与政治之中美的秩序的关系，等等。席勒政治美学提供的探索空间应予珍视。

小说叙事的政治美学意蕴

一切叙事行为，都与人类共同命运相关。不同的生活内容，相似的生活形式，传达着人类生活的共同意蕴。

小说，在中国古代，从“街谈巷议”到“变文”、“说话”，向来是通过哈贝马斯所谓的“公共空间”传播的，因此，具有鲜明的“公共性”。从“话本”到当今的网络小说，公共空间的扩展改变了小说传播的形式，但是，其公共性却得到了强化。

政治，作为公共性最集中、最核心的领域，从意识形态的“想象的共同体”，到政治体制的“公正”诉求，政治运作的公共规则，都以群体的公共权利为中心，体现出公共精神。基于政治的“公共性”而生发的美学精神，同样以康德所谓的“共通感”为根底，以“人是目的”为最高准则，以自由为终极追求，是为“政治美学”。因此，政治美学也是公共美学。

政治，是小说世界的重要内容。公共性，是小说的重要特质。“政治美学”作为政治与美学的目光融合，是我们观察小说世界的重要“眼睛”。小说的叙事，是政治美学的重要部分。

以公共性为核心，从政治美学着手，来考察小说叙事的内在机制，可以在一个新的维度上观照小说艺术的特殊情态。

一、小说叙事与意识形态

体验、理解现实生活，想象、憧憬理想生活，构建人类整体生活目标，建立人类自由的公共层面，是叙事的基本功能。西方小说的始祖“史诗”，曾经被当作古希腊人生活的《圣经》；希罗多德说，荷马和赫西奥德创造了希腊的神谱，并且决定了希腊信仰的诸神的形态和属性。[①] 希伯来的《圣经》，作为宗教叙事的伟大作品，西方也有人将其当作伟大的小说来解读，则不只是对于基督教，而且对整个西方文明都有深刻的影响。这两种“圣经”，建立了西方精神的公共家园。至于中国古代叙事，所谓“六经皆史”，史者，历史也，历史叙事也；“六经皆史”的反面，就是二十四“史”皆“经”也。历史叙事之中，包含着“经”上的一切“道理”和“伦理”。换句话说，中国古代主要是以历史叙事作为人们公共生活的“教科书”的。中西小说，则都是后起的叙事形式，但是都承继和发扬了叙事作为生活比喻

① 〔英〕鲍桑葵著，张今译：《美学史》，商务印书馆 1986 年版，第 16 页。

与宣谕的功能。中国小说的“演义”，“演”的主要就是“六经”的“大义”；“资治”的“通鉴”和“风月”的“宝鉴”等等，作为生活的“镜子”，无论是政治的还是其他方面的，都是以某种“恒言”、“明言”、“通言”为叙事比喻的“本体”的。故事无非是永恒道理的“喻体”。

小说当然要讲自己的道理，用故事“演”作者心中之“义”。然而，无论小说中“演”的是什么“义”，它与“六经”之“义”，以及政治意识形态之“义”都仍有深刻的关系。清代曾经有卫道士惊叹“小说教”出现，即认为“小说”已经成了类似宗教的叙事，对“世道人心”起到了巨大的影响。“小说教”当然是与儒、道、释三教“讲”不同的“道理”，但是，在“公共性”上却相同；梁启超在论小说与“群治”的关系时曾予深刻揭示。

意识形态是每一时代所宣讲的“大道理”，其主要功能就是塑造“想象的共同体”。这个本来指“观念学”的词语，当然是包括了世界观和一切思想观念，所以它是我们与世界之间的中介。政治意识形态的主要功能，一是“帮助”人们理解现实生活，安“心”于现实关系之中自己的“角色”；二是提供政治“愿景”，用“乌托邦”的形式树立理想，从而表现出一种终极关切和终极目标，为人们的生活“生产”意义。所以，意识形态其实就是公共性的精神创造，也是公共性的美学创造。意识形态用各种形式来讲故事，意识形态的“大道理”在各种大大小小的故事之中，潜移默化地进入人们的观念体系之中，成为人们与生存世界之间“看不见的纱幕”。小说的叙事，亦有同样的功能。

我们这里要强调的是，小说的叙事，既有可能成为意识形态的重要组成部分，也往往成为反抗、超越现实政治意识形态的形式。小说的叙事具有审美特征，它在揭露意识形态的幻象，创造新的意识形态时，只有从人“心”出发，从“人”的生存世界出发，深入“心情”之中，体现黑格尔所说的“情致”，才是公共观念的美学创造。把小说作为艺术，意识形态在小说的叙事之中才能真正从情性、感性以至灵性上融入小说家的创造，真正起到应有的改良、革新“群治”的作用。

二、情节设置与政治冲突

用政治美学的眼光来看，小说创作之中的情节安排和人物关系，也充满了政治性：它最终总是作家与自己笔下人物以及人群的关系，并且在“为谁写作”的创作倾向中包含了作家、作品、世界与读者之间的权力和利益关系。小说中，人物的“心动”和“行动”乃是情节的根源，而不同人物的“心动”与“行动”之间，以及人与环境之间的冲突与张力，则构成了情节发展的动力。小说的情节安排本身，就是一种力量的安排和力量的博弈。情节结构之中包含着权力结构、政治结构。结构主义小说叙事学揭示了小说“故事下面的故事”，即小说叙事的深层结构，其实无非是说明，一些基本的对立、冲突模式，主宰着小说的复杂情节。从文化人类学的角度来看，小说之中的对立、冲突，又是人类公共生活的基本矛盾的展示。

小说家调度、安排、指挥笔下的人物，也需要有某种政治家的气度和心胸，才能智慧地处理好各种“人”与“事”的脉络和关系。而情节的方向与结局，则不妨说，包含了小说家的政治倾向和政治思想。

小说中人物之间以及人物自身的“战争”，其胜负成败，无不和小说家的心灵政治相关，是小说家心灵战争的体现。因为，一切矛盾、冲突总是通过小说家的“心眼”观照和“心境”融合而表现出来的。小说的矛盾、冲突，离不开小说家的内心矛盾和冲突。

军事学家克劳塞维茨曰：“战争是政治的继续。”①福柯则把这个命题翻转过来：政治是通过其他方式继续的战争②。福柯主要是就政治权力机制的本质而言的，战争模式是政治权力运作的深层结构。政治力量的冲突与平衡、敌对与镇压、统治与反抗，既表现在政治权力的夺取，也表现在权力的捍卫上。福柯把战争在政治之中的潜在运行从制度、经济、语言，一直深入到肉体层面；从政治美学的角度来看，则是把“战争”的观念深入到了人的感性、情性之中，成为政治感的重要部分。政坛就是战场，不仅是比喻，而且是政治运作的内在奥秘。

然而，政治并非就是战争。常态的政治中非战争甚至反战争的因素更为重要。一般说来，枪杆子里面出政权，政权的夺取和巩固都是在战争中进行的。但是，马上得天下，不可以马上治天下，“有声的战争”结束之后，“无声的战争”，“看不见的战线”又成为巩固、发展新的“力量关系”的重要形式。这时，小说叙事中的力量冲突和斗争，就会以另外的形式表现出来。

---

① 〔德〕克劳塞维茨著，中国人民解放军军事科学院译：《战争论》，商务印书馆 1997 年版，第 11 页。

② 〔法〕福柯著，钱翰译：《必须保卫社会》，上海人民出版社 1999 年版，第 14 页。

三、叙事结构与政治秩序

政治秩序，是公共性的重要内容。在政治秩序中，蕴含着怎样的情感秩序？它与小说叙事的关系，又是如何？

政治实践之中的“心动”和“行动”，在小说中体现为人物的动作。现代叙事学把小说人物分为“角色”和“行动元”。从政治眼光看，“角色”可以用来表示一人的政治地位和阶级地位，以及与上述身份相适应的心态；而“行动元”，作为发出动作的单位，其实是人在“事情”之中的功能和作用。前者规定“是什么（人）”，后者描述“做什么（事）”。在人的政治角色与政治行为之间，不一定总是一致的，往往存在着某种分裂。所以，现代叙事学的分析，对于政治美学来说，也有着一定的意义——我们可以由此透视政治活动的深层结构。政治活动总是人的活动，是人的“心动”与“行动”。政治活动的分析，也是叙事分析的一种类型。这样，政治活动就可以看成一种广义的小说“文本”，可以用小说学的方法研究。小说学就成为政治美学的一个重要方面。

政治实践的基础，首先在于进入人们心灵结构乃至生存经验结构中的权力关系，这样，才能激发人们的政治热情，让人们顺畅地进入“角色”。政治美学的创造，从意识形态到具体政治过程，都是为了使人们能够“各就各位”，按照政治实践的需要，为自己确定“位置”和“身份”。其中最重要的，则是各种“位置”上的人，都“应当”具有的“品质”与“性格”，即人人必须趋同的“范式”和“表率”。小说中的角色安排与创造，也是如此：谁做“主角”，谁当“配角”，谁是“正派”，谁是“反派”，其实都是作家政治意识乃至“政治无意识”的流露，从深层次上体现了小说家的情感结构。小说中的“典型”，在传统美学中，被视为一般与个别的统一，共性与个性的统一，必须在个别中显示一般、个性中表达共性、感性中显现理念，其实，这都是人格政治化、哲学化的表现。从这个角度看，政治“典型”的树立，小说“典型”的创造，都遵循了相同的法则。政治中的英雄和模范，必须以“理想”来“升华”自己的个性，从而达到政治意识形态与个体心灵的“神圣统一”。因此，小说的政治化，往往表现为政治理念和政治理想的抽象，使小说角色“个别”上升为“一般”，从“个体性”转化到“公共性”。典型，就是公共性人物。

“做人要做这样的人，做事要做这样的事。”一个人“是什么”，需要以他“做什么”来体现。但是，“做什么”与“想什么”，常常并不相同。小说有能力发现并揭示两者之间的矛盾与分裂。

在现实政治之中，无法保证人们“是什么”和“怎么想”，只能在公共生活的“做什么”上符合要求，使人成为政治原则所要求的“行动元”。在政治美学中，强调各种日常行为的礼仪化、仪式化，以规定性的“做什么”，来表征政治权力所要求的规定性情感，即“是什么（人）”和“想什么”。形式与内容，“心动”与“行动”，就有了同一。礼仪是“做”给人“看”的，是动作的“表情”。它用身体“话语”直接表达自己的内在情感。由于要求情感必须表达出来，成为人们可以直接观察到的现象——呈现为图像或感性存在，所以，就规定了一些可以相互沟通的具体而固定的程式。这就使情感的表达成为一种煞有介事的表演。身体的程式化动作，所演示的是程式化情感。这种程式化的动作叙事，可以遮掩内心的真实情感。公共演示就成为小说政治叙事的某种依据。

四、小说视点与"看"的权力

人与人之间的"看"，体现着权力。公共生活中，同样是看，处于权力结构中不同位置上的人，所能够看到的范围往往大有不同。

这是因为，权力的拥有者也拥有更多的光源、更为有利的视角和更为开阔的视野。而处于权力结构底层的人，则需要由别人来赐予光明，赐予看的权力。在小说创作中，"视点"也体现着政治意义和权力关系。作者以什么样的"视点"、"视角"来观察世界，本身就是他的生存地位和政治意识的表现。作者让读者"看"到什么，是经过"视点"的选择和观察而呈现的。所以，小说中的显示与隐藏、突出与简化等，是作者运用自己的特殊主宰权力，进行"视觉"照察和"看法"安排的结果。

或曰：现代小说从对历险的叙述，转变为叙述的历险。表面看来，现代小说的革命是从"讲什么"转向"怎么讲"的探索，实际上，这是对叙述中权力关系的关注与反抗。叙述中的"怎么讲"，关系到对"说话人"的信任和所说之"话"的接受。不仅是"说话人"的"看"，决定了读者的"看"，而且，"看法"与"说法"，也直接影响着读者的态度。其中，体现了一种特殊的权力，以及权力"合法性"的基础。所谓"合法性"，是指人们对待权力的自愿服从，是以情感接受为基础的治理。所以，小说的"修辞"，作为"说服"的艺术，也就包含着权力的运用。

话语即权力，权力是一种特殊的话语。这是西方当代叙事理论的重要发现。小说创作对话语权的控制，是通过“讲什么”和“怎么讲”的双重控制来实现的。“话语”，这一源自语言学的概念，在现代学术中被广义诠释，兼指一种知识、机构、意识形态在一定历史时空中形成的法则或样式。这样，“说话”就与更广、更深的背景联系起来了。“谁讲话”、“对谁讲”、“在何时讲”、“用什么语言讲”、“根据什么讲”，等等，都体现出权力关系。因为，“听话”本身就隐含着服从。所以，“叙述”的历险，乃是改变话语方式的冒险；用不同的方式来“说话”，读者还会“听话”吗？这正是“危险”所在。

叙事学的要点，在于揭示“说话”中一切幻觉产生的奥秘。所以，在看似枯燥、刻板的技术性分析中包含理论的激情。叙事知识与权力话语紧密联系，政治美学与叙事哲学密切相关，这就是“叙事分析”，关乎“政治分析”和“生存形式分析”的理论缘由。文学的公共性也就在叙事深层结构的普遍性中体现出来。

西方当代话语理论，因此可视为广义的叙事学，广义的小说学。它提示了生存本身的“小说”性。在破解小说话语时，小说文本与政治文本之间，就产生了复杂的关系。政治与小说的“文本间性”或曰“互文性”，就在小说的“看法”中深刻体现。

对现代小说叙事的研究，还需要对“目光”背后的东西，即产生“看法”的“观念”进行探索。从意识到无意识，从话语的象征秩序到无意识的结构，小说学、叙事学都要涉及，由此而通向深层的政治，小说叙事学因此也可成为政治美学的深层结构。

被美惊醒

一次震惊性的体验。

美，可以在一瞬间摧毁人的整个价值系统，让人痛感以前的生活毫无价值，“白活了”。同时，美又是一种最高的价值标准，如天光乍现，像醍醐灌顶，让人明白一切事物的微不足道，平庸、琐屑、无聊、荒谬、无意义。让一切以前感觉不错的事物，统统变成了没有意思的追求。一切变得荒凉而……丑陋。

美改变了一个人的世界观、人生观、价值观。所以，没有单独存在的审美观。审美观本身就是世界观、人生观和价值观。如果不和人的精神整体发生关系，那证明还没有什么美。

美不是什么“主观的”东西，她不是人的心灵创造出来的；相反，心灵往往被美所创造、改变甚至扭曲、摧毁。

因此，并非在任何情况下都有什么“以美启真”、“以美启善”，为了美，人宁愿下十次地狱（我理解了《卡门》），人会觉得犯下任何罪行都是值得的。慷慨成仁易，从容赴义难；为了美，从容赴义并不难。从容赴义本身就是一种美的表情。“美能启善”，更能启“恶”。启“真”更是不如启“幻”普遍。“太虚幻境”才是美的至境。

美是无欲念的吗？康德之说，大有问题。美并未阉割人的欲望，相反，往往是更加强烈地激起欲望。“兴于诗”之“兴”，感发兴起也，唤醒、惊醒也。方言把男性的勃起叫作“兴起”，而普通言语的“兴起”，其中都包含相同的意思，那就是生命的感动。美的感发兴起乃是欲望与情感的激发。但是，美也确实会在瞬间压抑遏止欲望。那不过是“欲扬先抑”的态势，和某种可望而不可即的自卑与自弃；归根到底，是对自我和自我欲望的贬低。然而，这样的贬低，激起的往往是更加强烈的欲望，以至成为对欲望的欲望。而美与情感的直接联系，虽然是由“感”而“情”，却不可能是“不动情”、“不动心”。静观的美学是对美的亵渎，而不是真正的爱。爱她就让她自由，是对的。但是，爱她，不可能无动于衷，不可能不自由地向往与她一起自由地飞翔。自由，两个自由，相互肯定也相互否定，但是人必得如此。

在审美中祛除欲望，无异于从爱情中去除性欲。消除了肉体的因素，爱情似乎变得纯洁、高尚了，但是，那毕竟不是完整的爱情。那是爱情的变异、异化。“无论你是男的、女的，我都爱你！”说的是爱情，还是超越了两性差异的性取向？同性恋或者双性恋，才是柏拉图式的爱情的真相。纯粹的精神之爱毕竟在人间要有所附丽，有所承载，还是需要一个身体。无论男女，无论是任何事物。因为，在世界上，还没有纯粹的“理式”，纯粹的“相”，纯粹的“形式”。美，正如席勒所说，是“活的形象”。在“活的形象”中，人，是美的极致，也是美的根源。只要稍微正视一下人类审美的历史，便可以发现，无论是海伦、甘泪卿，还是西施、貂蝉，都是活生生的美的力量的例证。不要跟我说她们的美不是美学上的无利害、无功利的美，对她们产生欲望就不是审美，那样，世界上也就没有什么真正的美。美学不能以无限抬高、无限抽象的美（纯粹美）把具体的活色生香的美否定掉。只有让人感觉到愿意为她决斗，甚至愿意为她打一场战争都值得的“美”，才是真正的美。“静观”的美学则是用“女人是老虎”来吓唬自己和别人的精神利剑，佛教所谓的慧剑。慧剑斩情丝，最终要斩断的是“情根”。所以，这样的美学是阉割美学，是人类对美的命根的阉割，用的是理性、文化、道，等等的名义。而最真淳、最原本的美是无可阉割的。混沌不可“开窍”，其实是不可用文明的聪明来伤害它原初的完全。

美可以震撼人的整个精神根基和大厦。所谓魂飞魄散，销魂荡魄。《聊斋志异》、《红楼梦》往往有此境界。不意蒲松龄一乡村老儒而有此等情思，曹雪芹亦多年著书而痴情缠绵，“情根”牢结，与生俱来，与生俱在，“夫唯弗居，是以不去”也。

神女生涯原是梦，

小姑居处本无郎。

还是常常有梦，还是常恨无梦。

美就不仅是感性动力，更是一种神秘的力量（魅力），震撼、颠覆着那些有幸、不幸和美相遇的人们。美指向的是人的精神之中最核心、最隐秘的地方。

佛教企图以臭皮囊、枯骨等身体形态以及物质形态的变迁来消解“美”。可是，这只能说明，美是短暂的。况且，看到“她”，我只感到其他的女人只不过是臭皮囊、枯骨而已。尽管“她”的美注定是短暂的，但是，在“现在”、在“短暂”之中，“她”却确实是美的。如果这样的美是不可靠、不确定、偶然而微妙的，那么，枯骨之类同样如此。这样，只有“空”、“无”是永恒的了。然而，即使是“空”、“无”，在“空”、“无”的根底上，毕竟还存在过这样的偶然和短暂。“金风玉露一相逢，便胜却人间无数”，在短暂的人生之中，有过这样短暂的瞬间，值了！

美不是虚无。正如生命不是虚无。美没有意义，但是美本身就是最高的意义。美是人生的最高意义。当崔莺莺对张生或者任何男人“临去秋波那一转”的时候，美，不仅是最高的实在，也是最高的意义。

美也不是生命。各种生命并不同等的美，也不按生命的形态来划分。美是有生命等级的。美也不是精神等级所能够决定的，最高智慧的丑八怪还是丑八怪。美是“活”的，永远无法固定。美是“灵”的，永远有着无法在尘世之中寻找得到的光辉。美在世间又出世间。但是，美是世间的生活的梦想。“美人如花隔云端”，在镜花水月之中，永远有着绮思春梦，想入非非。“过把瘾就死”，以“就死”的勇气去

“就”美的，当比“就义”的更普遍，也更正常。在极致的美感之中“快活”，即使由此而“快死”，那“做鬼也风流”，才是美的享受与体验。（从容就义之所以要比慷慨成仁难，原因就在于，从容就义是以审美的态度对待死亡。而两者本来正相敌对。）因为在现世的体验之中，甚至连“来世”的快活都预支或透支了。来世不可知，何不预支、透支？美感生活，美，本身就是生命和精神的挥霍和透支。

西方人重宗教而轻美学，无非是因为美学“透支”了宗教的来世。相信有来世的天堂，才会舍弃现世的天堂。用来世虚妄的幻想来打击现世的享乐，在逻辑上是矛盾的。

奇怪的是，在美的冲击下，晕眩般的感受变成了一种似乎抽象的想象——无法回想起“她”的形象了。只剩下那种失恋般的苦痛和绝望，挥之不去。尽管曾那样被吸引，那样贪婪地打量，可是，现在却“大象无形”，没有了生动的形影。那些微笑、那些顾盼，从何处消失？

那些分析哲学家谈美，简直是见鬼！用语言分析之类来考察美，就像是用筛子在水中捞月，捞不起来，就说水中没有月。千江有水千江月。但是，对于未曾感受过美的人来说，“镜花水月”确实不存在。

美令人心灰意冷。感到自己活得毫无价值毫无意义，卑微、肮脏、委琐、渺小、荒谬……

我一度把“美”错误地等同于“爱”，如今发现大谬不然。原因很简单：我深爱的人并不像“她”那么美。

美战胜了“爱”——人们往往会为了美而抛弃爱。这当然还是

“爱”，但是它超越了伦理学的爱。美超过爱。美甚至可以成为爱的最高形式与最高价值标准。所以为了美可以杀人，甚至战争。美的灾难。

从“临去秋波那一转”之中悟道者，是在最强烈、最集中的美感中，精神的能量被凝聚、发挥到超越极限。这一“转”如此，而仍“去”了，世间又有何事“看不开”呢？心灰意冷矣！但“待月西厢下”云云，不是也可作如是观么？美并非总是心灰意冷，还有“高峰体验”。只不过，两者是生死冤家，永远相伴相随。

美不是虚无缥缈的仙乐，不是无形世界的灵光，她是“眼见为实”的，并且还需要看“原本”，看“活生生”的真人真物。“虚假”、“仿本”、“赝品”、“死的”……引起的是相反的感觉。看相片和看本人，何者更为重要、真切？列文看到安娜的画像和看到安娜本人，两者的精神震惊即可说明。托尔斯泰于此发现了美的深层奥秘。列文在安娜之美面前的精神颠覆，是否说明了托尔斯泰自己的美感经验？

奇怪的是，《金瓶梅》中的西门庆最终也是让一个美女送了命，他看到的蓝氏似乎来自另外的世界，对于他的精神构成了永恒的引诱和毁灭性的打击。列文伤害了精神，西门庆送掉了肉体，可谓殊途同归：一个是哀莫大于心死，一个是心“活”（火）而身死。美的启蒙造成了以往更注重性欲的西门大官人的生命的毁灭。

美学，不应再自欺欺人地与欲望、与生活相隔离，不应再与人的精神整体相睽违，在美面前的心醉神迷乃至五内俱焚，至少是与静观的美学相反的但并非不重要的现象。正如“未曾痛哭长夜者，不足以语人生”，未曾销魂荡魄者，不足以语审美！

“还原”的困境：将美还原为生命、实践、自由、感性、物质、情感、形式……都犯了相同的错误。正如不能够把成人还原为儿童，把儿童还原为基因，情感、性格还原为“情结”。“道术为天下裂”，美在还原之中，不仅被割裂，而且被割裂后的某种断片所“代表”。向“上”的还原：理念、道德、道……向“下”的还原：形式、物质……往而不返，返而不往，都忘却了美本身，忘却了美的复杂、偶然、具体、鲜活……

被美惊醒，陷入梦幻。

信天游

庄子曰：心有天游。
有语云：心有多大，舞台就有多大。
文艺之天浩渺无际，
但只能在心的舞台上搬演。
心的视界就成了天的边框。
何不让『心』信『天』而游？
依乎天理，任乎天性，凭乎天才……
虚而遨游，泛若不系之舟！

问余何意栖义山

一、情成于乐

锦　瑟

锦瑟无端五十弦，一弦一柱思华年：
庄生晓梦迷蝴蝶，望帝春心托杜鹃；
沧海月明珠有泪，蓝田日暖玉生烟。
此情可待成追忆，只是当时已惘然。

一切逝去的，都在心灵的蕴蓄中化为朦胧而又胶着的情绪、意象、遐思。当你自以为不再挂念时，偏偏蓦地涌上心头，如果你妄想把捉那些充满魅惑、令人烦忧的幻象，她却翩然而去，不留下些许影踪。追忆逝水年华，其实就是从已经被岁月的淘洗涤除了无数光影的无形之象中“抽象”地靠近曾经拥有的一切，把已经散落的片片断断在心河中用情意的浪花作短暂的集聚。哲人把时间叫作人类的“内感官”，它最终只是心灵的幻象。那么，时间感本身就带着一种灵魂的气息，有着形而上的特征。所以，李商隐的《锦瑟》才具有如此高远的境界，如此辽阔的阐释空间，让任何未尝丧失生存意识的人都从中感悟到内在于自己生命之中而又超出自我之外的一种音乐般的精神。是的，《锦瑟》所体现的正是中国文化的音乐精神。在追忆中我们“成于乐”。音乐作为时间艺术，正是我们心灵中那种抽象而又充满幻象的回忆的最佳载体。

《锦瑟》告诉我们什么叫“说不尽”。《锦瑟》之谜乃如人生之谜。因此阐释者是以自己的人生境界去感悟、理解《锦瑟》的。这使得《锦瑟》本身就成为一种音乐，“声无哀乐”而听者以心灵的“锦瑟”弹奏出个个属于自己的乐章。音乐是抽象的艺术，哲学的艺术，但毕竟又是诉诸感性的，是一种感性的抽象。当心灵追逐、吸纳、凝结着那一个个飞快消逝却又抛掷着逸响余音的灵的震颤时，本身就是在作一种意荡神驰的飞翔，本身就是在进行着超越时间的澄明之思。可是，思怎能澄明？“只是当时已惘然”的情致，无端来去，凄迷惝恍而又绮艳华美，已凝成了珠，珠犹有温热的泪；已坚硬如玉，然而润泽柔滑，似已萌发出了生命的迹象……于是，我们的心就只能在音乐的波峰波谷荡起而又跌落，跌落而又重新荡起，连自己也无法控驭，丧失了一切意识而同时却又清醒地意识到了一切——那就是音乐感、时间感告诉我们的生命的大欣喜与大悲恸，那就是生命本身的无解的奥秘。

所以，无论是“悼亡说”，“自序其诗说”，还是“政治寄寓说”，都与此诗若即若离，正如人的生存本身与时间的离合关系一样，“事如春梦了无痕”，我们能触摸到的不过是“如”而已。因此，本文之别立一说，就不过是又一个“如”，即在这首诗中寻找能指下的所指，喻体里的喻本，追索“可待成追忆”的“此情”的一种可能的解释。在笔者看来，若将此诗真的变为一种可以随心所欲地拆解、重组的“无底棋盘上的游戏”，则义山在其中凝注的精诚情思，就永远成为惘惘然不可也无须逼近的永恒神秘。取消问题只不过是使问题变得更大。

“都云作者痴，谁解其中味？”即便是无主题的乐章，我们也可以由韵而解“味”，感悟作者的“痴情”。对于诗，则可以从意象入手，在迷离错杂的意象纷呈中索解诗人的情意。在涵咏沉潜的神遇意会中，我们逐渐地感悟到义山在《锦瑟》中弹奏的是他生命中最为深挚、最为执着的一个永恒的主题：爱情！爱情才是义山此诗也是其一生的最大的政治，爱情本身就是义山生命的诗篇，也才是义山的“悼亡”对象！“知我者，谓我心忧，不知我者，谓我何求。悠悠苍天，此何人哉！”义山何人？义山乃真正的情痴情种。“此情”是他生命的支柱。在相当大的程度上，义山也将“此情”深深地植入了中国文化的精神生命。这也是《锦瑟》之重要性所在。

“天荒地变心虽折，若比伤春意未多。”义山诗中有着诸多关于政治与历史的浩叹与沉思，其洞察力是从他那深沉绵邈的情思而生发出来的，故每有所作，多臻绝唱。但是，历史的沧桑巨变乃至天崩地坼，在义山看来，都抵不上那一种“花落水流红”的伤春意绪。因为义山生命的核心乃是像春一样新鲜、活跃而又怦怦然勃动的如痴如醉的情意。“思华年”之“华”，花也；如花一般的时光，正是生命中的无限春光呀！“庄生晓梦迷蝴蝶”，一个“迷”字，把庄子书中梦蝶的哲思，转化成了一种情感的意态。因为，庄子选择的梦蝶，是“自喻适志与”，体验到的是一种心灵的飞翔状态，是在“不知周之梦为蝴蝶与？蝴蝶之梦为周与？”的“齐物”之境中获得的逍遥适志。而李商隐为庄子之梦设定了一个特定的时间：在拂晓之时，正值梦与醒的交缠互结最为浓郁的关头。若是“春眠不觉晓”的美梦正酣时，则尤难为怀。“迷”正写出了这种在醒与梦之间的挣扎。既知道了“这只不过是一个梦！”又妄想着“要把这个梦做下去”，这是何等的欣悦与悲哀，又是何等的迷醉与幻灭呀？因为在“迷”字中实已隐含着幻梦般的失落与寂灭之感了。在向最深的情感与欲望屈服之时，人们体会到的不就是美妙而又似乎邪恶的向下滑落沉沦之感么？蝴蝶，在“迷”的情感漩流中，更恢复了其艳丽、魅惑的感性特质，而更令我们想到了花，想到了“蝶恋花”，想到了梁祝“化蝶”的神魂相伴、销魂蚀骨的深情……原来，“思华年”时，义山的潜意识中就悄悄地由“花”而迎向了“蝶”了。“你从哪里来，我的朋友，好像一只蝴蝶，飞上我的窗口”，流行歌曲中的情境，也是用心扉中飞来的蝴蝶，表达那种最温柔、最亲切的情感。所以，义山的“晓梦迷蝴蝶”，就不是律诗中简单的“承”应“起”句，而是在锦瑟的旋律中鸣起了内心最隐秘的弦索，激荡起最难忘的情感。所以，庄子梦蝶，悟到了“物化”，而义山迷蝶，则是在晓梦中执着于那永远无法化解的情感。诗情与哲思，在这里经历了一次美妙的撞击后，又忽然分开，各自走上了不同的方向。但是这种深刻的遇合，却也使我们在情的沉迷时不忘灵的飞翔。

可是义山终究无法像庄子那样逍遥、齐物。蝴蝶与庄周的“物化”，只不过是心灵窥破一切界限，领悟到一切只是“一场游戏一场梦”的生生灭灭的流转变化，所以“看透”、“看破”以至“看开”一切。而在义山的生命中，“晓梦迷蝴蝶”则是在朝气蓬勃的青春年华中的铭心刻骨之情。无法像庄周一样超脱，站到自己和蝴蝶之外、之上来作审美静观。因为义山本人就是“蝶恋花”的蝴蝶，就是“化蝶”的情种情痴。所以此梦醒犹未醒，何止是“迷”？“望帝春心托杜鹃”，一颗“春心”永远无法改变，就只有从“蝴蝶”变为“杜鹃”了。尽管“春心”所遭遇的最终只能是“伤春”，哪怕是像哀悼春天一样的爱情“原应叹息”的《红楼梦》那样，最终在“千红一哭”、“万艳同悲”中“落了片白茫茫大地真干净”，仍然有人把自己的“春心”化作啼血的杜鹃！“子规夜半犹啼血，不信东风唤不回！”当义山也已到“思华年”之时，其实早已知道春风无法唤回，蝴蝶早已翩然远去，然而灵魂却甘愿“物化”为这种用生命祭奠爱情，并发出凄迷而美妙音声的飞鸟。杜鹃是中国文化中的爱情鸟。西方传说有一种荆棘鸟，投身荆棘，用棘刺扎入血肉，以发出一种美丽的鸣叫。其中隐藏着的意味，也是相当惊心动魄的。但和杜鹃相比，荆棘鸟更多的是一种孤独、绝望、痛苦的艺术之象征，是艺术之啼鸣。而杜鹃则是爱情化身为飞鸟，飞鸟歌吟爱情，情人、诗人合而为一，更将灵魂的深层冲动与形式幻化用最悲怆也是最明丽的方式表达了出来。两句概括了义山的一生，不，是义山的一生凝成了两句。

可是，锦瑟毕竟“无端”，人生说不清来由与去意；弦弦柱柱的适怨清和，更无法穷尽情感的绵绵切切。一切毕竟都已逝去，在记忆中能够追索到的只能是今日的幻象，今日的情怀，渺不可求的才是最为重要的东西。所以，“追忆”是在永远相互悬隔的时间的此岸向着已成为彼岸的“晓梦”与“春心”的眺望。不仅景象已非，更可悲叹、畏惧的乃是自身的感觉、心意、情绪都再已无法“还原”。那成为回忆的，也成了一种理想、一种远隔云端的情感的象征与似乎纯粹的形式。时间在淘洗、过滤一切时，显示出了哲学的力量，诗性的智慧。义山的心灵在啼血的杜鹃的精灵中高飞远引了。越过空间的局限，在茫茫渺渺如沧海一般无可穷极的人间世，以及远远大于人间世的天地自然世界中，他看到了如同鲛人悲泣而成的明珠。“沧海”，是人海，但是在人海中产生出“沧海”之感，分明是一种苍茫、荒远、无限的孤寂之感与沉痛之感；然而，幸运的是沧海之上有明月来相照，“海上生明月，天涯共此时”，义山与谁“共此时”呢？“此时”又是何时？一切都如沧海之一粟般消逝了。但是，诗人的使命就是要在茫茫沧海中打捞生命的明珠——是情感之珠还是慧智之珠？《庄子》中有所谓“玄珠”，也许可以代表生命的灵性吧，总之，庄子是把她当作“道”之象征的。义山此诗所写的当然不是这种“玄珠”，但是却不能不是生命中最为珍贵的东西的凝结。月照波心一颗珠，生命于此而获得美的温润与光的闪耀，毕竟是结出了一种果，虽然只是“因果”之果，无从追索，但是却由此赋予了生命以意义；而即使是用痛苦与悔恨的泪水所凝成，也毕竟在明月的照射下使往昔的生活呈现了难得的光华。在此，义山生命中的明珠或被释为海中鲛人之泪泣成，这令我们想起安徒生童话中那为了爱情而不惜毁灭生存的美人鱼，在无限而冷漠的空间中能够照亮生命的难道不是只有执着无悔的情爱吗？所以，在“沧海”之后，我们接着就读出了“桑田”，沧海桑田的天荒地变中，也只有这样的一粒珍珠可作生命的见证。

庄子的“玄珠”毕竟是生命中最重要的东西，在此意义上，义山此诗中的沧海之珠庶几可以传达其意境。或许，义山心中本来就潜藏着庄子的“玄珠”吧。但庄子之“玄珠”历经魏晋玄学“情之所钟，正在我辈”的淬炼，以及太白将其融合于楚骚的诗化，在义山这里不得不化为情爱之珠。庄子的“玄珠”是只有“象罔”可以得之的。何谓“象罔”，吕惠卿注曰：“象则非无，罔则非有，不皦不昧”，宗白华则曰：“‘象’是境相，‘罔’是虚幻，艺术家创造虚幻的境相以象征宇宙人生的真际。”以象征说“象罔”，可谓切中了义山此诗的灵魂。在此，“象罔”就是诗，“象罔”更是乐，是“大象无形，大音希声”的心灵脉动本身。“玄珠”是只有“象罔”可以追寻的，而那逝去的情爱，也只能用诗性的智慧来打捞。然而往昔杳然而去，能够呈现的也只能是非无非有的“象征”了。人生变成了象征，这是何等的无奈，何等的悲凉，又是何等的荒谬呀！不过，在生命的长夜里，能够有明月来相照，能够有泪光润泽的珍珠相随，总是使逝去的生命获得了光华。于此，“沧海月明”乃象征了义山在生存中体验到的独立苍茫之中的冷寂与温情。

那么，沧海的空间感也就被时间化了。那一颗明珠几乎获得了一种永恒的、形而上的象征意蕴。夜本就是宜于玄想与梦思的。日呢？“蓝田日暖玉生烟”，几乎是联翩而来。在义山的生活中有过“意绵绵静日玉生香”（《红楼梦》）般的情境么？蓝田产玉，故写玉及此；然而分明又别有怀抱。与“沧海”对读，蓝田应指山而言，在“山海经”般“还原”后的洪荒宇宙中，诗里的玉生出了莫名其妙的烟，是生命的迹象吗？有人引戴叔伦语为解：“诗家之景，如蓝田日暖，良玉生烟，可望而不可置于眉睫之前也。”以为义山此处是状写其诗境。虽亦可通，然而毕竟还只是说了“象罔”，只是说了“只是当时已惘然”，无法说清为何要以“良玉生烟”来写“思华年”的“此情”。我以为，玉乃相对于石而言，“石韫玉而山辉”与上联之“水含珠而川媚”正互文见意。“人非木石，焉能无情？”义山不愿自己的生命只是一部“石头记”，于是在生命中发现了较之于石似乎有了生命、乃至于“通灵”的“宝玉”，在“蓝田”的荒僻之处静静地生出了氤氲的烟气——是“气”又非“气”，但一种生机悄然蠢动，一种力量缓慢地散发，那岂不就是要到滚滚红尘中“经劫历幻”的“石兄”（“宝玉”）的原型么？话扯远了，但是，在沧海与蓝田的境界中，“玉生烟”正是义山对生命中曾经历过的阳光温暖的日子的回忆。而阳光的温暖使得良玉生烟，却也正从反面证明了这颗心寻常是如何的硬、冷漠与缺乏生机。因此，“日暖玉生烟”又给我们以凄凉之感、悲痛之情。“日暖”较之“月明”似乎更令人滋生寒意。我们不禁想起了“春蚕到死丝方尽，蜡炬成灰泪始干”、“一寸相思一寸灰”，等等名句，萦回在义山诗中那种热烈的绝望、痛苦的欢乐与隐秘的激情，就会不期而然地在此聚会。

追忆就是在失落中徒劳地眺望，向着已经变为象征的生命凝固物灌注今日的气血。这是一种可怕的精神之战，要在“当时已惘然”的“此情”中寻找生命的依凭，岂非只能收获双重乃至多重的惘然？然而，诗就是一种追忆，在追忆中想象，在想象中把往昔抽象成一种梦境，一种理想。“朝花夕拾”，在褪尽生命色泽的枯萎凋零中更容易将“朝花”幻化为德国浪漫哲学所谓的梦中的蓝花。它指向的是心灵的无限渴望。因此，《锦瑟》并非是“一弦一柱”地“思华年”，而是在把往日的“一弦一柱”的“华年”演奏为一曲至纯至美的乐章。情成于乐，“惘然”的“此情”由此永恒。爱存于忆，当爱成为回忆时，爱就成为“先在”，被幻化为一种“先验”的象征，诱引人生“此在”在回忆中重新“体验”、“经验”心灵的情境，在回忆中爱变成“永在”与“超验”，从而回忆本身也就成为一种爱的活动。

爱即回忆。隐含在李商隐《锦瑟》中的诗性哲学，到了曹雪芹的《红楼梦》中，将被推向一个更高的境界。

二、通灵之悲

嫦　娥

云母屏风烛影深，
长河渐落晓星沉。
嫦娥应悔偷灵药，
碧海青天夜夜心。

此夜无法入眠。当一切都归于沉寂，大自然中的生命依照生物钟而休憩之时，唯有作为万物之灵的人才会品尝到这种特殊的痛苦。夜本应是灵魂的栖息所，但是却常常成为欲望与情感的滋长地，幽光狂慧的动力源，以及良知的审判场。西方诗人曰：未曾痛哭长夜者不足以语人生。在真实的人生中，有谁未曾在漫漫长夜中独自咀嚼心灵的焦灼、痛苦，以及难以言表的种种感悟呢？在黑夜中更易点亮心灯，当然也会使一些人的心理更加阴暗。只有那些仰望星空者，才会在绝望中诞生出灵明，在悲凉中升华情思，从困境中超越意志。所以，黑夜正是澄明的最佳契机。

李商隐的《嫦娥》正是仰望星空之作。自屈原以降，“天问”精神在中国诗性智慧中发展出多种生命形式。唐代诗人常有“梦天”之作。

然而，从李白“谪仙人”般飘逸纵放和昂首天外的“天生我才”，到李贺呕心沥血经营的瑰诡奇幻、“石破天惊”，“天”在诗人心中已有了巨大的变化。义山此诗其实也是又一首“天问”，是以悬揣而发出的心灵之问，是以“人心”问“天心”。而“天”作为古人心中的终极实体，在诗中又何尝而不与“人”息息相关呢？“嫦娥应悔偷灵药，碧海青天夜夜心”，“心”与“心”的交流，才是人在仰望星空时最为深沉而又迫切的祈盼。

“天问”作为终极之问，指向的总是人的精神的核心，是关涉到生存信念与意义的根本问题。我们当然无从知道“如此星辰如此夜”诗中之人“为谁风露立中宵”；甚至连这位彻夜无眠的人是谁都无从揣测。有人以为是写女道士，只不过是一种联想而已。从云母屏风的豪华名贵，我们可以推知其身份的高贵。而即便是锦衣玉食，也只是更高层次地解决了生存的条件问题，反而把生存的意义问题更为切近地推到了面前。生存条件的低劣在相当大的程度上也会造成精神本身的逼仄与浅陋。我们当然无法了解其人的烦恼究竟是什么内容，唯其如此，诗人将这种长夜中的痛苦普遍化了，使我们心中翻涌起无数的情感与思绪，无穷的人生况味……而那越来越深的烛影，其实不过是我们的苦闷的象征，烛影本身何尝会变深？只是我们越苦恼就思得越深，情意越深罢了。

“云母屏风烛影深”，华美的环境原也具有精神屏障与心灵囚笼的作用。系着黄金的鸟儿是飞不高的。那么，让我们把目光投向星空吧！天空的高远与深邃，明朗与神秘，远离一切而又照察一切、包容一切，是会使我们有限的乃至是微不足道的生命本身都被消融、净化、提高的。此时，我们能够产生的，只能是飞升的愿望。我们仰望星空时，最大的祈望不就是寻找那永恒的女性，寻求那美妙的飞升吗？而这种飞升的幻觉只能产生于静夜，只能产生于星空之下，一旦白日出现，神秘而奇妙的期盼就会忽然消失，世俗的世界代替了梦天的幻想。所以，“长河渐落晓星沉”时，充满着烦忧也孕育了智慧的长夜只剩下一个渐渐明朗起来的尾声，一切情感、一切思虑和一切经历都在等待着一个最后的决断，最终的结论。于是，一切都将归为“一”。

哲学就将在此赢得高贵的单纯和伟大的宁静。烦恼即菩提，永夜的苦痛将在黎明之际转变为智慧。在中国文化的神思中，能够引领我们飞向灵境的“永恒的女性”，还有谁能比得上那奔月的嫦娥呢？在义山诗中，嫦娥的倩影曾引发出多种想象，然而，只有在这首诗中，才最为深切地体察到了嫦娥的心灵。“偷灵药”的嫦娥，追求的自是永生与高远，成为月亮的精灵或中国人心中的月亮女神的嫦娥达到了自己的目标。此处“偷”字宜着眼。盖人类要想获得彼岸世界的“灵药”或其他的能将人带入灵境的事物，只能寄望于侥幸与某种非常的手段。“天才”的“灵感”与“灵机”从来都是得之偶然的；而“天才”在世人的眼中也总是超常规的人。所以，“天才”总是要冒险的，“天才”也总是危险的。否则，就无法超凡脱俗，进入另一世界。而偷吃了灵药，人就会“通灵”而成为超出芸芸众生之上的另一种人，或曰仙人，或曰非人，但总之是成了一种永恒的存在，成了一种精神的象征。

当我们使用“通灵”一词时，自是因为想起了经过中国文化中另一位永恒的女性的创造与锻炼而“灵性已通”的“石头”，或曰通灵宝玉。那是本来应当而且可以进入天空却被遗弃的一种灵性的象征。只不过，一个是堕入了花柳繁华地、温柔富贵乡，一个是从尘世成功地飞向了彼岸。在“云母屏风”下煎熬着的灵魂在仰望星空时，所做的不就是某种“补天”之梦么？所以，一种潜在的心流自然地通向了嫦娥，通向了由人而趋向神灵的天路历程。

其实，每个文人在长夜中都是“偷灵药”的嫦娥，都是把自己的沉重的肉身变化为月之精魂华魄的飞天者。在夜的怀抱中，灵智悄然孕育，灵感倏然飞来，诗人借着精神的力量触摸到某种崇高的灵境和永恒的实体。因为所谓智慧，正是求得超出诸端个别之上的普遍，而人以有涯之生，逐无涯之知，是只有“偷”得“灵药”，才能进入这种永恒而超世的神灵之境的。所以，奔月的嫦娥，就成为李商隐的心灵的象征，也借助李商隐的发明，而成为每个智识者心灵的象征。

可是，获得了永恒与普遍，既意味着灵魂的自由与自足，也意味着一种永远的孤独与寂寞。自在、自为的超世的智慧确实是永恒完满的，然而，这样的完满恰恰造成了最大的缺陷，那就是一种无人能够沟通的情境，一种遗世独立的烦恼。属神的生活就不再是属人的生活，人对彼岸世界的追求获得的难道就是在渺无边际的碧海青天中独守自己的心灵吗？义山于此抒发的是智慧的痛苦，深情的孤独，天才的寂寞。“永恒的女性”成为永恒的悲凉孤寂的心灵，那是因为如同烛影一般重重叠叠、深深邃邃而又惘然茫然的哀愁本身，仍然是值得珍贵地忍受着的；永恒的痛苦与尘世的痛苦相比较，滚滚红尘仍然值得亲历亲证。否则，“通灵”之后，“人心”反而会变作看破一切、冷酷无情的“石头”。以义山之深情，体察到的正是嫦娥无法褪尽的“凡心”：“人心”。而无论曰“嫦娥”曰“姮娥”，都是表明这位女性已经成为永恒的神灵。然而，正如西方哲人所云：“死亡是残酷无情的，悲哀则更加难以忍受。”永生在消灭了死亡的惘惘大限时，却得永远忍受无尽的悲哀。自悔偷灵药，既是自悔天人之永隔，更是痛悔永恒之悲哀。

不过，诗人的天命就是“偷灵药”或“盗天火”，窥见宇宙人生之真际灵境。如此，必须承受永恒的孤寂与悲凉。但是，诗人又生存于此岸世界，在尘世中虽然体会到种种情爱，更多的却是永夜难眠的无言之痛。这就是进亦忧、退亦忧，出亦悲、入亦悲的“通灵”之悲，它是诗人永恒的生存困境与精神炼狱。然而，一切真正的诗，都产生于这样的悲凉与苦痛之中。

三、哀乐时态

夜雨寄北

君问归期未有期，
巴山夜雨涨秋池。
何当共剪西窗烛，
却话巴山夜雨时。

或曰：此诗应为《夜雨寄内》。据考，当时李商隐的妻子已经去世，此诗当是寄朋友的。但“寄内”改为“寄北”，并不能将“寄内”排斥在外：“寄北”与“寄内”何尝不能统一？义山在四川巴山，其“内”在长安，故“寄北”亦可意味着“寄内”——若其妻未亡的话。其实，无论考证得如何精确，人们还是宁愿取“寄内”之说的。寄友，则“共剪西窗烛”之情境顿异，情味顿变、顿减，问归期之“君”的心情亦迥以异矣。故以寄内释之较合情理——情感之理。而较之严正冷静的考证，文学作品（尤其是诗）岂不更应以感人情、动人心为重要吗？于“情”与“理”，我宁取合情的解释，而以汤显祖“第云理所必无，焉知情所必有耶”为依凭。

首句的“君问归期”，其实也就是问“何当共剪西窗烛”，是对在外漂泊的诗人苦苦思恋而发出的召唤，其中有急切的期待，更有对丈夫的关怀和脉脉柔情；而陡然答之以“未有期”，她的失望又将如何？这一句，几乎概括了古代诗词中大多数游子思妇题材的主题，双方急欲团聚，而归期难卜，而望眼欲穿，而“为伊消得人憔悴”。深情而敏感的诗人，在遽然作答时心中怎能没有痛楚，又怎能不体察思妇读到“未有期”时的心情呢？于是，诗人就倾诉自己的遥深的思恋了。“巴山夜雨涨秋池”，在夜色中坐听窗外潇潇的雨声，心情是何等黯然凄凉，孤寂难耐！一个“涨”字，不唯表明诗人感物之心的细腻，体物之情的微妙，也暗示了他的长夜难眠。秋池渐涨，诗人的心灵愁苦，绵长思恋，也就自然而然地涨满了思妇的心——她的期待毕竟没有落空，她的苦涩中也就泛出一丝甜蜜来了。在这里，“巴山”、“夜雨”、“秋池”，造成了沉重、迷茫、愁楚的意象。山，阻隔着视线，在暗夜中黑沉沉地耸立在室外。雨，不见其形，只有如潮的声响，声声、阵阵，包围着孤寂诗心。池，雨点将它敲碎，搅乱，在碎与乱的错杂中上涨，上涨……吴文英道：“何处合成愁，离人心上秋。”这秋池，不正象征着诗人的心灵么？在夜雨之中，听得到“秋池”（此词本身就是精彩的创造，就是一首诗）的“涨”，这需要的是何等敏感的听力？更需要何等精微的心力啊！现代人还能具有这样的感觉能力和性情气质么？无论如何，义山对话的“君”从中当感受到几乎震颤着的殷殷深情。

至此，诗似尽，但诗人临窗听雨，忽萌美丽遐想：“何当共剪西窗烛，却话巴山夜雨时。”在漫长雨夜，往日的情事一一涌上心头，看着窗外黑沉沉的山，听着窗外沉重茫远的雨声，一幅色彩柔和美丽、情调温柔旖旎的画面出现在诗人的眼前，这，既是重现，又成了双方共同追求的良辰美景；诗人敏锐地追摄了这幅画，遥寄远方的亲人。《聊斋志异·庚娘》，写一男子在江中见邻舟少妇似其妻，未敢遽认，乃高呼闺中隐谑，少妇答之，双方于是相认。当是时，夫妇之欢快可想而知，遂使全篇增色。李商隐的"共剪西窗烛"，与此有异曲同工之妙，同样触动了客思闺情的敏感区域。我们无法得知"共剪西窗烛"的具体情景，但是，剪一下小小的蜡烛芯，都要双双与"共"，其情、其境，不问可知。

人们不禁要探询：诗人设想的谈话内容是什么呢？"却话巴山夜雨时。"其他的内容尚不可知，但是，此情此景双方，尤其是对方的情况，是非谈不可的。待到重逢之日，再回首这巴山夜雨时双方的刻骨苦思，那该是何等的甜美啊！

《夜雨寄北》的艺术手段是卓越的。这首先表现在巧妙的时空转换上。"君问归期"，问的就是"时间"；诗人回答"未有期"，亦然。于时间上，诗人的笔极尽腾挪之能事。巴山夜雨，是"现在"，以一"涨"字写时间之延长，双方都处在无尽的思恋之中。为了摆脱这苦思，于是悬想未来的欢聚。而这未来又正是现在——秋夜苦雨之时。然而，这毕竟是未来的情景了，于是谈话的内容非同以往——不是当年共剪西窗烛的喁喁情话，而是"却话"现在"巴山夜雨"时的双方苦思。"乐中忆苦"，岂不是倍增欢乐么？在这里，时间的纵横交错相当复杂：现在—未来（复现过去）—未来中的现在（谈起已成为过去的现在）。仅二十八字，时空转换如此繁复，却令人不觉，其原因是随着诗人情感的细微波动，时间的观点被打破了；而时间的推移又引起情感的变化。四句之中，“巴山夜雨”出现了两次，成为连接现在、过去和未来的纽带。夜雨中想起过去，夜雨中幻出未来的景象，而未来中话起夜雨时，“巴山夜雨”已成为温馨的回忆了。由于“巴山夜雨”的连接，使时间的转换自然轻巧。随着时间的转换，空间亦随之而异。一是在长安的“君”问归期，一是在巴山的诗人作答，镜头对准了“巴山夜雨涨秋池”，至“共剪西窗烛”又一变，再复现脑海中的夜雨、巴山、秋池。以不同的场景形成对比，遂使诗镜由晦暗而转明亮。“当时明月在，曾照彩云归”，只是回忆过去；“何时倚虚幌，双照泪阑干”，只是悬想未来。而义山二而一焉，使情感得到深深的加强。德国布莱希特有一首小诗写道：“在夜里/对对夫妻/上床就寝。少妇们/将要生出孤儿。”也是以拉大时空距离来加强效果，极写战争残酷；令人于惊愕中屏息深思，但总有一点生硬之感。相形之下，义山此诗以心理情绪的变化为依据，时空的调动相当从容，人们既体察到诗中的感情流动，又浑然不觉安排布置。这种对时空的艺术处理，确有某种典范意义。至宋代词人，就格外注重此道，如周邦彦、吴文英的一些词作，都长于利用时空的转换来造成心理状态的变化，从而极尽缠绵宛转之能事。元明戏曲中亦有类似佳构。放而言之，诸如写梦境之类，不是与心灵之幻象共有“枕上片时春梦里，行尽江南三千里”之妙吗？着眼于此，我们发觉：这首诗由于时空的灵活调度与巧妙转换，在艺术风格上也于深情绵邈之中，复具空灵清朗之妙，与义山其他一些诗作的浓丽幽深有了不同。

千百年来，这首诗总是契合着人们的某种心理体验，令人百读不厌。一方面，人在艰苦的境地中，每有“望梅止渴”之举，使精神上得到宽慰，也增加了精神上的勇气。像安徒生写的那个卖火柴的小女孩，不断点燃希望之火，以温暖孤冷的心灵。李义山此诗，着墨于巴山夜雨中的浮想联翩，恰是写此心情，慰人并以自慰，从而使读者的心灵也得到安慰；另一方面，乃是“乐中忆苦”，使欢乐更增，亦使双方的恋情更增。文天祥有名句曰：“痛定思痛，痛何如哉！”那是在经历了大苦大难之后，追思之下，心中更为痛苦。但是不是思痛一定更加痛苦呢？人类的情感是复杂的，当人们经历了苦难之后，在苦难中结下的深情之果，于欢乐中咀嚼起来就更加回味无穷、倍加珍惜了。试想，如果《西厢记》中张生与崔莺莺毫无阻碍地联袂双飞，那有甚意趣；而历尽曲折喜结良缘之后，又是何其快乐！列夫·托尔斯泰把艺术活动看成是情感的传达，要使读者觉得作者谱写的正是自己的由衷心曲。这就是所谓的“人人心中所有，人人笔下所无”。李义山此诗能有长久的艺术魅力，其原因或许就在这里吧！

价值重估：作为精神的阿Q

阿Q，是一个被压抑、潜藏于人们内心深处的令人憎恶与恐惧的幽灵，一经鲁迅揭示出来，便成为一种公开的秘密，透明的隐私，成为人们心头时时感到痛楚与羞耻的光亮的癞疮疤。“阿Q精神”既可攻击别人，也可用以自嘲，并且与文化、哲学、心理学等等挂上了钩，作为一种抽象的“共名”发生着深刻而持久的作用。如果说阿Q这一形象的诞生对中国人的精神世界，尤其是知识人的灵魂，是一个巨大的刺激与震撼的话，那绝非夸张。

在这个意义上，我们在精神上都是鲁迅的子孙。

然而，又是鲁迅使我们发现了自己身上流淌着的阿Q的精神脉血，让我们明白了一个令人沮丧的事实：我们都是阿Q的子孙。

现代中国知识分子的屈辱与隐痛、奋发与激越，乃至在数十年来创深痛巨的历史变迁中的心路历程，几乎都可以从阿Q这一秘密的精神发源地、文化基因库和哲学“小世界”中寻找到隐喻的密码。

因此，我们要重估阿Q。

一、阿Q与鲁迅世界

其实，鲁迅在创作过程中，就已经对阿Q进行着价值的重估。

周作人在《阿Q正传》刚刚全部发表后，便撰文指出了这一点：“只是著者的本意似乎想把阿Q痛骂一顿，做到临了却觉得未庄里阿Q却是唯一可爱的人物，比别人还要正直些，所以终于被‘正法’了；正如托尔斯泰批语契诃夫所说，他想撞倒阿Q，将注意力集中于他，却反倒将他扶起来。”[①] 周作人从创作技巧上认为：“这或者可以说是著者的失败的地方。”阿Q形象走向了鲁迅“本意”的另一面，我以为，这正是鲁迅对阿Q价值重估的自觉不自觉的流露。

这种流露在阿Q“示众”时面对喝彩的“看客”表现得尤为充分：

> 这刹那中，他的思想又仿佛旋风似的在脑里一回旋了。四年之前，他曾在山脚下遇见一只饿狼，永是不近不远的跟定他，要吃他的肉。他那时吓得几乎要死，幸而手里有一柄斫柴刀，这才又壮了胆，支持到未庄；可是永远记得那狼眼睛，又凶又怯，闪闪的像两颗鬼火，似乎远远的来穿透了他

---

① 仲密（周作人）：《阿Q正传》，见李宗英、张梦阳编：《六十年来鲁迅研究论文选》，中国社会科学出版社1982年版，第10页。

> 的皮肉。而这回他又看见从来没有见过的更可怕的眼睛了，又钝又锋利，不但已经咀嚼了他的话，并且还要咀嚼他皮肉以外的东西，永是不远不近的跟他走。

这些眼睛们似乎连成一气，已经在那里咬他的灵魂。

这种卡夫卡式的体验，这种萨特式的对他人的眼睛即地狱的思考，是鲁迅精神关注的一个突出焦点。正如汪晖所分析的：“鲁迅在漫长的人生经验中淤积起的‘眼睛’意象，竟在不通文墨、毫无自知能力的阿Q心中唤起超越肉体感觉之外的啮人灵魂的痛楚与恐怖，这说明了什么呢？这不正说明鲁迅的感觉与阿Q的感觉在叙事中竟趋于同一？！不正说明此时的鲁迅已沉潜于阿Q的灵魂之中，并以自己的敏感承担阿Q的痛苦？！不正说明小说的叙事过程中已如此鲜明地呈现着创作灵魂的悸动？！”①

感觉的合一、灵魂的沉潜与痛苦的共感，并非只是叙事的需要，否则就无法解释《阿Q正传》前面部分叙事的成就：“创作者灵魂的悸动”其深层的奥秘在于价值意向上的同一，鲁迅与阿Q的灵魂相通，使他“却反倒将他扶起了”，阿Q获得了一种正面的肯定。盖棺定论：“在未庄里阿Q却是唯一可爱的人物，比别人还要正直些。”所以，在阿Q“觉得全身仿佛微尘似的迸散了”之后，鲁迅描写“当时的影响”时，除了对举人老爷予以浓重一笔外，便对未庄与城里的舆论中所依据的推理逻辑和观赏欲求作了冷入骨髓的刻画，不啻对那些吞噬灵魂的饿狼的“眼睛们”加上了一种哲理性的注解。

---

① 汪晖：《反抗绝望》，上海人民出版社1991年版，第386页。

由此，我们又进入了鲁迅世界的核心景观：狂人惶悚的悲痛心境中所看到的“笑吟吟的”睁着的“怪眼睛”，那是历史书上的字、赵家的狗以及佃户们的“眼睛”；“孤独者”的旷野呼号，“惨伤里夹杂着愤怒和悲哀”；单四嫂子感觉中的屋子的太大、太空，包围着、压迫着痛苦到空虚的殇子的母亲；是“颓败线的颤动”，又是“无物之阵”的阴森……阿Q不仅与鲁迅以医生的目光所照察的“病灶”之所在相关，更从鲁迅作为现代哲人所关注的卑微现象入手，于一个特殊的角度注视着世界本身的冷漠、荒诞与严酷。鲁迅与后现代哲学家福柯、德里达等人所重视的主题是相似的：疯癫与文明、疾病与医药、词与物、规训与惩罚、性与羞……都在《阿Q正传》中得到了集中的体现。

从卑微、边缘的角度来烛照堂皇正大的世界，从“反常”的，被社会与历史所拒斥的精神现象来反观常人的生存态势，是鲁迅向黑暗的铁屋子发出呐喊的美学策略。“狂人”的疯癫话语，特别是沦肌浃髓的恐惧与战栗，以强烈的“非理性”，或曰非理性的极限形态，向中国文化的深层理性结构发起了剧烈的冲击与破坏，从而使数千年历史积淀的文化无意识被搅起了喧哗与骚动。即使是在后来的杂文等创作中，鲁迅也常常就聪明人、傻子、奴才及狂人的主题作进一步的引申与发挥。笔锋所至，往往有出人意料的思想与意念萧萧飒飒而来，开启新的感知与观察途径。

阿Q常常表现得像是“狂人”的另一极。“狂人”以一种偏执的敏感与颖悟穿透了历史淤积的深厚黑幕而洞见了历史文化的真相，而阿Q却往往愚钝得看不清自己的遭际与命运，遑论对其他人乃至历史中的人的命运的反思。与“狂人”相比，阿Q毋宁更多地显得是个

"傻子"，是个精神分裂的低于普通智商的愚钝的人。所以，为阿Q造像者往往突出其愚蠢与卑微，乃至呆滞、原始的形象。在小说中，阿Q的感觉也往往是滞后于周围的普通人的，所以通常是大多数人对阿Q拥有一种精神上的优越之感。阿Q的精神胜利法与未庄的民众相比，可以说是另一种形式上的精神反抗，是一种精神受压迫者对普通的精神胜利者的反抗。相比较而言，未庄人对于阿Q的精神优越、精神胜利，由于其极为自然、极为平常，从而也显得极为可怕，耐人寻味。"还说阿义可怜"（《药》），就是其另一种表达方式。这姑且不论。就其自身而言，阿Q也常常糊涂到对关系自身权利的事情"隔"着重重精神的屏障而无法拥有自觉的认知与体验。例如在赌博中赢了钱而无端被抢被打，却浑然不知前因后果；向吴妈求欢不成闹出事端而自己去充当看客，乃至最后于混沌中被杀头，如此等等。这与"狂人"那种"于不疑处有疑"的戒慎恐惧和病态的敏感警惕相比，显然属于另一种类型的精神疾患。然而，对某些事物的迟钝与愚鲁往往是对另外事物感觉敏捷与锐利的必要条件。"鲁"方可"迅"；"迅"亦必有"鲁"。如果说在"鲁迅"这一笔名中包含了"狂"与"狷"、鲁钝与敏锐、痴愚与智慧的双重精神意蕴，从而也透出某种精神分裂的症候的话，那么，阿Q与"狂人"在精神上表面的相矛盾之下，也隐藏着某种深层的相通。因此，如果说狂人反映了鲁迅"迅"的一面的话，阿Q则隐含着鲁迅精神中两种力量的冲突与撕扯。阿Q更深切地表达了鲁迅的精神分裂与痛苦。

正如西方后现代思想家们所认识到的，精神分裂往往正是精神健康的标志。因为唯其如此，方才可望洞见世事之真谛而又能生存于此世。佛法所谓出世间而又不离世间觉之类说法亦有此意蕴。阿Q作为一个愚钝的傻子，却自有高出未庄一般人的见识，在他“醉眼的蒙胧”中窥见了诸多真相。最突出的当数前引末尾一段对“饿狼”般的眼睛“吃人”的感觉，因这种感觉与“狂人”合一，姑且不论。即从阿Q对未庄的权力结构、在表层生活之下的种种潜隐事实的观察与认识来看，往往触及一些深层的东西。所以，阿Q才能从“革命”所带来的恐慌中迅速地找到了自己的方向与使命，从感觉到观念上都有了朴质而原始的反抗性。而这正是由于阿Q从其愚鲁的、痴傻的性格出发，往往对世事有“反感”而观察到事物的另一面所逻辑必然地产生的结果。

因此，阿Q在鲁迅世界中在精神上更多的是联系于“狂人”、疯子、傻子等形象的。正如周立波在《替阿Q辩护》中所说的：“比起那阴谋贪欲的赵太爷、赵秀才、举人老爷来，天真的阿Q不好得多么？比起那假辫子的假洋鬼子来，阿Q是多么的潇洒、爽快；他沿着‘求食’之道，做了贼，并不讳饰，傲然地说出他的经验来。而那嘴里念着‘阿弥陀佛’，暗中唆狗来咬他的尼姑们，‘假正经’的未庄女人们，都是阿Q看不起的人物。”[①] 所以，经过分析之后，周立波断言“鲁迅更非常同情阿Q的爽直和反抗的气质”[②]，这是相当有见地的。其根由就在于阿Q的愚钝与痴狂中隐含了对于“正常”的社会现实的另一种眼光、另一种认识。

此外，与阿Q相对立的是那些不断出现的未庄的“看客”与“听

① 见《1913—1983鲁迅研究学术论著资料汇编》，中国文联出版社1987年版，第1202页。

② 同上书。按：该文认为“阿Q的精神胜利法的怒目主义是南方中国的小农，经过了太平天国的失败，经过辛亥革命的无代价的牺牲以后的一种失败心理的特殊表现”。这种看法尚限于具体形象的社会历史分析，尚未上升到哲学层面来思考，故为啊Q“辩护”之后，仍归于总体的否定。

众”，这是鲁迅世界中最为注目的形象。鲁迅在《阿Q正传》的末尾虽然与阿Q达到了某种同一，然而鲁迅对于阿Q在总体上却依然是否定的，尤其是对于阿Q的“精神胜利法”，终其一生都未曾改变看法，这是无可置辩的。但是，阿Q的形象与未庄的各色人等相比，却确实时时显示出高于周围环境的地方。换句话说，鲁迅对于阿Q周围的人物，是寄予了更深的失望乃至憎恶的。因此，在塑造阿Q的过程中，虽然不断地注目于阿Q的劣根性，但由于写出了阿Q与周围世界的关系中，一切的舆论、“看”法及种种精神沉沦的普遍氛围，最终却使阿Q变成为唯一显示了若干亮色的形象。这里，潜在的精神轨迹更值得我们探寻。其中，既有着人物精神内核不断丰满中所发生的价值意向的偏移，更有着在与环境的对照中价值天平的自然倾斜。但无论如何，阿Q与未庄的关系，也将阿Q摆放到与鲁迅世界整体的关系格局之中，引发我们更深的思考。

米兰·昆德拉认为，小说的智慧是一种不确定的智慧。比如堂吉诃德的精神就引发了两种相反而又可以相通的看法，一种以堂吉诃德为理想的斗士，知其不可而为之的悲剧英雄；另一种则以堂吉诃德为悖时逆世的小丑，是愚蠢的代称。而昆德拉正从欧洲小说中堂吉诃德、好兵帅克等痴愚的形象上，发现了小说艺术对于人物精神特质价值情感的两歧而又并存的特征。鲁迅对于阿Q等“哀其不幸，怒其不争”的复杂情感，乃是这种两歧的基本前提，但更为根本的，还在于在阿Q形象的塑造过程中，对于“阿Q精神”本身的矛盾态度，乃至对于自己内在精神倾向的复杂情感，才是阿Q的形象具有不确定的精神内涵的深层原因。

二、生存困境与精神超越

鲁迅曾把自己的文学活动比作“韧性的战斗”，在用文字肉搏黑暗时，决不做无谓的牺牲，而时刻注意保存自己的实力。因此，鲁迅十分警惕那些慷慨激昂的政治美学手段，对用拍巴掌的群体喧哗把热血青年送上不归之路的某些“运动”甚至颇具恨意。因为道理十分简单，在黑暗势力非常强大的情况下，枉自送了性命（无论是别人的还是自己的），并不能在实际上起到多大的效果。用文字及其他方式来呐喊是更为明智的选择。

这就涉及人文知识分子的生存方式问题。知识分子作为社会的良心，总是精神上的先觉者，在意识领域从现实环境的限制中超越出来，获得从思想文化层面上提出问题与给出某种解决方案的能力。明白一点说，知识分子的具体的生存状况与他们的精神形态之间总是有着相当大的距离，并且这种距离还往往成为知识分子本身的生存依据。有人把知识分子称作“精神贵族”，就是针对在现实的权力与利益格局中处于低劣位置的知识分子在精神上的价值自居而言的。而凡是对于现实生活的当前情境有所不满，用仰望头顶的星空的“终极关切”来超拔自己的思想意识者，也就具有了某种“精神贵族”的性质。

一方面是“心比天高”，另一方面是“身为下贱”，几乎是人类无法改变的永恒的命运。精神上的乃至于纯粹的思维领域中的一切，并不等于客观现实中的事物；在思维与实在之间需要划一条明确的界限。这是西方哲学所反复强调的，康德乃至于创造出“物自体”的概念以表明精神现象与客观事物的绝对的分离。从哲学上对两个领域的关系进行清理是十分必要的。但由此却可引向两种不同的思路，一种是对于精神自觉性、自主性的轻视，如古希腊哲人泰利斯审思天宇从而不小心跌入井中，被一漂亮婢女嘲笑为对天上的东西一清二楚而看不见鼻子底下的东西，沉溺于“第二现实”而失落于直接生存的“第一现实”；一种是对于精神的独立性的珍视，并发展为重视抽象思维、信仰等等思想文化创造；另一种是对于精神的重视乃至一切文化创造的根本动力。

“阿Q精神”之所以成为典型的存在，正因为鲁迅所瞩目的是阿Q的灵魂深处的东西，并且将其用一种近乎哲学的方式表达了出来。阿Q的“精神胜利法”，也正如诸多研究者所指出的，其根底在于一种自尊自大，尽管可以加以“病态的”之类形容词，但总是说明了这是一种精神上对自我的觉醒与维护。因此，“精神胜利法”首要在于“精神”领域获得了自主乃至自足的“胜利”。小说中，阿Q面临的往往是欺凌与污辱，即使是对于那些自己认为有实力战胜的对象，在实际与其较量中往往也仍然是自取其辱。用卡夫卡的话来说，一切都可以摧毁我。但卡夫卡是“弱的天才”，在于他是“精神失败”者。阿Q在种种挣扎与反抗中得到的总是被“一切”所摧毁，阿Q像卡夫卡一样集中、吸满了人类的致命弱点；但是阿Q的“我”在精神上却又能够总是蔑视“一切”，保持着精神“我”的独立与坚强。现实生活的失败与精神上的“优胜”形式的强烈比照，不仅把阿Q作为“人”的形象刻画出来，而且对于阿Q的“精神形象”也是一种深刻的批判。那就是“精神胜利”毕竟不能等同于现实生存的胜利，“精神胜利”常常会麻痹对于现实生存的真切感觉，从而在残酷的现实生存中丧失斗争的实际行动的勇气与能力。

可是，正如有的研究者所分析的，对于残酷的、个人能力无法改变，斗争也不可能获得成功的现实的生存困境，阿Q精神也不可能获得成功的现实的生存困境，阿Q精神是一种无可奈何中的选择。可以这样分析：“精神胜利者”的一种选择是安时处顺、泯灭精神上的追求与反抗，这样，阿Q就等于未庄的芸芸众生，成为“看客”与“听众”，成为海德格尔所说的“常人”，在随波逐流的无聊的闲聊与“舆论”中消耗自己的精神；一种选择是与周围的环境奋力抗争，实现自己的精神追求。但此时往往只能是“鱼”死而“网”不破，力不能至。因此，阿Q的“精神胜利法”作为“心向往之”的一种精神形式就成为生存困境中的保持“有生力量”的无可奈何而又“现实”的选择。在一些回忆录之类的文字中，从“文化大革命”等政治运动中挣扎过来的知识分子往往自嘲是“阿Q精神”让自己度过了最为艰难困厄的时刻。因为在精神上藐视、鄙夷那些打击自己的力量，现实中虽然无法作任何反抗，也有助于自己把困境“体验为”一种精神上必然的考验乃至升华。而无论是中国的儒、道、释，还是西方的宗教，都是这样的精神上的“体验为”结构。阿Q精神之人类性、哲学性的奥秘就在于此。

所以，在生存困境中，阿Q的“精神胜利法”实际上是超越现实的必然要求。人在现实中可以被打败，在精神上却不可被击垮，既需要精神上的种种坚定的信念，也往往需要一种精神上的“体验为”结构；其中，就包含着对于现实情境的重新解释。这种重新解释，往往是在精神上的“退一步想”的结果；但阿Q的“退一步想”，从精神现象上来看，又是不断地把“自我”作为“他我”，即对“自我”进行重新审视，在新的精神关系中重新定义“自我”，从而不断地“升华”与“净化”自己的精神。这就是“精神胜利”深层的精神自卑与自虐的逆向表现形式。阿Q以“自轻自贱”为“天下第一”，其中是深有意味的。因为，这正对应着包括鲁迅在内的现代知识分子在艰难的生存困境中一方面力求保持精神自立、自主，另一方面对于大夜如漆的黑暗闸门无能为力而产生的自我谴责与反省乃至自虐的心路历程。狂人自觉自愿承当吃人史与阿Q在现实困厄中的自轻自贱的“精神胜利”，乃是一枚硬币的两面，是同一种精神的不同形式；又是一柄双刃剑，从相反而相成的两个方向上切割着现代知识分子的灵魂，成为中国现代精神史上的重要现象。要理解在历次政治运动中知识分子的自我改造与被改造，这是相当深层的精神因由。

重估阿Q的价值颠覆，就在于对精神的自觉、自主乃至“精神胜利”的肯定。阿Q秉承的价值信念无疑存在着许多问题，但是阿Q的“精神胜利”却使他总是超出了“未庄”的普遍观念，对“未庄”的一切人物乃至于城市中的事物，都有着自己的臧否品评。特别是在城乡之间的“新视野”，更使他超乎一般人的观念而对“举人老爷”都有着别人无法理解的轻蔑。这样的“精神胜利”是虚幻的吗？试想，若施之于思想文化的表达，那不就成为一种精神产品了么？这种“不结果实的花朵”的精神的创造，也并不是全然毫无用处的。未庄的精神氛围，不就每每因了阿Q的种种想法与说法而改变吗？这当然也不可拟之于“韧性的战斗”，但是若说在精神实质上毫无共通之处，那也是缺乏依据的。

更重要的，笔者以为，阿Q的“精神胜利”是一种要求改变现状的根本动力。无论是宣称姓“赵”，还是对于两位“文童”的不屑，对城里人的鄙薄，都是直感直觉地对于现状的精神反抗。这种反抗自然几乎总是失败，“不许姓赵”，吃“哭丧棒”等等就是其结果。但是应当注意，阿Q的“我要革命”，其根本的动力与依据就是这种精神上的自尊与自主。虽然其最初的形式是相当简单乃至原始的，但阿Q的“傻”与“狂”，正如前面所分析的，恰是其无视社会现实与通常的价值体系而提出自己的见解与要求的条件。因此，在“未庄”，阿Q是真正要求“革命”的。尽管他并不知道何为真正的“革命”，但是他的精神本身就具有某种“革命”性。这是我们要重估阿Q精神的又一原因。

枪杆子里面出政权，在暴力、权力以及物力、财力等力量面前，精神的力量往往是微不足道的。阿Q临死还拼命地要把“圈”画圆，因为在他看来那是神圣而崇高的文化行为，与笔、纸联系在一起的他所未曾企及的世界。阿Q至死都把精神文化的“实践”看得高于一切。但恰恰是这个悲壮的努力完成了阿Q的生命圆圈。精神的挣扎与臆想往往恰是成为拥有枪炮等暴力手段的权力者手中的玩物。阿Q之死深刻地展示了这种悲剧。鲁迅在“韧性的战斗”中，也时常注意着知识、智慧与权力之间的关系，并因此而强调精神力量的有限性乃至虚弱性，所以嘲讽尼采的疯狂。这与他关于阿Q的思想是有内在的一致性的。然而，鲁迅又是从疗治国民精神的宏愿而进入文学创作的，他的身上激荡着摩罗诗人的热血，所以，他对精神的觉醒、精神的独立、精神的价值又有着特殊的重视与敏感。阿Q的“革命”，阿Q在临终前的“看”、“看客”之“看”，都潜隐地表现着鲁迅对阿Q精神的价值情感的偏移，以及鲁迅对于精神搏斗的某种自觉不自觉的悲情意识。这是鲁迅的一种隐秘的“心结”。这正是我们重估阿Q的内在依据，所以特此再加强调。

三、哲学批判与文化反思

《阿Q正传》是文化反思之作。对鲁迅的反思本身进行反思，是重估阿Q的题中应有之义。鲁迅在小说中不仅随处点出阿Q的思想意识与儒家、道家及民间一般观念的关系，而且在第四章的开头专门以对照的、议论的笔法指明了阿Q精神与中国文化的关系：

> 有人说：有些胜利者，愿意敌手如虎、如鹰，他才感得胜利的欢喜；假使如羊、如小鸡，他便反觉得胜利的无聊。又有些胜利者，当克服一切之后，看见死的死了，降的降了，“臣诚惶诚恐死罪死罪”，他于是没有了敌人，没有了对手，没有了朋友，只有自己在上、一个孤零零、凄凉、寂寞，便反而感到胜利的悲哀。然而我们的阿Q却没有这样乏，他是永远得意的：这或者也是中国精神文明冠于全球的一个证据了。

阿Q精神成为中国的“精神文明”的一个重要标本。

阿Q的“永远得意”不仅在于文化上的自豪感。如对一般伦理观念的坚守，而且更在于他以儒家的血缘观念用自己的历史与未来塑造现实的感觉。一方面，阿Q的宣称姓赵，并且说自己排起来“比秀才长三辈”，及“我们先前——比你阔的多啦！”是对历史的占有与尊崇，正合乎儒家“慎终追远”的祖先崇拜，及中国文化对历史的极端重视的精神。而“我的儿子会阔得多啦！”与“二十年后又是一条好汉”等，则是用未来的前景来改变现实的感知。显然，鲁迅是针对那些中国文化优越论及以中国历史悠久来抵制西方文明者而发的。在当时的特定情境下具有犀利的讽刺力量。但是，由于这种历史文化的优越感、胜利感是阿Q精神的组成部分，并且被当作中国精神文明的某种特征而发，所以当需作进一步的分析。在论述“国骂”时，鲁迅曾称发明“国骂”者为“卑劣的天才”，以及其本意在于对血统观念、门阀制度的反抗。阿Q的姓“赵”公案即与此相关，似是要从血缘上取得一种自尊的立足点。其意图中自有其“卑劣”在。但作为“精神胜利”的法宝，也仍有其内在的意义，姑置不论。可是，历史记忆与当下的生存感受确确实实是密切相关的。阿Q建立历史记忆的努力无疑是精神构建的重要途径。无论是集体记忆还是个体记忆，都对个人的精神成长与发展起着重要作用。阿Q对属于权力者所“书写”的历史话语的反抗，虽然仍是在既有的话语秩序中进行的，但是这种“分一杯羹”的意识，却确实是精神自立的一个基础。这与中国文化在奇劫巨变中面对世界时所采取的精神姿态相似，有着相同的精神依据。儒家阿Q也好、道家阿Q也好，虽然秉持的价值信念是陈腐而有害的，但是这种以历史记忆、文化积淀来确立自我身份的努力，同样是一种自觉不自觉的精神创造。至于以“未来”战胜“现在”，则更是精神的必然趋势，因为若连“未来”都不敢展望，就会真正失去未来。所以，虽然是虚幻的占有，但是却能够建立起一种实在的精神体系。何况，对于中国历史、中国文化，我们确实应该而且可以从中寻找生存的源泉、精神的根基。

阿Q精神与庄子哲学的关系是学术界的一个重要话题，无论是否认为两者精神实质上相通，都是将阿Q精神作为否定的对象来研究庄子哲学的。关锋提出庄子“扩张主观精神就是在自己的头脑中想象与‘道’合而为一，因此，他也就‘无待’了，他也就超乎得失、利害、死生了。于是精神得救了，精神胜利了。这种阿Q精神浸透了庄子哲学的整个体系，尤其是他的处世哲学”[①]。在幻想世界里扩张主观精神，

---

① 关锋：《庄子内篇译解和批判》，中华书局1961年版，第3页。

是自我欺骗式的阿Q精神的表现。所以关锋说“阿Q精神胜利法却正是庄子精神一个特征。精神胜利法即起源于庄子”[①]。笔者认为，这种说法是有其深刻之处的。鲁迅对庄周的“毒”害的反思，在阿Q精神中是有迹可寻的，而两者在哲学层面上的相通尤其值得重视。但也有人认为，阿Q“这种精神胜利法和庄子的精神自由是毫无共同之处的”[②]，“从动机看，阿Q只是暂时的自贱、自慰、自欺，庄子却是追求根本脱离不幸的现实。从效果看，阿Q一次一次地用精神胜利法麻痹自己，不但没有减少失败，反而招致了更多的欺凌与嘲笑；庄子的精神自由虽不能使自己得到真正的幸福，却也可在一定程度上远离是非的漩涡，获得精神上的宁静。从对待现实的态度来看，阿Q不能正视现实，庄子无力改变现实，这似乎是相同的，但庄子对现实有深刻的观察和认识，有深刻的揭露与批判，同时更有对自由理想的热烈向往和追求；而阿Q既没有对现实的认识，也没有任何理想和追求，二者是难以相提并论的”。[③]笔者认为，这样的对比带有较强的主观色彩，是难以成立的。因为，反过来以分析阿Q的缘由来分析庄子，也是可以成立的。庄子与阿Q具有相同的现实困境与精神超拔的矛盾。一旦从精神实质上对阿Q作进一步的分析，我们便可以看出，阿Q精神与庄子精神都应当在相同的哲学层面上加以重新评价。

庄子的“神人”、“真人”、“大宗师”等“超人”形象，带有一种要求精神的自由与扩张的早期知识分子特点，因为知识分子最初就是因“天”、“神”的“通灵”者巫师演化而来的。而巫师的“通灵”或

---

① 关锋：《庄子内篇译解和批判》，中华书局1961年版，第26页。

② 刘笑敢：《庄子哲学及其演变》，中国社会科学出版社1987年版，第163页。

③ 刘笑敢：《庄子哲学及其演变》，中国社会科学出版社1987年版，第164—165页。

“灵通”的基本特征也在于精神上的超越之维。庄子的“逍遥游”等乃是对于远古时代知识分子精神的追忆与倾慕，只是在“绝地天通”的背景下更多地由外在超越而转向了内向的精神修养。因此，在《庄子》中同样表达了知识分子自尊自大与自轻自贱的精神分裂的痛苦。但是，关锋关于庄子精神自由的批判却是不能成立的。因为知识分子正是由于精神上的高飞远翥，才能够更为清晰地审视人世间的种种丑恶与不公。求“道”、求与“道”合一，乃至于“道成肉身”，正是知识分子永恒的使命。正是在这个意义上，庄子才成为中国历代文人的又一精神支柱。而重新认识了庄子，我们就可以重新审视阿Q，反思阿Q精神，从而也反思鲁迅的艺术世界、精神哲学与文化观念。

阿Q是一个文化的复合体。在阿Q身上，不仅有着“儒道互补”，更有着中国文化的诸种观念。其中，鲁迅倾注了浓厚而强烈的批判意识。但是，阿Q毕竟是一个没有什么“文化”的下等人，是一个心智上有着问题的流氓无产者，在他身上积淀着的数千年文明的沉重意蕴又毕竟是以一种带有黑色的幽默表现出来的，因此，在小说中，就有了前后两个阿Q之间的微妙的转变与断裂。一个没有文化的雇工却偏偏具有知识分子的最为重要的心、身分离特征，这本身就反映了鲁迅创作中的一个巨大的矛盾。这种矛盾在鲁迅关于知识分子与劳工大众关系的看法中屡屡表现出来。如《在酒楼上》、《孤独者》等小说及大量杂文随感中写到的那样。但更重要的是，阿Q精神与中国现代知识分子精神与命运的关系，也在此断裂中提供出了诸多耐人寻味的讯息。

因此，重估阿Q，就是重估鲁迅，也就是重估我们自己。

不准革命：被杀戮的阿Q

作为一种特殊的精神存在，阿Q在现代中国的意义，永远有着言说的空间。这位被用西洋字母书写姓名的愚昧乡巴佬，为自己顺畅走向死亡而努力画下的"大团圆"，由于肚子里一向缺少墨水，很可能正像鲁迅给他写下的洋名。但是，恰恰是这位没文化的小角色，却拥有一个被命名为"精神胜利法"的文化库藏，震惊了诸多知识分子的精神，凝聚了鲁迅的诸多思考。其中，阿Q与"革命"之间的关系，一向是研究者关注的重要课题。然而，把阿Q的被杀戮，与"革命"联系起来思考，却远远不够。在中国现代小说中，阿Q其实是一个灵魂人物，可以关联到几乎所有的文学世界。从"革命"的角度，进行政治美学的分析，对阿Q之死，我们就可以有新的发现。

一、狂人·傻子·聪明人·奴才

表面看来，“五四”启蒙话语中的核心问题，早在晚清即成常谈：中国的“昏睡”与“病弱”，最是令人沉痛！“睡狮”的比喻尚可自慰，“东亚病夫”的称号则只能激起悲凉与愤慨。“政治小说”、“新小说”的目标，就在于唤醒与改造国魂。但是，中国现代小说的出现，需要更为深刻的背景。意识形态的透视与批判，既是小说发生质变的深刻原因，更是中国现代小说艺术形态产生的内在动力。毕竟，“道”变了，“说”道的叙事话语的“思路”与“话本”才会真正改变。

与通常的想象不同，中国现代小说的开创者鲁迅，虽然在青年时曾经慷慨激昂，立志从救治“东亚病夫”而转向救治国人的精神；但是，他在发表《狂人日记》之前，却遭遇了悲哀寂寞中的“沉沦”：“我于是用了种种法，来麻醉自己的灵魂，使我沉入于国民中，使我回到古代去……”[①] 在钞古碑中，让自己的生命“暗暗的消去了”。那么，“问题与主义”是否如他所说，从自己的视野中消失了呢，还是仍然郁勃、盘旋于他的心中？无论如何，鲁迅这段自我麻醉与消沉的经历，提示了某种深邃甚至幽暗的精神存在。所以，当鲁迅说起国民的“昏睡”时，其实包括了自己“暗暗”走向“死亡”的心灵痛史。这是许多研究者都曾忽视而其实关系重大的。正因为自己曾从“就死的悲哀”作“逆向努力”，所以，在唤醒“昏睡”者时，在撞击“铁屋子”时，才会将猖狂与绝望、悲凉与梦想融为一体，并迸发出奇特而深沉

① 鲁迅：《〈呐喊〉自序》，见《鲁迅全集》第1卷，人民文学出版社1981年版，第418页。

的“呐喊”。

必须毁坏的“铁屋子”，也就是精神的牢笼，是“绝无窗户而万难破毁”的意识形态。意识形态无所不在、无孔不入，在“自圆其说”与“自成体系”的同时，排斥了打开“窗户”眺望其他世界的可能。在意识形态中不能容纳其他的“观点”与“视面”。这种几千年来形成的“铁屋子”，作为“意识”的“形态”，无法察觉而又万难破毁，是一切解放与革命的首要对象。鲁迅从精神着眼。他那改造“国民性”入手的基本思路并没有改变，改变的是对“振臂一呼应者云集”的政治动员的幻想与期许。在这里面，包含了对于文学功用的更为复杂的思考。不过，这种曾经的期许，未始不是鲁迅小说与意识形态内在联系的重要线索。所谓精神疗救，首先是对意识形态的症候分析，在此基础上，才有“对症下药”的可能。

“药”在哪里？鲁迅的寻索之路漫漫修远。“病”起何源？鲁迅的解剖冷酷无情。在鲁迅的笔下，以狂人及傻子、聪明人和奴才的形象最为引人注目。“狂人”作为“病人”，用特殊的“病态”眼光，窥破了古久的意识形态掩盖下的罪恶真相。在一个“变形”与“变态”的世界中，忧惧、惊疑和迷乱的心灵，反而解构了原先被视为当然乃至神圣的秩序。“一种疯狂守护着思想”，从狂人大脑中产生的思想，看来也似乎是恐怖的幻象，但这种被迫害狂式的恐怖，本身就可以深刻地激发出对于恐怖根源的反省与反思。《狂人日记》中的“狂人”，带有一种极端的愤激，但不忘呼号“救救孩子”；而《长明灯》中的“疯子”，则试图吹熄“吉光屯”神殿中的“长明灯”。“狂人”透过史乘的“字里行间”看见了“吃人”，而这个“疯子”，则试图彻底摧毁用绿莹莹的火光来照亮“吃人”世界的意识形态本身。“长明灯”，永恒的光明正是神性的永恒真理的象征。它的经久不变，意味着神殿、神龛的庄严与伟大具有无限的合法性。“灯”，作为灵魂的光源，在小说中被“吉光屯”的各色人等用心守候。于是，“疯子”成为公害乃至公敌。吹熄“长明灯”的企图失败后，“疯子”干脆提出了“我放火”。“放火”固然更为痛快也更为疯狂，但是，“放火”带来的是“白”茫茫一片大地真干净，还是一个真正光明的世界？

“不正常的人”，固然可以发现生存世界的不正常乃至罪恶，但疯狂本身同样是一种可怕的症候。鲁迅以医生的眼光，透视一些有着疯狂因素的“孤独者”和反抗者，不仅发现旧有的“长明灯”很难吹熄，更发现激切壮烈的新意识形态也会导致灾难。《离婚》中的爱姑，在一个莫名其妙的“屁塞”面前失掉了反抗的锐气，变为“本来是专听七大人吩咐”的了。“老畜生”和“小畜生”依然占据着有利的地位。意识形态的美学表现，借助于一个龌龊而庄严的道具，显示了统治全部身心感觉的功能。在意识形态中不战而败，是因为意识形态话语用“长明灯”般的光辉背景修饰起来，使得一切利益关系得以“升华”。爱姑的“离婚”，恰恰表现了与意识形态分离、决裂的艰难。这种少有自觉意识和反思精神的反抗，与智识者的挣扎和拼搏相比，固然缺乏思想的力度，但是却更加显示了意识形态统治人的心灵的深度。至于《祝福》中的祥林嫂，《故乡》中的闰土，则都是在意识形态的渗透中完全麻木了自己的灵魂。茅盾在评《故乡》时说：“我觉得这篇《故乡》的中心思想是悲哀那人与人中间的不了解、隔膜。造成这不了解的原因是历史遗传的阶级观念。”[①] 历史遗传的阶级观念，正是正统的意

① 茅盾：《评四、五、六月的创作》，见《小说月报》第12卷，1921年第8期。见严家炎编：《二十世纪中国小说理论资料》第二卷，北京大学出版社1997年版，第194页。

识形态。关于阶级的教化，乃是对人的地位及其存在状态的“规矩”。从金黄圆月下捕猹的少年，到喊出“老爷”的闰土，分别显示了意识形态强大的教化能力。茅盾在此指出的人间“隔膜”，相当深刻。鲁迅在谈域外小说时，也关注到“隔膜”：“这三十多篇短篇里，所描写的事物，在中国大半免不得很隔膜……同是人类，本来决不至于不能互相了解；但时代国土习惯成见，都能够遮蔽人的心思，所以往往不能镜一般明，照见别人的心了。”[①] 这里，“隔膜”是国人与“域外”人之间的，但均在“习惯成见”的作用下产生，则又是相通的。鲁迅所说的“遮蔽人的心思”，正是意识形态的基本功能。“天真”的闰土人到中年后，原来的“心思”被遮蔽了。而鲁迅小说中“心思”被“遮蔽”的，何止闰土？《风波》中的乡民，《示众》及其他的作品中反复写到的“看客”们，如此等等，在“昏睡”与“病弱”中精神愚昧、麻木不仁的“国民”，都是鲁迅最为深切地关注和批判的对象。

揭露“遮蔽心思”的专制意识形态，是鲁迅小说的真正主题。

狂人及傻子分别用精神的疯狂和“无知者无畏”的坦荡，去揭穿、刺破“遮蔽心思”的“隔膜”，而“聪明人”则在意识形态的“遮蔽”下理直气壮地享受着自己的幸福生活。意识形态规定了利益关系，又以普遍、永恒的幻象“遮蔽”着利益关系。“聪明人”深谙其中玄机，了解意识形态“虚假的意识”本质。但是，这种虚假，却能为“聪明人”带来利益，所以，“聪明人”利用意识形态实现自己利益的最大化。鲁迅笔下的“卫道士”、伪善者、官僚乡绅以及形形色色的旁观者，往往都是这样的“聪明人”。他们对传统政治的精髓有着深刻的

---

① 鲁迅：《〈域外小说集〉新版序》，见《鲁迅全集》第 10 卷，人民文学出版社 1981 年版，第 163 页。

领悟与运用，所以无论是治“家”还是参与公众事务的治理，都表现出高明的政治才干。而意识形态作为华丽的装饰和冠冕堂皇的借口，向来是聪明人的有力武器。鲁迅往往借一些小节细故来戳穿他们的虚伪，如《肥皂》中的四铭，《祝福》中的鲁四老爷，都在一些似不经意的刻画中原形毕露。借此，意识形态本身的虚假也遭到剥落。

狂人和傻子反抗意识形态，聪明人利用意识形态，奴才则昏睡于意识形态，在意识形态中丧失自我意识。他们诧异于疯子竟然敢说别人疯了，“还说阿义可怜”；他们常常毫无心肝地充当杀戮的“看客”；他们抱怨疾苦又恐惧一切改变；他们是“大多数”，他们是沉默而又冷漠的“无物之阵”的组成者……都说鲁迅是“哀其不幸，怒其不争”，可究竟是“哀”还是“怒”的成分更高，谁能说得清？荒凉、寂寞、虚无、绝望，都与这些“大多数”息息相关。意识形态的深层机制正在于俘获“大多数”——用“所有”、“全部”、“无限”等光辉的“大辞”、“大叙事”来制造“想象的共同体”。鲁迅所说的“无物之阵”，正是意识形态“大说”、“大话”的象征体现。鲁迅的“小说”，则从“小处说说”，把意识形态的天罗地网进行了解构。至于鲁迅“杂文”，不妨认为是“小说”的更其“小”而特别的形式，以“匕首”与“投枪”的短兵，实行着对意识形态“正文”和“大作”的摧毁。

笔者要强调的是，这种通过意识的畸变与丧失，来显示原本难以觉察的意识形态的存在，不仅是鲁迅小说现代精神的表现，而且是世界范围内的一种重要的小说思潮。张定璜在《呐喊》出版不久，即敏锐地感觉到鲁迅《狂人日记》与前几年文人小说的重大区别，它们是两种语言，两样感情，两个不同的世界！“读了他们我们再读《狂人日记》时，我们就譬如从薄暗的古庙的灯明底下骤然间走到夏日的炎光里来，我们由中世纪跨进了现代。”[①] 从精神上跨入现代，是从对精神世界冷静而深刻的反省开始的。在西方，弗洛伊德的理论早已从精神疾病和病态心理的角度触及人性的黑暗，而物理世界发生的改变与心理世界几乎相伴而来：一切都成为不确定的，一切都在改变之中，曾经凯歌高唱的理性精神被人们发现了冷酷与残忍。一觉醒了，西方人发现自己身处无路可走的“荒原”。于是，有了“荒原狼”，有了“变形记”，有了冷淡的“间隔”和“局外人”的“恶心”……鲁迅对“病”与“梦”、“罪”与“罚”、“呐喊”与“彷徨”的叙述，正与现代精神的深刻层面相通。卡夫卡以“弱的天才”向无法进入的“城堡”和一切权力机器提出的质疑，也是从“变形”的精神中才能够观察得到的。鲁迅与卡夫卡在反抗无形而又牢固的意识形态权威方面，具有深刻的感应。在此，我们不拟比较分析，只想简单地提出两个事实：一是卡夫卡那种“与狂热保持着遥远的距离”的气质，以及“我们称之为路的无非是彷徨”的认识，与鲁迅精神相通。二是卡夫卡对意识形态的提示，从基本观念到艺术思维，也与鲁迅相通。卡夫卡曾说：“一切都挂着错误的旗帜航行，没有一个字名副其实。比如我现在回家，然而这只是表面上如此。实际上，我在走进一座专门为我建立的监狱，而这座监狱完全像一幢普通的民宅，除了我自己，没有人把它看成监狱，因而就更糟糕、更残酷。任何越狱的企图都没有了。倘若不存在看得见的镣铐，人们也就无法打碎镣铐。监禁被组织得很好，完全像普通的、并不过分舒适的日常生活。一切似乎都是用坚固的材料造成的，似乎很稳固，而实际上却是一架电梯，人们在电梯里向深渊冲下

① 张定璜：《鲁迅先生》，见严家炎编：《二十世纪中国小说理论资料》第二卷，北京大学出版社 1997 年版，第 365 页。

去。我们看不见深渊，但只要闭上眼睛，我们就听见深渊发出的嗡嗡声和呼啸声。”[①] 现代技术已经可以消除这种嗡嗡声和呼啸声，然而，只要捂上耳朵，我们仍然可以听到卡夫卡所听到的冲下深渊的声音。这样的感觉和论说，与鲁迅笔下“狂人”的精神气质何其相像！“家”成为“监狱”，“错误的旗帜”被扯下后，精神向何处归宿？“狂人”的“家”成为吃人世界，然而一切都被“组织得很好”。只有变形者和狂人才看得到那种看不见的镣铐，从“天上”看见“深渊”，于一切眼中看见无所有。

卡夫卡的悖谬感成为20世纪西方文学的重要财富，他拆解了西方人的精神之“家”，尤其是西方体制的精神基础。政治、法律、科学以及宗教，都在一种“弱”的恐惧与抗争中被叩问、质疑。“一切”都能征服“我”，这里的“一切”，无疑具有抽象的性质，是“形而上”的力量。但是，在“法的门前”，在“流放地”，在“家”中，这种力量具体而微，细致而周到，显示出无法抗拒、无可奈何的体制化的冷酷。鲁迅与卡夫卡思考的问题及思路都有相通，但是鲁迅却有着更深的现实关切。这当然有多种缘由，但最重要的，是鲁迅所经历的政治事变正为中华数千年来最关键的历史转折。维新、革命、复辟、再革命……，鲁迅没有像卡夫卡那样主要在哲学的层面上思考问题，而是针对现实，提出了一系列重要问题。

“五四”时期“问题小说”的兴盛，也正是为了回应时事、时势所提出的一系列问题。其中最重要的，还是旧的以礼教为核心的意识形态及权力秩序对于人的束缚与奴役。鲁迅小说虽然不可简单归类，但

① 叶廷芳等译：《卡夫卡悖谬论集》，陕西师范大学出版社2002年版，第6—7页。

是其典范作用可为现代“问题小说”的诸种理路、艺术特质的探索，提供丰富的泉源。

二、谁救阿 Q

这里，我们不再讨论“娜拉走后怎样”、“既有天才之后”之类的话题，而是就鲁迅小说中与政治意识形态联系密切的一个问题作探索，那就是关于“革命”。在“不准革命”中被杀戮的阿 Q，是我们研究的标本。

阿 Q 一生，总是与“不”结缘：不准姓赵、不准恋爱、不准赢钱、不准……，最终是“不准革命”。“和尚摸得”而阿 Q“摸不得”，似乎成为阿 Q 的宿命。“不准革命”，要去了阿 Q 的命。那么，为何不准阿 Q 革命呢？鲁迅回忆《阿 Q 正传》的成因时说：“据我的意思，中国倘不革命，阿 Q 便不做，既然革命，就会做的。我的阿 Q 的运命，也只能如此，人格也恐怕并不是两个。民国元年已经过去，无可追踪了，但此后倘再有改革，我相信还会有阿 Q 似的革命党出现。”[①]“阿Q”与“革命”发生关系，具有必然性。这首先是因为阿Q具有的“精神胜利法”，使他“出人头地”的要求，始终在精神世界中以扭曲的形式发展着，百折而不挠。而未庄的民众，则很少有人关心尚在上层策动和进行的“革命”。因而，阿 Q 被杀戮后，未庄的舆论“自然都说阿 Q 坏”。“枪毙”这一事实本身便从结果论断了原因。城里的舆论，则是看客们观赏欲求受挫后的遗憾：阿 Q 是否“该

---

① 鲁迅：《〈阿 Q 正传〉的成因》，见严家炎编：《二十世纪中国小说理论资料》第二卷，北京大学出版社 1997 年版，第 461 页。

死”，根本未曾进入他们的心思。换句话说，按照公众和正统政治的意识形态思维，阿Q都是“死得其所”。于是，我们从这里，倒是可以发现“精神胜利法”潜在的破解意识形态的功能。其次，阿Q是从“不准革命”而走向“大团圆”结局的。为何不准阿Q革命？当然是身份与资格问题。“革命”的资格，与组成革命队伍的力量认定，有着密切关系。阿Q的“革命”冲动与要求均有可议之处，如以自我的利益、欲望为中心的“革命理想”，就被论者反复批判。但是，需要注意的，恰恰是在革命的意识形态中，剥离私利而以大多数人利益为理想愿景的政治美学特性。当革命的愿景进入一些人的心目之中时，必然发生的就是把自己算作争取利益的一方。否则，革命的动力就将枯竭。阿Q的动机不纯却尤为真实，至少是对历史上一切农民革命的内在动力的揭示。问题在于，阿Q被“不准革命”的现实缘由，是“革命”所要求的“精英”，仍为旧的精英阶层。“假洋鬼子”式的“革命党”，恰恰合西方文明与中国传统势力为一体，最容易进入“革命”的核心。而阿Q，虽有充分的革命要求和激情，但是既无权势和财富基础，又因为追求“精神胜利”、目无下尘而缺乏群众基础，更与西方文明基本绝缘。“革命”，不可能接纳他这样的最有革命条件和热情的人。更为重要的，是阿Q的阶级认同的模糊，使得任何革命集团都无法接受，只能被排斥于“革命”之外，成为必须“大团圆”的人。辛亥革命所宣扬的意识形态，在“咸与维新”的新桃换旧符过程中，暴露出虚幻的一面。新的权力格局仍然维持着旧的利益格局，只不过“口号”改变，仪式变化，阿Q的“奴隶性”被鄙夷地接受而已。新、旧意识形态的缝合，在“大团圆”的结局中表现了出来：杀人的理由变化而已。

鲁迅在谈阿Q时说，“民国以前，人民是奴隶”，而“民国以后，我们变成了前奴隶的奴隶了”。[①]“主一奴”关系的秩序未变，政权的变化就只是“城头变幻大王旗”的意识形态修饰。鲁迅在创作过程中，似乎是为了尽快从写作中解脱而在文本中“杀”死了阿Q；这里，显示了小说家的“权力”，这种权力本身也是恐怖的，话语成为杀人的武器，对于活在“文本”之中、之外的阿Q，都是无法逃避的，此事值得专题研究。但是阿Q之被杀戮，尚有更为深层的原因在：从“不准革命”到被“革命”杀戮，阿Q最终想呼喊的是“救命……”谁来拯救阿Q？“革命”本来应当是首选的答案，阿Q却正是死于“革命”。鲁迅在对阿Q与革命的思考中，触及更为核心的问题。“娜拉走后怎样”如换为“革命胜利怎样”则鲁迅不仅在杂文中有诸多剖析，而且在“阿Q”的被杀中给出了独特的解答。

被杀戮的阿Q，是一种精神现象的生死存亡的象征。阿Q的“精神胜利法”，“胜利”的本来就是意识形态的精神。一方面是专制政治的等级与尊严的观念，一方面是“革命”传来的令阿Q和未庄人快意而恐惧的模糊的“翻天”式的新意识形态。在阿Q心目中，前者亘古不变，而后者的“造反”则有着利益攸关的诱惑；一旦“不准革命”，仍然希望砍掉“造反”者的头颅——旧的意识形态仍然支配着“精神胜利”的格局。从阿Q身上，鲁迅有意无意地凝注了自己对灵魂症结的意识形态根源的沉思。

---

① 《鲁迅和美国记者埃德加·斯诺谈阿Q》，见陈漱渝编：《说不尽的阿Q》，中国文联出版社1997年版，第120页。

三、精神失败法

阿Q的“精神胜利”的努力，与郁达夫笔下智识者的“沉沦”，形成了尤为深刻的对比。这位留日学生的自怜自艾和自尊自大的奇特结合，正是“精神胜利法”的反面，一切刺激都能使他陷入忧郁、悲凉之中。阿Q是在努力画圆圈的奋进中被杀戮，而这位留学生却是不战而败，在自感无耻卑下的自伤自悼中要结束自己的生命。阿Q在无意中被“他杀”，而这位精神世界浪漫多情、敏感而饶有诗思的留学生却在“自戕”。只不过，《沉沦》中所表现的政治意识更为直白，也更为强烈。其中蕴含着的精神分裂较之阿Q也更有特殊的绝望。

最重要的分裂，还在于把性、情爱和祖国联系在一起而产生的矛盾。个体的孤独、寂寞与青春期的性欲，加上“祖国”的大背景，颇有牵强之感。但是，郁达夫小说却以近乎赤裸的私人生活的暴露，显现出主人公的真诚。这里，有将祖国比作情人的矫情，也有着自比为祖国儿女的“恋母情结”式的病态心理。但是，正因为把国家与性欲、情爱及血缘之爱相联系，使政治关系转换为情感结构，从而使政治意识得到了美学表现。在祖国与异国，自己与异国的异性之间，郁达夫建立了一种复杂的隐喻关系，使性爱与情爱之中的权力关系成为个体政治的缩影。这种“一个人的政治”，其冲突主要发生于个体内心的舞台，因此，“自戕”也是一种斗争的方式。那种无法克制的情欲，以及面对大自然时的欣悦与感伤，都成为心灵内在矛盾和孤芳自赏、厌恶世人及生命的恶性循环的来源。他总是从“自大”迅速地滑落到“自卑”，似乎有着一种“精神失败法”，把忧郁变为一种享受。这种浪漫的“怀乡病”和“零余者”的哀痛，与政治意识形态相连的正是权力关系对应着的精神关系。其中，“羞耻意识”的强化，是“自戕”与“自重”的恶性循环产生的关键。所谓“羞”，原指祭祀中的进献，是在神圣价值前的匍匐和自我检视。羞感乃是基于对神圣与世俗价值间的不平等而内在化的情感体现，是弗洛伊德式的内心自我审查的力量，是自我反省反照的内在价值判断。要之，一方面是自己心中的至高价值观念体系，其中包含着视为当然的意识形态；另一方面是难以克制、压抑的自性欲求，无法在“正当”的名义和正常的渠道中得以实现。由此，产生了主体自我肯定与否定的内心分裂与搏斗。羞耻，则是主体自我否定的表征：自弃与自戕，正是对那种神圣价值无法在自己身上体现的必然结果。

因此，《沉沦》中的性欲与情爱，就与政治在美学层面上沟通起来。性欲能否转化为爱情，取决于与异性的平等和相爱，在女性面前的自卑，尤其是异国女性前的自卑，除了自我价值的贬损外，自己的“出身”，自己的祖国，都成为重要的背景。祖国的富强与情爱以至性欲的实现，就形成了内在的关联。政治意识形态在性欲的心理结构中以一种强烈的形式展示了出来。于是，对“祖国”的怨恨与期盼，对“祖国”的尊崇与爱恋，在自伤自悼的心灵中，上升到意识的最高层。看似牵强的“升华”，却有着精深微妙的理路。

于是，“革命加恋爱”的政治与爱情的美学结合，就可以从这里寻绎其根源。革命的浪漫想象与激情投入，革命斗争的暴风骤雨与风和日丽的前景，革命的极端暴力和极端柔情，都将“英雄”与“儿女”、政治与爱情之间的“同构”及“同一”显示了出来。爱的意识形态与政治意识形态在一个“形而上”的层面上遇合并融合。两者之间的矛盾冲突，则显示了神圣与世俗价值观念的关系，而这正是意识形态对理想进行升华的关键环节。在某种意义上，爱情是革命的美学动员的重要内容。至于“革命爱情”则是两者的共同升华。

从“文学革命”到“革命文学”，茅盾作为一个小说大家，作出了重要贡献。其中，对“革命加恋爱”模式的深化，体现了茅盾对小说艺术的深刻探索。在《野蔷薇》的前言中，茅盾说：“这里的五篇小说都穿了‘恋爱’的外衣。作者是想在各人的恋爱行动中透露出各人的阶级的‘意识形态’。这是个难以奏功的企图。但公允的读者或者总能够觉得恋爱描写的背后是有一些重大的问题罢。”[①] 在恋爱中写意识形态，体现出强烈的意图，固然有利于理论分析，但是我们更应重视的，是茅盾“不把自己的主观混进去，并且要使《幻灭》和《动摇》中的人物对于革命的感应是合于当时的客观情形”的小说观。

《蚀》三部曲中，都有恋爱的主线和情欲的描写。但是，作者并未刻意在恋爱行动中透露各人阶级的“意识形态”，反而更为深挚地关注了时代政治的意识形态。试看茅盾自己的论述：

> 先讲《幻灭》。有人说这是描写恋爱与革命的冲突，又有人说这是写小资产阶级对于革命的动摇。我现在真诚的说，两者都不是我的本意……题目是“幻灭”，描写的主要点也就是幻灭。主人公静女士当然是一个小资产阶级的女子，理智上是向光明，“要革命的”，但感情上则每遇挫折便灰心；她的灰心也是不能持久的，消沉之后感到寂寞便又要寻找光明，然后又幻灭；她是不断的在追求，不断的在幻

① 茅盾：《写在〈野蔷薇〉的前面》，见《茅盾论创作》，上海文艺出版社 1980 年版，第 50 页。

灭，……我只写一九二七年夏秋之交一般人对于革命的幻灭……幻灭的人对于当前骗人的事情是看清了的，他把它一脚踢开，……同样的，《动摇》所描写的就是动摇，革命斗争剧烈时从事革命工作者的动摇。[①]

这些表白，看来是强调自己的“贴题”，实际上体现了一种从人生经验出发来创作小说的态度。在这样的客观描写中，恋爱与革命都是以“人”的活动为中心展开的，两者之间不必加上“标语口号”式的宣传。所以，茅盾在反思了“革命文艺”问题后，小说创作中的“革命”与“恋爱”就不是简单的相加，而是一种现实生活的呈现。意识形态的内容虽然未曾明确地表现，却更为深刻地显示出来。在《蚀》三部曲中，“精神失败”的主题，以另一种方式，在新的心灵情景之中表现了出来。

但到了《子夜》，茅盾却带着强烈的意识形态倾向来叙事了。《子夜》创作，“正是中国革命转向新的阶段，中国社会性质论战激烈的时候”，茅盾关注的问题很多，“但我所要回答的，只是一个问题，即回答了托派：中国并没有走向资本主义发展的道路，中国在帝国主义的压迫下，是更加殖民地化了”[②]。茅盾运用社会科学的方法，思考政治经济问题，有着相当鲜明的意识形态倾向。他要把意识形态予以“形象化表现”，用叙事来呈现意识形态道理。个中得失，论者多有，兹不详述。只是意识形态的凸显，实为革命文学发挥其精神灯火作用，改

① 茅盾：《从牯岭到东京》，见《茅盾论创作》，上海文艺出版社 1980 年版，第 33—34 页。

② 茅盾：《〈子夜〉是怎样写成的》，见《茅盾论创作》，上海文艺出版社 1980 年版，第 59 页。

变社会、转移性情的必然逻辑。

鲁迅在后期的一些论述中，也对叶永蓁、沙汀、艾芜等小说家关于革命的小说，提出了自己的意见，从精神上和艺术上给予鼓励和指导。而在颇有总结性的回忆中，鲁迅说自己的小说创作："我仍抱着十多年前的'启蒙主义'，以为必须是'为人生'，而且要改良这人生。我深恶先前的称小说为'闲书'，而且将'为艺术的艺术'，看作不过是'消闲'的新式的别号。所以我的取材，多采自病态社会的不幸的人们中，意思在揭出病苦，引起疗救的注意。"① 疗救"病苦"，需要揭露旧的意识形态，"启蒙"和"改良人生"，则需要宣扬进步的意识形态。鲁迅思想的两个方面，正是 20 世纪中国小说发展的深层线索。

"启蒙"和"改良人生"，需要崇高的精神境界和精神力量。"革命"则是崇高的现实形态。在西方美学中，占据主流地位的看法是，崇高的对象具有恐怖性，但是，在崇高对象面前，人却能够用理性观念的胜利使心灵在对自己的估计中提高到感到一种崇敬和惊羡。换句话说，崇高是人自己凭理性胜过自然的意识，是人的精神的胜利。所以，崇高感也是一种"精神胜利法"。崇高感在康德那里是一种道德情操，具有崇高感需要深厚的文化根基，这提示了崇高感与意识形态"教化"的密切关系。"革命"意识形态正具有崇高的特征。所以，"革命"文学中，精神力量的张扬和无限的表现，反映了阿 Q 精神的另一面。

现代中国政治形势的改变和历史情境的变化，使得小说创作与研究在相当大的程度上变得意识形态化。其中，有民族战争的救亡需要，

① 鲁迅：《我怎么做起小说来》，见《鲁迅全集》第 4 卷，人民文学出版社 1981 年版，第 512 页。

有国内战争的思想要求，更有革命力量本身发展的逻辑，常常使以崇高的形象与激情为主导的小说创作一度成为政治的工具。从战争中的小说到小说中的战争，意识形态起到了至关重要的指导作用。小说的逻辑被政治的逻辑所主宰。重提关于精神疗救的“精神奴役的创伤”显得不合时宜。小说创作中的某些“异端”失去了生存的权利。“精神火光”在照亮小说创作的同时，也造成了小说创作的简单化。于是，在意识形态的要求下，中国“小说学”又回归梁启超“政治小说”的理论；而小说创作则在“民族形式”的要求下，回归了民间的说唱艺术和古代的章回、传奇小说传统。小说学的简单化和贫困化，与意识形态的逐渐强化与僵化，有着惊人的一致。其中曲折，耐人寻味。

尤其令我们无限低回的，是20世纪的革命和革命文学中，中国人在“精神胜利法”与“精神失败法”之间的挣扎与转换，锻造了现代中国精神结构和精神流程的特殊形态。

身份困惑：汉字、文化认同与阿Q

问：鲁迅为何以“阿 Q”命名小说主人公？

或曰：这个字母，像是一个脑袋，后面拖下的小尾巴，酷似小辫子。它“画”出了阿 Q 的形象。形似神也似。

——这是中国人惯常的以“（文）字（图）形”来解读意义的思路，这还是训诂释读“汉字”时一种强大的“集体无意识”。追问这个命名，考察鲁迅如此“写”这个名字意义所在，我想，绝非无足轻重。

从“字”的现象来看，这里最重要的事情，莫过于，鲁迅是在用一个西文字母，即单纯表音的符号，来表征中国人的名字。这本会召来相当巨大的文化震撼。可是，读者却似乎不经意地接受了。个中因由，值得深思。

一、无名无姓

阿Q从哪儿来？他有父母么？恰似“天上掉下个林妹妹”，古典小说中，无父无母的人物，当数孙猴子，他是从石头中蹦出来的。《红楼梦》，又作《石头记》，其中的“神瑛”、“绛珠”——宝玉、黛玉，则还是有一个连理的“家”；尽管宝玉同样来自通灵的“石头”，可是，毕竟，他得有一个“贾”（假）姓。阿Q却没来由地“出现”了。

韩少功“寻根”，他笔下的丙崽，或被有的批评家以阿Q作比。可是，韩少功一开始就追溯丙崽的父母。而且小说干脆以“爸爸”为题，其中，丙崽最重要的“话”，除了“爸爸”，就是那句“国骂”——“×妈妈”。不妨说，其中体现的中国人最重要、最根本的“终极关切”，确是寻到了“根”。但是，丙崽有爸爸，却也无姓氏；但是，好歹，他还有一个汉字的“名”。甲乙丙丁的“丙”字，在甲骨文中已有，应当还可以继续向远古追溯。其主要意义，乃是十干之一。甲骨文中，已有颇为完善的干支计时，这表明，“丙”来自于古人对“天”的认识，“丙”崽得名，绝非泛泛；以此一字，即可叩问其文化含义。

那么，“阿Q”的“名”，是怎么“失去”的呢？小说叙事者说，除了一个读音，无人可以认定他叫什么。也许，对识字的读书人来说，首先需问的是：阿Q名中的Q“字”应当怎么写？因为，汉字作为“形音义”的统一体，意义所在，必然与“形”、“音”相关。只有一个读音，无法知道其意义所在。阿Q就是这样一个“无意义”的符号。所以，我们说，似乎有“名”的阿Q，却出于一种“无名”状态。叙述者曰：“我又不知道阿Q的名字是怎么写的。他活着的时候，人都叫他阿Quei，死了以后，便没有一个人再叫阿Quei了，那里还会有‘著之竹帛’的事。若论‘著之竹帛’，这篇文章要算第一次，所以先遇着了这第一个难关。”“书之竹帛”，“写下来”的“名字”，其重要性不仅在于生前，更在于“死了之后”。也就是令一个人获得某种“不朽”。这种与“语音中心主义”对抗的“书写”，所具有的意义，确是阿Q一类人物所无法企及的。但是，无法企及，却并非是被剥夺的借口，因为，“无法企及”本身还是留下了一种“企及”的指望。这是在“叫”一个人的名字时，在现象学意义上，给予这个人的。

那么，阿Q是如何“失去了”名字的“书写”权的呢？叙述者说：“我曾仔细想：阿Quei，阿桂还是阿贵呢？倘使他号月亭，或者在八月间做过生日，那一定是阿桂了；而他既没有号——也许有号，只是没有人知道他，——又未尝散过生日征文的帖子：写作阿桂，是武断的。又倘使他有一位老兄或令弟叫阿富，那一定是阿贵了；而他又只是一个人：写作阿贵，也没有佐证的。其余音Quei的偏僻字样，更加凑不上了。先前，我也曾问过赵太爷的儿子茂才先生，谁料博雅如此公，竟也茫然，但据结论说，是因为陈独秀办了《新青年》提倡洋字，所以国粹沦亡，无可查考了。我的最后的手段，只有托一个同乡去查阿Q犯事的案卷，八个月之后才有回信，说案卷里并无与阿Quei的声音相近的人。我虽不知道是真没有，还是没有查，然而也再没有别的方法了。生怕注音字母还未通行，只好用了‘洋字’，照英国流行的拼法写他为阿Quei，略作阿Q。这近于盲从《新青年》，自己也很抱歉，但茂才公尚且不知，我还有什么好办法呢。”

这个“Quei”字，怎么“写”，在中国文化中，确实是个问题。请注意，不是怎么“拼（音）”，也不是用传统的“反切”，鲁迅却采取了“英国流行的拼法”，将其命名为“阿Q”。鲁迅嬉笑冷嘲地说了许多，对这个名字可能是“桂”还是“贵”，确立了“考证学”上的原则。这些原则，确是颇有意思，它显示了中国文化的某些“成规”。比如，有“名”，还得有“字”，甚至有“号”。关于“名”与“字”，章太炎曰：“郑康成注《礼》曰：‘古曰名，今曰字。’寻讨旧籍，书契称字，虑非始于李斯。何者，人生幼而有名，冠为之字。名字者，一言之殊号。名不可二，孳乳寖多谓之字，足明周世有其称矣。”[①] 阿Q无“字”，这不奇怪，毕竟，有名有字，恐怕还是“有文化”的人家才有的“标配”。阿Q无“号”，“号”乃指名、字以外另起的称号。起号之风，源于何时？或以为，大概在春秋战国时即有。像“老聃”、“鬼谷子”等，可视为最早的别号。东晋时陶渊明自号“五柳先生”，南北朝时期有更多的人给自己起了号，唐宋时形成普遍风气，元明清达到鼎盛，不但人人有号，而且一个人可以起许多号。阿Q无号，可是“阿Q”似乎也贴着他揭不下来，成了一个“别号”。又，名字是需要“排序”的，“阿贵”往往排在“阿富”后，“名”之“序”，与“人”之“序”，就这样被“文化”先定地“编码”了。幸而不幸，阿Q也不在文化的“序列”里。

为什么无法用汉字来为阿Q命名，就在于他的“名”只剩下了一个“音”！“音”成为解决“无名”却有“音”者的一个方案，“这近于盲从《新青年》，自己也很抱歉，但茂才公尚且不知，我还有什

---

① 章太炎：《国故论衡》，上海古籍出版社2003年版，第8页。

么好办法呢。”“盲从《新青年》”，接上了西方“语音中心主义”，其中玄机，似可深思。不过，阿“Q”这种“表音”、“标音”本身，却是失败的。因为，“Q”字却难以找到与之读音相对应的汉字或汉语。也许，鲁迅先生在此设置的，或者正是一种嘲讽式的悖谬吧！卡夫卡用“K”作其小说主人公之名，不致产生某种文化上的不适，以中国符号中不曾有的“Q”字来表音，本少合宜性；省略作阿“Q”，这更似乎是“盲从”。那么，鲁迅先生自己对汉字的观点，原本不是正属于“《新青年》”一派的么？那种激进的“汉字不灭，中国必忘”的观点，据传出自鲁迅，或者可以存疑[①]。不过，鲁迅明确说过：“汉文终当废去，盖人存则文必废，文存则人当亡，在此时代，已无幸存之道。”[②]“那么倘要生存，首先就必须除去传布智力的结核：非语文和方块字。如果不想大家来给旧文字做牺牲，就得牺牲掉旧文字。”[③]也就是说，鲁迅本人关于汉字的主张，在很大程度上，不仅与《新青年》相同，还是其中的激进的中流砥柱。

所以，鲁迅将小说主人公命名为“阿Q”，对当时的阅读者和后来的“我们”来说，并没有遇到什么文化抵抗，或者，其缘由正在于反对汉字甚至废除汉字的意识，早已渗透“大家”的心底。正如小说中，后来出现的小D之类，也“顺势”地似乎自然地为“我们”接受了下来。

麻烦的是，阿Q的“Q”字代表的汉字是什么，绝非无足轻重的事情。“名”，许慎在《说文解字》中说：“名，自命也。从口夕，夕

---

① 此语出自《新文字运动》，最早见于1937年春流书店出版的《鲁迅访问记》。许广平《鲁迅与汉字改革》（载《语文学习》1956年10月号）引用此文。

② 《鲁迅书信集》上卷，人民文学出版社1976年版，第20页。

③ 《鲁迅全集》第6卷，人民文学出版社1981年版，第114页。

者，冥也，冥不相见，故以口自名。”从许慎的说法中，我们可知，名乃自我意识觉醒的标志。可是，在中国文化中，名更有一种来自氏族的集体意识乃至一定时期的意识形态色彩。那么，它是哪个字，就显得重要了。从个体到集体，都不会无视名字的含义。更何况，“名不正则言不顺”，“名”还与更重要的事物相联系，乃至与“形而上”的东西有关系，“显现”名字，“扬名立万”，防止被“冥灭”，其意义绝不在小。

那么，为什么阿Q陷入一种奇怪的“无名”状态呢？一个重要原因，在于阿Q“无姓”。小说中著名的“你怎么会姓赵！——你那里配姓赵！”似乎是阿Q没有“姓”的原因。可是，似乎更需要追问的是，阿Q何以会姓赵。小说中说：“有一回，他似乎是姓赵，但第二日便模糊了”，这“有一回”便相当奇怪——难道之前从来没有人关心过阿Q姓什么吗？是什么让一个人可以“无姓”地活着呢？阿Q生活的时代，恐怕并非奴隶时代，阿Q本人亦非奴隶或准奴隶（家仆），怎么会“凭空”产生“有一回”的呢？小说写道：“那是赵太爷的儿子进了秀才的时候，锣声镗镗的报到村里来，阿Q正喝了两碗黄酒，便手舞足蹈的说，这于他也很光彩，因为他和赵太爷原来是本家，细细的排起来他还比秀才长三辈呢。”其中，值得探究的原因在于，阿Q和赵太爷“攀”了“本家”，具有血缘关系。这就是赵家说他“你那里配姓赵”的来由。我们认为，阿Q或者是“攀”本家，这当然需要依据，因为血缘关系乃至家族意识，是中国文化一个重要核心，绝不容淆乱。但是，就此说“你那里配姓赵”，则超越了准则：一个姓，不再是或不一定是纯粹的血缘结合体；一个姓，可以允许有各种阶级、身份的存在，甚至一些家仆就跟着主人姓，以表现衷心和归宿感。所以，说“你那里配姓赵”表现出来的蛮横无知，却令人发指。当然，考虑到阿Q“攀本家”在先，激起的愤怒使得赵太爷口不择言，或许也是可以理解的。但无论如何，剥夺一个人的“姓”，乃一个重大的事件。还是引《说文解字》：“姓，人所生也。古之神圣母，感天而生子，故称天子。从女，从生，生亦声。《春秋传》曰：‘天子因生以赐姓。’”段玉裁注曰：“人各有所由生之姓，其后氏别既久，而姓幾湮。有德者出，则天子立之，令姓其正姓，若大宗然。”“姓”乃“人所生也”，与“人生”关系极大。“姓”最初乃代表共同血缘、血统、血族关系的种族称号，可追溯到原始社会的氏族时期。“姓”的产生为了“别婚姻”、“明世系”、“别种族”。鲁迅的老师章太炎在《检论》中著有《序种姓》，对“姓”有颇为详尽的论述。这说明，“姓”在中国，乃个体与群体、群体与社会乃至“种族”与人类关系之最为重要的关键。西方文化中，虽然无中国名姓概念，却也有类似意识。总之，对自己“姓”的重要性，在任何人均非可以轻忽地看待。何况是“精神胜利”的阿Q，他怎么会“第二日便模糊了”！西方小说常有以主人公作书名的，如大卫·科波菲尔、绿衣亨利、威廉·迈斯特，等等，也以此种类型结构小说的鲁迅，为何“失去”了主人公的姓名？

不妨从小说的虚构，看阿Q如何失去了“姓”、失去了“名”？

问题的关键在于，鲁迅他老人家恰恰忘掉了，阿Q是应当有父母的。这个看似大难题的证据，只要叙述者注意“寻根”，一切都迎刃而解。“姓”乃人之“生”来就带着的，从“女”，乃一“母”所生；又与父亲相关，所谓“天子因生以赐姓”，血缘关系可能产生于母系氏族社会，却在“有夫妻然后有男女”之后，成为父系的标志。只要有父母，那么，必定有“姓名”。可是，恰恰这一关键，在《阿Q正传》中，被“模糊”了。也就是说，阿Q在小说中，成了横空出世的存在。我们固然不知道他如何“生”，如何“长”，出现在我们眼前的，就是这个意识“模糊”、忘掉自己“姓什么”，乃至“叫什么”的家伙。

阿Q没来由地成了孙猴子一样的纯“虚构”的存在。可是，孙猴子还有他赖以“出生”的石头，我们却无法寻找阿Q的“出身”。这个怪现象，除了鲁迅，恐怕没谁能说得清。

没了“出身”，姓甚名谁都成了问题，如何书写阿Q的“正传”？

二、无根无史

叙事者曰：

> 阿Q不独是姓名籍贯有些渺茫，连他先前的“行状”也渺茫。因为未庄的人们之于阿Q，只要他帮忙，只拿他玩笑，从来没有留心他的“行状”的。而阿Q自己也不说，独有和别人口角的时候，间或瞪着眼睛道：
>
> “我们先前——比你阔的多啦！你算是什么东西！”

这就很有“诛心”乃至“刨根”的意味了。因为说到任何一种文化，都需要刨根问底，需要追溯其源流。西方文化往往需追问到古希腊、希伯来的“两希传统”。中国文化，在当时乃有所谓“国学”的称谓，赖以抵抗跟着坚船利炮进入中国的文化思潮。鲁迅先生对那种坚守“国学”的“国粹”派、“学衡”派皆极其反感，所以，阿Q

的话："我们先前——比你阔的多啦！你算是什么东西！"不妨说，是坚守"国故"、"国学"或者中国文化本位者的思想明快简洁的显现——是未曾说出的"潜台词"的明白化，也是对传统文化的一种无限崇尚心理的直接表露。阿Q这样的打工者，而且是打短工的，怎么会有如此强烈的尊崇祖先的意识，我们无法去探索；但是，"我们先前"的意识，却在文化中极其重要。或曰，陶渊明之"不为五斗米折腰"，乃一种出身高贵（曾祖父或为陶侃，乃东晋开国元勋，虽有争议，但有亲缘关系无疑；母亲孟氏，是东晋名士孟嘉的女儿）而来的尊严意识。这未必可坐实，但是，对一种文化精神的持守却必有其缘由。那种"我们先前"的意识，不能不是最为重要的精神资源。对于乡村来说，那种从古而来的浓厚的祖先意识，是儒家文化赋予这片土地的一种重要文化现象。何况，它还与乡村中复杂的家族关系，与乡村中的权力、经济、伦理道德等，都有着不可分割的关系。所以，阿Q的这种"我们先前"意识，乃是"寻根"意识的表现。

乡村中以"家"、"家乡"为根本的传统，在鲁迅小说中具有多种表现形态。我觉得，最能反映鲁迅心灵深处的秘密的，是《故乡》，它与《阿Q正传》同年发表。其中，鲁迅对已然"回不去"的"故乡"，具有的怅惘之情，似乎蕴涵着复杂的心态——故乡，有其令人揪心的魅力，关于童年的迷幻，在童话般的少年闰土身上留下了永恒的印迹。这些"我们先前"，这些"你算是什么东西！"几乎是一种自然的、文学的情感，无法泯灭。鲁迅自己的"寻根"之旅，在"故乡"里似乎破灭。可是，那种"寻根"的深刻情感倾向，却是任何作家包括鲁迅在内的一切创作所无法回避的。

"乡村"具有的那种乡土意识，在走出乡村、乡土的人们中逐渐消失；而现代化的大潮加速了这种消失。阿Q有过的进城经历，有一种悖谬的作用，恰似他被赵太爷骂产生的效果一样，一方面，令他看不起城里人的做派；另一方面，却打开了眼界，又有了看不起乡下人的理由。“乡土”所维系的情感，在“离乡背井”的现代社会中倾向于解体。流动，造成的思想意识的变化，在阿Q身上已初露端倪。所以，在后来的阿Q，“我们先前”，已被“举人老爷”所代表的文化权威所替代，更重要的是，阿Q却并不以这种权威为重要，“经济”的力量，在悄悄地侵蚀传统的“文化”力量乃至传统的权力结构。斯宾格勒在《西方的没落》中说：“‘哪儿好，那儿就是家’这句话在文化发生以前和以后都是正确的。”因为，“作为文明的人，作为智性的游牧民，他又重新完全成为小宇宙的，完全成为无家的；他在智性上是自由的，就像猎人和牧人在感觉上是自由的一样。”“没有根砥的智性却在一切景色及思想的可能性中驰骋。”[①] 西谛曾指出：“像阿Q那样的一个人，终于要做起革命党来，终于受到那样大团圆的结局，似乎连作者他自己在最初写作时也是料不到的。至少在人格上似乎是两个。”[②] 这种人格的分裂，其实正在于文化的裂变；而那种“智性的自由”，即使在阿Q身上，也有着深刻的改变。他不再以赵太爷为意，不再纠缠于是否“姓赵”，城市所带来的“自由”，固然在阿Q身上扭曲为“经济”上的变异的优势，但是，其文化上的改变，却毋庸置疑。而“革命”则令他获得了又一“人格”，使得“阿Q”可以成为赵太爷嘴里的“老Q”。这种“料不到”，正如鲁迅所说，“据我的意思，中国倘不革

---

① 〔德〕斯宾格勒著，齐世荣等译：《西方的没落》（下册），商务印书馆1991年版，第199页。

② 《鲁迅全集》第3卷，人民文学出版社1981年版，第382页。

命，阿Q便不做，既然革命，就会做的。我的阿Q的运命，也只能如此，人格也恐怕并不是两个”。① 似乎强调其历史必然性，可是却也可解释为“自由”了的阿Q，精神的逻辑也会如此发展。“人格”是两个，却又是一个。

这样，失却了“行状”的阿Q，渐渐的，也会失去“我们先前”，甚至失去“土谷祠”，失去“故乡”。那种悠久而牢固的文化之根意识，也会在一种激进的潮流中溃败：“我们先前——比你阔的多啦！”的意识，一时之间，竟会成为笑料。相反的，那种“一穷二白”的思维，即“一张白纸，可以画最新最美的图画”的思路，却占据上风。如此，“时间开始了”！有“我们先前”吗？“我们先前——比你阔的多啦！”，无论在文化的意义上，还是在其他意义上，或许，这个“我们”，这个“集体”，如果加上“身份”的话，应当是“中国”，或“中华民族”。那么，这个判断，至少，具有一定的依据。

可是，通过鲁迅的重重剥离，阿Q至少在很大程度上，失去了中国文化的“身份”。关于他的社会身份，就阿Q是不是农民，有过许多讨论。其实，也攸关其文化身份。我们可以说，阿Q不是农民——他甚至连“家”都没有！没有土地乃至没有对于土地的意识——他“真能做”的范围表现出一种流荡特质。同样，阿Q不是市民，阿Q不是流民，阿Q不是工人，阿Q不是知识分子，不是革命者……

他似乎又是一种综合：认同“从前”，认同“乡土”，认同“城市”，认同“革命”……可是，他很可能立即走向反面，因为，那个“不准姓赵”、“不准革命”……的“不准”也在他的对面等候着。

---

① 《鲁迅全集》第3卷，人民文学出版社1981年版，第385页。

所以，阿 Q 的历史，阿 Q 所在的“历史”，确是难写。因为，他无“根”。

三、无字无文

鲁迅对中国的历史书写，有太多的感慨，反复抉微发隐；但最具杀伤力的，还是在《狂人日记》中，那句著名的话：“我翻开历史一查，这历史没有年代，歪歪斜斜的每页上都写着‘仁义道德’几个字。我横竖睡不着，仔细看了半夜，才从字缝里看出字来，满本都写着两个字是‘吃人’。”这种颠覆性的读法，如同梁启超说二十四史皆“相斫书”一样，激切，锐利，深有感染力。到自己来写类似历史传记的作品，恐怕首先需要对这种书写本身——传统所谓“书法”，乃指史家对材料处理、史事评论、人物褒贬，体现出来的原则、体例，谓之“书法”——进行反思。也就是说，“书写”与“解读”，应当分别对待：从“字缝”中看出来的，或许与写下来的“字”是否留下了“缝隙”有关。列奥·施特劳斯的《迫害与写作艺术》，即将这种“读法”与“书法”联系起来。

写作《阿 Q 正传》的鲁迅，在回忆“成因”时说：小说的“第一章：序”，“因为要切‘开心话’这题目，就胡乱加上些不必有的滑稽，其实在全篇里也是不相称的”。[①] 就小说整体而言，这或许颇为切实，但是，这些“不必要的滑稽”，却别具一种作用：作者有意无意地表露了关于书写历史的见解。

---

① 《鲁迅全集》第 3 卷，人民文学出版社 1981 年版，第 384 页。

关于“正传”，叙事者解释道：

> 第一是文章的名目。孔子曰，“名不正则言不顺”。这原是应该极注意的。传的名目很繁多：列传，自传，内传，外传，别传，家传，小传……，而可惜都不合。“列传”么，这一篇并非和许多阔人排在“正史”里；“自传”么，我又并非就是阿Q。说是“外传”，“内传”在那里呢？倘用“内传”，阿Q又决不是神仙。“别传”呢，阿Q实在未曾有大总统上谕宣付国史馆立“本传”——虽说英国正史上并无“博徒列传”，而文豪迭更司也做过《博徒别传》这一部书，但文豪则可，在我辈却不可。其次是“家传”，则我既不知与阿Q是否同宗，也未曾受他子孙的拜托；或“小传”，则阿Q又更无别的“大传”了。总而言之，这一篇也便是“本传”，但从我的文章着想，因为文体卑下，是“引车卖浆者流”所用的话，所以不敢僭称，便从不入三教九流的小说家所谓“闲话休提言归正传”这一句套话里，取出“正传”两个字来，作为名目，即使与古人所撰《书法正传》的“正传”字面上很相混，也顾不得了。

在传统史学范围中，确乎没有“阿Q”们的位置；所以，虽然“传的名目很繁多”，“而可惜都不合”。那么，这个“正传”，从语义上来说，尤其“不合”。但是，却歪打正着地切合了小说人物的“身份”，以一种“无文”的文化，为这个写法找到了因缘。

所谓“名不正则言不顺”，这“名义”的重要性是不容轻忽的。

但写阿Q仍以“传”名之，并且以“优胜记略”、“续优胜记略”、“恋爱的悲剧”、“生计问题”、“从中兴到末路”、“革命”、“不准革命”、“大团圆”来为笔下的阿Q提要钩玄。其中，“优胜记略”、“续优胜记略”，乃戏仿传统传记名目，却以表现大事件的“大词”来写阿Q人生中的事件；“精神胜利法”以“优胜”名之，足显嘲讽。“恋爱的悲剧”、“生计问题”、“革命”、“不准革命”，这些名目，则显然是现代社会与现代历史的产物。“从中兴到末路”，同样是以“大词”写“小人物”的兴衰悲欢，但是，却似更具某种历史感。至于“大团圆”，乃鲁迅对中国小说戏曲叙事尤其是悲剧叙事的根本看法，用在此处，无边悲凉辛酸顿时扑面而来。结构《阿Q正传》的手法，蕴涵着根本性的反讽。一方面，对传统史学持一种怀疑的心态，“字缝”处的历史“书写”，与“字面”上的呈现之间，有着明显的差异，借着这部小说，酣畅淋漓地表现出来；另一方面，现代性的情境，尤其是现代生活的重要内容，在小说中烙上了深刻的印痕，如“恋爱”、“生计”、“革命”等，但却以“似是而非”的形式，予以深刻的怀疑。阿Q“恋爱”过么？有“革命”意识么？乃至，阿Q的“大团圆”难道也是“大团圆”？

传统的“春秋笔法”、“太史公笔法”，在阿Q身上，或许还在，但却是以一种现代小说形式予以结构，也予以解构；传统的“太史公曰”还隐含在字里行间，却以“异史氏曰”来宣称其隐微的含义。在《阿Q正传》中，我们发现，很多时候，没有历史；很多时候，却又有太多历史。鲁迅似乎要将《阿Q正传》赋诸历史，阿Q的叙事者云：除了阿Q的“阿”字经得起推敲，“至于其余，却都非浅学所能穿凿，只希望有‘历史癖与考据癖’的胡适之先生的门人们，将来或者能够寻出许多新端绪来，但是我这《阿Q正传》到那时却又怕早经消灭了。”“历史”带来的“文化”，在小说中的阿Q身上，出于一种模糊而又确定的形态，那就是所谓的“精神胜利法”。这也是鲁迅在中国人身上寻找到的“国民性”。不过，如果“历史”、“文化”，都无法在“文字”中落实，那么，“国民性”又当从何处认得呢？

汉字符号去除后，“虚无”必然来临，无论是历史，还是文化，都面临着危机。陈寅恪曾经称“今日训诂，学之标举，凡解释一字即作一部文化史”[①]。其实，任何一个“字”，均为文字系统中一分子，故均蕴涵着一种文化。解释一字，所作的“文化史”，既包含着物质、精神文化，更包含制度文化。当然，还包含着特定群族的历史、地理、风土人情、传统习俗、工具、附属物、生活方式、宗教信仰、文学艺术、规范、律法、制度、思维方式、价值观念、审美情趣、精神图腾……鲁迅曾从章太炎学《说文》，思想观念上，也颇受其影响，如对文字与文章关系的认识，即与太炎同调；他论文字，则曰：

> 意者文字初作，首必象形，触目会心，不待授受，渐而演进，则会意指事之类兴焉。今之文字，形声转多，而察其缔构，什九以形象为本柢，诵习一字，当识形音义三：口诵耳闻其音，目察其形，心通其义，三识并用，一字之功乃全。其在文章，则写山曰崚嶒嵯峨，状水曰汪洋澎湃；蔽芾葱茏，恍逢丰木；鳟鲂鳗鲤，如见多鱼。故其所函，遂具三美：意美以感心，一也；音美以感耳，二也；形美以感目，

---

① 陈寅恪：《书信集》，生活·读书·新知三联书店2001年版，第172页。

三也。[1]

具体见解虽或有可商，但却显示出卓而不群的眼光。汉字特具的美感，“首必象形”，因其“触目会心，不待授受”。那么，以“Q”为“阿Q”命名，岂非丧失了他最根本的生存符号？更无须论其所包含的美学意蕴了。

如此一来，只有声音才是确凿的——阿Q，只剩下了一个汉字“阿”字。叙述者曰：“我所聊以自慰的，是还有一个‘阿’字非常正确，绝无附会假借的缺点，颇可以就正于通人。”可是，我们知道，“阿Q”的这个“阿”字，是以一个语音表现出特定情感。不过，这个“阿”字也并不简单。《说文解字》曰：“阿，大陵也。一曰曲阜也。从曲，可声。”段玉裁曰：“凡曲处皆得称阿。”又曰：“曲则易为美，故《隰桑》传曰：‘阿然，美皃。’凡以阿言私曲、言昵近者，皆引申叚借也。”可见，这个“阿”字，并不简单表音，而具有丰富的含义。《汉字大辞典》更给出了二十多个义项。就“阿”出现的语境而言，则此字作“Q”的前缀，用在这个“无名”之“名”的前面，颇有亲昵、稍不注意即成轻视。可是，看其字源，金文，，乃阜，指大山、高地；，呵，感叹、呼唤。，土，山地。造字本义，当是指人们在登上高山后感叹、呼唤。篆文省去“土”。隶书将简写成。也就是说，这个“阿”字，仍然符合鲁迅所说“首必象形”的原则，与西方语言中，“阿”这个“元音”迥然不同。如此，则“阿”字与“Q”的绝妙结合，也就有了复杂的“跨文化”的意味。《说文解字叙》

[1] 《鲁迅全集》第9卷，人民文学出版社1981年版，第349页。

曰："盖依类象形，故谓之文。"由"文字"到"文学"的推演，与西方从语言到文学的路数，有了不同。这在"阿"之一字，已可看出。所以，"阿Q"之传记，必然留下种种"缝隙"。"名"不正则"言"不顺，中国文化最根本最重要的符号——汉字，在很大程度上，左右着鲁迅这部小说的创作；由于对文化根底的贬低，小说未免渗透着浓厚的虚无气息。鲁迅指出小说的英译存在的问题："'柿油党'不如译音，因为原是'自由党'，乡下人不能懂，便讹成他们能懂的'柿油党'了。"[①] 我想，"乡下人"的讹错，乃因"语音中心主义"造成，要真正懂得"自由"，固然要懂得西方文化的内在精神，却也需懂得中国文化的境况。这里面，由汉字表征的意识形态，乃是重要一环。

《阿Q正传》写于1921年底至1922年初，《汉文学史纲要》则作于1926年。鲁迅对汉字以及"连属文字，亦谓之文"的"文章"、"文学"，都有了回归太炎关于小学以及《文学总略》的认识。这篇纲要是文言写成的。再后来，到了1934年，鲁迅写出《中国人失掉自信力了吗》，思想有了很大变化。文章中，对"国民性"的看法似不同以往："说中国人失掉了自信力，用以指一部分人则可，倘若加于全体，那简直是诬蔑。"我以为，正可用来驳斥以"精神胜利法"指称"国民性"的做法。此文说，"中国人现在是在发展着'自欺力'"；"自欺力"不也是"精神胜利法"之重要内容吗？那么，这里的"中国人"，还是只能指"一部分"。因为，"我们从古以来，就有埋头苦干的人，有拼命硬干的人，有为民请命的人，有舍身求法的人……，虽是等于为帝王将相作家谱的所谓'正史'，也往往掩不住他们的光耀，这就是

① 《鲁迅全集》第3卷，人民文学出版社1981年版，第388页。

中国的脊梁”。中国文化自有其“脊梁”在，汉字亦其一也。珍视汉字的文化创造，寻找与西方文化更为平等的“对视”方式，或许是我们告别“阿 Q”的新起点。

一、反抗符咒

随着肉体生命的消失，那与生命息息相关的种种体验、情感、意想所构成的精神世界，都沉入到永恒的幽暗里。只有创造出精神珍品的艺术家、思想家以及各领域内的大师们战胜了死亡，他们使自己的一部分生命获得了永生。然而，创造出不朽符号的人却往往因此而化成了某种符号，从而失去了自己生命整体的其他各种精华。因为用符号来概括、总结、抽象某个人，往往具有鲜明、独特而直指人心的效果。语言本来就是一种符号，而经过挑选的符号就成为人类文化的创造。卡西尔就把人叫作符号的动物。但是，“言不尽意”，“言”总是有着它“不可说”与“说不尽”的东西。对于人、人的生存来说，尤其如此。只是语言符号或者其他美学符号一旦被“指称”到某个人或者某个事物，并且“切中”了他们的某些特点的话，经过众口腾播，符号就会变成符咒，其魔力或魅力就很难祛除。吴从先的这篇画论正是由此着眼，从“云林自有逸于千百世之上，风于千百世之下者在”，却为一般人仅“以画重”而引发出深长慨叹，慧心独明地阐述了对“画”与“人”、符号与人生的关系的独特体会。

这实在是一个百谈不厌的老话题。所谓“心声心画”等论，大都因“声”、“画”等而重“人”，并非从“声”、“画”之外知“人”，这无足怪。但是，吴从先所看重的，首先是“人”，其次才是那些“身外之物”。所以，他坚信“不以画求云林，而云林亦在也”，以至认为“以画求云林，目中无人，宇宙无人，天地直一帧耳”。一“画”挡住了看“人”的眼睛，使“人”(“画家”、“读画者”等)竟被“画”累了！垂的箭，王羲之的字，关公的大刀，“不磨于天壤”，却并不能包容他们的生命本质，因为“造化自有以雄之者”，那就是他们的智巧、风流、忠义等品质，才是使他们有所创造，并使创造物“不磨于天壤”的根源。由于注目于“人”——宇宙的精华，这篇“画论”成了“人论”。

吴氏论倪云林，尤其是重视的是“云林之本心”，即不为“卒无意于天壤”的“拘拘”画幅所局限的“人”。吴氏赞许倪云林为“古今之至人，文人之领袖”，为“昂藏烈丈夫”，表现出对其人格的景仰，正是“知人论世”，以心灵去撞击、感应的结果。从“楼藏异琛，架藏异书”发现其瑰奇的心灵世界，“惊拜而退”的胡人，“长叹而归”的揭傒斯，在作者心目中，与其说是因为清閟阁的珍宝，书架上的异书，不如说是在云林高华的风致才具面前被折服。确实，高度发达的文明的生活条件是滋养艺术家精神的极好营养，所以，“袭等龙宫，帙散孔壁”正表明了倪云林的精深修养与高洁情操。如此，他的“栖隐吴门，不求闻达”，就是由于在奇异珍贵的精神王国中求得了栖身之地。

因而，当倪云林在张士诚的多方幕罗下，能够“脱百万于敝屣”，宁可放弃一切，却不丢失人格的尊严；“青山无恙，白骨不淄”，就将他的瑰奇高华的才情和刚烈的志气完美地结合在了一起。才学节操的高度统一，合成了一个完整的“人”，这就是作者为倪云林所作的“人论”。

然而，此文毕竟又是“画论”。虽说“云林竟以画累之矣”，但是“画以托意，意以传神”，只要有不以画累者在，则自不为所累。倪云林“不为蛮峦叠嶂、嵌崎诡怪之状”的山水画，而用“盈尺林亭，瘦风疏雨，朗树两三条，修竹十数竿，茅屋独处，旷石两层”等清淡古朴的色相表现出“云烟烂熳之致，潇爽不群之态”，其“意”、其“神”在画中的表现可知。这，当然是“系之其人”的，是“人”与“画”的交合。但必须“不局于画”，具有“造化自有以雄之”的独特人格精神，才更为重要，也更是人生的价值所在，才能“不以画累”。

重视“人”，重视人生的过程，则“画”只不过是人生的一部分，无论“画”本身如何神妙，却只能是人生并不完满的表达，此文由“画”而论“人”，心目中时时有“人”在，故而始终从人的生命体验入手，谈“画可为也”，说画之累人……最终坚信人的一切宝贵的精神力量都将“不磨于天壤”。在此意脉的贯通下，情文相生，骈散交用，以对人、对生命的激情“逼”出文末之“论”，使得文虽曰“论”，实为情灵摇荡的“情”文。

但是，解除了（真的能解除吗）艺术的符咒，“人”又何从“逸于千百世之上，风于千百世之下”呢？岂非审美的表现才能够使“人”的精神、“人”的形象得到“不磨于天壤”的流传么？否则，此文又何必叫什么“画论”？……于是，我们又陷入“人”的生存与一切符号存在的永恒的悖论关系之中。吴从先的立意，正是自庄子以及魏晋玄学关于“言”、“意”之辨的哲思中得到启悟的。明了这一点，则可以激发我们对此作出自己的感受与思索。

［**附　录**］

倪云林画论

吴从先

画一艺耳。然品既不同，情亦殊致，则系之其人矣。

云林之时，以画名家者，富春则黄公望，林平则王叔明，武塘则吴仲圭，而云林最后出，从公望游，遂寄兴于山水间，然不为峦峦叠嶂、嵌崎诡怪之状。盈尺林亭，瘦风疏雨，朗树两三条，修竹十数竿，茅屋独处，旷石两层，意兴毕于此矣。然云烟烂熳之致，潇爽不群之态，意色不远，平淡不奇，遂定名于三家之上。

虽然，云林竟以画累之矣。人固有以画重者，而画亦有以人重者。画以托意，意以传神。山水之趣，不为笔墨而飞，笔墨之间，偶缘山水而合。以此思画，画可为也。

云林当胜国之季。栖隐吴门，不求闻达，楼藏异琛，架藏异书。胡人登其楼，惊拜而退；揭斯探其架，长叹而归。袭等龙宫，帙散孔壁。古今之至人，文人之领袖也；而徒以画名也？

士诚倔起，麋鹿吴宫，云林浩然发桴海之叹。而士诚幕罗，多方不屈，穷辱频加。脱百万于敝屣，捻虎须于牙吻。而青山无恙，白骨不淄，斯又昂藏烈丈夫也。

云林自有逸于千百世之上，风于千百世之下者在。而徒以画也，则垂巧当以官废，右军风流当以书掩，而寿亭忠义当与此刀并蠹矣。惟不局于画，则竹之矢，书之法，关之刀，不磨于天壤，而卒无意于天壤也。造化自有以雄之者，而岂为此拘拘也？不以画求云林，而云林亦在也。以画求云林，目中无人，宇宙无人，天地直一帧耳。此云林之本心，超出于三家者。是云林之不以画累者也。

二、死有何凭

尽管离真正的死亡还很远（徐渭此文撰于41岁，他逝于73岁），但徐渭却并非过敏地嗅到死亡的气息，痛感着死亡的逼迫，而不得不像哈姆莱特一样思考人生的最大问题了：“生存还是死亡？”当徐渭以赴死的决心为自己撰写墓志铭，在死亡面前交代自己的一生时，思考的重心却更是生何凭、死何据。他没有写“忏悔录”，更没有给自己“谀墓”，却以一种近乎平静的客观态度从容地整理着自己的一生，超然地将自身作为审视的对象，为生存与死亡寻找着精神依据。

“未知生，焉知死。”徐渭是努力地要知“生”，并且企求着一种经过思考的本真的人生的。他从“文”最先获得一种审美化的人生体验，进而“有慕于道”，研究王氏心学，参禅悟道，努力探求生存的真谛。“又志迂阔，务博综，取经史诸家，虽琐至稗小，妄意穷及，每一思废寝食，览则图谱满席间。”他焦虑的心灵，在广阔的精神时空中遨游，探奇历险，巨细不捐，力求穷尽人类精神的无限幽隐！“每一思废寝食”，在“上穷碧落下黄泉”的茫茫思想之路上的跋涉，超越了悠悠天地，从世俗人生中解脱了出来。所以，他“辄疏纵不为儒缚”，读书别有心得，在艰险的精神求索中有着“自信而深奇”的收获。他是如此重视自己的精神生活，在与死亡对话时谈得最多的就是自己的精神历程。看来，徐渭确乎是对“知生”付出了极大努力，并且确乎自有所知的。

然而，知之未必能行之。在那样的时代中，知固不易，行则更难。徐渭被时人目为“狂人”甚至神怪，以至成为许多民间故事的箭垛，原因就在他不仅是从书本上、精神上求得人生之真谛，而且要在自己的生活中实践自己的精神追求。他“惮贵交似傲，与众处不浼袒裼似玩”，以“傲”与“玩”来对待权贵、庸众，然而，其卑微的地位，使之“懒且直”，必然要受到众人的非议。“人多病之”，“人且争笑之”，“人争愚而危之”……总之，是不理解，是嘲笑，是毁谤……形成的一种无形的力量，压迫着他的精神，更压迫着他的生存空间。尽管他曾“得尽游名山，起僵仆，逃外物”，却仍然逃不出时代如漆大夜的网罗，而走上“自觅死”的绝路；“知生”的结果，是生活冷酷地宣告他已不适于生存，故而“乃渭则自死，孰与人死之”！他要以自己的死，来宣布这社会本身已不适于生存！通过“生”，他知道了“死”——社会给他这个“操洁”的“狂人”的唯一出路。

“死”，毕竟是艰难的，徐渭这样的杰出文人何尝不想努力地求生！他“洋洋居穷巷，僦数椽储瓶粟者十年”，却把“食鱼而居庐”的荣华富贵视为危途，正表明他想在夹缝中求生存的愿望。对世事人生的洞察，当然使他知道生存的技巧，更清楚社会所需要的是何等样人。尽管如此，他却毫不为之所动，并且“一涉义所否，干耻诟，介秽廉，虽断头不可夺”，决不愿苟且偷生，虽然明知死后“亲莫制，友莫解焉”，亦置之度外。

“生存还是死亡”？一方面是从容赴死的决心，另一方面是对人生的无限眷恋，两股情感的热流，从相反方向碰撞到了一起，强烈地激荡着作者的心，发而为文章，就形成了一种“反讽”的风格。他将自己的那股狂傲野放之气，将自己的悲愤郁怒，将自己的一往情深，统统以一抹淡淡的、冷冷的微笑表现出来。他还想写自己独到的“自信而深奇”的见解；他还怀念着“等布衣”相待的胡宗宪；而那些“病之”、“笑之”、“危之”的力量的时时逼迫，都在死亡面前失却了重量，变得无足轻重。这是一种感觉到了此身已非我有时发出的嘲笑。然而，此时“抉心自食，欲知本味”的剧烈创痛仍然在文章中流露出来，使我们从作者冰冷的微笑后窥见了他那痉挛的灵魂。

对着自择的死亡，徐渭交代着自己一生最值得交代的事。虽然他的身世如此凄苦，他也只是“纯客观”地叙述了一下。他的思绪始终萦绕在“生”与“死”的问题上。在铭文中，他写出了自己思考生死的依据，那就是“死伤谅（否）”？“生何凭”？无论是对“生”，还是对“死”，他都恪守着自己的原则，而无意于“明哲”保身，事实上，只有这样的人，才能实现自己生命的价值。

［附　录］

自为墓志铭

徐渭

山阴徐渭者，少知慕古文词，乃长益力。既而有慕于道，往从长沙公究王氏宗，谓道类禅，又去扣于禅，久之，人稍许之，然文与道终两无得也。贱而懒且直，故惮贵交似傲，与众处不浼袒裼似玩，人多病之，然傲与玩，亦终两不得其情也。

生九岁，已能为干禄文字，旷弃者十馀年，及悔学，又志迂阔，务博综，取经史诸家，虽琐至稗小，妄意穷及，每一思废寝食，览则图谱满席间。故今齿垂四十五矣，籍于学宫者二十有六年，食于二十人中者十有三年，举于乡者八而不一售，人且争笑之。而已不为动，洋洋居穷巷，僦数椽储瓶粟者十年。一旦为少保胡公罗致幕府，典文章，数赴而数辞，投笔出门。使折简以招，卧不起，人争愚而危之，而已深以为安。其后公愈折节，等布衣，留者盖两期，赠金以数百计，食鱼而居庐，人争荣而安之，而已深以为危，至是，忽自觅死。人谓渭文士，且操洁，可无死。不知古文士以入幕操洁而死者众矣，乃渭则自死，孰与人死之。渭为人度于义无所关时，辄疏纵不为儒缚，一涉义所否，干耻诟，介秽廉，虽断头不可夺。故其死也，亲莫制，友莫解焉。尤不善治生，死之日，至无以葬，独馀书数千卷，浮磬二，研剑图画数，其所著诗若文若干篇而已。剑画先托市于乡人某，遗命促之以瓷葬，著稿先为友人某持去。

渭尝曰：余读旁书，自谓别有得于《首楞严》、《庄周》、

《列御寇》若《黄帝素问》诸编，倘假以岁月，更用绎紬，当尽斥诸注者缪戾，摽其旨以示后人。而于《素问》一书，尤自信而深奇。将以比岁昏子妇，遂以母养付之，得尽游名山，起僵仆，逃外物，而今已矣。渭有过不肯掩，有不知耻以为知，斯言盖不妄者。

初字文清，改文长。生正德辛巳二月四日，夔州府同知讳鏓庶子也。生百日而公卒，养于嫡母苗宜人者十有四年。而夫人卒，依于伯兄讳淮者六年。为嘉靖庚子，始籍于学。试于乡，蹶。赘于潘，妇翁簿也，地属广阳江。随之客岭外者二年。归又二年，夏，伯兄死；冬，讼失其死业。又一年冬，潘死。明年秋，出僦居，始立学。又十年冬，客于幕，凡五年罢。又四年而死，为嘉靖乙丑某月日。男子二：潘出，曰枚；继出，曰杜，才四岁。其祖系散见先公大人志中，不书。葬之所，为山阴木栅，其日月不知也，亦不书。铭曰：

杼全婴，疾完亮，可以无死，死伤谅。兢系固，允收邕，可以无生，生何凭。畏溺而投早嗤渭，既髡而刺迟怜融。孔微服，箕佯狂。三复《蒸民》，愧彼既明。

三、诗与苦难

在艰险困苦和孤独寂寞之中仍能葆有一颗跳动的诗心，无疑是精神强大的标志。在国破家亡的巨大灾难中，“或提师北伐”，“或避虏南征”的张煌言，用怒涌的热血和悲愤的清泪吟哦长啸，发出“慷慨长歌”、“寂寥短唱”，满腔的情思在郁勃的生命力的激发中奔放出来，显示出不可征服的英雄气概。这篇《奇零草（自序）》，就是对自己的“诗史”的叙述。

为诗集写序，一般来说，总是以介绍集中之诗为主，此文却着重“哀悼”那些在战火中毁失的诗篇。“会国难频仍，余倡大义于江东，凡从前雕虫之技，散亡几尽矣”；“及胡马渡江，而长篇短什，与疏草代言，一切皆付之兵燹中，是诚笔墨之不幸也”；“乃丁亥春，舟覆于江，而丙戌所作亡矣”；“戊子秋，节移于山，而丁亥所作亡矣”；“庚寅夏，率旅复入于海，而戊子、己丑所作又亡矣”；“迨辛卯昌国陷，而笥中草竟靡有孑遗”；“丙申昌国再陷，而亡什之三”；“戊戌覆舟于羊山，而亡什之七”；“己亥长江之役，同仇兵熠，予以间行得归，凡留供覆瓿者，尽同石头书邮，始知文字亦有阳九之厄也”。好了，频繁的记录，似乎已令人感到厌倦；然而，诗人那旋毁旋生、不可磨灭的诗的精魂，正从这接连不断的“亡诗”记录中显现出来！写在纸上的诗篇会不断地毁灭，而心中的诗却永远毁灭不了！诗篇的毁灭，诗的不幸，也正是诗人的不幸，国家的不幸：诗歌与诗人有着共同的命运。诗人所以如此痛惜诗篇的毁失，就是因为那不仅是他生命的记录，情感的升华，而且就是他生命的一部分，就是国家不幸的象征啊！

从少年时期的强烈爱好，“时时窃为之”，到登第后的“往来赠答”，至于军旅中“尚得于馀闲吟咏性情”，再到“忧国思家，悲穷悯乱”的“风雨飘摇，波涛震荡”中的歌吟，张煌言回顾了自己的诗歌创作历程。避着父亲，从正儿八经的经史中偷出空来作诗，不过是对人生的审美方面的追求；与“四方贤豪”的往来赠答，也只是生活的一种点缀；而到了“无时无事不足以响动心脾”的国破家亡的时刻，那些“慷慨长歌”与“寂寥短唱”，由于是“孤臣恋主，游子怀亲”

的情感的自然流露，自当另作别论。事实上，诗作为作者生命的一部分，此时已成为国家存亡的歌哭，具有了不同的意义。故而，作者在“思借声诗，以代年谱”的同时，又将其与国家命运联系起来：“岂日亡国之音，庶几哀世之意。”

虽然如此，作者在绪述了自己的诗歌创作历程和诗集编成经过后，还在最后写了一段为诗辩护的文字。他以杜甫、陶潜、郑所南为例，说明自己的志意。杜甫之名为“诗史”，一方面是因为他“善陈时事”，在诗中记叙了乱离的史事；另一方面，也是更重要的方面，则在于他的诗唱出了广大人民的心声，故而成为“诗史”。他以杜少陵为例，以明心迹，表白自己并非“为诗而诗”，实在是很恰当的。对于身经亡国之痛，并且将此置于一切之上的作者，陶潜与郑所南的矢忠故国，更能切合他的心志，所以他觉得郑所南之作“铁函心史”是“其志可哀，其情诚可念”，而让读者由此体会到他本人的心情。他的解释，本身就是诗的解释，以诗人的激情来为自己的诗寻找存在的情由，更加说明了他的诗的性质。

“序”中并未直接描述自己的诗本身，却使人强烈地感到一种诗的力量。因为诗人确实是爱诗的，他是把诗当作自己生命中的精魂所寄来叙述其遭遇命运，并为其辩护的。所以，文中不断叙述诗的经历的文字虽显得客观平淡，而在诗情的流注中却获得了感人的力量。

[**附　录**]

《奇零草》自序

张煌言

余自舞象，辄好为诗歌。先大夫虑废经史，屡以为戒，遂辍笔不谈，然犹时时窃为之。及登第后，与四方贤豪交益广，往来赠答，岁久盈箧。会国难频仍，余倡大义于江东，凡从前雕虫之技，散亡几尽矣。于是出筹军旅，入典制诰，尚得于馀闲吟咏性情。及胡马渡江，而长篇短什，与疏草代言，一切皆付之兵燹中，是诚笔墨之不幸也。

余于丙戌始浮海，经今十有七年矣。其间忧国思家，悲穷悯乱，无时无事不足以响动心脾。或提师北伐，慷慨长歌；或避虏南征，寂寥短唱。即当风雨飘摇，波涛震荡，愈能令孤臣恋主，游子怀亲。岂曰亡国之音，庶几哀世之意。

乃丁亥春，舟覆于江，而丙戌所作亡矣。戊子秋，节移于山，而丁亥所作亡矣。庚寅夏，率旅复入于海，而戊子、己丑所作又亡矣。然残编断简，什存三四。迨辛卯昌国陷，而笥中草竟靡有孑遗。何笔墨之不幸，一至于此哉！

嗣是缀辑新旧篇章，稍稍成帙，丙申昌国再陷，而亡什之三。戊戌覆舟于羊山，而亡什之七。己亥长江之役，同仇兵熠，予以间行得归，凡留供覆瓿者，尽同石头书邮，始知文字亦有阳九之厄也。

年来叹天步之未夷，虑河清之难俟，思借声诗，以代年谱。遂索友朋所录，宾从所抄次第之。而余性颇强记，又忆其可忆者，载诸楮端，共得若干首。不过如全鼎一脔耳。独从前乐府歌行，不可复考，故所订几若《广陵散》。

嗟乎！国破家亡，余谬膺节钺，既不能讨贼复仇，岂欲以有韵之词，求知于后世哉！但少陵当天宝之乱，流离蜀道，不废风骚，后世至今，名为诗史。陶靖节躬丁晋乱，解组归来，著书必题义熙。宋室既亡，郑所南尚以铁匣投史眢井，至三百年而后出。夫亦其志可哀，其情诚可念也已。然则何以名《奇零草》？是帙零落凋亡，已非全豹，譬犹兵家《握奇》之馀，亦云余行间之作也。时在永历十六年，岁在壬寅，端阳后五日，张煌言自识。

四、以心说园

园林，作为“人化的自然”，是人与自然共同创造的审美的家园，诗意的栖居地。祁彪佳此文，就是对这种充满痛苦与狂喜、痴情与逸趣、意匠与灵感的独特的创造过程的描写。他带领读者进入创造过程，进入他的性灵世界，一起享受审美创造的愉悦。

是经过风尘人寰、沧桑世事的洗礼，才对“委置于丛篁灌莽中”的小山“若有感触焉”的。“感触”什么？“二十年前情事”确是美好的，“捧土作婴儿戏”的天真在“引疾南归”后忆起，显然是别有一番滋味在心头。往日弃山而去的二兄都已摒绝尘俗，作者“勃不可遏”的“卜筑之兴”之激起，其“感触”当是十分深广的。因而，创造激情才经久不衰，才日甚一日，难以自已……

这是一种特殊的劳动。在这种劳动中“病而愈，愈而复病”的作者，将自己专心致志的精神比作“痴癖”，似乎成了一种病态的热情。而唯其如此，才显示出这种劳动是何等地具有吸引力。从无到有，从有到觉得其“果有不可无者”，正是心灵世界与自然世界获得高度契合的表现；而“前役未罢，辄于胸怀所及，不觉领导拔新，迫之而出”，又表现了“神与物游”、“心境万象生”的创造的欢愉。当然有苦恼，有“路穷径险”、“极虑穷思”之时，甚至会“形诸梦寐”，但正因如此，智慧的灵境才能“若为天开”，无限风光在险峰！所以，“兴愈鼓，趣亦愈浓”，兴、趣相激相发，相摩相荡，正是创造性劳动的特点，何况这是审美的创造！又何况在审美创造之中又不断地创造着人本身！所以，当清晨的第一缕柔光来到枕上，就开始了痴迷的工作。在工作中，消除了粗鄙的利欲物欲，克服着自然的威力，把自己提升到一个崭新的境界。因此，如果说这是一种“痴癖”，那么“病而愈，愈而复病”中却除却了心灵的病态。我们可以感到，在开园中，那“委置于丛篁灌莽中”的作者的童心似乎也被开发出来，并且越来越真纯了。

在创造中，将自然人化、审美化是要按美的规律来造型的。祁彪佳很懂得艺术辩证法。“大抵虚者实之，实者虚之；聚者散之，散者聚之；险者夷之，夷者险之”，表明了他的艺术素养；而达到“如名手作画，不使一笔不灵；如名流作文，不使一语不韵”的高度成就，更表明其非凡的审美创造能力。这，仍是执着痴迷的“痴癖”在起着巨大的作用。所以，时时在心，情兴常殷，愈出愈奇，把心灵的每一境界都在自然中营构出来。于是：“一径未通，意犹不慊也”，“农圃之兴尚殷，于是终之以丰庄与豳圃”；暇日则别出心裁，“偶一为之”……全身心都投入到对自己“非有机的身体”的创造中去了。

“开园之始末”、“开园之痴癖”、“开园之营构”、“开园之岁月”，四节分述开园的过程，虽然每节各述一方面，却形成了一个有机的结构。一方面，是由于作者的那种强烈的对开园的“兴”、“趣”始终贯穿，并作为主要线索，联结各节；另一方面，则是因为各节之间在叙事上的“互文”手法，使各节互为补充，似断实连。如“开园之营构”

中所谈之园林，在“开园之岁月”中又得到富于情韵的描写，并且对“营构”作了进一步具体的表现。这样，作者的文章本身即如其造园，无一径不通而各尽其美。

在这一精神家园中，作者延纳了许多古人：梅子真、方干、贺知章……，那“万壑千岩”、“七松五柳”、“山阴道上”……，更是“寓”居着韵人高士的审美理想。这使文章增加了典雅的气息，把读者的情思引向了历史的深处；然而，却也暴露出作者的精神家园的虚幻性——建筑在遥远的过去的基础上的园林是难以抵挡时代的凄风苦雨的。不过，这是题外的话了。

[**附　录**]

《寓山注》序

祁彪佳

予家梅子真高士里，固山阴道上也。方干一岛，贺监半曲，惟予所恣取。顾独予家旁小山，若有夙缘者，其名曰“寓”。往予童稚时，季超、止祥两兄以斗粟易之。剔石栽松，躬荷畚锸，手足为之胼胝。予时亦同拿小艇，或捧土作婴儿戏。迨后余二十年，松渐高，石亦渐古，季超兄辄弃去，事宗乘；止祥兄且构柯园为菟裘矣。舍山之阳建麦浪大师塔，余则委置于丛篁灌莽中。予自引疾南归，偶一过之，于二十年前情事，若有感触焉者。于是卜筑之兴，遂勃不可遏，此开园之始末也。

卜筑之初，仅欲三五楹而止。客有指点之者，某可亭，某可榭，予听之漠然，以为意不及此。及于徘徊数回，不觉问客之言，耿耿胸次。某亭、某榭，果有不可无者。前役未罢，辄于胸怀所及，不觉领导拔新，迫之而出。每至路穷径险，则极虑穷思，形诸梦寐，便有别辟之境地，若为天开。以故兴愈鼓，趣亦愈浓。朝而出，暮而归，偶有家冗，皆于烛下了之。枕上望晨光乍吐，即呼奚奴驾舟，三里之遥，恨不促之于跬步。祁寒盛暑，体粟汗浃，不以为苦。虽遇大风雨，舟未尝一日不出。摸索床头金尽，略有懊丧意。及于抵山盘旋，则购石庀材，犹怪其少。以故两年以来，橐中如洗。予亦病而愈，愈而复病，此开园之痴癖也。

园尽有山之三面，其下平田十馀亩，水石半之，室庐与花木半之。为堂者二，为亭者三，为廊者四，为台与阁者二，为堤者三。其他轩与斋类，而幽敞各极其致；居与庵类，而纡广不一其形。室与山房类，而高下分标其胜。与夫为桥、为榭、为径、为峰，参差点缀，委折波澜。大抵虚者实之，实者虚之；聚者散之，散者聚之；险者夷之，夷者险之。如良医之治病，攻补互投；如良将之治兵，奇正并用；如名手作画，不使一笔不灵；如名流作文，不使一语不韵。此开园之营构也。

园开于乙亥之仲冬，至丙子孟春，草堂告成，斋与轩亦已就绪。迨于中夏，经营复始。榭先之，阁继之，迄山房而役以竣。自此则山之顶趾镂刻殆遍，惟是泊舟登岸，一径未通，意犹不慊也。于是疏凿之工复始。于十一月自冬历丁丑之春，凡一百馀日，曲池穿牖，飞沼拂几，绿映朱栏，丹流翠壑，乃可以称园矣。而予农圃之兴尚殷，于是终之以丰庄与豳圃，盖已在孟夏之十有三日矣。若八求楼、溪山草阁、抱瓮小憩，则以其暇偶一为之，不可以时日计。此开园之岁月也。

至于园以外山川之丽，古称万壑千岩；园以内花木之繁，不止七松五柳。四时之景，都堪泛月迎风；三径之中，自可呼云醉雪。此在韵人纵目，云客宅心，予亦不暇缕述之矣。

说凤姐

我们可以毫不勉强地称王熙凤为凤姐，那是因为她具有可以亲近的品质与性格。贾府中的上上下下有怕她的、恨她的，有尊敬她的、憎恶她的，但是却没有人不觉得她有一种强烈得难以抵御的魅力。凤姐没有什么文化，却有着永远机智、巧慧百出的天才。她洞明世事，看穿了每个人的心思与欲望，并且能够巧妙地加以利用，但是她却有着一种无形的亲和力；她敢于杀伐决断，在治家理财上显示了大略雄才，但是自己浮华而无能的丈夫却能够轻易地制服甚至离弃她……凤姐像猫儿一样可爱，像狐狸一样狡猾，像狮子一样凶猛，却又像豺狼一样凶残、贪婪而且卑劣，最终像一只被咬伤的野兽那样孤独无助而可悲可悯。在《红楼梦》中，凤姐是独特的存在，她照出了男性世界的衰落腐化与无能，却又在女性世界的清净优美中加入一种势利而庸俗的毒素。曹雪芹对这个人物是爱恨交加的，她那“行事见识，皆出上”的“修齐治平”功夫与“机关算尽太聪明”的谋略与深心，像一柄双刃剑，解构着“红楼”世界的精神框架。

一、“都知爱慕此生才”

王熙凤是“脂粉队里的英雄”，曹雪芹的“何我堂堂须眉，诚不若彼裙钗哉”之叹当包括凤姐。“金紫万千谁治国，裙钗一二可齐家”，王熙凤的才干是可以施之于经世济国的更为广阔的天地之中的。而她的聪明智慧在相貌、口才、处世等方面都有着充分的展示。

（一）凤姐的经世济国之才

“家”作为一个社会的基层单位，是包含着封建社会“国”的所有生活结构与生命根源的细胞。在曹雪芹的心目中，自己笔下的“家”汇聚了历史与时代的万千风云，是一个洋洋大观、琳琅满目的世界。大作家不是能够把大千世界纳之于芥粒之微的微雕家，而是可以从一道冷风观照出山雨欲来的气象与景色的天象家，因为他的胸中本来就包罗着整个世界的广阔背景。《红楼梦》中凤姐的“协理宁国府”也就在牛刀小试中表现了她的才略具有何等超出群伦的性质。这一段故事前面已经有人从行政管理、经济管理等各个方面进行过分析，现代的社会科学似乎也只能为凤姐的才能作诠释。真正的天才注定是创造性的，而实证的、经验的分析却往往是第二义的。凤姐的天才在经世济国上可谓得到了充分的展示。但是，在实际的政治运作中，充满着阴谋与斗争，往往需要以消灭对手来做最后的结论。所以，传统政治生活中儒家的礼法往往只是一个堂皇正大的幌子，而法家的“法”、“术”、“势”才是更为根本的决定胜负的武器。凤姐深通传统政治的黑幕，她的两面三刀，“明里一把火，暗里一把刀”，在“毒设相思局”、“借剑杀人”等事件中表现得尤为突出而成功。即使是一些生活小事，在凤姐的言行举止中都呈现出一种“准战争”的政治斗争的色彩，日常生活演变成了尔虞我诈的政治角斗场。然而，只有能够保持这种旺盛的斗志，把生活中的一切矛盾都视为政治斗争的人，才可以算得上天生的政治家。凤姐“千古文章未尽才”，在一个大家族的兴衰中只能“弄小巧”，逞小慧，无论如何都只能说是一种悲剧。既是男性世界的悲剧，更是女性世界的悲剧。正是在凤姐的“经世济国”式的行为中，显示了封建政治不可化解的矛盾。一方面是对积弊与祸端的洞察力，另一方面是治家理国者本身一旦获得权力后必然的弄权贪酷，从而使任何天才最终都只能愈力愈勤而愈不至。

（二）凤姐的语言天才

凤姐的出场是文学史上“未见其人，先闻其声”的著名篇章；这位大字不识几个的贵妇人，也能够在芦雪庵的诗社雅集中脱口而出“一夜北风紧”的著名开场诗句，不能不令人叹服她的语言天才。黑格尔曾说，语言是作为精神而存在的精神。凤姐的精神、气质以及性情风韵在她的语言才能中得到最为充分的展露。凤姐曾有一段关于口语的理论，是为口声“简断”而伶俐的丫头小红而发的，代表了她的“语言观”：

好孩子，难为你说的齐全。别像他们扭扭捏捏的蚊子似的。嫂子你不知道，如今除了我随手使的几个丫头、老婆之外，我就怕和他们说话。他们必定把一句话拉长了作两三截儿，咬文咬字，拿着腔儿，哼哼唧唧的，急得我冒火，他们那里知道！先前我们平儿也是这么着，我就问他：难道必定装蚊子哼哼就是美人了……

她要求的是刚健而婀娜的女性语言，决不迁就那种纤弱而病态的语言趣味。这当然反映了凤姐这样的以干“大事”、抓“主脑”为人生目标的干才对沉浸于柔情与温馨世界中的小儿女情态的不满，她这样的主张本身体现的精神却不能不说是健康而有爽朗之气的。凤姐的语言充满了机智与幽默，甚至可以说是体现了一种难得的智慧，因而连对她又怕又恨的下人们也喜欢听她的舌粲生花。而“《红楼梦》读者恨凤姐，骂凤姐，不见凤姐想凤姐”（王昆仑语）也主要是因为她那恣肆而纵溢的语言天才。试看她“斑衣戏彩”一如仿效“女先生”说话的一段：

罢，罢，酒冷了，老祖宗喝一口润润嗓子再掰谎。这一回就叫作《掰谎记》，就出在本朝本地本年本月本日时，老祖宗一张口难说两家话，花开两朵，各表一枝，是真是谎且不表，再整那观灯看戏的人。老祖宗且让这二位亲戚吃一杯酒看两出戏之后，再从昨朝话言掰起如何？

真如两个“女先生”所言：“奶奶要一说书，真连我们吃饭的地方也没了。”虽说是为了奉承“老祖宗”，但是凤姐表现出来的游刃有余和超越姿态，不正是她语言天才的来源么？在哄着贾母、欺骗着其他的人开心之时，凤姐其实是站在她们之上的某个位置中冷眼旁观的，故能在语言中发挥出非同寻常的智慧。而一旦利害攸关，或者面对黛玉、宝钗这样的更有才华者，她的语言则呈现出另外的一种风貌。

（三）凤姐的生存智慧

贾母以及李纨等都曾指出凤姐性格中的泼辣一面，称她为“凤辣子”，有着“泼皮破落户”一样的无赖与强悍。所谓“辣子”泛指光棍流氓，我国残唐五代时的口语本有“赖子”这个名称，指“无赖”而说，“辣子”与“赖子”乃一音之转，同样是指泼皮无赖。在当今尚流传的扬州评话《皮五辣子》中，写出的这类人的生存状态，就是靠一种独特的智慧——“无赖”和“撒泼”的智慧，来求得生存的安乐的。凤姐被称为“辣子”，表明了她性格中存在的这种智慧。无赖与撒泼的智慧，一方面是对上的，另一方面是对下的，其要害都在于取得某种打破既有规范的权力。对上，需要特殊的恩宠与宽容，这一方面需要逢迎投合在上者的欲望，另一方面又需要把握住他们的弱点与软肋所在。凤姐对贾母、对自己的丈夫以及对待王夫人、邢夫人，都充分运用了这样的技巧。她运用自己出众的智慧与魅力，时时处处投合“老祖宗”的心意，获得荣、宁二府最高统治者的宠爱，从而“挟天子以令诸侯”，让一切人都无法撼动自己的地位。一旦发生某些险变不测，她就抓住贾母的弱点，用软性的撒泼逼“老祖宗”就范。对待下人，凤姐恩威并重而更多地用威权和辣手来征服。由于泼皮无赖都有的“不信邪”的放肆无忌惮，凤姐“毒设相思局”，“弄权铁槛寺”，逼死鲍二家的，借剑杀死尤二姐，等等，都是因为：“从来不信什么阴司地狱报应的，凭什么事，我说行就行！”泼皮的“泼”是不在乎什么社会规范与道德说教的，无法无天而又把自己的行为放置在现实的权力结构可以允许的范围之中，最大限度地“用足政策”。泼皮之“皮”则是指毫无羞耻地扯破各种伪装，用无赖的手段对待一切已有或可能有的批评。在《红楼梦》中没有几个敢于当面说凤姐的不是，但在背后下人们的嘴里“二奶奶”的形象则是非常不堪的。他们揭出的凤姐的生存智慧，也无非是泼皮无赖常用的伎俩而已。在对待与自己形成敌对关系的地位相当者时，这种“辣子”式的生存智慧就会显出更大的效力。例如，在尤二姐事件中她对尤氏的打滚撒泼与破口大骂，就使自己处在一种绝对有利的地位之上而称心如意地达到了自己的目的。但即使如此，在贾府这个错综复杂的大家庭中，凤姐的生存之道也不能不说是表现了杰出的才能。由于纲常的松弛与家族中男人的或平庸或无耻，人际关系中主奴之间的纷争也日趋激烈，凤姐的生存智慧就成为应付这种局面的直截了当而见效甚快的苦口良药。虽然她永远是从自己的生存目标出发的，但趋向目标中燃烧出来的才能却是照亮“红楼”的一缕炫目而又奇诡冷峻的光芒。

二、“机关算尽太聪明”

在“女子无才便是德”的历史条件下，凤姐的聪明智慧虽然给她带来了一展雄才的舞台和种种利益，但在根本上却因与社会的主流价值观念的相悖而处于一种天然的易受攻击的境地。她的“辣子”精神的产生在相当大的程度上也与此相关。曹雪芹的着眼点当然并不在此，他的价值评判主要是指向凤姐的聪明背后的东西，即她主要是为了得到什么。在这样的判断之下，才有“机关算尽太聪明”的叹息，乃至幸灾乐祸：“反算了卿卿性命”的结果仍然是一种道德审判的姿态。聪明而“太”，其过失在于这种聪明与算计都超出了道德的底线，在扩张其个人欲望的过程中伤害与摧毁着别人的利益乃至生命。

凤姐初显才干是在“毒设相思局”的计谋中让贾瑞“正照风月鉴”从而枉送了性命。《红楼梦》中首次出现的死亡事件就是由凤姐一手造成的。一个被她的美貌与风流所迷惑而产生“癞蛤蟆想吃天鹅肉”念头的“没人伦的混账东西”，凭她的手腕，是很可以用别的办法来打消其念头的。但是这位与贾蓉有着不干不净的关系的贵妇人，偏偏采取了以色相相诱惑而最终让其送命的办法来解决，“机关”就算得“太尽”而失去了起码的人性。这种毒辣的手段在对付尤二姐时又发展成“借刀杀人”，目的更为明确、意念更为强烈的动机。总之只要是凤姐认为妨碍或侵害了自己的尊严与利益的人，就用尽一切心机加以剪除。可以说，在凤姐的权谋机变与险恶难测的“意悬悬半世心”中，浓缩了封建宫廷与官场上那些翻云覆雨、口蜜腹剑的纷争与机变的奥秘。在政治权力与家族权利的绞肉机上，最初的成功与最终的失败虽则具有不同内容，但对于精神的素质要求和整个过程的表现形式却是惊人的相似。“多少长安名利客，机关用尽不如君”、“哭向金陵事更哀”的王熙凤，最终只能在宽厚而自然的乡村大地上寻找到与自己生涯形成强烈对照的景象。但是，以后成为恩人的刘姥姥，在王熙凤得意时，不过是她用来逗引“老祖宗”开心的道具，其精巧的设计甚至连甘于当女清客的村姥姥有时都未免微词。“太聪明”就“聪明”在对别人的生命价值的漠视，对别人的情感世界的漠视和鄙夷，以及对异己者的无情剿杀。

凤姐又是贪婪而自私的，她的“机关算尽”相当重要的内容就是“权”与“利”。关于权力的获取与运用，前面我们已有所分析。凤姐尽管深谙权力的秘密，但是她掌握权力的最终目的，却不是挽大厦于将倾，秦可卿的托梦并没有被她认真地对待。相反，她的行为推波助澜地促使大厦更加快速、彻底地倾覆。这就像坐在浮出海面上的一座冰山上的人，不停地凿取冰块来做饮料，为了自己的贪欲而断送生存的依托。“弄权铁槛寺”是凤姐“协理宁国府”的副产品，而在各项工程建设项目中，凤姐利用权力和各种手段来谋求个人好处的行为就显得更肆无忌惮。与贾母的关系是凤姐聚敛钱财的重要支点，她很懂得欲取先予的道理，往往用尽一切方法来满足老祖宗的贪心与好胜心，而暗地里却是连贾母的钱都敢打主意的。在各种事情上，凤姐都能透过纷繁复杂的表象，触及其中包含着的利益实质，用“钱”来感觉事物，思考问题。这与宝钗可谓灵犀相通。当李纨带着众姊妹去邀请王熙凤加入诗社作“监察御史”的时候，她一语中的：“你们别哄我，我早猜着了，那里是请我做‘监察御史’？分明叫了我去做个进钱的‘铜商’罢咧……你们的钱不够花，想出这个法子来勾了我去，好和我要钱。可是这个主意不是？”她也确实是个“铜商”，为了钱什么手段都敢使用，“太聪明”的结果，是贪婪的欲念毁灭了她内心中一切美好的东西。在个人的私生活上，从小说开始不久就描绘的贾琏戏熙凤的生活场景中，可以看出她情性的放浪，小说中多次暗示凤姐对于个人性享乐的追求。但这一切由于都是仅仅由欲望推动，所以，男性的荒淫无耻在给她以享乐的同时，最终给她带来的是沉重的伤害。双方以欲念相计算，以心机相较量，虽然凤姐可以取得暂时的胜利，但聪明的过度发挥仍给她带来背叛与离弃。

三、“凡鸟偏从末世来”

“我来迟了”，凤姐出场时的话似乎有着某种宿命的色彩，她来到的时代不对头，没有赶上好时候，反而碰上了末世。凡鸟合起来是凤（“凰”），凤姐究竟是“凤”还是“凡鸟”呢？抑或因“末世”而使“凤”变成了“凡鸟”呢？这里我们不妨作些具体分析。

王昆仑先生在论贾母时对曹雪芹的历史感有着精辟的分析：

> 使至今的读者都不能不敬服的是：作者曹雪芹生在康熙末年，死在乾隆早期，正值大清帝国文治武功的黄金时代，他却能指出了种种虚有其表的统治者所逃不出的历史规律。只靠着“天恩祖德”的“太上家长”也罢，“太上皇”也罢，人称你“多福多寿的老祖宗”也罢，自命为太平无事“十全老人”也罢，从外面看起来还正像是一个高耸云霄、光辉远近的宝塔顶，可是到了最后，还需要跟着塔身的腐朽，唿喇喇地坍塌坠地。①

进一步地分析，我们不妨说，曹雪芹在“康乾盛世”烈火烹油般的气势中，却已经嗅到了末世的气息。《红楼梦》中有那么多神经过敏的“悲谶语”、“感凄情”以及种种“异兆悲音”，都是让自己笔下的

---

① 王昆仑：《红楼梦人物论》，生活·读书·新知三联书店 1983 年版，第 125 页。

人物在最繁华时感觉到最悲凉的历史趋势。凤姐在这样的气息中的一切努力、挣扎与苦心的奋斗，最终只能是徒劳而悲惨的。

曹雪芹让凤姐初展鸿才是在办理丧事上，这本身就有很强的隐喻与象征色彩。但是读者被秦可卿越礼过分的豪华葬礼所眩惑，为凤姐充满活力与智慧的表演所吸引，往往忽视凤姐演出的背景乃是晦气而又对贾府衰落“造衅”的死亡事件。末世之感正是由此而弥漫于“红楼”的温柔富贵之乡的。在这样的背景下，凤姐展示的“凤”一样的超逸出群的才干，就具有极其强烈的反讽与冷嘲的色彩。而荣、宁二府中，凡是需要凤姐付出心力的时候，总是各种各样的事故与险诈，而凤姐也总是不辱使命，即便是自己已经日薄西山，但仍然“恃强羞说病”，而“知命强英雄”，“日暮途穷，则倒行而逆施之”，硬着头皮坚持下去。就这个意义上来说，凤姐仍然是人中的凤凰，是高高地飞翔于荣、宁二府的世俗世界之上的高贵而凄迷的神鸟。

凤姐永远是拣高枝儿栖息的。她飞得越高便越能摆脱各种各样的限制，自己决定自己的命运并且在权力的高峰上主宰着别人的命运。凤姐与王夫人、邢夫人不同，她比她们更有主动进击、扼住命运的喉咙的意识。王夫人用吃斋念佛来掩盖自己心中的种种欲望与不满，邢夫人则只知道一味贪婪、顺从，其人生质量和容量都远远小于凤姐。与贾探春相比，凤姐不仅占了出身高贵的有利地位，而且比“兴利除弊”的改革者更有洞明世事的穿透力，处理起各种事务来更加游刃有余而又能始终控制着攻防退守的主动权。这是因为凤姐永远有着高超而明亮的眼光与眼界，在女性中她是唯一能够在“家”与“国”的密切联系的天地中施展才能的女中豪杰。凡此种种，都使凤姐处于一种特殊的位置，一种令“红楼”中所有的男人、女人都必须仰视的位置。

但是，凤姐又毕竟是“凡鸟”。这不仅是因为她作为女性而无可改变的宿命，更重要的是她的性格存在着与世俗社会的“权”与“利”胶着在一起的坚硬内核。与她的才能相比，凤姐的德操把她降落到“凡鸟”的位置上来。以“凡鸟”与“末世”相结合，则凤姐的一切作为都无可挽回地把贾府及她自己推向一种“昏惨惨似灯将尽”的境地。在中国古代文化中，凤凰是高贵而又高洁的精神的象征，是“非梧桐不止，非练实不食，非醴泉不饮”的直上九天之鸟。与贪食“腐鼠”的鸱鸟（猫头鹰）有天壤之别。而凤姐恰恰对从肮脏腥臭的阴暗角落中攫食“腐鼠”有极其强烈的热情。因此，她只能是一只卑污的凡鸟，在灵魂的天地中永远也无法飞越俗世的羁縻。

那么，是“凡鸟”造成了“末世”，还是“末世”造成了“凡鸟”呢？这两者在“红楼”世界中是牢牢地捆绑在一起、交融为一体的。“末世”的腐朽败落的机制使得任何可能成为凤凰的人物都容易“风尘肮脏违心愿”；而“凡鸟”们的贪婪无厌与恣意妄为又从总体上加速了“末世”的到来。曹雪芹对凤姐的刻画，是投射着某种深邃的历史观与人性观的。因此，在凤姐的形象中，我们又可以观照更为深远广阔的精神世界。这就是“凡鸟”与“末世”相联系的精深意蕴。

“凤兮凤兮，何德之衰？”楚狂人感叹嘲讽大成至圣先师的话，用在凤姐的身上，竟是再贴切不过了。那么，凤姐形象涵茹的文化精神与文化反思，又哪里是上述简单的分析所可穷尽的？

伟大的宁静

——歌德与李白的两首小诗

诗人与自然的关系，本来就是非常亲密的，要“比”、“兴”，要象征，都需要自然为他帮忙。而只有当诗人的心灵在现实生活中被捶楚打击，理想被击碎，纯真的感情不能为世俗所容，甚至于“世人皆欲杀”时，就会更加感到自然的亲切知音，迥异乎俗世了。这时，自然不再仅仅是“招之即来，挥之即去”的写诗的作料，而成了知情着意的骨肉亲人了。于是，他们就将一颗诗心放在自然中去洗净尘土，冷却欲火，最后与清净的自然合而为一。

这是歌德的诗《浪游者的夜歌》：

群峰
一片沉寂，
树梢
微风敛迹。
林中
栖鸟缄默。
稍待
你也安息。

傍晚时分，在苍茫的暮色中，远处的群峰默默无语地立着；树梢，一丝儿风影也没有，树林中，栖鸟亦缄默无声。真是远处静，近处亦静，万物俱入静寂。人——诗人，也就在宁静的大自然中获得了内心的宁静。诗人，也就变成了自然的一部分，与自然的脉息相通。自然中加入了新的成员并未失去它的和谐宁静，诗人投入了自然却在心中注满了甘美的和平安宁。自然与诗人，物异而情同，交浅而意深，都进入物我两忘的意境中了。

李太白的五言绝句《独坐敬亭山》与歌德这首小诗的意境极为相似：

众鸟高飞尽，
孤云独去闲。
相看两不厌，
只有敬亭山。

此诗与歌德诗一样，写景由远而近。目送飞鸟高飞至尽，复见孤云闲闲独去，诗人却没有目送归鸿、俯仰自得的神定气闲和清远秀逸的心境，只是觉得鸟与云的无情——对诗人寄托的情意竟似毫不觉察。这两句似比似兴，却不可以比兴释之，而应视作诗人即目所见，目击而心生。在一个神秘的契机中，外感与内蓄相互激发，产生出似是而非的心灵情景。这时，鸟尽云去，诗人正意兴索然，才真正发现了山，发现了山的沉默与沉默的山。沉默是只有在沉默中才能发现的。心灵安静下来，李白才发现敬亭山默默地站在自己面前。只有敬亭山，不似“众鸟”、“孤云”之“飞”、“去”而在深情地看着诗人。茫茫天地之间，一山一人，相对而坐，不知山化而为人耶，抑或人化而为山耶，只知山与人已然同化，心意相通，相看不厌。这是何等的快慰，又是何等的悲哀！

而李白和歌德都将这些悲哀与快慰默默地融化于自然之中，以至从表面（诗的字句）看来似乎不见了，但其情怀从平淡的字句中渗出来，仍使人品味不已。而李白之诗题云“独”，歌德诗中的“稍待”，都透露出其中消息。

相似的境遇，造成了相似的心境。李白歌德都曾有一时期从政，且有相似的遭际。歌德这首诗写于 1780 年 9 月 6 日，其时歌德正为魏玛服务，被宫廷中庸俗猥琐的贵族人群所包围，为繁重的政务所累。政治上从一开始的满怀信心变为感到处处荆棘，他一举手一投足都得奋斗一番，有些事即使经过努力，却终归一事无成。因此，在公务之余他便置身于大自然，这首小诗就是题在伊尔美瑙的吉息尔汉山山顶小木屋的墙壁上。李白呢，由“仰天大笑出门去”到长安，到觉得“大道如青天，我独不得出”，经历了一个政治理想完全破灭，对现实的政治和上层统治阶级的腐朽有清醒认识的过程。“群沙秽明珠，众草凌孤芳”，“骅骝拳踞不能食，蹇驴得意笑春风”！同歌德一样，知道了周围的世界充满了愚蠢、昏庸、矛盾和不义，周围的人则大都不过是一些蠢人和流氓。于天宝三载离开长安后，诗人在东南各地漫游，天宝十二载到达今安徽境内，“敬亭山”在安徽宣城北郊，是李白居宣城时经常游息的地方。在这里，诗人写下了这首小诗。

虽然心境相似，但由于诗人的个性不同，因而表现的手法也微有不同。李白是在从大自然中寻求知音的朋友，所以“鸟”、“云”因对诗人掉头不顾而使诗人忿愤，虽然由于诗的后两句流露出的快慰而使这种情绪被淡化了。不过，也因为有后两句，才使人咂摸出前两句中“飞尽”、“去闲”中蕴含的诗人的情绪。而歌德，则将自然中的一切皆视作和谐一致的整体，将自己也化而为自然的一部分，心神俱静，心神俱净，一切鄙陋繁杂的政务负担，笑鸣春风的蹇驴们，尽皆于此刻泯灭无迹。李白的诗道出了物我两忘的情由以及心中的烦愁逐渐消释于自然中的过程。先是将感情投射到“众鸟”上，众鸟高飞而尽，再寄情于“孤云”，云是孤云，人是独坐，而孤云竟也悠闲地远去了。诗人又一次体会了世态的炎凉。这时，才知敬亭山之可亲可信，而与之相看不厌。山，是诗人心心相印的契友，与诗人默默地交流着情感。无众鸟之乱耳扰心，无孤云之触目惊神，天地间又是多么宁静！与歌德的山、树、林鸟与人一起安息的意境何其相似。

李白的天性是率直自然的，我们可以明白地看到他坦诚的心灵的细微变化，而他的心灵，又是多么敏感；他的感受，又是多么微妙啊！他不自觉地就将他的情感注入自然的景物，直至找到与自己情感相通的景物，就与之俱化，自己孤独寂寞的满腔情志就得到了理解，他就感到欣慰了。

歌德，却是在静观自然的时候，似乎被自然的宁静逐渐感染的。其实是体贴了自然之情后，借自然之情抒发自己的情怀。诗人的心情，又可从自然之情中品味得出来。

歌德诗中的宁静，与李白山人对视的宁静一样，并不是死寂。这是“大言希声”、“此时无声胜有声”的宁静。人与自然之间互相意会，而不以声相传的“语言”交流。这样，我们就随着诗人，进入这种脉脉不语的情境中，感受着莫可名状的宁静中的情感交流了。其实，倘将歌德这首小诗也“翻译”成五言绝句的话（这无疑是可以办到的），则更可体味到与李白诗的神似。而歌德曾崇尚过古典艺术“高贵的单纯，伟大的宁静”的理想，这首小诗与李白的诗又都庶几近之，故而对这二首小诗体现的境界以“伟大的宁静”目之，当不为大错吧。

叙事智慧与政治意识

——20世纪90年代小说的政治透视

历史的变动比一切小说更充满了跌宕起伏和激荡回环，比小说更“小说”，比一切虚构更有想象力和激情。对于政治所书写的“小说”，我们既是个中人，又可以充当旁观者和“事后诸葛亮”；阅读与阐释政治变迁之中的人物、情节与环境，本身就是一种特殊的“小说学”。马克思的《路易·波拿巴的雾月十八日》，正是对于政治事件进行叙事分析的典范。对中国政治在20世纪90年代的转型，正可以做类似的分析，并阐释其中的美学意蕴。

小说，无论如何，都处身于政治的变迁之中，有意识也好，无意识也罢，总是以叙事的方式阐释着政治，参与着政治，成为政治美学一种形式的表达。20世纪90年代的小说，尤其如此。在世纪末的政治变迁中，中国社会的现代性转型和后现代性的透支，使得小说创作回归了此岸世界，回到了明清时期的某种状态：繁荣而寂寞，真正成了“小”说。

一、日常生活的政治：“逃向世界”

经历了众多的政治变局，20 世纪 90 年代，出现了回归日常生活的小说潮流。批评家命名曰“新写实”，以与“现实主义”小说相区别。在“新写实”的名号下，有着一系列作品，表现出相似的倾向。这种倾向，说到底，就是与政治的“大事”告别，走向“小事”；与政治的“大场景”告别，回归生活的“小日子”；与“英雄”告别，也与“反英雄”告别，做普普通通的“小人物”……与中国以往的“退隐”文学不同，小说家们发现，在自己的笔下，人物无法用某种理想的法则去生活，只好“欲回天地入扁舟”，而且，这些人物还有自我发现，他根本就“回天无力”，只能是“俗人”一个。“退隐”，必须以“进取”为前提，必须有能够“进取”的雄心与才干。而“新写实”所发现的，不只是日常生活之“实”，更是人物之“实”，人物本就平庸且甘于平庸，进而在平庸中领悟到“活着就好”，“烦恼人生”本身就是全部的意义。

这与五六十年代政治主流话语下的小说不同，与 1980 年前后的“伤痕”、“反思”小说回归“问题”的政治关切不同，与接受了西方现代派文学影响的先锋文学的内在激情与反叛不同，似乎是一种更为彻底的逃避，不是逃向世外，而是逃向世界。因为，如今不是什么理想抱负、宏大志愿不能实现的问题，而是“做个‘小人’真快活”的新理想，或无理想的理想，悄然兴起，取消了这个“大问题”。甚而至于，“无知者无畏”，“我是流氓我怕谁”的无耻无畏口号，也借着愈堕落越快乐、越快乐越堕落的风潮，响亮地呼喊出来。有人激愤，有人喝彩。最平易，也是最“沉默的大多数”，则寄情于那种“平常人家”的悲欢离合。

最为敏感、最为准确地切中时代脉搏、情感潜流的还是小说，还是小说中的青年。青年的青春梦想与纯洁情怀，在现实中被击碎，是现实主义的经典主题。巴尔扎克的拉斯蒂涅，司汤达的于连，直到王蒙的“组织部”新来的“年轻人”，都曾是这样的“热血”青年。然而，“幻灭”之后，他们又往往变为“当代英雄”，或者是“反英雄”。“梦”醒之后，总爱用冷酷的或颓丧的心情继续前行。而在《一地鸡毛》中，刘震云笔下的人物，虽然也历经“梦”碎，但是，并没有多少“梦醒之后无路可走”的悲哀激愤或寂寞孤独，反而发现了“路在脚下”。生活的意义就在生活本身，就在“活着”的诸种滋味中，就在芸芸众生的烦恼人生中，无须外求，也无法外求。试图从精神上或文化上高人一等，胜人一筹，只能在生活中碰得头破血流。也就是说，“现实是无情的，它不允许一个人带着过多的幻想色彩……那现实琐碎、浩繁，无边无际，差不多能够淹没销蚀一切。在它的面前，你几乎不能说你想干这，或者想干那，你很难和它讲清道理”[①]。现实无情，现实即使充满“平庸的恶”却更有着平庸的强大，于是一切都只能屈服。这里，不是体现出一种对于渗透到日常生活的“体制”、“权力”的清醒而深刻的认识吗？只不过，认识后的结果，是“认同”，乃至

① 池莉：《我写〈烦恼人生〉》，《小说选刊》1988年第2期。

“合谋”。

于是，有了池莉的《不谈爱情》、《太阳出世》、《来来往往》，有了刘恒的《贫嘴张大民的幸福生活》，有了张欣的《爱又如何》，等等。一方面，是爱情在金钱以及广义的经济面前的溃败；另一方面，则是世俗愿欲中，骚动着的一点可怜而又可悲的不甘心。然而，咂摸这样的滋味也就够了。“太阳”，不再是政治上的绝对权威，你只要有一个小孩，他（她）就成了你生活中的“太阳”；尽管不能“照到哪里那里亮”，但是，一切烦恼，一切实际而实在的生活细故，都能融化在这可爱的“小太阳”之中。——妻儿老小的生活和生计，才是你生活的一切内容。在这里，日常生活成为意义之源，成为生存目的之本身。

然而，“活着”仍然不能离开时代的风雨。余华的《活着》，就是在政治背景下写“一个人的遭遇”。改变的只是对待政治的态度。“事”大于“人”，“人”无济于“事”。在政治“大势”之中，个人是渺不足道的。只要能延续生命，“活着”，已经是最大的“政治”了。因此，在无奈中似乎有了一些不满和控诉。这就是再次更“新”的“写实”。只要是“写实”，总会与“政治”相遇。

阿伦特发现了的“平庸的恶”，即“常人”在庸常中的“沉沦”。“常人”成为“大众”之后，他们的生活、他们的情感就成为一种特别的文学力量。政治上的冷漠，在日常生活中，被幻化为一切大小事体与己无关的不负责任。“活着就好”，那么，怎样才能“活”得更好呢？“日子”是多种多样的，离开政治关切的“活着”，往往具有强烈的政治性。比如《来来往往》中新生的商人、成功人士，与原先有着强烈政治意味的婚姻“离异”，就触及经济力量对政治力量的消解。

然而，政治作为经济的集中体现，能够从经济成功的神话中剥离吗？

看来，“活着”的“生计”或经济，还是离不开政治的大前提。试图淡忘、抹杀，却在不知不觉中突出了政治。这是日常生活的政治。这种政治，在“新写实”中表现为逃向世界的退避和隐沦，只要稍稍“转语”，它就成为对于政治的拥抱和献身。

二、“分享艰难”的政治：观照规则

“回归政治”，也是小说的一种选择。许多作家发现，生活中最重要的还是政治问题。西方理论关于小说的政治阅读，关于生活形态、文化形式的政治透视，尤其是后现代主义理论家关于权力的分析，在相当大的程度上影响着中国文化界、批评家对于政治的重新认识。而现实政治的变动，在改变着经济、改变着文化、改变着日常生活世界的同时，也改变着小说家的政治意识，或曰政治美学意识。政治中激动人心、深入隐微的内容，在小说家的笔下又得到了呈现。

思维的惯性、艺术的惯性，促使历史的场景重新搬演。“泛政治化”时期政治小说的某些特点，在20世纪末再度亮相。有人说，这是“现实主义冲击波”。我们认为，这是20世纪五六十年代政治小说的新延续和新发展：对政策的图解和文学想象，人物塑造及情节发展的政治化运作，以及主要价值判断及人物情感的政治升华，等等，尽管调换了色彩和音调，但基本思路却并未改变。因此，在瞬间繁华后又沉入冷落，也带上了特别的历史情味。“新写实”的日常生活叙事，被吸收到“分享艰难”式的作品中，增强了政治叙事的人情和事情的“原生状态”。然而，它又对社会转型期“艰难”裂变中的“分享”，提出了深刻的怀疑。小说，出乎意料地指向了政治生活中的“潜规则”。

“潜规则”，是一位历史学者的发现。他在对中国历史的研究中，发现明面的规则下，潜隐着另一套规则，而且十分重要，往往带有决定性意义。也许，从美学角度看，可以视为权力的修辞学：“本体”与“喻体”之间，总是存在着一定的差距，“审美距离感”于此产生。在 20 世纪 90 年代的改革中，由计划经济向市场经济转型，是在中国传统政治尚未彻底改观的背景下进行的，故转型中蕴含着特别的“艰难”。“代价”，作为一个沉甸甸的名词，落在普通百姓的“转型”生活中，有着特别的意义。与此同时，一些新的人群、新的经济力量，却在“艰难”中获得巨大利益，成为利益既得而又继续逐利的阶层。毋庸讳言，公平、公正问题，不仅成为重要的经济问题，也成为重要的政治问题。古老中国的现代化转型，既释放了人们的巨大创造力和生产力，又释放出数千年文化中一些“恶”的力量，并在特定时期身手不凡，令人悸而魄动。

于是，崇高的政治理念和道德激情，在“分享”的意识形态中得到升华；而“腐败”以及相关的种种现象，亦在“艰难”中得到显现。理想与现实，思维与实在之间的“断裂”，成了文学的重要课题。“分享”，本指“果实”，却被运用到“艰难”上。这种“矛盾修辞”，正是一些主旋律作品试图解释政治社会问题时，碰到的一种尴尬。如何把握“暴露”与“歌颂”之“度”，是这些作家面临的“艰难”政治课题与艺术课题。

“现实主义冲击波”往往催生以揭露、谴责为主的“暴露”小说。这一时期的某些暴露小说，或可与晚清“黑幕小说”相提并论：官场、商界，乃至被视为神圣的学界，都被揭发出诸多“潜规则”支配下的丑恶与肮脏。即使是爱情，也在这些“界”的交叉与交集中，成为一个特殊的“界”别，与晚清狭邪小说中的情爱相映成趣。官场中的买官卖官与权谋权术，商场中的纵横捭阖与阴谋诡计，学术场中的“跑点”钻营与“所谓教授”，都在“暴露小说”中展示无遗。至于作家本身，则在20世纪90年代初引起轰动的《废都》中，就充分表示出一种颓废与悲凉。小说家的堕落，以及小说的堕落，一时成为突出的现象。

在这里，人与事的刻画和叙述，已非主要。小说特别关心的，是支配着、刺激着“人”去做“事”的“潜规则”。正如晚清谴责小说对人与事的程式化叙写，世纪末的“暴露小说”，也很难写出什么特别的人物。“事”与“事”的逻辑更重要。在“分享艰难”的“现实主义冲击波”中，已经对“艰难”的原因进行了探讨。而且对市场逻辑与原有体制逻辑之间的并峙与冲突，对特定转型期历史痼疾的发作等等，进行了比较充分地揭示。值得注意的是，在一些暴露小说中，如《国画》、《官场》、《桃李》、《沧浪之水》、《所谓教授》，等等，人物已经不再对“潜规则”加以排斥，反而转向了娴熟的运用。他们在利益最大化的过程中，卸除了精神负担，一往无前，从胜利走向胜利。

这种对政治运作层面的重视，对政治体制中隐含规则的揭示，不乏深刻的意义。尤其当“人”与“事”的关系，在“潜规则”中以特殊方式显示出来时，甚至具有特别的美学魅力。问题在于，一旦“潜规则”变为公开透明，它就不再具有隐蔽所带来的诱惑力，小说也就失去了艺术的吸引力。

三、身体与性政治："突围表演"

20世纪80年代末，美国学者展望90年代，编写了《文学理论的未来》一书。这部书的第一篇，是法国女作家埃莱娜·西克苏的文章，提出"以身体来写作"。后来，某些中国批评家，把这句话拿来，改为"用身体写作"或"身体写作"，并以此指称一些女作家的小说。西克苏的原意是："我从来不敢在小说里创造真正的男性人物。为什么？因为我以身体来写作，而我是一个女人，男人却是男人，我对他的欢乐一无所知。去写一个没有身体、没有欢乐的男人，我是做不到的。"① 女性应当有一间"自己的房间"，应当有自己的写作，这是自弗吉尼亚·伍尔芙以来，西方女性政治意识在小说领域的表现。20世纪70年代《性政治》出版以后，对两性间政治关系的研究和实践，已成为西方小说中的常见话题。

在中国革命中，曾涌现过一些具有激进女权意识的女作家，如丁玲、白薇等。革命的暴力形式，乃是"弱"的力量对"强"的力量的反抗；妇女的解放，当然是其中的重要部分。然而，在革命的征途中，仍含有对女性的征服与改造。"妇女能顶半边天"，"男人的一半是女人"，很是动听。但在男性的革命意识中，所推崇的还是"不爱红装爱武装"，还是英姿飒爽的"铁姑娘"。女性被男性化，"女权"依然以另一种形式被"男权"没收。因此，在新时期文学中，出现了"反抗"，如王安忆的"三恋"，就开始了对女性欲望的"书写"，并逐渐演化为一种写作势头。

---

① 〔美〕拉尔夫·科恩主编，程锡麟等译：《文学理论的未来》，中国社会科学出版社1993年版，第39页。

身体，在极左盛行的年代，包含着复杂的政治意涵。“政体”本身，就言指政治的身体。身体隐喻的扩展，几乎涉及政治的方方面面，如首脑、股肱、臂膀、耳目、心腹、爪牙，等等，简直把人体的每一个部分，都与政治体制、地位以及运作方式挂上了钩。因此，政治与身体也就有了美学上的关联：美学作为感性学亦如身体学，身体政治沟通了美学政治——身体是政治的美学表现，具有精深微妙的特别意义。女性作为“第二性”，女性身体作为“被看”的对象，便带上了尤为复杂的政治含义。直接由女性来写自己的身体，虽为文学事件，实具政治意义。因为，“以身体写作”，表达的是女性自己的“感觉”，而不是她的身体的“被感觉”；是从欲望到思想的“解放”，而不是按照男性的欲望和思想来塑造自己。身体，就成为政治“具体而微”的真正战场。

陈染、林白、海男和被塑造为“美女作家”的卫慧、棉棉等，当然各有“自己的房间”，但在总体倾向上，则有相通之处。这就是，对传统女性道德规范的反叛。这种反叛，以“羞感”的丧失为显象，包含着对权力的质疑和叛逆，在“私人生活”的最细微的感觉、欲望，到女性成长中的各个重要环节，都有所表现。尤其是“性”，几乎成了展开反叛意识的核心。首先，是表现女性自“身”的欲望。这种欲望，颠覆了男性对女性的界定，在欲望的斗争与满足中反抗抽象的男性权力，以及由此而衍生的政治秩序。其次，以欲望和女性自身的感觉为出发点，对“母性”、“妻性”、“女（儿）性”等规范进行反叛。最后，女性欲望的本身，也具有一切欲望漫无止境的“越界”冲动。一旦冲破了“私人”道德的界限，就会冲破“国界”，成为一种带有政治色彩的行为。“像卫慧那样疯狂”，“欲望手枪”等，已经几近疯狂。发展到《上海宝贝》，更是冲破国界，成为全球化背景下，“国际大都市”女性“体验”到的虚幻的“政治”。这自然是荒唐的，犯忌的。由此，我们可以觅见一条线索：从《莎菲女士的日记》，到世纪末的《上海宝贝》，其间蕴含着女性政治本身的相当复杂的嬗变。

四、历史叙事的政治：治理记忆

一位社会学家说，“控制一个社会的记忆，在很大程度上决定了权力等级”，“至于社会记忆本身，我们会注意到，过去的形象一般会使现在的社会秩序合法化”。[①]

表面看来，20 世纪 90 年代似乎是一个“消费历史”的时代，历史上的诸多盛衰兴亡、风流人物、正史稗传都被用来制成文化产品，成为消费的对象。与此同时，作为记忆，历史还塑造着权力等级和权力秩序的精神幻象，“使现在的社会秩序合法化”。在历史的记忆中，现实政治秩序才是“源头”，“一切历史都是当代史”。现实政治，在相当大的程度上，重新书写历史、治理记忆。历史记忆的增删与改写，与现实政治的关系，在当代文化和小说学研究中，都是突出的现象。20 世纪 90 年代历史小说创作的丰富，为我们的研究提供了新的资源。

首先是帝王将相们重返“舞台”，表明对历史的政治阐释发生了根本改变。以人民为创造历史动力的观点，被比较宽泛的史观所取代，意味着对于政治权力的复杂性，有了更深的认识。二月河的清朝帝王系列小说是颇有影响的作品，其文化意义远远大于文学意义。把康、

① 筱敏：《记忆的形式》，百花文艺出版社 2004 年版，第 23 页。

雍、乾的所谓“盛世”，当作这几位帝王的丰功伟绩来叙写，颠覆了现代文化对他们的评价，体现了以政治的功业来说明一切的观点。其中，对雍正皇帝的“翻案”尤其值得注意。雍正在历史叙事中，被作为正面人物来描画，是从“文人”叙事向着“政治”叙事的转化。唐浩明的《曾国藩》、《旷世逸才》等历史小说，在文化品质上明显超出二月河，但也是为历史人物“翻案”，并借此对历史中的政治，作出新的诠解。总之，它们都有一个共同的倾向，即承认政治中的“恶”，在审美中将其合理化。

其次是现代历史的重新审视，改变了政治叙事中的线性思维模式，呈现出多元的阐释体系。现代史，总是最为敏感地切近现实政治，并在现实政治的变动中，不断被重写与重释。20世纪90年代的一些小说，对中国现代史上各种政治力量的搏斗和结局，进行新的理解，立意写出“民族的秘史”。其中《白鹿原》是引人注目的作品。它认为，在历史演进中，文化的作用大于政治的作用，并努力揭示政治选择和政治变局的偶然性与复杂性。显然，这与90年代的“文化热”，有着相通的逻辑。说文化比政治更长久，实质上是在文化的旗帜下，对现实政治采取一种表面疏离而内里迎合的态度。所以，看似激进的历史重审，却隐含着现实的考虑，与时代脉搏有着深层的共振。这种历史叙事的主旨，就是强调“发展是硬道理”，注重国家实力，运用“不争论”的智慧，去追求“文化中国”、“中华民族”的伟大复兴。《白鹿原》确立了自己的相当务实的政治目标，值得我们认识审视。

最后，是私人化历史叙事对“大历史”的消解，呈现出历史的偶然与混乱，从而对政治秩序提出了特殊的质疑。苏童的《我的帝王生涯》、《紫檀木球》，王安忆的《虚构与纪实》，须兰的《月黑风高》、

《宋朝故事》，王小波的《青铜时代》等，都是这样的作品。在这些小说中，个人的感觉渗透到历史人物的内心，历史的大事件被个人的有限视角重新观察；政治成为一种特别的存在，“此在”的个体才是历史进程中值得关注的“一”。于是，历史成为欲望的永恒游戏，政治则是这种游戏的一部分，残酷而冷漠，却充满了惊心动魄的内容。我们认为，这也是特殊的“诗意裁判”，也是“诗性政治”，代表了消费时代政治审美的普通态度。

就这样，历史记忆的“治理”，因着不同的政治取向，发生了奇妙的景观。世纪末的历史记忆，与世纪之初有何不同？委实是一个重要课题。我们无力作更多的比较。但是，有一点必须明确：西方观念和西方小说的介入，中国政治的百年变迁，对于中国小说的历史记忆来说，是两个十分重要的因素，研究者应当统而观之。

跋

此书原出版于十年前。里面有些文字，似乎温热仍在。自有自己深爱的，那时却不晓得珍惜，总以为，未来很长，自己还可以慢慢沉潜与游荡。殊不知，十年一梦；梦醒了，遍体生寒。

以往那种英勇作“敌”的精神，在“学问”和“世道”中消磨了许久，却并未全都化为虚无。以一种“反”的方式感悟与思考美和生存，仍是内心的一种力量。带着敌意的爱，乃思考美与文艺的重要方式。此语中有悖谬在，盖语义上有所滑动——爱，怎么是思考？我以为，没有爱，无法进入文艺与美；没有敌意，则无法思索文艺。

不过，自己却也在改变着，被改变着。此书里，有最新写的关于“阿Q”、“文学本体论”的文字。删去了一些篇目，增加了近年来新写的几篇。

或者，可见变化之一斑。

呜呼！哀哉！往事如水，拜文字之赐，未曾枯涸成风云，在天边消散。倘有读者，在这些速朽的文字中，触及一点儿理性的迷狂、一点儿思绪的惆怅，一点儿持久的挚爱，则于愿足矣！

骆冬青

2017年3月25日于金陵益疑斋